mtb

Zum Buch:

Auf der dänischen Ostseeinsel Fünen, der Heimat ihres verstorbenen Mannes Søren, will Frederike ihr Leben wieder in geordnete Bahnen lenken. Doch schon bei ihrer Ankunft auf der Blumeninsel wird sie mit alten Gefühlen konfrontiert. Denn auf dem malerischen Eiland begegnet sie ihrer einstigen großen Liebe Rasmus. Damals waren er, Søren und sie ein unzertrennliches Trio, bis Eifersucht und Missverständnisse das innige Verhältnis ruinierten. Dennoch fühlt sich Frederike sofort wieder zu Rasmus hingezogen. Und sie stellt fest, dass sie noch eine Menge Dinge auf ihrer geliebten Insel zu erledigen hat …

Zu den Autorinnen:

Kim Henry ist das Pseudonym des deutsch-dänischen Autorinnen-Duos Nicole Wellemin und Corinna Vexborg. Corinna und Nicole lernten sich 2011 in einem Hobby-Schriftstellerforum kennen und stellten bald fest, dass sie die Leidenschaft für romantische Geschichten mit Happy End teilen. Seither lassen sie das Internet zwischen der dänischen Insel Fünen und dem bayerischen München glühen. Über eine Entfernung von über tausend Kilometern hinweg entstanden auf diese Weise zahlreiche Romane, von denen einige es bereits auf die BILD-Bestsellerliste geschafft haben.

Kim Henry

Eine Tüte buntes Glück

Roman

mtb

MIRA® TASCHENBUCH

1. Auflage: September 2018
Originalausgabe

Umschlaggestaltung: zero-media.net, München
Umschlagabbildung: FinePic / München
Lektorat: Mareike Müller
Satz: GGP Media GmbH, Pößneck
Printed in Germany
Dieses Buch wurde auf FSC®-zertifiziertem Papier gedruckt.
ISBN 978-3-95649-805-3

www.mira-taschenbuch.de

Flødekarameller – Salz-Sahnebonbons

Aus Rikkes geheimem Rezeptbuch
24. Juni 2000

Flødekarameller

Zutaten:
250 ml Sahne
25 g Butter
120 g brauner Zucker
1 Päckchen Vanillezucker
½ TL grobes Meersalz

Zubereitung:
1. Ein Backblech mit Alufolie auslegen und dünn mit geschmacksneutralem Öl einpinseln.
2. Die Sahne in einem Topf erhitzen.

VORSICHT: Nicht dabei tagträumen und sich fragen, wann endlich dieser wahnsinnig süße Typ auftaucht, auf den man insgeheim die ganze Zeit wartet. Auch dann nicht, obwohl man schon zwei Tage (zwei GANZE Tage!!) wieder in Dänemark ist und ihn noch nicht gesehen hat. Sich den Kopf darüber zu zerbrechen, ob womöglich eine feste Freundin dahintersteckt, führt nur dazu, dass die Sahne überkocht. Das ist eine riesige Sauerei, und Morfar Mikkel, mein Opa, hat jedes Recht zu schimpfen, wenn man seine Küche in ein Schlachtfeld verwandelt.

Während Oma Henni bloß lacht. Also: Volle Konzentration auf den Kochtopf. NUR auf den Kochtopf!

3. Wenn die Sahne kocht, langsam den Zucker und Vanillezucker hineinstreuen.
4. Rühren, bis sich der Zucker vollständig aufgelöst hat.
5. Nun die Butter dazugeben. Alle Zutaten müssen zu einer glatten Masse verschmelzen.
6. Rühren, rühren, rühren. Die Masse soll köcheln und eindicken, darf aber nicht anbrennen.
7. Sobald die Masse zähflüssig ist, den Topf vom Herd nehmen, das Karamell vorsichtig auf die Alufolie gießen und mit einem Teigspatel verstreichen.
8. Gleichmäßig das Meersalz auf das Karamell rieseln lassen.
9. Warten, bis die Bonbonplatte abgekühlt ist, und anschließend in mundgerechte Stücke schneiden.

Fertig. Lutschen und genießen. So ausgerüstet, können die Ferien beginnen.

Danke für dein herzliches Willkommen, Rendstrup! Das wird der beste Sommer meines Lebens!

1. Kapitel

Frederike schmeckte die salzige Meeresluft. Sofort musste sie an die herrlichen Sahnebonbons aus ihrer Kindheit denken und seufzte laut. Tief vergrabene Erinnerungen an Oma Henni und laue dänische Sommernächte drängten an die Oberfläche. Und an *Morfar*. Wenn sie in Frankfurt war, dachte sie an Opa Mikkel als ihren Großvater. Jetzt, auf dem Weg nach Norden, fielen ihr wieder die dänischen Begriffe ein. Morfar hieß übersetzt der Vater ihrer Mutter. Die Vorstellung von Rendstrup Strand ohne ihn war kalt und grau wie das Wetter. Seitdem Frederike den Nord-Ostsee-Kanal hinter sich gelassen hatte, regnete es. Nein, das war nicht ganz richtig. Es regnete nicht einfach nur. Ein Wolkenbruch folgte auf den nächsten und beschränkte die Sicht auf unter zwanzig Meter. Und das Anfang August.

Dabei war Frederike überzeugt gewesen, dass sie alles ausreichend geplant hatte, um sicher und bequem in Rendstrup Strand anzukommen. Sie hatte den Peugeot noch mal durchchecken lassen, ehe sie am Vortag sorgfältig gepackt und das Auto beladen hatte. Dann war sie ganz früh am Morgen aufgebrochen, lange bevor in Frankfurt der Berufsverkehr einsetzte. Den Schlüssel zu Morfars Haus hatte sie gut sichtbar auf das Armaturenbrett gelegt, damit sie sich nicht alle zehn Minuten fragen musste, ob sie daran gedacht hatte, ihn einzustecken.

Sie war noch nie selbst mit dem Auto nach Dänemark gefahren. Als sie noch klein gewesen war, hatte ihre Mutter Mathilde sie einige Male, ohne eine Pause zu machen, bis nach Rendstrup kutschiert.

Gleich nach der Ankunft war Mathilde umgedreht, kaum dass sie ihre Tochter praktisch aus dem Wagen geworfen hatte.

Jetzt, wo Frederike selbst hinter dem Lenkrad saß, sah alles anders aus als in der Erinnerung. Zumindest, was man bei diesem Mistwetter erkennen konnte. Das hatte auch dafür gesorgt, dass Frederike erst später als beabsichtigt die Autobahnbrücke über den Kleinen Belt erreichte. Auf dieser Brücke, die die Meerenge überspannte und die Insel Fünen mit dem dänischen Festland verband, begann für sie die Heimkehr.

Gab es noch Leute, die sich an sie erinnerten?

Auf fünischer Seite wurde der Verkehr deutlich weniger. Dennoch merkte Frederike, dass sie immer langsamer wurde. Nicht wegen des Regens. Alles in ihr schien sich zu verkrampfen, weil ihr Herz sich gegen die Weiterfahrt sträubte. Sie stand kurz vor einem Panikanfall. Was, wenn niemand sie mehr hier haben wollte? Nicht mal auf Morfars Beerdigung war sie gewesen. Von einem Tag auf den anderen hatte sie Fünen den Rücken gekehrt. Weil Søren es so gewollt hatte, nachdem sie seinen Heiratsantrag angenommen hatte.

Und nun kam sie zurück. Achtzehn Jahre, vergangen in einem Wimpernschlag.

Ihre Augen brannten. Die letzte größere Ortschaft auf dem Weg nach Rendstrup war Kerteminde, und das Brennen in ihren Augen verschärfte sich, sobald durch das halb offene Beifahrerfenster ein Hauch von Waffelduft hereindrang. Der Geruch ihrer Kindheit. Bilder von glücklichen, unbeschwerten Tagen schossen Frederike durch den Kopf. Mit den Fahrrädern waren Mille, Søren, Rasmus und sie nach Kerteminde gefahren, um sich im *Vaffelhuset* Eis zu holen und auf sonnenwarmen Pflastersteinen zu sitzen.

Welcher Teufel hatte sie geritten, hierherzukommen? Sie fühlte sich, als würde sie sich selbst geißeln, und alles nur wegen eines idiotischen Werbeplakats in einem Reisebüro, das sie gesehen und danach nicht mehr hatte vergessen können. Das Werbeplakat. Jeden Tag lief Frederike auf ihrem Weg zur Arbeit an dem kleinen Reisebüro vorbei. Jeden Tag waren die Aushänge eine willkommene Ablenkung von den Gedanken an die acht Stunden am Fließband der Keksfabrik, wo sie seit einem guten Jahr arbeitete. Normalerweise hingen in dem Schaufenster Werbeplakate für Kreuzfahrten oder Urlaube in Südostasien. Doch an jenem Morgen war das anders gewesen. Den einsamen Leuchtturm am Strand hatte sie sofort erkannt. So oft war sie selbst in dem Naturschutzgebiet ganz im Norden der dänischen Insel gewesen, dass sie die Überschrift gar nicht gebraucht hätte.

Willkommen auf Fünen. Wo Dänemark blüht.

Dazu das Bild des Kaps von Fünen mit leuchtend gelbem Ginster, so weit das Auge reichte, und mild in der Meeresbrise wehendem Dünengras, in dem sich vereinzelt violette Lupinen vor dem Wind duckten. Die Sehnsucht war so plötzlich gekommen, dass Frederike stehen bleiben musste, weil ihre Beine drohten nachzugeben. Erst als Passanten sie ansprachen, ob es ihr gut ginge, hatte sie bemerkt, dass sie am ganzen Körper zitterte. Da hatte sie gewusst, dass sie etwas unternehmen musste. Zwei Jahre lang hatte sie den Kopf in den Sand gesteckt. Was genug war, war genug.

Die Durchgangsstraße in Kerteminde führte am Strand vorbei, wo ungeachtet des Regens ein paar Leute mit ihren Hunden spazieren gingen. Eine Gruppe Kajaks schaukelte auf den Wellen herum, und sogar ein Kitesurfer war unterwegs. Frederike fröstelte bei dem Anblick. Im nächsten Moment ertönte das schrille Quietschen von Bremsen. Sie verriss das Lenkrad, und der Wagen prallte gegen die Bordsteinkante.

Schwer schluckte sie, schüttelte ihre leichte Benommenheit ab und bemerkte jetzt, wovon der Anblick des Strandes sie abgelenkt hatte: Rot-weiße Schranken und Absperrbänder teilten die Straße. Die Gegenspur war gesperrt und der Verkehr rollte auf sie zu. Keine Ampel, die wäre ihr schon weiter weg aufgefallen. Hier setzte man darauf, dass die Verkehrsteilnehmer sich einigten, wer als Erster die Baustelle passieren durfte.

Nur wenige Zentimeter vor ihrer Motorhaube war ein riesiger Volvo zum Halten gekommen, dessen Xenon-Scheinwerfer sie grell anstrahlten.

Ein Mann stieg aus dem SUV, knallte seine Tür zu, offensichtlich wütend auf sie. Mit wenigen Schritten war er neben ihr und klopfte gegen die Scheibe.

Resigniert ließ sie das Fenster runter.

»Haben Sie die Baustelle nicht gesehen?«

Beim Klang seiner Stimme verstärkte sich das Gefühl von Nachhausekommen in ihr. Søren hatte nach ihrer Hochzeit nie mehr Dänisch mit ihr gesprochen, und sie hatte sich so weit von der Sprache ferngehalten, wie es ihr möglich war. In Frankfurt war das nicht besonders schwer. Doch jetzt, hier, mit dem Duft von klarem Regen, der kleine Krater in sauberen Sand schlug, und mit dem Rauschen der Wellen, die an die Küste rollten, erinnerte sie sich mit jeder Faser ihres Körpers.

»Es tut mir leid«, entschuldigte sie sich. »Ich hab nicht aufgepasst«, stammelte sie. Ihr Dänisch war ganz schön eingerostet.

Sie konnte den Fahrer nicht mal anschauen, da ihr die Situation zu peinlich war. Sie hätte nicht hierher zurückkehren dürfen. Schon gar nicht allein mit dem Auto. Was hatte sie denn erwartet? Dass alles sie kalt lassen würde, was sie einmal geliebt und so lange nicht gesehen hatte?

»Rikke?«

Es dauerte, ehe das Wort in ihr Bewusstsein drang. Der Mann, der aus dem Volvo gestiegen war, hatte es gesagt, allerdings dauerte es, ehe sie realisierte, *was* er gesagt hatte. Nur hier nannten die Menschen sie so. Rikke.

Sie hob den Kopf.

Er hatte die Hände ins offene Fenster gestützt, sich vorgebeugt, um sie besser anmotzen zu können, und jetzt … starrte er sie bloß an, als sei sie ein Geist.

Vermutlich schaute sie ihn genauso an. »Rasmus?« Achtzehn Jahre lang hatte sie sich verboten, an dieses Gesicht zu denken, und nun brauchte es nur einen Blick, einen einzigen Blick, und ihr Herz erkannte ihn. Wenn sie schon etwas fühlen musste, wollte sie ihn wenigstens hassen. Doch nicht einmal das gelang ihr. Er hatte nie etwas falsch gemacht, bis auf das eine Mal. Ihre Finger kribbelten, so sehr wollte sie ihn berühren, sich vergewissern, dass er wirklich echt war.

Seine Augen waren so grau wie früher. Ein bisschen wie die Farbe des Gefieders junger Möwen, aber nicht ganz. Sie hatte Jahre damit verbracht, etwas zu finden, das dieselbe Farbe hatte wie die Augen von Rasmus Martensen. Gefunden hatte sie nie etwas.

Er drückte die Lippen fest zusammen, alle Farbe wich aus seinen hohen Wangenknochen. Sein Gesicht war über die Jahre gereift. Er war nicht mehr der Junge, mit dem sie damals die dänischen Sommer verbracht hatte, er war ein Mann. Winzige Lachfalten in den Augenwinkeln, Dreitagebart auf den Wangen und dem kantigen Kinn. Ein praktischer rotblonder Kurzhaarschnitt, und oben aus dem dunkelblauen Pullover schaute der Kragen eines Hemdes hervor, das die Farbe seiner Augen hatte. Sie entdeckte einen Wassertropfen, der an seinen langen, rotblonden Wimpern hing, herunterfiel und über Rasmus' regennasses Gesicht rann, als er blinzelte.

»Hej«, stieß er gepresst hervor. »Damit habe ich nicht gerechnet.«

Sie konnte nur schlucken. Ihn nur anstarren, während die Fragen in ihrem Kopf sich überschlugen und gegen die Ketten kämpften, in die sie sie achtzehn Jahre lang gelegt hatte. Warum? wollte sie wissen. *Wieso? Weshalb? Was hat sich zwischen uns gestellt?*

Allerdings hielten die Ketten, und das war gut so, denn das Gesicht des Mannes, den sie als Jungen gekannt hatte, war das eines Fremden.

Er stand wie festgenagelt da, bis … ja, bis jemand hinter ihnen hupte, weil der Volvo die Einfahrt in die durch die Baustelle verengte Straße blockierte.

»Ist ja gut!« Ohne ein weiteres Wort an Frederike richtete Rasmus sich auf, winkte dem Ungeduldigen zu und kehrte zu seinem Wagen zurück.

Kaum hatte sie den Zusammenprall mit ihrer Vergangenheit hinter sich gebracht, rissen die Wolken auf und gaben den Blick auf einen Himmel frei, der eine sternenklare Nacht versprach.

Rendstrup Strand war für sie der Inbegriff eines dänischen Dorfes. Wo sich ein Stückchen Bauland fand, hatte im Laufe von Jahrhunderten irgendwer ein Haus daraufgesetzt. Entstanden war ein wunderbares Durcheinander aus alten Fachwerkhäusern, modernen Bungalows und allem, was dazwischenlag. Ihr Herz machte einen Satz, während sie sich dem Haus ihres Großvaters näherte. Als sie ihre Mutter Mathilde um den Schlüssel gebeten hatte, hatte diese noch einmal betont, dass das Gebäude in einem erbärmlichen Zustand sei.

Eine buntgescheckte Katze mit einer Maus im Maul kreuzte

die Straße. Frederike versuchte sich zu erinnern, wo sie entlangfahren musste. Morfars Heim befand sich hundert Schritte einen schmalen Weg hinunter, der am Dorfplatz begann und hinter dem Haus in weitem Bogen ins Feld hinausführte.

Den kleinen Tante-Emma-Laden am Dorfplatz gab es nicht mehr. Inzwischen war dort offenbar eine Bäckerei eingezogen. Zwei Grundstücke nebenan erhob sich das Fachwerkhaus, in dem Oma Henni gewohnt hatte. Die gesamte Fassade war verändert, ein Schaufenster erstreckte sich beinahe über die ganze Breite des Gebäudes. *Jakobsen & Lindegaard Immobilien* stand in großen schwarzen Lettern über dem Fenster. Und wo lebte Oma Henni jetzt?

Frederike lenkte den Wagen an der Bäckerei vorbei und in die schmale, gewundene Straße hinein, die direkt daneben begann. Der Asphalt war immer noch genauso holprig, wie sie ihn in Erinnerung hatte. Das Herz schlug ihr bis zum Hals. Gleich. Gleich wäre sie an dem Ort, an den sie niemals hatte zurückkehren wollen. Ein Ort, der für sie immer der Inbegriff für Glück gewesen war, ein Glück, das sie nicht mehr ertragen hatte. Die Straßenlampen gingen an.

Sie sah das Haus, das sich am Ende der schmalen Straße befand. Ein klassischer dänischer Dreiseitenhof, mit dem Wohnhaus in der Mitte, einem Stall für Tiere, an den sich ein kleiner Schuppen lehnte, auf der linken und einer Scheune mit großem Tor auf der anderen Seite. Im Hof zwischen den drei Gebäuden hatte es früher mal einen Brunnen mit einer Handpumpe gegeben, doch der war schon zu der Zeit außer Betrieb gewesen, als sie noch die Sommerferien hier verbracht hatte. Der Schuppen mit Brennholz war geplündert worden, der Hof von hüfthohem Gras und Unkraut überwuchert. Aber direkt an den Hauswänden entlang blühten farbenfroh unzählige Stockrosen.

Dunkle Balken, ockerfarbene Wände. Eine niedrige Mauer

fasste den Hof ein, von Lavendel nicht nur be-, sondern überwachsen. Hinter dem Mäuerchen stand eine uralte Hortensie in einem tiefen Pink in voller Blüte. Am Haus vorbei konnte Frederike goldenen Weizen entdecken, der auf einem endlos scheinenden Feld im Abendwind wogte.

Hatte ihre Mutter nicht gesagt, dass niemand die Felder, die zum Hof gehörten, pachten wollte? Und dass es Mathilde deswegen nicht gelungen war, den Antrag durchzudrücken, das Gebäude zu einem Ferienhaus umzumelden? Sie hatte ihr erklärt, dass, wenn zu einem Anwesen Felder gehörten, es als landwirtschaftliches Unternehmen galt. Erst nachdem diese Felder veräußert worden waren, durfte das Haus einem anderen Nutzen zugeführt werden. Und Mathilde behauptete steif und fest, dass sie im ganzen Norden von Fünen keinen Landwirtschaftsbetrieb gefunden habe, der sich für die Felder interessierte. Also wem gehörte dann der Weizen?

Frederike parkte den Peugeot vor dem Gebäude am Bordstein und zog den Zündschlüssel ab.

Stille.

Nicht ganz.

Sie schindete Zeit. Eine Amsel hockte auf dem Dachfirst der Scheune und trällerte hingebungsvoll. Ein zweiter Vogel auf dem Dach des Wohnhauses antwortete nicht weniger laut. Als Hintergrundmusik des Amselkonzertes drang das Rauschen des Meeres an Frederikes Ohren. Sie konnte es von hier aus nicht sehen, wusste jedoch, dass es da war. Keine zweihundert Schritte auf der anderen Seite des sanft ansteigenden Weizenfeldes, hinter einem breiten Dickicht aus Flieder- und Holunderbüschen und einer zehn Meter hohen Klippe aus weißem Sandstein, begann der Strand, zu dem ein schmaler, neben dem Getreide kaum sichtbarer Trampelpfad führte.

Sie schluckte schwer und blickte hinauf zum Reetdach. Einer der Vögel schaute zu ihr herab, ehe ein neuerlicher Singanfall der zweiten Amsel ihn herausforderte, sich wieder seiner Aufgabe zu widmen.

Eine Erinnerung an Rasmus und Søren und gemeinsame Abende bei Meeresrauschen und Amselgesang wollte sich vor ihrem inneren Auge abspielen, aber Frederike ließ sie nicht. Sie hatte nicht überlebt, weil sie zu Sentimentalitäten neigte. Sie hatte einfach weitergemacht.

Ihre Finger zitterten, während sie nach dem Schlüssel auf dem Armaturenbrett des Peugeots griff.

Mit wackligen Knien ging sie an der niedrigen Strandrosenhecke, von denen die meisten Blüten sich bereits in Hagebutten verwandelt hatten, entlang zur Haustür.

Eine Stimme hielt sie auf und schenkte ihr noch einmal Aufschub.

»Hej«, sagte die Stimme. »Was tun Sie da?« Es war eine Stimme aus ihrer Kindheit. Eine Stimme, die trotz der Härte der dänischen Worte nach Sahnebonbons mit Meersalz klang, nach zuckerklebrigen Fingern und der Süße von frisch gepresstem Erdbeersaft.

Frederike wandte sich um.

Oma Henni, die nicht wirklich Frederikes Großmutter war, sondern die von Rasmus und dessen Schwester Mille, war immer klein und zierlich gewesen, doch jetzt wirkte sie zerbrechlich. Das früher dunkelgraue Haar leuchtete schlohweiß und das sonnengebräunte Gesicht darunter war faltig. In den Augenwinkeln zeichneten sich Falten ab, aber Hennis Blick war immer noch funkelnd und aufgeweckt. In der Hand hielt sie einen Strauß Wildblumen, die am Rand des Holunderdickichts in großen Mengen wuchsen.

Frederike ließ die Hand mit dem Schlüssel sinken und konnte nichts weiter tun, als zu starren.

»Rikke?« Henni kam näher, ungläubig den Kopf nach vorn gestreckt.

»H-hej, Bedstemor, hvordan går det?«, sagte sie, und wie vorher bei Rasmus wollte ihr die Stimme nicht gehorchen. Vielleicht war es die seit fast zwei Jahrzehnten nicht gehörte und benutzte Sprache und Frederikes Unsicherheit, ob sie sich an alle Wörter erinnerte. Natürlich war das Unsinn. Bedstemor hieß Großmutter, und die Frage danach, wie es jemandem ging, vergaß man nicht so schnell.

Einen Moment lang schauten sie einander nur an. Frederike rechnete mit allem. Unruhig trat sie von einem Bein aufs andere.

Dann breitete sich ein solch strahlendes Lächeln auf dem Gesicht der alten Frau aus, dass die Straßenlampen getrost einpacken konnten. Mit ausgestreckten Armen überbrückte Henni die letzten Schritte und schloss Frederike in die Arme.

»Mein kleiner, kleiner Engel!«, flüsterte Henni, schien eine Sekunde lang loslassen zu wollen, nur um dann noch fester zuzudrücken. »Wie hab ich diesen Moment herbeigesehnt!«

Ich nicht, war alles, was Frederike dachte. *Ich hatte eine solche Angst vor dieser Begegnung, dass sie mir oft die Luft zum Atmen genommen hat.* Aber zum Glück konnte sie immer noch nicht sprechen und lief so nicht Gefahr, Henni zu beleidigen.

Endlich machte Henni sich los. In ihren regengrauen Augen glitzerte es feucht. Sie nahm Frederike den Schlüssel aus der Hand und hielt ihr einen anderen hin. »Der wird besser funktionieren.«

»Du hast das Schloss auswechseln lassen?«, fragte Frederike, froh, über ein unverfängliches Thema zu sprechen.

»Nicht doch«, antwortete Henni, »aber ich komm alle paar Wochen her und schau nach dem Rechten. Aus dem Grund passt mein Schlüssel sicher besser und klemmt bestimmt nicht wie deiner, der ewig nicht benutzt wurde. Ich will ja nicht, dass es einen Rohrbruch gibt oder so was. Stell dir vor, dieser unfähige Klempner, den deine Mutter herbestellt hat, damit er das Wasser abstellt, solange das Haus unbewohnt ist, konnte den Haupthahn nicht finden.«

»Doch du hast ihn gefunden?«

»Ich hab ihn nicht gesucht. Pst.« Sie winkte Frederike mit dem Zeigefinger zu sich und presste ein Ohr an die verschlossene Holztür. »Hörst du das?«

Frederike tat es der alten Frau gleich und lauschte mit ihr zusammen. Ein leises Tröpfeln drang an ihr Ohr.

Henni lachte. »Das ist die Spüle in der Küche. Der Hahn tropft. Deswegen habe ich das Wasser nicht abstellen lassen. So habe ich immer dann, wenn ich hier reinkomme, das Gefühl, es lebt noch jemand hier. Dass dein alter Morfar Mikkel noch da ist. Dein Großvater fehlt uns allen sehr.« Henni zuckte mit den Schultern und schürzte die Lippen. Falls sie es befremdlich fand, dass Morfar Frederike offenbar nicht genug gefehlt hatte, um ihn wenigstens mit zu Grabe zu tragen, ließ Henni es sich nicht anmerken.

»Was soll ich sagen? Ich bin eine sentimentale alte Frau. Wahrscheinlich würde mich der alte Kauz mit seiner Schrotflinte vom Grundstück jagen. Du weißt ja, wie er war. Und seitdem du ihn nicht mehr besucht hast …« Mitten im Satz unterbrach Henni sich, als würde ihr auffallen, dass sie ein heikles Thema anschnitt. Sie straffte die Schultern und nahm das Ohr vom Türblatt. »Wie auch immer. Warum sollte ich das Wasser abstellen lassen? Deine Mutter hat sich nie um irgendwas hier gekümmert und weshalb sollte ich ihr einen Gefallen tun? Doch Strom gibt es nicht mehr.«

Henni wischte sich die Hände an den Oberschenkeln ab, als rüstete sie sich für den Aufbruch. »Hoffentlich brauchst du die

Heizung nicht so schnell. Ist ein scheußlicher Sommer bisher. Aber nur kaltes Wasser? Wenn du duschen willst, tust du das bei mir, ja?« Henni zeigte auf einen hässlichen Klotz aus den Siebzigerjahren, der jetzt offenbar ihr Haus war. Oh Gott! Das passte ja überhaupt nicht.

Zu den anderen Dingen wusste Frederike nichts zu sagen. Die schlimmste Kälte kam ohnehin von innen.

Zum Glück übernahm Henni das Weiterreden. »Also ich denke, das Erste, was du morgen machen solltest, ist, den Elektriker und die Stadtwerke anzurufen, damit du wieder Strom und Gas hast. Für heute findest du sicher irgendwo Kerzen und Streichhölzer im Haus.« Jetzt wandte sich Henni allerdings noch einmal zu Frederike und tätschelte ihr die Wange. »Du schaffst das schon. Falls du immer noch so viel liest wie früher, Mikkels Bücher hat niemand angerührt.«

Traurig lächelte Frederike. Sie konnte sich nicht vorstellen, auch nur eines der geliebten Bücher ihres Großvaters in die Hand zu nehmen. Sie konnte sich nicht einmal vorstellen, diese Tür zu öffnen und über die Schwelle zu treten, aber nun war sie schon hier.

»Alsoooo …« Henni ließ Frederikes Wange los und trat nun endgültig einen Schritt zurück. »Wenn du Bettwäsche brauchst oder was waschen musst, dann schau bei mir vorbei, zumindest fürs Erste. Ich glaube, Mille hat sich vor ein paar Wochen eine neue ultramoderne Maschine gekauft, die so viel gekostet hat, dass sie vermutlich die Wäsche nicht nur selbständig sortiert und einfüllt, sondern auch aufhängt. Ich frag sie mal, ob sie ihre alte Maschine noch hat.«

»Mille wohnt noch in Rendstrup?«

»Oh, sie ist verheiratet und beruflich sehr erfolgreich.«

Frederike fragte sich, ob sie sich den ironischen Unterton in Hennis Stimme einbildete.

»Bedstemor Henni?« Frederike wollte nicht, dass die alte Frau ging. Sie hatte Angst vor dem, was sie auf der anderen Seite der Tür erwartete, Angst vor dem nächsten Schritt oder auch nur vor dem nächsten Wort. Es fühlte sich an, als hätte sie seit Jahren den Atem angehalten und es nicht einmal gemerkt. Doch hier, wo der Regen die Luft sauber gewaschen hatte, war es ihr, als könnte sie keine Sekunde mehr so weiterleben. Sie musste Atem holen, der Drang war einfach zu stark. War das nicht der Grund, warum sie überhaupt hierhergekommen war? Um abzuschließen. Um herauszufinden, wie ihr Leben weitergehen sollte, und um endlich wieder nach vorne sehen zu können.

»Ja?«

»Nichts wird mehr, wie es früher war, oder?«

»Nein, mein Engel. Manches, was man verloren hat, kann man wiederfinden. Aber Jahre bleiben verloren.« Mit dem Zeigefinger deutete Henni auf den Giebel, der sich direkt über ihren Köpfen unter dem Reetdach befand. »Die Zeit liegt nicht dort oben auf dem Dachboden und wartet darauf, dass jemand kommt, der sie entstaubt.«

Aufmerksam betrachtete die alte Frau Frederike. Hennis Augen waren so voller Wärme, als wäre ihr genau bewusst, dass das, was sie sagte, Frederike zutiefst aufwühlte.

»Ich weiß.« Irgendwie schaffte Frederike es, dies zwischen zusammengebissenen Zähnen hervorzubringen. »Vergiss, dass ich das gefragt habe, das war dumm.«

»Das mit Sørens Tod tut mir leid, mein Kleines.« Henni gab vor, nicht zu bemerken, dass Frederike zitterte. »Es ist eine Schande, was das Leben aus den jungen Menschen macht. Wir alten Leute müssen so aufpassen auf euch junges Gefieder. Kein Wunder, dass du ganz durcheinander bist. Aber Søren wollte uns ja nicht auf sich aufpassen lassen. Niemand trägt daran die

Schuld.« *Auch du nicht.* Die Worte hingen unausgesprochen zwischen ihnen.

»Leben seine Eltern noch in dem Haus direkt oben an der Küste?«

Henni schnalzte mit der Zunge. »Die sind geschieden. Vor fünf oder sechs Jahren schon. Hat Søren nichts gesagt? Er war doch hier. Ganz kurz, um seiner Mutter beim Umzug nach Kopenhagen zu helfen. Wohin sein Vater ist? Wer weiß das schon.«

»Er hat nie etwas erzählt, nachdem er wegen des Umzugs hier gewesen war.« Frederike fühlte sich wie die größte Versagerin. Als Ehefrau, als Enkelin, als Freundin und Vertraute, sie hatte auf ganzer Linie versagt. Kein Wunder, dass Søren … Nein, sie konnte den Gedanken nicht einmal zu Ende denken. Den Großteil ihrer Kindheit und Jugend hatte sie hier verbracht und war mit offenen Armen empfangen worden, und dann hatte sie alle Brücken hinter sich abgerissen. Wegen eines Mannes.

»Er wird seine Gründe gehabt haben. Genau wie du. Aber jetzt bist du wieder hier. Das ist das Einzige, was zählt.«

Frederike wollte erwidern, dass dies kein *Wieder-hier* war, nur ein Atemholen. Ein Innehalten. Dass sie nur so lange bleiben würde, bis sie das Haus renoviert hatte, damit ihre Mutter endlich damit tun konnte, was auch immer sie plante. Frederike hatte Mathilde nicht lange überreden müssen, ihrem Vorschlag zuzustimmen. Aber sie brachte es nicht über sich, dies auszusprechen. Nicht nachdem Bedstemor Henni sie so freundlich und herzlich begrüßt hatte. »Ich glaub, ich sollte da jetzt reingehen.«

»Das solltest du.«

Frederike machte keine Anstalten aufzusperren. Sie war wie versteinert und klammerte sich an den Anblick von Bedstemor Henni, der kleinen Dame mit einem so großen Herzen.

Als würde Henni spüren, dass Frederike sich nicht bewegen würde, ehe sie selbst weg war, wandte sie sich endgültig ab. »Ich sehe morgen nach dir. Mach dir keine Illusionen, da drinnen wimmelt es von Spinnweben und Staubflocken. Wenn du in diesem Kasten einigermaßen bequem leben möchtest, hast du ab morgen jede Menge zu erledigen. Selbst für das Gröbste hilft nur ein ganzes Besengeschwader.«

»Ich habe zwei gesunde Hände«, rief sie Henni hinterher. Das Gartentor fiel hinter der alten Dame ins Schloss.

Zeit für die Wahrheit.

Sie straffte die Schultern, rüttelte ein paarmal an der Klinke, schließlich gab das Blatt nach.

Zuerst sah sie nur Dunkelheit. Die Dielen unter ihren Füßen knarrten, unter dem Dach raschelte der Wind.

Sie schloss die Tür hinter sich und lief weiter.

Es roch nach Mäuseurin und Staub. Durch den kurzen Flur betrat sie das Wohnzimmer. Da waren die Spinnweben in den Ecken, mit denen sie gerechnet hatte, und eine dicke Schmutzschicht auf dem Kamin, aus dem niemand jemals die zu Asche zerfallenen Reste von Morfars letztem Feuer entfernt hatte. In der Küche erklang in regelmäßigen Abständen das *Plitsch, plitsch, plitsch.* Dunkle Spuren verunzierten die Wände, sicher waren das Wasserflecken.

Unaufhaltsam strömten die Eindrücke auf Frederike ein, und plötzlich war sie unglaublich müde.

Sie trat auf das Sofa zu. Irgendjemand hatte weiße Leintücher über die Polstermöbel gebreitet. Mit einem Ruck befreite sie die Couch von ihrer Schutzhülle. Unzählige Staubpartikel tanzten im durchs Fenster fallenden Abendlicht wie funkelnde Sterne.

Sie sollte ihren Koffer holen und beginnen, wenigstens eines der Zimmer so weit zurechtzumachen, dass sie einen sauberen

Ort zum Schlafen hatte. Aber der Knoten in ihrer Kehle, der mit jedem Schritt, den sie weiter in ihre Vergangenheit vordrang, wuchs, war bereits zu groß. Wenn er platzte, würde sie weinen, und sie wollte nicht weinen. Sie hatte nicht mehr geweint, seitdem sie diesen Ort das letzte Mal verlassen hatte. Nicht an Sørens Grab, nicht in der Zeit danach. Nicht, als sie alles verloren hatte. Nicht, als Morfars Todesanzeige in ihren Briefkasten geflattert war, ohne auch nur ein einziges persönliches Wort ihrer Mutter. Wenn die Welt sie niederdrücken wollte, dann zeigte Frederike ihr die Zähne, damit es wenigstens aussah wie ein Lächeln.

Mit steifen Gliedern ließ sie sich auf die Couch sinken, zog die Beine an den Bauch und bettete den Kopf in der Armbeuge.

Morgen, sagte sie sich, morgen war auch noch ein Tag. Dann konnte sie beginnen, aufzuräumen und zu sortieren. Ihr Innenleben ebenso wie dieses Haus.

Der Gedanke hatte etwas Tröstliches, und sie schlief ein.

Københavner – Kopenhagener

Aus Rikkes geheimem Rezeptbuch
1. Juli 2000

Københavner

Zutaten:
100 ml Wasser
400 g Zucker
150 g Traubenzucker
3 ml Ananasaroma
¾ ml gelbe Lebensmittelfarbe
½ TL Zitronensäure
2 EL Magermilchpulver
2½ ml Vanillearoma

Zubereitung:
1. Wasser, Zucker und Traubenzucker in einem Topf mischen und auf dem Herd erwärmen.

VORSICHT: Zerbröselte Traubenzuckerriegel funktionieren nicht. Wenn ihr das ausprobiert, ist das Einzige, was ihr davon habt, ausgelacht zu werden.

2. Den Zucker bei starker Hitze schmelzen lassen, bis die Masse exakt 165 °C erreicht hat. Die Temperatur kann nur mit einem Zuckerthermometer überprüft werden.
3. Sobald die gewünschte Gradzahl erreicht ist, nehmt den Topf vom Herd und gießt den Sirup auf eine Silikonmatte.

Noch mal VORSICHT: Ich empfehle euch, unbedingt dicke Handschuhe dabei anzuziehen. Heiße Sirupspritzer auf der Haut tun verdammt weh. Bedstemor Henni sagt zwar, wer nicht heiß anfassen kann, kann auch nicht heiß lieben, doch ich sage euch, es lohnt sich nicht, auf diese Weise beweisen zu wollen, WIE heiß ihr lieben könnt. Das gibt einfach nur Brandblasen an den Fingern, und mit verbrannten Fingern tut jede noch so kleine Berührung weh. Sogar, wenn man damit ganz vorsichtig die Lippen von Rasmus nachfährt. Diese Lippen, die das Weicheste und Süßeste und Beste sind, was ein Mädchen berühren kann. Brandblasen an den Fingern können selbst diese Lippen nicht gesund küssen.

4. Wenn die Masse leicht angehärtet ist und nicht mehr zerläuft, in zwei gleiche Teile trennen. Eine Hälfte mit Zitronensäure, Ananasaroma und gelber Lebensmittelfarbe mischen, den anderen Teil mit der Vanille und dem Magermilchpulver. Die Hälfte mit dem Ananasaroma zu einer schmalen Rolle formen und mit dem Teil mit Vanille umhüllen. In 2 cm dicke Stangen ziehen. Erst nach dem Trocknen mithilfe von Morfars Allesschneider oder über der Kante eines alten Schneidebretts mit einem Messer in kleine Stücke zerschlagen.

Fertig. Kopenhagener sind nicht perfekt, sehen nicht mal perfekt aus, sie sind wie winzige Eisberge, scharfkantig und unförmig. Aber sie schmecken einfach so süß, wenn man die scharfen Kanten einmal abgebissen hat. Und für den Anblick, wenn Rasmus die Augen schließt und genießerisch seufzt, lohnen sich sogar Brandblasen an den Fingern.

2. Kapitel

Als das Handy in der Hosentasche der achtlos über einen Stuhl geworfenen Anzughose summte, wäre eigentlich kein Mensch davon aufgewacht. Rasmus hatte in dieser Nacht allerdings erst gar keinen Schlaf gefunden und deshalb hörte er es ohne Probleme. Warum um alles in der Welt hatte er sich mitten unter der Woche auf einen Vor-Ort-Termin mit dem Bürgermeister von Kerteminde eingelassen? Er hätte so friedlich schlafen können, wenn er wie üblich erst am Wochenende nach Fünen gefahren wäre. Mit den einzigen Programmpunkten: heiße Schokolade trinken und Hennis selbstgebackene Hindbærsnitter und Linzertörtchen genießen. Stattdessen war er an einem Mittwoch die knapp hundertachtzig Kilometer hinuntergeheizt, nur um einem Mann Händchen zu halten, der seine Entscheidung längst getroffen hatte und nun Angst vor seiner eigenen Courage bekam. Zu allem Überfluss hatte die Begegnung am Ende des Heimatbesuches ihm auch noch die ganze Nacht verdorben.

Er drehte den Kopf, sah auf die Hose, konnte sich allerdings nicht aufraffen, aufzustehen. Ein Blick auf den Radiowecker verriet ihm, dass es halb acht war.

Erneut vibrierte das Handy.

Wer schickte um diese Zeit Nachrichten?

Das Meeting im Tivoli Kongresszentrum in Kopenhagen begann erst um halb zehn. Er mochte gar nicht daran denken, wie dunkel die Ringe unter seinen Augen waren und wie sehr seine Finger zitterten. Die schlaflose Nacht hatte Spuren hinterlassen, ihm war geradezu übel.

Sowie das Handy vom gelegentlichen Brummen beim Eingang einer Textnachricht zum penetranten Vibrieren eines Anrufes überging, setzte er sich auf, strich sich mit einer Hand durch die Haare und holte mit der anderen das Telefon aus der Hosentasche heraus.

»Was?«

»Guten Morgen, Sonnenschein!«

Er ächzte leise und ließ sich zurücksinken. »Guten Morgen, Lasse, die Nervensäge.«

»Ahhh, nicht so grummelig, die Sonne scheint. Um acht vorm Supermarkt wie immer?«

»Ich habe dir gesagt, dass ich heute um halb zehn im Tivoli sein muss.«

»Eine Runde in Amager Vest sollte aber drin sein. Sonst wächst dir bald der Bauch über den Gürtel, und das ist unattraktiv, mein Freund.« Amager Vest, das früher militärisch genutzte Areal zwischen dem Flughafen und dem Stadtgebiet von Kopenhagen, erstreckte sich bis hinunter zu ein paar alten Fischerdörfern. Das Gebiet war durchzogen von Radwegen, was es zum idealen Trainingsgrund für die regelmäßigen Treffen von Lasse und Rasmus machte. Auf dem Rennrad konnte man dort Stunden verbringen.

Rasmus schnaubte. »Mit dem Bauch überm Gürtel kennst du dich ja aus. Wenn du heute früh aufs Rad willst und ich mitkommen soll, bist du in einer halben Stunde bei Irma und keine Sekunde später.« Als Erstes würde er sich am Automaten im Eingangsbereich einen Kaffee holen, den hatte er dringend nötig.

»Soll das eine Herausforderung sein? Angenommen.«

Herausforderungen durften nicht ignoriert werden. Rasmus Martensen hatte sich zum letzten Mal im Alter von einundzwanzig Jahren einer Herausforderung nicht gestellt, und er würde heute nicht wieder damit anfangen.

Als er neunundzwanzig Minuten später vor dem Irma-Supermarkt vom Rennrad stieg, hatte die kühle Morgenluft seinen Kopf ein wenig freigepustet. Breit grinsend wartete Lasse bereits mit einem Pappbecher in der Hand auf ihn.

»Was gibt es denn so Dringendes im Tivoli?«, fragte sein Freund und reichte ihm den Kaffee.

»Meeting«, antwortete Rasmus und trank einen Schluck. Heiß und bitter. Genau das, was er jetzt brauchte.

»Wegen?«

»Interessiert dich das wirklich?«

»Ich mache nur Smalltalk. Du siehst scheiße aus. Schlechte Nacht? Mit wem? Louise? Oder Camilla?«

»Fahren wir los? Ich hab nicht den ganzen Morgen Zeit«, verkündete er, warf den noch halb vollen Becher weg und trat in die Pedale.

Lasse schloss zu ihm auf, bis sie nebeneinanderfuhren. »Du willst mir nicht verraten, wer dich nicht hat schlafen lassen? Erzähl mir nicht, du hast Karen wieder angerufen? Du hast doch gemeint …«

»Rikke«, entgegnete Rasmus. Seine Stimme klang gepresst wegen der körperlichen Anstrengung. Natürlich nur wegen der Anstrengung.

Als würden die paar Kilometer ihn auch nur in Schweiß ausbrechen lassen. Das war lächerlich.

»Rikke?« Lasse wurde für einen Augenblick langsamer und musste dann ordentlich strampeln, um aufschließen zu können. »Rikke Nielsen? Was willst du denn mit …«

»Tu doch nicht so!«, brachte Rasmus scharf hervor. Rikke Nielsen war eine der wissenschaftlichen Mitarbeiterinnen im Institut und wurde seit gut und gerne zwei Jahren jedes Mal rot, wenn Rasmus ihr begegnete. Anfangs hatte er das noch ganz niedlich gefunden. »Und pass auf die Oma mit dem Hund da vorne auf.«

»Die ist noch meilenweit weg, und warum soll ich nicht so tun?«

»Du weißt genau, welche Rikke ich meine.«

»Woher soll ich das wissen? Die einzige Rikke, von der ich weiß, dass sie dir jemals schlaflose Nächte bereitet hat, war seit …« Lasse unterbrach sich und schien nachzurechnen. »Na, seit vielleicht zwei Jahrzehnten nicht mehr in Dänemark. Und rein zufällig trägt sie schon genauso lange den Nachnamen deines ehemals besten Freundes.«

»Eben. Achtzehn Jahre. Dann kannst du dir vorstellen, wie überrascht ich war, als sie gestern plötzlich in einem verbeulten Peugeot vor mir stand. In Kerteminde.«

Lasse schnaufte. »Verdammt. Kannst du mal anhalten?«

»Nein, Mann, kann ich nicht. Ich hab einen Termin, zu dem ich pünktlich sein muss, und du wolltest unbedingt vorher eine Runde drehen, jetzt halte dich ran.«

Der Hinterreifen von Lasses Rennrad scharrte im Straßenstaub, sobald er scharf bremste und abstieg. »Jetzt bleib sofort stehen und sprich mit mir!«, rief der Freund ihm nach, da Rasmus einfach weiterfuhr. »Was macht sie wieder hier?«

Rasmus lenkte sein Rad auf den Parkplatz des Golfclubs, wo schon erstaunlich viele Autos parkten, stieg ab und holte sich im Clubhaus einen neuen Kaffee. Als er wieder in die Sonne hinaustrat, wartete Lasse mit vor der Brust verschränkten Armen auf ihn, das Rad gegen seine Hüfte gelehnt.

»Ich hab keine Ahnung«, antwortete er.

»Du hast nicht mit ihr gesprochen?«

»Um was zu sagen? *Oh hej, Süße, lang nicht mehr gesehen, wie geht es dir denn?* Was hättest du denn gesagt, wenn sie plötzlich aus heiterem Himmel vor dir aufgetaucht wäre?«

Lasse verzog den Mund zu einem anzüglichen Grinsen. »Das eine oder andere wäre mir bestimmt eingefallen. Wie sieht sie aus? Immer noch so wie früher? Frauen mögen Komplimente.«

Rasmus warf dem Rennrad seines Freundes einen höhnischen Blick zu. »Und das von einem Mann, der Herzchenaufkleber auf der Fahrradstange spazierenfährt?«

»*Einen* Herzchenaufkleber, der ist von Stine, und du weichst aus.«

Stine war Lasses fünfjährige Nichte, und er vergötterte das Mädchen. Rasmus trank einen Schluck aus dem Pappbecher, um Zeit zu gewinnen. *Wie sieht sie aus?*

Atemberaubend war das Wort, das ihm einfiel.

Sie war keine neunzehn mehr. Damals war sie bezaubernd gewesen, außergewöhnlich, alle hatten sich nach ihr umgedreht. Jetzt war sie außergewöhnlich und eine Frau, die die Mitte dreißig bereits hinter sich gelassen hatte, mit winzigen Fältchen in den Augenwinkeln. Sie war nicht mehr das Mädchen von damals, aber dennoch vertraut. Trotzdem konnte er Lasse nicht erzählen, was die Begegnung mit Rikke in ihm ausgelöst hatte. Dabei hatte auch er damals in Rendstrup Strand zu ihrem Freundeskreis gehört, ehe er vor zehn Jahren eine Kopenhagenerin geheiratet hatte und seither Mitinhaber eines Fahrradgeschäftes in Nørrebro war.

Rasmus warf den leeren Becher in einen Mülleimer und schwang das Bein wieder über den Sattel. »Fahren wir?«

Lasse schlug ihm auf die Schulter. »Du gewinnst. Ich wüsste auch nicht, was ich zu ihr sagen soll. Mit der ganzen Sache mit Søren und so und alles.«

Welche Sache mit Søren? wollte Rasmus fragen. *Die Sache, dass sie* ihn *genommen hat und nicht mich, weil ich ihr nicht gut genug war?* Oder die Sache, dass er es sogar bis auf die Titelseiten dänischer Tageszeitungen wie *Berlingske* und *Jyllands-Posten* geschafft hatte mit seinen Machenschaften an der Frankfurter Börse, weil für Rikke immer das Beste gerade einmal gut genug gewesen war? Oder die Sache, dass er sich umgebracht hatte, um dem Knast zu entgehen, den er verdiente?

Oder doch eher die Sache, dass es Rikkes Verrat und Sørens Wegzug nach Frankfurt gebraucht hatte, damit Rasmus Martensen sich der Herausforderung des Erwachsenwerdens stellte?

»Lass uns fahren«, wiederholte er noch einmal und stieß sich vom Boden ab. Sein Kopf dröhnte, der Kaffee rumorte in seinem leeren Magen, und der Gedanke an das lange Meeting mit Vertretern von *Sydskov Engineering* ließ ihm die Beine schwer werden.

Sonnenstrahlen weckten Rikke. Sie kniff die Augen zusammen und nahm den Geruch von Staub wahr, der unter der niedrigen Decke des Wohnzimmers hing.

Sie hatte es nicht fertiggebracht, sich in Morfars Schlafzimmer hinzulegen. Das Zimmer, in dem sie als Kind geschlafen hatte, war noch weniger infrage gekommen. Zu viele Erinnerungen lauerten dort unter den Dachbalken auf sie. Blieb nur das Wohnzimmer mit seinen von weißen Laken verhängten Möbeln und dem fadenscheinigen beigegrauen Teppich.

Sie betrachtete den Boden und konnte genau sehen, wo Morfar immer entlanggegangen war. Dort war noch mehr Teppich abgerubbelt als an anderen Stellen, zum Beispiel vor dem Ohrensessel, in dem niemand außer Morfar hatte sitzen dürfen.

Unter dem hochbeinigen Tisch mit dem betagten Stickdeckchen, auf dem der fast ebenso alte Fernseher stand, war der Teppich am besten erhalten. Frederike blinzelte entsetzt, nachdem sich ihr Blick geklärt hatte und sie die fast kinderhandgroße Spinne sah, die dort hockte. Frederikes Herzschlag beschleunigte sich. Sie hasste Spinnen.

Vorsichtig, um den Krabbler nicht zu erschrecken, tastete sie mit einer Hand unter der muffigen Wolldecke heraus nach ihren Schuhen. Gerade als sie einen davon zu greifen bekam, surrte plötzlich an ihrem linken Ohr etwas vorbei. Das hohe, penetrante Ziiieeeeeep einer Mücke! Und kaum, dass sie sich darüber klar geworden war, passierte dasselbe am anderen Ohr. Nicht dieselbe Mücke, denn die saß auf der Decke und rieb sich unternehmungslustig das Fresswerkzeug. Was? Und da hieß es, die Insektenpopulation in dieser Welt sei um über achtzig Prozent zurückgegangen. Die verbliebenen zwanzig Prozent hatten sich offenbar gemütlich in Morfars altem Haus eingerichtet.

Rikkes Blick glitt zurück zur Spinne. So vorsichtig, wie sie danach gefasst hatte, ließ sie jetzt den Schuh wieder los. Während sie sich aufsetzte, surrte die Mücke empört auf und ging zum Angriff über. Rikke musste dreimal zuschlagen, doch schließlich brach das Ziiiiiieeep ab. Der zweiten Mücke war die Flucht gelungen.

»Okay, Spinne«, sagte sie in Richtung des haarigen Insekts. »Ich schlage dir einen Handel vor. Ich gebe dir einen schönen Namen und räume dir Bleiberecht in diesem Haus ein. Wäre allerdings schön, wenn du dich verkriechst, falls ich mal Besuch bekommen sollte.« Mutig stand sie auf und wandte der Spinne den Rücken zu, während sie die Decke zusammenlegte. »Also: Ab heute heißt du Henk. Im Gegenzug erwarte ich aber von dir, dass du dich an die Aufgaben einer Spinne erinnerst, nämlich Mücken fressen. Geht das?«

Über die Schulter schaute sie sich um. Henk hockte ungerührt an seinem sonnigen Fleck unter dem Fernseher.

»Ich warne dich«, fügte sie hinzu. »Eine Dose Ungezieferspray ist schnell gekauft.« Sie würde einfach auf Verdacht hin das Zeug gleich mitbringen, wenn sie nachher zum Einkaufen fuhr. So als Anreiz für Henk, seine Arbeit ordentlich zu erledigen.

Sie ärgerte sich, dass es den kleinen Kaufmannsladen im Dorf nicht mehr gab. Bis nach Kerteminde zu müssen war so zeitraubend. Die Erinnerung daran, wie sie dieselbe Strecke früher, als Kind mit dem Rad gefahren war, einmal hin und wieder zurück, jagte ihr jetzt einen Schauder über den Rücken. Wo waren die Jahre hin?

Sie musste auch immer noch den Wagen ausräumen. Viel Gepäck hatte sie zwar nicht dabei, aber auch das wenige wollte sie nicht im Auto herumkutschieren.

Ächzend zerrte sie ihre große Reisetasche aus dem Kofferraum. Als sie zur Haustür zurückkehrte, bemerkte sie, dass dort an der Wand direkt unter dem Briefkasten ein örtliches Telefonverzeichnis mit einem Herzchengruß von Henni lehnte.

Dankbar lächelte Frederike. Am Briefkasten klebten mehrere offiziell aussehende Sticker. Rikke lud die Tasche im Korridor ab und betrachtete die Kleberei. Das dänische Postwesen erinnerte den Eigentümer daran, einen Briefkasten direkt an die Straße zu stellen, sodass der arme Postbote vom Fahrerfenster aus die Zustellungen einwerfen konnte und nicht erst aussteigen musste. Wenn das nicht bis dann und dann geschähe, würde keine Post mehr an diese Adresse geliefert. Der Stichtag war seit einem Jahr abgelaufen.

Während sie ein zweites Mal zum Peugeot lief, fuhr eine Frau auf einem Fahrrad vorbei. Sie trug weite bunte Pluderhosen, ein gelbes T-Shirt und hatte kurzgeschnittenes, rotblondes Haar. Im gleichen Augenblick war sich Frederike sicher, dass das Mille gewesen sein musste, die Schwester von Rasmus.

Auch wenn die früher das Haar bis zu den Hüften getragen hatte.

Die Frau radelte weiter, schaute dann allerdings vor der nächsten Biegung in der Straße noch einmal über ihre Schulter. Nun war Rikke sicher, dass sie sich nicht getäuscht hatte. Unter Garantie hatte auch Mille sie erkannt.

Dass Mille genau so reagiert hatte, oder besser gesagt, nicht reagiert hatte, wie sie es von allen Einwohnern Rendstrups erwartet hatte, raubte Frederike einen erheblichen Teil des Elans, mit dem sie in den neuen Tag gestartet war. Aber sie war nicht hier, um zu jammern, also riss sie sich am Riemen.

Im Haus blätterte sie durch das Telefonverzeichnis und suchte die Nummern des örtlichen Elektrikers und der Stadtwerke von Kerteminde heraus, um Strom und Gas anschließen und die Müllentsorgung ankurbeln zu lassen.

Kjeld, der Elektriker, lachte schallend, als sie ihm in ihrem allerbesten Dänisch ihr Anliegen vortrug.

»Mikkels altes Haus? *Frøken*, wenn ich da in die Leitungen wieder Strom reinpfeifen lasse, fliegt Ihnen die Bude um die Ohren. Da muss erst mal alles nigelnagelneu verkabelt werden. Der alte Mikkel hat doch nie was machen lassen.«

»Sind Sie sicher?« Mathilde hatte klipp und klar gesagt, dass sie nur das Allernötigste investieren und Rikke so viel wie möglich selber erledigen sollte, damit das Haus wieder bewohnbar wurde. Frederike bezweifelte, dass Mathilde eine komplett neue Verkabelung als das Nötigste ansah. Gleichzeitig hoffte sie, dass ihre Mutter nicht von ihr erwartete, mit eigenen Händen Kabel durch die Wände zu ziehen. Sie erzählte Kjeld, dass sie es sich überlegen würde, und beendete das Telefonat.

Bei den Stadtwerken hatte sie mehr Erfolg. Da wurde sie lediglich gefragt, ob sie die neue Besitzerin oder Mieterin sei und wer für die Kosten aufkommen würde. Nach ein wenig Hin und Her wegen Mathildes deutschem Wohnsitz und Bankkonto und Rikkes Unsicherheit, ob ihre Mutter überhaupt das von Frederike verbrauchte Gas und die Müllabfuhr bezahlen würde, stand der Auftrag.

»Mit *wem* hast du gesprochen?« Oma Henni, die überraschend vorbeigeschaut hatte, fielen fast die Augen aus dem Kopf, als Rikke ihr von dem Telefonat mit dem Elektriker berichtete. »Da hilft nur eine gute Tasse Tee«, erklärte die alte Frau. Kurzerhand griff sie Frederike bei der Hand.

Jetzt saßen sie in Hennis Wohnküche, einem heimeligen Raum mit Möbeln aus den Siebzigern und knarrenden Stühlen. Auf dem Fensterbrett döste eine schwarz-weiße Katze.

»Ich habe Kjeld angerufen, weil er gleich zwei Straßen weiter wohnt. Das ist doch das Einfachste. Ich kann ja schlecht einfach an seine Tür klopfen, der hat bestimmt zu tun.«

»Kjeld hat selten zu tun«, belehrte Henni sie und schob ihr eine Schale mit Gummibären hin. »Der verdient sein Geld nur mit den Sommerhausbesitzern und den Vermietungsagenturen, wenn die mal schnell wen brauchen. Von uns Einheimischen geht keiner zu dem.«

»Und warum nicht?«

»Weil er jedem immer nur neue Kabel andrehen will. Der hat irgendwann mal einen Schuppen voller Kabel gekauft und spürt langsam das Alter in seinem Nacken. Jetzt fürchtet er, dass ihm nicht mehr genug Zeit bleibt, um die ganzen Kabel zu verlegen, ehe er ins Gras beißt. Wenn du mich fragst, geschähe ihm das recht. Mit Mikkel hat der sich fast täglich gestritten.« Henni schnalzte mit der Zunge und nippte an ihrem Tee. »Sprich mit Rasmus, Engel. Der kennt sich aus.«

Die Erwähnung dieses Namens ließ Frederike zusammenzucken, als hätte ein Blitz sie getroffen. Ein kurzer Seitenblick auf die Küchenuhr an der Wand bestätigte ihre Vermutung. Immerhin, ihr war es gelungen, geschlagene zehn Stunden jeden Gedanken an Rasmus zu verdrängen. Dafür hatte sie eine Belohnung verdient, fand sie. Eine Frage konnte sie sich erlauben. Eine Frage, aber dafür keine Gedanken an den wütenden Ausdruck in seinen Augen nach ihrem Zusammenprall gestern. Keine Gedanken daran, wie gut er ausgesehen hatte, mit den windzerzausten rotblonden Haaren und dem starken, athletischen Körper. Und vor allem keine Gedanken daran, wie ihr Leben heute sein könnte, wenn damals alles anders gekommen wäre.

»Wohnt Rasmus denn noch in Rendstrup?«

»Rasmus ist vor Jahren nach Kopenhagen gezogen. Doch er ist oft hier. Ich kann ihn zu dir schicken, wenn er das nächste Mal in Rendstrup ist. Sicher schaut er sich deine Kabel an. Wie wäre das?«

Rikke wollte Henni nicht zeigen, wie das wäre.

Um das Thema zu wechseln, griff sie nach einem der auf dem Tisch in einer Schale bereitstehenden Gummibärchen und steckte es sich in den Mund. Angewidert kräuselte sie die Nase. »Machst du die nicht mehr selber? Die schmecken ja scheußlich.«

Henni winkte ab. »Schon lange nicht mehr. Gicht in den Fingern, und damit es sich lohnt, muss man große Mengen kochen. Wie früher, wenn ihr alle hier wart und mir das Zeug aus den Fingern gerissen habt. Aber so schwere, große Töpfe kann ich nicht mehr heben.«

Schade, dachte Rikke. Ohne Hennis Süßigkeiten fehlte etwas in Rendstrup Strand. Sie trank ihren Tee aus und stand auf. »Ich denke, ich fahre mal los. Brauchst du etwas aus Kerteminde?«

Breit grinste Henni sie an. »Also, wenn du so fragst, kannst du mir zwei Kilo Mehl mitbringen. Geht das?«

»Für dich, Bedstemor, gehen auch zweihundert Kilo.«

Diesmal erreichte sie Kerteminde ohne Zwischenfälle. Sie lenkte ihren Peugeot auf den Parkplatz des Brugsen-Supermarktes und überprüfte, dass der Einkaufszettel, den sie in Morfars Haus geschrieben hatte, in ihrer Tasche war. In erster Linie standen Putzutensilien auf der Liste. Wischmopps und Reiniger, ein Staubsauger sowie passende Beutel, Besen in verschiedenen Größen, Putzlappen, Mikrofasertücher, solche Sachen eben. Dazu ein paar unverderbliche Lebensmittel. Bis sie Strom und einen funktionierenden Kühlschrank hatte, musste das reichen. Einmal in den Sommerferien hatte Morfar ihr den Erdkühlschrank im Brennholzschuppen gezeigt, aber um dem zu trauen, war sie doch zu sehr ein Stadtkind. Da griff sie lieber die nächste Zeit auf H-Milch mit Müsli und frisches Obst zurück. Leider führte der Laden keine Briefkästen, aber dann würde sie eben hinterher noch im Baumarkt vorbeischauen und einen kaufen. Selbst wenn sie nicht dauerhaft in Rendstrup bleiben würde, es kam ihr falsch vor, in einem Haus zu wohnen, das nicht mal vom Postboten angefahren werden konnte, weil es keinen Briefkasten besaß.

Die Leute im Supermarkt beachteten sie nicht. Warum sollten sie auch? Sie war nur eine von vielen, die um diese Zeit ihren Wagen durch die ewig lang scheinenden Gänge schoben. Die Hälfte von ihnen waren Touristen, weil die dänischen Schulferien schon wieder zu Ende waren. Statt, wie sie es vorgehabt hatte, alles schnell zu erledigen, verlor sie sich in der Betrachtung der ausgestellten Waren. Vor dem Kühlregal mit den Milchprodukten stiegen ihr beinahe Tränen in die Augen. Himmel, hatte sie irgendwo leckgeschlagen? Sie war doch sonst nicht so nah am Wasser gebaut. Aber es brauchte nicht mehr als einen Blick auf die Tetrapacks mit Ymer, der typisch dänischen Sauermilch, und Skyr, und sie hatte den Geschmack wieder auf der Zunge. Stundenlang hatte sie früher auf Morfars Küchenbank gesessen und Walnüsse geknackt, damit sie diese anschließend gemeinsam mit Bedstemor Henni in Honig einkochen konnte. Nichts schmeckte besser zum Frühstück als Koldskål, dänische Buttermilch-Kaltschale mit Zitrone und Honignüssen, nichts legte sich tröstender auf die Seele als eine Kugel Eis mit Schokokussschaum und der goldfließenden, nussigen Süße. Ein paar Sekunden lang schaffte Frederike es, auf ihren Verstand zu hören. Kein Kühlschrank, keine Sauermilch, so einfach war das. Doch dann siegte ihre Sentimentalität. Die Dickmilch würde ganz einfach nicht alt werden. Dafür würde sie schon sorgen. Im Regal mit den Backzutaten fand sie Walnusskerne. Gleich nach dem ersten Scheuerdurchgang würde sie in den Garten gehen und nachschauen, ob Morfars riesiger Nussbaum in diesem Jahr Früchte trug. Wenn ja, würde sie die in ein paar Wochen einsammeln, knacken und dann zusammen mit Honig hier aus dem Supermarkt einkochen. Das schmeckte zwar nicht so gut, wie mit dem Honig von Morfars eigenen Bienen, doch sicherlich waren die Bienenstöcke längst verwaist. Sie musste erst wieder lernen, kleine Dinge zu wagen, und dass sie sich überhaupt wieder traute, mehr als ein paar Stunden in die Zukunft zu blicken, war schon ein Gewinn.

Auf dem Weg zum Regal mit süßen Brotaufstrichen war sie so in Gedanken, dass sie die Stange des Wischmopps, die über den Rand ihres Einkaufswagens hinausragte, einem Mann in den Rücken rammte. Der Typ stand, ein Klemmbrett in der Hand, halb über eine Warenschütte gebeugt. Weil Frederike alle Mühe hatte, ihre Gedanken beisammenzuhalten und gleichzeitig ihren vollbeladenen Wagen zu manövrieren, hatte sie den Mann zuerst nicht bemerkt.

Empört richtete er sich auf. Sie sah noch, wie er sich im letzten Augenblick einen Schmerzensschrei verbiss, ehe sein Gesichtsausdruck von erschrocken zu wütend, dann zu beherrscht und schließlich zu erstaunt wechselte. Ihr selbst erging es nicht viel anders.

»Malthe?«

»Rikke?«

»Was tust du denn hier?«

»Das müsste eigentlich ich dich fragen«, antwortete er. »Ich arbeite hier und wohne seit meiner Geburt in der Gegend. Du bist diejenige, die uns Jungs allen schrecklich den Kopf verdreht hat und dann mir nichts dir nichts verschwunden ist.« Theatralisch schlug er sich mit der Kladde gegen die Brust. »Ich glaube, ich leide immer noch an gebrochenem Herzen.« Sein Lachen wirkte echt, während er sein Klemmbrett weglegte und stattdessen die Arme ausbreitete, als wollte er sie zur Begrüßung umarmen. Aber das, was er gesagt hatte, stand plötzlich wie eine Mauer zwischen ihnen. Sie hatte niemals irgendwem das Herz brechen wollen. Alles, was sie gewollt hatte, war, hier in Dänemark die Freiheit zu genießen, die sie das ganze restliche Jahr über in Frankfurt so schmerzlich vermisste. Bei Morfar konnte sie sein, wer sie war, nicht das Mädchen, das ihre Mutter aus ihr machen wollte. Instinktiv wich sie einen halben Schritt zurück. Malthe schien es nicht einmal zu bemerken. Herzlich grinste er sie an. »Gut siehst du aus. So … erwachsen. Wie geht es dir?«

»Bestens, danke.« Glatt gelogen, doch das musste er ja nicht wissen. Sie hatten damals zum selben Freundeskreis gehört, allerdings war ihre Freundschaft nie so eng gewesen, dass sie ein schlechtes Gewissen wegen ihrer kleinen Notlüge haben musste. Sie erwiderte sein Lächeln. Auf Knopfdruck zu lächeln, hatte sie bereits als Kind gelernt. Sie sollte Mathilde für diese Lektion danken.

»Und was tust du hier? Urlaub? Bist wahrscheinlich wahnsinnig erfolgreich, was? Wir wussten immer alle, dass aus dir was Großes wird.«

Ja, sicher. Vage zuckte sie mit den Schultern. »Ich nehme mir eine Auszeit. Mikkels Haus muss auf Vordermann gebracht werden, damit man was damit machen kann, und da ich gerade ein bisschen Zeit …«

»Hej, Malthe? Kommst du mal bitte? Die Kasse nimmt schon wieder die neue Rolle nicht!« Der Ruf einer der Verkäuferinnen unterbrach Rikke mitten im Satz. Sie war kurz davor, sich extra an dieser Kasse anzustellen, um der Frau ein saftiges Trinkgeld geben zu können. Ihr Hilfeschrei hatte Rikke davor bewahrt, sich mit irgendwelchen unbedachten Bemerkungen in die Nesseln zu setzen.

Malthe merkte immer noch nichts von ihrem Unbehagen. Der strahlte nach wie vor über beide Ohren. »Ich muss mich dadrum kümmern«, sagte er entschuldigend und deutete in Richtung Kasse. »Das Leid des Filialleiters. Aber weißt du was? Heute Abend treffen wir uns mit der alten Truppe in *Rick's Pub* am Hafen von Korshavn. Na ja, zumindest mit denen, die von der alten Clique übrig geblieben sind. Dort ist donnerstags immer Bingoabend, und wir trinken ein paar Gläschen zusammen und so. Nichts Aufregendes, sicher nicht so glamourös wie das Nachtleben in Frankfurt, doch vielleicht hast du ja trotzdem Lust. Ich würde mich freuen. Die anderen freuen sich bestimmt auch, dich wiederzusehen. War 'ne lange Zeit.«

»Klar, warum nicht.« Sie sagte es zwar bestimmt, aber im Grunde meinte sie es eher als Frage. Warum nicht? Es gab tausend Gründe. Tausend Gründe, wieso es keine gute Idee war, sich den Fragen und wohlgemeinten Neckereien von Menschen zu stellen, die ihr einmal die Welt bedeutet hatten. Sie war noch nicht bereit, denn im Gegensatz zu Malthe war sie sich nicht annähernd sicher, dass sie mit offenen Armen empfangen werden würde.

Ob Rasmus auch dort sein würde? Oma Henni hatte gemeint, er sei häufiger auf Fünen. Im letzten Moment biss sie sich auf die Zunge, um die Frage nicht laut zu stellen. Gerade nach dem, was Malthe über gebrochene Herzen und all das gesagt hatte, sollte sie das Thema wirklich fallen lassen. Sie hatten alle genug gelitten. Es gab in der Tat tausend Gründe, Malthes Einladung auszuschlagen.

Tausend Gründe und eine alles verzehrende Sehnsucht.

Die musste der Grund sein, warum sie wie von selbst sagte: »Gerne. Um wie viel Uhr geht das denn los?«

»Ach, das nimmt niemand so genau. Irgendwann ab acht oder so. Komm einfach, wann es dir passt.«

Ja, als hätte sie so viele Verpflichtungen. »Okay, super. Dann sehen wir uns heute Abend.«

»Ich freu mich.«

Erneut rief die Frau von der Kasse, und diesmal eilte Malthe zu ihr.

Frederike blieb zurück, und es dauerte gefühlt fünf Minuten, ehe sie sich erinnern konnte, was sie eigentlich in dem Regalgang gesucht hatte.

Mit einem *Pling!* sprang an der unteren rechten Ecke des Monitors die Nachricht auf, dass ein neuer Termin im Kalender eingetragen worden sei. Genervt wollte Rasmus das Fensterchen wegklicken, doch gerade noch rechtzeitig stellte er fest, dass es sich um einen Termin handelte, der in weniger als einer Stunde begann.

»*Når for fanden!* Was zum Teufel«, stieß er hervor, einmal mehr froh darüber, dass er im Hauptsitz von *Sydskov Engineering* während seiner Tätigkeit als Projektmanager ein Büro für sich allein hatte. Der Fluch, der ihm so leicht über die Lippen kam, würde bei Kollegen für Naserümpfen sorgen. Für heute hatte er bereits zwei Telefonkonferenzen geplant, einmal eine Dreierkonferenz mit dem Maklerbüro auf Fünen, das für die Kaufabwicklung der Grundstücke verantwortlich war, und der Finanzabteilung von *Sydskov Engineering* und gleich danach eine mit einer Zuliefererfirma in Aarhus. Addierte man dazu den Morgentermin im Kongresszentrum, der auch eine gute Stunde länger gedauert hatte als angesetzt, hatte er nun wirklich keine Zeit mehr für eine weitere Besprechung. Irgendwann musste er auch abarbeiten, was in all diesen Meetings besprochen wurde.

Der neue Termin war allerdings von der Sekretärin des Geschäftsführers von *Sydskov Engineering* eingestellt worden und konnte allein deshalb nicht ignoriert werden. Blumig entschuldigte sie sich für die Kurzfristigkeit, aber die beiden Technik-Direktoren des Energieriesen seien nur noch bis zum frühen Nachmittag im geophysischen Institut an der Kopenhagener Universität, ehe sie wieder nach Aalborg fliegen würden. Explizit hatten die beiden Herren darum gebeten, dass auch Rasmus, als unabhängiger Gutachter, dabei wäre, wenn die Wissenschaftler von der Uni ihre Ergebnisse der Standortuntersuchung auf Fünen präsentierten.

Grimmig starrte Rasmus auf seinen Bildschirm. Da ging sie hin, seine Mittagspause. Nicht mal zwanzig Minuten für eine Tasse Kaffee und ein Stück Smørrebrød wären jetzt noch drin.

An diesem Gutachten arbeitete er seit Wochen. Um gezielte Analysen machen zu können, waren neben der Auswertung mehrerer geophysischer Karten und der Bodenbeschaffenheitsberichte aus dem geologischen Institut auch Vor-Ort-Termine notwendig. Bei dem vorliegenden Projekt waren die allerdings seine geringste Sorge. Er kannte die Gegend. Er konnte vielleicht keine Aussagen über die Tragfähigkeit des Bodens treffen und auch nicht über die Wetterdaten der vergangenen Jahrzehnte, doch dafür kannte er jede Klippe und jeden Baum dort.

Mit einem schnellen Blick überflog er noch einmal die Agenda des Meetings am geologischen Institut und stöhnte innerlich auf, als er auf der Teilnehmerliste den Namen Rikke Nielsen entdeckte. Als hätte Lasses Stichelei beim Fahrradfahren den Namen der wissenschaftlichen Mitarbeiterin des Instituts heraufbeschworen. Leider hatte Rasmus keinen Einfluss darauf, wen das Institut mit der Erstellung der benötigten Berichte beauftragte. Dies war der dritte Windpark, den Rasmus für die Firma *Sydskov Engineering* plante. Jedes Mal hatte er dabei das zweifelhafte Vergnügen gehabt, mit Rikke Nielsen zusammenzuarbeiten. Sie war während ihrer Promotion am Geologischen Institut angestellt, und immer wieder beteuerten die Entscheidungsträger, dass niemand an der ganzen Universität sich besser mit der zu erwartenden Veränderung der Geophysis während und nach dem Bau von Windparks auskannte als Rikke Nielsen. Das mochte durchaus sein, dennoch wäre ihm ein anderer wissenschaftlicher Mitarbeiter lieber gewesen.

Mit wachsender Verzweiflung prüfte er seine Termine und suchte nach einer Ausrede, wie er sich aus der Nummer herausstehlen konnte. Dummerweise gab es da nichts. Die Aarhus-Telefonkonferenz fand erst statt, wenn das neu hinzugekommene Meeting an der Uni schon zu Ende war, und was das Maklerbüro betraf …

Laut seufzte er und griff sich sein Handy.

Seine Schwester nahm nach dem zweiten Klingeln ab. »Jakobsen und Lindegaard Maklerbüro, wie kann ich Ihnen helfen?«

»Mille. Ich bin's.«

»Wow, das ging ja schnell«, sagte sie, schwieg einen Moment und fügte hinzu: »Dann hast du es wohl schon gehört?«

»Ich hab *was* schon gehört? Du, ich hab jetzt keine Zeit zum Quatschen. Ich muss unsere Telefonkonferenz verschieben.«

»Die mit den Finanzleuten?« Eine Tastatur klapperte im Hintergrund. »Sagst du denen Bescheid oder soll ich?«

»Ich mach das schon. Du bist ja nicht meine Sekretärin.«

»Gibt es denn Schwierigkeiten mit dem Projekt? Ihretwegen?«

»Ihretwegen?«, fragte er.

»Na, weil doch Rikke wieder da ist.«

Ein paar Sekunden dauerte es, ehe Rasmus begriff, von welcher Rikke seine Schwester sprach. Als er es endlich kapiert hatte, ließ er stöhnend die Stirn auf seine Handflächen sinken. »Dann hast du sie auch gesehen.«

»Heute früh, als ich zur Arbeit fuhr, bei Mikkels Haus. Soll ich mit ihr wegen unseres Projekts sprechen? Sie drauf vorbereiten? Oder gibt es eine Planänderung?«

»Ich werde dir die Zunge rausreißen, wenn du mit ihr sprichst, Mille, merk dir das«, fuhr er seine Schwester an. »Lass uns doch einfach abwarten, was sie hier will, okay?«, bat er dann sanfter.

»Okay, Brüderchen. Und warum sagst du dann plötzlich die Konferenz ab?«

»Ich sage sie nicht ab, ich muss sie verschieben. Ich rufe dich wegen eines Ersatztermins an. Die Techniker sind hier und wollen unbedingt ein Gespräch mit den Geologen von der Uni. Leider haben die Vorrang. Ich melde mich.«

»Ich sitze hier auf glühenden Kohlen«, entgegnete seine Schwester.

»Und kein Wort zu Rikke, hast du verstanden? Sag, dass du verstanden hast.«

»Ja, ja … kein Wort zu Rikke. Warst du früher auch schon so paranoid, wenn es um sie ging? Das ist ja nicht auszuhalten.«

Rasmus zog es vor, das Gespräch zu beenden.

Eine Stunde später war er so engagiert damit beschäftigt, den Blicken der anderen Rikke auszuweichen, dass er sich kaum auf das konzentrieren konnte, was besprochen wurde. Den Ingenieuren lagen die ersten Analysen von Rasmus bereits vor. Die Statiker zeigten sich begeistert über die Beschaffenheit des Untergrundes. Allerdings waren neue Probleme mit einer Umweltschutzorganisation wegen einer seltenen Flugenten-Art, die am geplanten Standort brütete, aufgetaucht. Die Umweltschützer waren überzeugt, dass die Enten sich bis zum letzten Mann in den Rotorblättern der Windräder verfangen und auf diese Weise ausgerottet werden würden. Zum Glück würden sie mit ihrer Beschwerde nicht weit kommen. Flugenten waren nicht vom Aussterben bedroht, nicht mal die selteneren Arten, und Windränder stellten für sie nicht mehr Gefahr dar als Flugzeuge oder drohende Meteoriteneinschläge. Nur noch zwei Unterschriften aus dem Ministerium, und die Klage war abgeschmettert. Die entsprechenden Briefe waren bereits geschrieben.

Rikkes Aufgabe war die Analyse der Bodenbeschaffenheit. Einige der im Boden vorhandenen Mineralien konnten besonderes Material für die Ummantelung der Kabel erfordern. Gewöhnlich wurde für Windparks eine Lebensdauer von fast zwanzig Jahren zugrunde gelegt. Doch falsch verwendetes Baumaterial in Kombination mit aggressivem Bodenverhalten konnte bedeuten, schon nach zehn Jahren die verlegten Kabel erneuern zu müssen.

Rasmus machte sich Notizen, dabei brauchte er die Doktorandin wenigstens nicht anzuschauen. Er warf mit ein paar Zahlen um sich und mit dem Namen einer Firma auf Fünen, die sich auf die Produktion von Edelmaterialien spezialisierte, die jeder Art von Korrosion entgegenwirkten.

»Na, das wird die Umweltschützer aber freuen«, bemerkte Rikke. »Alles, was sich nicht nach kurzer Zeit selbst zersetzt, ist doch Teufelszeug für die.«

»Wir können nun mal keine Kabel aus Hanf verlegen.« Der Ingenieur, der das grinsend einwarf, hieß Peter und arbeitete seit gut und gerne dreißig Jahren für *Sydskov Engineering*. »Einen Tod muss man eben sterben, um die Herren dort oben zufriedenzustellen.«

In jedem Jahr nahm der Anteil von Windenergie im dänischen Stromnetz zu, abhängig davon, ob es ein windarmes oder ein windreiches Jahr gegeben hatte. Heute lag der Anteil bereits bei über vierzig Prozent. In zwanzig bis dreißig Jahren, so lautete die Prognose, würden die dänischen Öl- und Gasfelder in der Nordsee erschöpft sein. Bis dahin musste die Wirtschaft in der Lage sein, die benötigte Energie aus alternativen Quellen zu beziehen. Windparks gehörten dazu, und aus diesem Grund hatte Rasmus sich auf deren Planung spezialisiert. Die Gemeinden selbst entschieden sich für die Errichtung solcher Parks. Sobald ein konkreter Auftrag an eine Firma ging, war es Rasmus, der als selbstständiger Berater die vorbereitenden Kosten-Nutzen-Analysen erstellte. Bei seiner Arbeit musste Rasmus alles bedenken, von der Standortfrage über die Zuliefererbetriebe bis hin zu Finanzierungsmodellen. Für eine Anlage mit fünfzehn Rädern konnte schon mal die stolze Summe von dreihundertfünfzig Millionen Kronen zusammenkommen.

Jedweder Stein, der den Windparkprojekten im Weg lag, musste frühzeitig erkannt und bereits im Vorfeld weggerollt werden. Denn sobald der Bau einmal begonnen hatte, war es meist schon zu spät für Schadensbegrenzung, wenn es zu Engpässen kam. Die Expertise von Leuten wie Rasmus Martensen als Mittler zwischen den Gemeinden und den Windenergie-Firmen war mit Gold nicht aufzuwiegen.

Wie nicht anders zu erwarten gewesen war, pirschte sich Rikke Nielsen nach dem Ende der Unterredung an Rasmus heran.

»Hast du schon zu Mittag gegessen?«, fragte sie scheinbar beiläufig.

»Ich denke, ich werde in meiner Lunchpause eine Runde auf dem Rad drehen.«

Leicht säuerlich grinste sie ihn an. »Ich wollte dich einladen. Direkt an der Ecke hat ein toller indischer Take-away eröffnet.«

Einen Augenblick lang wusste er nicht, wie er reagieren sollte. Immerhin war sie eine attraktive Frau. Jung, blonde Haare, lange Beine und viele, viele Sommersprossen im Gesicht. Aber in der Millisekunde, während er über ihr Angebot nachdachte, schob sich das Gesicht einer anderen Rikke vor sein inneres Auge und machte jeden weiteren Gedanken an ein gemeinsames Mittagessen mit seiner Kollegin zunichte. Diese Frau hatte bereits am Tag ihrer Taufe verloren. Natürlich konnte sie das nicht ahnen, aber für ihn hatte es immer nur *eine* Rikke gegeben, und das würde sich jetzt, wo diese Rikke nach achtzehn Jahren wie aus dem Nichts wieder aufgetaucht war, nicht ändern.

Um die Abfuhr abzumildern, schenkte er der Kollegin das Lächeln, von dem Mille immer behauptete, dass er nicht wüsste, was es mit Frauenherzen anrichtete. Dass seine Schwester ihm eine solche Naivität zutraute, lag daran, dass Mille in Rendstrup Strand hängengeblieben war. Sie hatte einfach nicht mitgekriegt, was ihr Bruder in den letzten Jahren alles getrieben hatte. Natürlich hatte er sich nicht die Mühe gemacht, sie aufzuklären.

»Danke, Rikke«, sagte er freundlich. »Vielleicht ein anderes Mal. Ich könnte dich anrufen?«

Sie strahlte, als habe er um ihre Hand angehalten. »Ich freu mich drauf!«, erwiderte sie, und es fehlte nicht viel, dass sie beim Weggehen gehüpft wäre wie ein Teenager.

Als sie außer Hörweite war, stöhnte er laut auf. Was hatte er da nur gesagt? Und wie um Himmels willen sollte er sich aus der Nummer wieder rauswinden? Er wollte nichts von dieser Frau und es war nicht richtig, ihr Hoffnungen zu machen. Geschah ihm nur recht, jetzt vor dem Problem zu stehen, wie er ihr absagen sollte, ohne ihre Gefühle zu sehr zu verletzen. Grimmig packte er seine Unterlagen zusammen und machte sich auf den Weg zurück in sein helles, klimatisiertes, wahnsinnig unpersönliches Büro auf dem Gelände von *Sydskov Engineering*. Kaum ein Ort hatte weniger mit Rendstrup Strand gemein. Bis er einen Plan ersonnen hatte, wie er sämtliche Erinnerungen auf einen Schlag auslöschen könnte, war sein Büro immer der Platz gewesen, an dem er alles hatte ausblenden können, was ihn zu Hause belastete.

Dumm nur, dass er zu lange gewartet hatte. Jetzt war Rikke wieder da, und alles war noch viel komplizierter als vorher.

Fynboer – Einwohner von Fünen

Aus Rikkes geheimem Rezeptbuch
9. Juli 2000

Fynboer

Zutaten:
100 ml Wasser
400 g Zucker
150 g Traubenzucker
½ TL Zitronensäure
1 ml rote Lebensmittelfarbe
2 ml Erdbeeraroma
¼ ml gelbe Lebensmittelfarbe
½ ml Zitronenaroma
1 ml grüne Lebensmittelfarbe
½ ml Birnenaroma

Zubereitung:
Eigentlich solltet ihr anfangs einfach die Grundmasse anrühren und erhitzen und dann in drei Teile teilen. Ein Drittel wird dann mit roter Lebensmittelfarbe und Erdbeeraroma vermischt, das andere mit Grün und Birnenaroma und das letzte mit Gelb und Zitronensäure. Immer darauf achten, dass die Teile der Masse, mit denen ihr gerade nicht arbeitet, gut warm gehalten werden, sonst lassen sie sich nachher nur noch wegwerfen!

Die Masse jeweils zu einer langen Stange kneten und ziehen. Anschließend die drei Stangen aneinanderlegen und vorsichtig zusammendrücken. Zum Schluss wird ei-

gentlich alles zu runden Bonbons geschnitten. Eigentlich entstehen so wunderbare dreifarbige Fünen-Bonbons mit herrlichem Birnengeschmack.

Eigentlich, weil es sich nicht lohnt, mit dieser blöden Arbeit überhaupt anzufangen, wenn man zu viel Wut im Bauch hat. Søren sei sein bester Freund, hat er gesagt, und dass er deshalb vorsichtig sein möchte. Als ob ich das nicht wüsste. Als ob ich nicht ein Jahr lang Zeit gehabt hätte, darüber nachzudenken. Aber es ist nicht meine Schuld! Ich habe es mir doch nicht ausgesucht, dass sie beide mich mögen. Ich bin aus allen Wolken gefallen, weil Søren mir letztes Jahr zum Abschied diese wahnsinnig teure Schmuckausgabe mit den Hans-Christan-Andersen-Märchen geschenkt hat. Ja, klar, ich hatte ihm erzählt, wie sehr ich ›Die kleine Meerjungfrau‹ und ›Das Mädchen mit den Schwefelhölzern‹ mag. Aber damit, dass er dann direkt nach Odense fährt und dieses Buch besorgt, konnte ich wirklich nicht rechnen. Am liebsten wäre ich im Boden versunken, während er mir erklärt hat, dass er mir die Märchensammlung schenkt, damit ich jedes Mal an ihn denke, wenn ich sie aufschlage. Was hätte ich denn sagen sollen? Erst ein paar Tage zuvor hatte ich ihm erzählt, wie glücklich ich bin, dass Rasmus endlich den ersten Schritt gemacht und mich geküsst hat. Und überhaupt: So schön diese Schmuckausgabe ist, mit ihrem Goldschnitt und dem Exlibris und allem, die Märchen sind nicht dasselbe, wenn ich sie nicht in Morfars abgegriffenem Lederband lese. Søren ist mein Freund, mehr nicht.

Es ist nicht so einfach, drei verschiedene Dinge unter einen Hut zu bringen. Seien es Menschen oder Bonbonfarben.

Zum Schluss hat Rasmus gemeint, sie werden einfach

eine Münze werfen. Da bin ich wütend weggerannt. Als ob das so leicht wäre. Als ob, als ob, als ob!

Randnotiz: *Die Bonbons schmecken scheußlich, wenn man erst die Zuckermasse zu heiß werden lässt und dann die Lebensmittelfarbe zu früh dazugibt, sodass sie verbrennt. Aber zumindest der Mülleimer freut sich.*

3. Kapitel

Nachdem sie bei Oma Henni das Mehl abgeliefert und den neuen Briefkasten außen neben dem Hoftor angebracht hatte, verbrachte Frederike den restlichen Tag damit, all die neu erstandenen Putzmittel zum Einsatz zu bringen. Zuerst schwankte sie angesichts der unendlich scheinenden Aufgabe, Morfars altes Haus in etwas Bewohnbares zu verwandeln. Aber dann sagte sie sich, dass sie einfach nur irgendwo anfangen musste.

Sie kehrte den Kamin und musste ein paar Tränen verdrücken, als sie daran dachte, dass Morfar diese Scheite angezündet hatte, die nun zu Asche zerfallen waren. Danach ging es leichter. Nach dem Wohnzimmer nahm sie sich die Küche vor. Sie schrubbte den nicht angeschlossenen Kühlschrank aus und scheuerte das Spülbecken, bis sie sicher war, sich keine gefährliche Krankheit einzufangen, sollte eines von beidem mit Lebensmitteln in Berührung kommen. Ehe sie sichs versah, neigte sich der Nachmittag dem Ende zu, und noch immer war im Haus so viel zu tun, dass sie das Gefühl hatte, von einem riesigen Berg nur einen winzigen Kiesel abgetragen zu haben. Ihre Handflächen waren verschrumpelt und das Haar klebte ihr schweißfeucht im Nacken.

Nun, sie musste ja nicht alles am ersten Tag erledigen. Sowie sie ihr Handy aus der Hosentasche holte, um zu schauen, wie viel Uhr es war, stellte sie fest, dass der Akku leer war. Das Telefon war tot, niemand konnte sie erreichen. Sie hätte es wenigstens auf der Fahrt nach Kerteminde im Auto aufladen können, daran hatte sie allerdings nicht gedacht.

Andererseits, überlegte sie, war das vielleicht gar nicht so schlecht. In den Monaten seit Sørens Tod waren die Anrufe, die sie erreicht hatten, alle eher unerfreulich gewesen. Sicher, ganz am Anfang hatten ehemalige Freunde von ihr und Søren sich gemeldet, um ihr Beileid zu bekunden. Doch immer hatte in der Stimme der Anrufer dieser Unterton mitgeschwungen, als wollten sie sagen: *Er hat es ja so gewollt.*

Ob sie mit fünfunddreißig Witwe werden wollte, hatte niemand sie gefragt, und trotz all der Fehler, die er begangen hatte, war Søren immer noch ihr Ehemann gewesen. Als sie ihn zu Grabe getragen hatte, hatte sie nicht nur ihrem Ehemann Lebewohl gesagt, sondern auch all den Träumen, die sie einmal für ein gemeinsames Leben gehabt hatte.

Seufzend steckte sie das leere Handy wieder weg. Das Ladekabel, irgendwo in den Tiefen ihres erst halb ausgepackten Koffers, war ohne Stromanschluss so nutzlos wie ein Kropf. Dann musste sie sich eben am Sonnenstand orientieren. Außerdem hatte Malthe gesagt, dass es auf die Minute nicht ankäme, wenn sie heute beim Bingospielen dabei sein wollte. Sie konnte sich ganz in Ruhe fertig machen und dann einfach in *Rick's Pub* gehen, falls sie unterwegs nicht den Mut verlor.

Der Gedanke mit dem Fertigmachen brachte sie zum nächsten Problem. Wie sollte sie das anstellen, wenn sie nicht einmal warmes Wasser hatte? Allein die Vorstellung von kaltem Wasser aus einem zwei Jahre nicht benutzten Duschkopf schauderte sie. Auch die altmodische Badewanne mit den Löwenfüßen wirkte nicht besonders einladend. Braune Kalkränder verunzierten die Emaille, und wenn sie schon in eiskaltes Wasser tauchen sollte, könnte sie auch direkt ins Meer springen. Zwar stand Hennis Einladung im Raum, bei ihr zu duschen, aber sicher würde ihre Bedstemor sich nicht ewig zurückhalten und Frederike früher oder später mit Fragen zu ihrem Leben in Frankfurt löchern. Wenn es nach Frederike ging, wollte sie diesen Moment so lang wie möglich hinauszögern.

Fröstelnd warf sie einen Blick zum Fenster hinaus. Die Sonne überschüttete das Weizenfeld hinter dem Haus mit flüssigem Gold. Eine verrückte Idee schoss ihr durch den Kopf. Wie war das gerade? Sie könnte direkt ins Meer springen?

Hinter diesem Weizenfeld begann der Strand.

War sie nicht hier, um auszubrechen? Um dem ganzen trostlosen Trott in Frankfurt den Rücken zu kehren und noch einmal Dinge zu tun, die sie seit achtzehn Jahren nicht gemacht hatte?

Eben.

Ehe sie es sich anders überlegen konnte, rannte sie los. Sie schloss nicht ab und nahm auch keinen Schlüssel mit. Die Wahrscheinlichkeit, dass ausgerechnet jetzt ein Einbrecher in dieser abgelegenen Straße auftauchte, dem der Sinn nach ein bisschen angeschlagenem Geschirr stand, war denkbar gering, und viel anderes konnte man in Morfars Haus nicht holen. Sie rannte die Furchen zwischen den wogenden Halmen hinauf, die von einem Traktor schnurgerade gezogen waren. Wie früher, dachte sie. Es gab Dinge, die konnten doch wieder wie früher sein. Kaum dass sie das Ende des Feldes erreichte, riss sie sich die verschwitzten Klamotten vom Leib. Ihr T-Shirt landete auf dem Ast eines Holunderbusches, dessen Beeren reif genug waren, um unschöne Flecken zu hinterlassen, ihre Hose in einem Apfelbaum, dessen Zweige sich unter rotbackigen Früchten bogen.

Sie lachte. Das regenfeuchte Gras der Böschung kitzelte ihre Waden. Die Luft duftete nach Salz und Freiheit, und auf der anderen Seite der Böschung rauschte das Meer auf den Sand und gegen die Klippen weiter oben. Steine piksten ihr in die Fußsohlen und Dornen zerkratzten ihre Arme, als sie sich durch die Böschung zwängte, doch sie achtete nicht darauf. Dieser Schmerz war gut, er war greifbar und echt und ein Beweis dafür, dass sie es wirklich tat. Sie machte etwas ganz und gar Verrücktes, für das Søren mindestens drei Tage lang nicht mit ihr gesprochen hätte.

Hinter Weizenfeld und Böschung ging es steil nach unten, aber noch immer schienen Kinder zumindest hin und wieder diesen Weg zum Strand zu nehmen, denn zwischen den kantigen Steinen entdeckte sie einen schmalen Pfad. Vorsichtig kletterte sie hinunter. Hüfthoch stand das Strandgras. Ein Hase reckte den Kopf in die Höhe, offensichtlich gestört von dem Radau, den sie veranstaltete, und verschwand hakenschlagend im Gras. Wie rote Leuchtpunkte glänzten reife Hagebutten in den niedrigen Heckenrosen, die sich gegen die Klippenwand schmiegten.

Daraus könnte man eine wunderbare Marmelade machen, irgendwann, wenn Frederike die Zeit fand, Marmelade zu kochen. Doch jetzt hatte sie anderes im Sinn.

Gute zehn Meter breit erstreckte sich der goldene Sand zwischen dem Strandgras und dem glitzernden Blau des Wassers. Es war eine kleine, geheime Bucht, die Touristen nicht kannten und die deshalb nur den Einheimischen vorbehalten war. Nicht mal so lang wie ein Handballfeld, aber mit perfekt sauberem Sand und glasklarem Wasser.

Frederike grub beim Gehen ihre Zehen in das warme Gold, dann trennte sie nur ein Streifen vertrockneter Algen vom Meer. Sie inhalierte den so lange vermissten Duft. Ohne einen zweiten Gedanken stürzte sie sich ins Nass.

Das Wasser war eiskalt, viel kälter als erwartet, viel kälter als in jeder Erinnerung, und nahm ihr im ersten Moment den Atem. Doch als sie dann mit dem Kopf wieder auftauchte und nach Luft schnappte, hatte sie zum ersten Mal seit Langem das

Gefühl, wieder richtig durchatmen zu können. Ein paar kräftige Schwimmzüge trugen sie nach draußen. Sie prustete, weil sie Wasser geschluckt hatte. All ihre Geschmacksnerven zogen sich beim Kontakt mit dem Salzwasser zusammen, aber Frederike ließ sich nicht aufhalten. Sie schwamm, bis der goldene Streifen Strand nicht mehr sichtbar war und sie nur noch die Klippen und die Böschung ausmachen konnte. Erst dann hielt sie inne, drehte sich auf den Rücken und ließ sich treiben. Über ihr zogen schäfchenweiße Wolken über den tiefblauen Himmel. Hinter sich wusste sie die Unendlichkeit, da kamen nur noch Wasser und Licht. Wenn sie jetzt aufhörte zu schwimmen, würde sie einfach in diesem Nichts verschwinden. Ganz sicher hatte sie das nicht vor, doch zum ersten Mal spürte sie, dass sie Søren seine Entscheidung irgendwann vielleicht vergeben könnte.

Mit neuer Kraft und voller Elan machte sie sich auf den Rückweg. Zum Strand hin ging es leichter, da die Strömung sie trug. Dennoch musste sie die letzten Meter ganz schön kämpfen, denn die Kälte saß ihr in den Knochen und machte die Muskeln träge.

Außer Atem kletterte sie an den Strand und dann den Klippenpfad hinauf. Auf dem Heimweg suchte sie ihre Klamotten zusammen. Im Nachhinein betrachtet, wäre ein bisschen mehr Vorbereitung auf dieses Abenteuer nicht dumm gewesen. Zumindest ein Handtuch könnte sie jetzt gut gebrauchen. So musste ihr T-Shirt herhalten, mit dem sie sich notdürftig abrubbelte. Zwar fühlte sie sich ein wenig erschöpft, aber gleichzeitig wahnsinnig lebendig. So ein spontanes Bad in der eiskalten Ostsee war eine richtige Hallo-wach-Kur.

Lachen und Musik drangen schon nach draußen, als Frederike am Abend auf dem Parkplatz des Pubs in Korshavn aus ihrem Wagen stieg. Sie kannte weder die Melodie noch die Worte, aber der Rhythmus verband sich auf wunderbare Weise mit dem Dümpeln der Wellen im kleinen Naturhafen und hatte eine beruhigende Wirkung auf sie. Wolken waren aufgezogen und es nieselte ein wenig, aber am westlichen Horizont war der Himmel klar und der beginnende Sonnenuntergang ließ sich erahnen. Im weichen Licht der Abendsonne schaukelten ein paar Fischerboote an Bojen im Hafenbecken. Zwei größere Kähne waren auf dem Trockenen aufgebockt, der eine halb auseinandergenommen. Ein Mann stand bis zur Hüfte im Wasser und schrubbte die Bordwand seines Ruderbootes. Immer wieder schlug er sich ein paar Mücken vom Hals, die in Schwärmen unterwegs waren. Rikke dachte an Henk. Schon erstaunlich, wer alles zu einem Freund werden konnte. Irgendwie gefiel es ihr, dass die Spinne ihr in Morfars Haus Gesellschaft leistete.

Frederike atmete einmal tief durch. Jetzt oder nie. Kieselsteine knirschten unter ihren Schritten auf dem Weg zum Eingang. Obwohl die rotgestrichene Holztür mit den blinden Kassettenfenstern alles andere als vertrauenerweckend aussah, knarrte sie kein bisschen, als Frederike sie öffnete.

Der Duft nach Bier, Frittiertem und gegrilltem Fisch strömte ihr entgegen, dazu Stimmengewirr und Lachen. Ihr Blick schweifte durch das Lokal. Obwohl sie fast zwei Jahrzehnte nicht hier gewesen war, hatte sich nicht viel im Pub verändert. Bis ungefähr auf Kopfhöhe waren die Wände dunkel getäfelt, darüber klebte eine blau-weiß gestreifte Tapete über ungleichmäßigem Putz. Die Decke hing so tief über den Köpfen, dass man meinen konnte, sie beugte sich unter all den Erinnerungen, die diese vier Wände beheimateten. Glasrahmen mit Zeitungsartikeln hingen windschief an achtlos in die Wand gehauenen Nägeln, manche so vergilbt, dass man die Fotos darauf kaum erkennen konnte. Die meisten Artikel berichteten von Fischern, die auf See geblieben waren. Manche allerdings auch von berühmten Besuchern der Gegend.

Früher hatten die Tische in einigem Abstand zueinander in Nischen an die Wand gerückt gestanden, doch heute bildeten sie drei große, lose Gruppen im Raum.

Hinter der Theke stand der Wirt, zumindest nahm Frederike an, dass es der Wirt war. Ein Mann um die fünfzig, mit Halbglatze und einem riesigen Bauch, über dem sich eine Kochschürze spannte. Auf der Schürze las sie die Aufschrift *Nu taler jeg*, also *Jetzt rede ich.*

Kaum trat sie ein, wandten sich gut und gerne zwanzig Köpfe in ihre Richtung. Sie hätte schwören können, dass die Musik leiser wurde. Überhaupt wurde alles ziemlich leise. Nur ihren eigenen Herzschlag meinte sie in der Stille zu hören.

Unbehaglich hob sie die Hand. »Hej.« Für den Moment war das die geistreichste Begrüßung, die ihr einfiel. »Malthe hat gesagt …«

Weiter kam sie nicht. Denn plötzlich begannen alle, gleichzeitig zu reden. Weil alle durcheinandersprachen, verstand sie kein Wort. Nur ein Satz drang immer und immer wieder an ihr Ohr. *Så er du tilbage igen. Du bist wieder zurück.*

Gut, es fühlte sich zwar nicht so an, als wäre sie nie weggewesen. Dazu war zu viel Zeit vergangen und aus einer Gruppe junger Leute, von denen die meisten noch Teenager gewesen waren, war eine Gruppe Enddreißiger geworden, die arbeiteten und eigene Familien hatten. Manche erkannte sie auf Anhieb, sie nickten ihr zu, lächelten sie an. Bei anderen fiel es schwerer, dem Gesicht einen Namen zuzuordnen, zum Beispiel bei dem Mann im karierten Hemd, neben dem sie einen freien Platz auf der Holzbank ergatterte. Sie hatte keine Ahnung, wer er war, bis er ihr zuzwinkerte und sagte: »Tjalfe. Røskvas Bruder.« Ihre Ahnungslosigkeit schien ihr auf die Stirn gemalt gewesen zu sein.

»Oh. Hej, ja klar. Tjalfe. *Hvordan har du det*?«

Laut vernehmlich rief der Wirt eine Zahl, aber weil Frederike zu aufgeregt war, um hinzuhören, musste Tjalfe den Treffer auf ihrem Spielschein rot markieren. Sein Grinsen war ansteckend. Woher kommt überhaupt der Spielschein? fragte sich Frederike, die immer noch vom Empfang überwältigt war.

»Ganz gut. Viel Arbeit um diese Jahreszeit. Wäre nicht hier, wenn's nicht regnen würde.«

Tjalfe, erinnerte sie sich, war jünger als der Rest von ihnen. Seine Schwester Røskva gehörte zu Milles Jahrgang. Sie war zwei Jahre jünger als Frederike und fünf Jahre älter als ihr Bruder, und an sie erinnerte Frederike sich gut. Wenig schmeichelhaft hatten die Jungs aus ihrer Clique Røskva immer die Kuchenfee genannt. Die Mutter von Røskva und Tjalfe war Rendstrups Brunsviger-Königin, und dieser Umstand hatte sich auf den Hüften der einzigen Tochter niedergeschlagen. Brunsviger, ein Hefekuchen mit einer Decke aus Zucker, Sirup und Kardamom, war eine fünische Spezialität. Richtig gemacht, knusperte der Belag, der sich beim Backen zu kleinen Seen zwischen sich auftürmenden Hefeteig-Hügeln sammelte, beim Draufbeißen herrlich zwischen den Zähnen. Rasmus und Søren, die beiden Schleckermäuler, hatten sich immer darum gestritten, wer das Stück mit dem meisten Belag bekam.

»Wie geht es deiner Schwester?«, fragte Frederike Tjalfe, der in der Zwischenzeit auf seinem eigenen Spielschein eine Reihe fast komplett markiert hatte und kurz vor einem Bingo stand.

»Lebt in Kopenhagen. Arbeitet beim Fernsehen.«

Verblüfft starrte sie ihn an. »Echt?«

Ihnen gegenüber saß Jeppe, der Sohn des Schuldirektors von damals. Er hatte das Gespräch mitgehört und lachte auf. »Du magst uns ja alle wiedererkennen, Rikke, aber ich sag dir, Røskva erkennst du selbst dann nicht, wenn sie einen halben Meter vor dir steht.«

Das war, was die Zeit mit ihnen machte. Nicht jeder blieb hier, es gab Leute, die sehr an der Heimat hingen, und andere, die nicht schnell genug das Weite suchen konnten, nachdem sie mit der Schule fertig waren. Menschen veränderten sich.

Und dann gab es jene, die gar nicht mehr da waren.

Sie wischte den Gedanken beiseite. Wenn niemand sich nach Søren erkundigte, würde sie nicht diejenige sein, die mit dem Thema anfing.

Dass Mille nicht hier war, wunderte sie. Früher hätte sich Rasmus' Schwester so etwas nicht entgehen lassen.

Die Tür flog auf. Unter großem Hallo betrat Malthe den Pub. Der langgewachsene Kerl musste unter der niedrigen Decke den Kopf einziehen. Der Superbrugsen-Filialleiter war in ein kurzärmeliges Hemd und eine weite Cargohose geschlüpft.

»Das nennst du acht Uhr?«, fragte Jeppe und rutschte auf der Bank ein Stück zur Seite. Geräuschvoll ließ Malthe sich fallen und zerraufte sich mit beiden Händen die Haare.

»Mann, hab ich Kopfschmerzen. Manche Kunden sind unmöglich. Versauen einem jeden Feierabend. Kann mir wer erklären, warum Pernille Pedersen für ihren Einkauf jeden Abend um exakt Viertel vor acht in den Laden kommen muss? Die ist vierundneunzig Jahre alt und hat den ganzen Tag Zeit. Aber nein, sie taucht erst viertel vor acht auf. Käme sie wenigstens Viertel *nach* acht, dann dürfte sich mein Stellvertreter mit ihr rumärgern, weil ich dann schon weg wäre.«

»Die kommt, weil sie das weiß«, feixte Tjalfe.

»Sie liebt dich«, vermutete Peter.

»Kann ja sein, doch ich liebe sie nicht. Krieg ich einen Spielschein?«

»Meinst du nicht, du solltest dir die fünfzig Kronen sparen?«, entgegnete Tjalfe und zog einen Schein vom Block ab. »Ich bin sowieso gleich fertig, du hast keine Chance.«

»Das bestimme immer noch ich.«

»Hey!«, warf Frederike ein. »Mir hat keiner gesagt, dass so ein Schein fünfzig Kronen kostet. Warum hast du mir kein Geld abgenommen?« Mit erhobener Augenbraue blickte sie Tjalfe an.

Der grinste wieder mal nur. »Hab nicht gedacht, dass du schon Geld getauscht hast.«

»Pffft«, machte sie und stand halb auf, um das Portemonnaie aus der Gesäßtasche ihrer Jeans zu ziehen. Dabei fing sie einen bewundernden Blick von Malthe auf, den sie zu ignorieren beschloss. Sie warf einen Hunderter vor Tjalfe auf den Tisch. »Für den nächsten Schein gleich mit, mein Lieber.«

Vom anderen Ende des Tisches, wo mit Line und Kirsten zwei Frauen saßen, die heute so unzertrennlich zu sein schienen wie als Schulmädchen vor achtzehn Jahren, kam ein Kichern. Andere fielen in das Gelächter ein.

Also gut, entschied Frederike im Stillen. *Die Zeit mag man nicht abstauben können, aber manches ist eben doch wie früher, als wäre ich niemals weggewesen. Das hier sind meine Freunde. Wir mögen uns entfremdet haben, wir mögen ein wenig Zeit brauchen, damit wir wieder alle im Bilde über das Leben des anderen sind. Wer mit wem, wann und warum.* Aber bei diesen Menschen, mit denen sie über Jahre hinweg die schönste Zeit ihres Lebens verbracht hatte, fühlte sie sich willkommen und gut aufgehoben. Das war immerhin ein Anfang.

Die Wangen der jungen Frau waren leicht gerötet. Sie hatte schulterlanges, glattes, dunkelbraunes Haar, und Rasmus glaubte, dass ihre Augen graugrün waren. Das war schwer zu sagen bei dem diffusen Licht im Restaurant *Geranium*. In dem Edellokal wurde in den Abendstunden so lange wie möglich auf natürliches Licht gesetzt. Auch wenn das, je später es wurde, bedeuten konnte, dass die Gäste im Halbdunkeln saßen.

Sie hieß Annelene und war Rasmus als Teamassistentin vorgestellt wurden. *Trekantens Metal & Produkthandel*, der fünische Hersteller besonderer Ummantelungsmaterialien, hatte eine kleine Abordnung nach Kopenhagen entsandt, und *Sydskov Engineering* wollte Eindruck machen und lud ins beste Restaurant der Stadt ein. Außer Rasmus und Annelene saßen noch die gesamte Chefetage von TMP und die Einkaufsabteilung von *Sydskov* am Tisch. Als Einzige der Anwesenden hatte Annelene ein Blöckchen neben ihrem Teller liegen und schrieb eifrig mit, wenn eine wichtige Thematik angeschnitten wurde.

Es hatte eine Zeit gegeben, da wäre er auf ihre versteckten Blicke eingegangen und wäre einem One-Night-Stand nicht abgeneigt gewesen.

Es irritierte ihn, wie sehr das Auftauchen von Rikke in Rendstrup Strand ihn aus dem Tritt brachte, noch ehe er sie richtig begrüßt hatte. Ein kurzes Zusammenrempeln an der Baustelle, und sein Leben stand kopf. Denn die Vorstellung, Annelene zu verführen, lag ihm plötzlich so fern, wie es nur ging.

»Rasmus?«

Er musste sich zusammenreißen, um sich nicht anmerken zu lassen, dass seine Gedanken abgedriftet waren, und richtete seine Aufmerksamkeit auf den Geschäftsführer von TMP. Henrik Blekheim war durch und durch ein fünisches Urgestein und versuchte gar nicht erst, den typischen Dialekt zu verschleiern.

»Das klingt vielversprechend«, sagte Rasmus vage, nicht ganz sicher, worüber gerade gesprochen wurde. »Selbstverständlich müssten diese Dinge in meine Kalkulation mit einfließen, ehe die Finanzabteilung hier grünes Licht geben kann.«

Blekheim räusperte sich und sah seine eigenen Leute an. Der Procurement Manager von *Sydskov Engineering* grinste hinter vorgehaltener Hand, und Annelene schrieb noch eifriger auf ihrem Blöckchen. Im selben Augenblick wurde Rasmus klar, dass er Blödsinn von sich gegeben haben musste. Niemand wagte es, ihn zurechtzuweisen, aber jeder dachte sich seinen Teil.

Er riss sich zusammen und beschloss, dass es so nicht weitergehen konnte. Am nächsten Tag würde er schon mittags Feierabend machen und nach Rendstrup fahren, um übers Wochenende Henni zu besuchen. Bis dahin würde er sich verdammt noch mal zusammenreißen, dem folgen, was besprochen wurde, und der Profi sein, als den man ihn kannte. Er hatte einen Ruf zu verlieren.

Mit mäßigem Interesse blickte er anderthalb Stunden später Annelene beim Verlassen des Restaurants hinterher. Eine Hand legte sich auf Rasmus' Schulter. Er drehte den Kopf und blickte in das grinsende Gesicht von Jan, dem Procurement Manager. Jan war jünger als er selbst, Vater von drei Kindern, liebender Ehemann und immer gut gelaunt.

»Was ist denn mit dir los?«, fragte er.

»Ich hab keine Ahnung, wovon du sprichst.«

»Natürlich weißt du, wovon ich rede. Der Rasmus Martensen, den ich kenne, ist knallhart und konzentriert und kann einem schönen Paar Beine nicht widerstehen. Ist irgendwas vorgefallen, von dem ich keinen Schimmer habe?«

»Tagtäglich fallen hunderttausende Dinge vor, von denen du nie etwas erfahren wirst.«

»Also wenn du zum Philosophen wirst, mache ich mir ernsthaft Sorgen um dich. Was ist, kommst du noch auf einen Absacker mit an die Bar?«

»Deine Absacker kenne ich. Ich gehe nach Hause.«

Jan lachte. »Womit ich mich in meiner Annahme bestätigt sehe. Irgendwas ist vorgefallen. Was soll aus der Welt werden, wenn Rasmus Martensen nicht mehr jedem Rock nachstellt?«

Dass es eine Zeit gegeben hatte, in der ihn nur ein einziger Rock interessiert hatte, verschwieg er. Er wollte den armen Jan nicht noch mehr verwirren. Und doch, heute, an diesem Abend, beneidete er den Kerl, der in wenigen Minuten in ein warmes Haus und in die Arme der Frau heimkehren durfte, die er schon seit der Grundschule liebte. In solchen Augenblicken lief Rasmus Gefahr, sich zu fragen, was er falsch gemacht hatte. Warum Rikke ihn damals so hintergangen hatte. Noch immer konnte er nicht glauben, wie sehr er sich in ihr getäuscht hatte. Er hatte sie doch gekannt.

Weil er merkte, dass er schon wieder kurz davorstand, sich wie ein Volltrottel aufzuführen, weil er seine Gedanken nicht im Zaum halten konnte, machte er, dass er hier wegkam. Er schüttelte ein paar Hände und fuhr mit dem Taxi nach Hause. Morgen, schwor er sich. Morgen würde er damit beginnen, herauszufinden, warum Rikke plötzlich wieder hier war, nachdem sie sein Herz in tausend Teile zerschlagen und sie beide dann achtzehn Jahre lang voneinander getrennt hatte. Er würde sich innerlich wappnen und an die Tür des Hauses klopfen, das ihrem Großvater gehört hatte. So konnte er mit etwas Glück auch ihren Anblick aushalten, wenn sie diese Tür öffnete. Er würde seine ganze Kraft zusammennehmen, um ihr in die Augen schauen zu können, und dann würde er sie fragen, was ihr einfiel, nach all der Zeit plötzlich wieder hier aufzutauchen. Ja, er fand, er hatte ein Recht darauf, das zu erfahren, nach dem, was sie ihm damals angetan hatte.

»Da wären wir.« Frederike drehte den Zündschlüssel des Peugeots um. »Bist du sicher, dass ich dich nicht bis nach Hause fahren soll?«

»Nein, das geht schon. Ich bring dich noch bis zur Haustür.« Diesmal sparte sie sich jeden Protest. Wenn Malthe unbedingt einen auf Kavalier machen wollte, bitte.

Die Nacht war frisch und klar. Im Garten raschelte der Wind in den Baumkronen. Seite an Seite liefen Malthe und Frederike die wenigen Schritte von der Straße zur Haustür.

»Es ist komisch«, sagte Malthe. »Dass jetzt wieder jemand hier wohnt. Als Kind habe ich mich nie an Mikkels Vorgarten vorbeigetraut. Wir sind dann meistens am unteren Strand zum Schwimmen gefahren, nicht hier oben. Der alte Kauz stürmte immer aus dem Haus, wenn wir Kinder mit den Fahrrädern zu nah an seinen Beeten vorbeigefahren sind, und hat uns zusammengefaltet. Ganz besonders schlimm war es, wenn wir heimlich in seinem Garten Äpfel geerntet haben.«

»Geklaut, meinst du.«

»Einem Nutzen zugeführt, ohne dass Mikkel sich mit der Ernte belasten musste«, erwiderte er, und Frederike musste lachen. »Doch dann kamst du, und immer wenn du da warst, war er ein ganz anderer. Er schien dann zufriedener mit dem Leben.«

»Ach, er konnte auch griesgrämig sein, wenn ich da war«, entgegnete sie, wobei sie lächeln musste. Das erste Mal seit Langem hatte sie kein schlechtes Gewissen, wenn sie an Morfar dachte, sondern nur die Nostalgie schöner Erinnerungen.

»Aber irgendwie gehörte das dazu. Das ganze Jahr über habe ich mich immer auf diese sechs Wochen Sommerferien gefreut. Ich habe nie begriffen, warum meine Mutter nicht mit wollte. Für mich war Rendstrup Strand der schönste Flecken auf der Welt.« Sie steckte den Schlüssel ins Schloss und schob die Tür auf. »Na ja, jetzt sieht das ein bisschen anders aus. Bis dieses Haus wieder der schönste Fleck der Welt ist, wird es noch ein wenig dauern. Doch dafür bin ich ja hier. Es wird schon werden.«

Sie hob die freie Hand zum Abschied. »Also dann«, meinte sie. »Komm gut nach Hause.«

»Mach ich.«

Sie machte den ersten Schritt ins Haus hinein, und als das Platschen ertönte, schrie sie auf.

Aufgeschreckt von ihrem Kreischen, wirbelte Malthe herum. »Was ist?«

»Ich glaube, das Dach ist undicht. Ich kann aber nichts erkennen. Ich kann kein Licht einschalten, weil ich noch keinen Strom habe.« Und mit einem Fußboden, der offensichtlich unter Wasser stand, hätte sie sich sowieso von jedem Lichtschalter sehr weit ferngehalten.

»Oh nein, lass mal sehen.« Kurzentschlossen schob Malthe sie zur Seite und marschierte in den Korridor, als sei er hier zu Hause. Unter den Sohlen seiner Schuhe platschte es. »Hast du Kerzen?«

»Ja. Warte, hier.« Aus der Küche holte sie zwei dicke Stumpenkerzen und Streichhölzer. Eine der Kerzen reichte sie Malthe. Obwohl das Licht flackerte und mehr als dürftig war, stellte sie schnell fest, dass die Pfütze hinter der Eingangstür nicht das einzige Problem war.

Fluchend suchte Frederike in der Küche und Putzkammer alles an Behältern zusammen, was sie finden konnte, und bald glich ein Gang durchs Haus einem Hindernisparcours aus Töpfen, Pfannen, Eimern und Schüsseln. Am schlimmsten war es in Morfars altem Schlafzimmer. Dort war so viel Wasser durchs Dach geströmt, dass sich ein richtiger See gebildet hatte, der sich als dünnes Rinnsal in Richtung Flur ergoss.

Soweit sie im Kerzenschein beurteilen konnten, hatten sie nach ungefähr einer halben Stunde alle lecken Stellen gefunden und mit Behältern gesichert. So würde zumindest der Fußboden nicht noch weiter in Mitleidenschaft gezogen werden, ausgerechnet jetzt, wo Frederike den ganzen vergangenen Tag damit verbracht hatte, zu wienern und zu schrubben. Sie war Malthe dankbar, dass er blieb, um ihr beim Aufwischen des Wasserchaos zu helfen.

»Das ist übel.« Seufzend ließ er sich auf einen der tiefen Ohrenbackensessel im Wohnzimmer fallen, der glücklicherweise von dem Wasser verschont geblieben war.

Obwohl Frederike auch die Möbel abgestaubt hatte, stieg eine Wolke auf, als Malthes Gewicht auf den Polstern landete. »Im Moment kannst du dich mit den Eimern und so behelfen, aber das ist keine Dauerlösung. Wer weiß, wie lange Mikkel schon nichts mehr an dem Dach hat machen lassen, er war ja schon auch ein bisschen knauserig. Diese Reetdächer sind anfällig. Das muss sich auf jeden Fall möglichst bald ein Experte anschauen.«

Innerlich wand sich Frederike. Natürlich musste sich das Dach ein Experte ansehen. Genauso, wie sich die Elektrik ein Experte ansehen musste und im Grunde auch die ganzen Wasserleitungen und Heizungsrohre. Aber womit sollte sie diese ganzen Experten bezahlen? Mathilde würde ihr einen Vogel zeigen, wenn sie nach den Rechnungen für die Müllabfuhr und früher oder später den Strom auch noch die Rechnung für ein neues Dach bekommen würde. Denn wenn es nach Mathilde ging, hatte Frederike jede Unannehmlichkeit zehnmal verdient.

Hätte sie als Jugendliche Mathildes großen Plänen nicht gar so unwillig gegenübergestanden, wäre sie jetzt ein großer Star in der klassischen Musikszene und könnte Millionen scheffeln. Mathildes altbekannter Größenwahn.

Weil sie Malthe nicht zeigen wollte, wie aufgewühlt sie war, sagte sie nur vorsichtig: »Darüber muss ich erst mit meiner Mutter sprechen. Sie ist die Eigentümerin des Hauses, und ich habe keine Ahnung, wie viel sie bereit ist zu investieren.«

»Wie auch immer. Ich kenne einen Dachdecker aus Kerteminde. Der kennt sich mit Reet aus. Ich schreib dir die Nummer auf. Bei dem bist du in besten Händen. Ansonsten müsstest du vielleicht sogar jemanden aus Kopenhagen kommen lassen, und das wird richtig teuer. Die Leute, die Reetdächer fachmännisch decken können, werden immer weniger.«

»Okay.« Zumindest konnte es nicht schaden, die Nummer zu haben. Sie suchte Zettel und Papier und reichte sie Malthe. Der drückte ein paar Tasten auf seinem Handy, bis er den Kontakt fand, und notierte eine Telefonnummer.

»Bist du sicher, dass ich dich allein lassen kann?«

»Aber klar«, antwortete Frederike, die mehr und mehr eine ausgewachsene Bettschwere verspürte. »Ich werde schon nicht im Regenwasser ersaufen. Außerdem habe ich ja Henk. Der leistet mir Gesellschaft.«

»Henk?«

»Meine Hausspinne. Hast du ihn noch nicht gesehen? Er wohnt dort hinten in der Ecke neben dem Kamin.« Mit der Hand deutete sie in die entsprechende Richtung. Im Kerzenlicht glänzte die Spinnenseide golden. Irgendwie seltsam, dass ihr noch nie aufgefallen war, wie schön Spinnennetze waren, und welche Leistungen Spinnen vollbrachten, sie zu bauen. Ganz ohne Klempner oder Dachdecker schufen sie perfekte Wohnungen.

»Und du bist sicher, dass er ein Er ist?« In Malthes Stimme mischte sich eine Spur Fassungslosigkeit.

Frederike zuckte mit den Schultern. »Ich wüsste nicht einmal, wie man das nachschauen kann. Haben Spinnen Penisse, oder wie unterscheidet man weibliche von männlichen Spinnen? Weißt du das?«

Obwohl sie die Frage durchaus ernst gemeint hatte, warf Malthe kapitulierend die Hände in die Luft. »Keine Ahnung, Rikke. Und ich glaube, ich lass dich besser allein. Über Spinnenpenisse will ich mir wirklich nicht den Kopf zerbrechen.«

»Okay. Ich bring dich zur Tür.«

»Brauchst du nicht. Ich finde schon raus«, meinte er, wobei er sich schon umgedreht und den Hindernisparcours in Angriff genommen hatte.

Die ganze Zeit, während Frederike sich bettfertig machte, schwirrte noch immer die Frage nach der Geschlechterbestimmung von Spinnen in ihrem Kopf herum. Ob man so was im Internet nachschauen konnte? Der letzte Gedanke, ehe sie auf dem Sofa im Wohnzimmer in den Schlaf driftete, war, dass Rasmus wahrscheinlich wüsste, wie man männliche von weiblichen Spinnen unterschied. Dass er immer irgendwie fast alles wusste, war eines der ersten Dinge gewesen, die sie an ihm bewundert hatte.

Gule Enker – Gelbe Witwen

Aus Rikkes geheimem Rezeptbuch
11. Juli 2000

Gule Enker

Zutaten:
100 ml Wasser
400 g Zucker
150 g Traubenzucker
½ TL weiße Lebensmittelfarbe
½ ml gelbe Lebensmittelfarbe
4 TL Salmiakpulver
3 ml Anisöl
1½ ml Eukalyptusöl
½ ml Mentholaroma

Zubereitung:
1. Grundmasse herstellen und bei Erreichen der Temperatur auf die mit Öl eingepinselte Silikonmatte geben.
2. Nachdem die Zuckermasse kurz angehärtet ist, alle Aromen und die übrigen Zutaten daraufgeben und zügig und gründlich mit dem Teigspachtel einarbeiten.
3. Zu langen Stangen formen und mit der Schere Bonbons in Dreiecksform abschneiden.

Gelbe Witwen sind gut für die Seele. Die Bonbons sind gelb wie die Strohblumen, die Rasmus mir gebracht hat, als er mich um Verzeihung gebeten hat, wegen unseres dummen Streits. Er hat mit Søren keine Münze geworfen. Er hat gesagt, er will um mich kämpfen, und wenn Søren wirklich sein bester Freund ist, muss er das verstehen. Er kann das ja auch tun – um mich kämpfen.

Doch ich hoffe, dass Søren es nicht macht. Søren ist ein netter Kerl, so korrekt und gut erzogen. Ein bisschen wie die Jungs in ›Beverly Hills 90210‹ (ja, ich geb zu, ab und zu guck ich das gerne), und es macht Spaß, Zeit mit ihm zu verbringen. Aber mein Herz will Rasmus. Den freien, wilden, nachdenklichen Rasmus, der Dinge sagt, die mich überraschen, der mich wütend macht und fröhlich und traurig und lebendig. Ich wollte schon immer Rasmus. Schon als ich noch ganz klein war und ich nur die Freundin seiner Schwester Mille. Und ich will ihn jetzt, wenn seine Küsse nach Anis und Menthol schmecken, weil er sich von meinen Bonbons genauso wenig fernhalten kann wie von mir.

4. Kapitel

»Der Dachdecker kommt aber gleich.« Panisch sah Frederike ihre Felle davonschwimmen. Wie lange kannte sie ihre Mutter? Seit siebenunddreißig Jahren. Dennoch überraschte sie das Verhalten ihrer Mutter immer wieder. Mathilde war nicht gewillt, Geld für große Modernisierungsmaßnahmen ins Haus zu stecken.

»Dann schick ihn wieder weg. Hast du eine Ahnung, was diese Spezialleute kosten, die sich ausschließlich mit Reetdächern befassen?« Die Stimme ihrer Mutter klang, als säße sie im Nebenzimmer. Instinktiv zog Frederike den Kopf zwischen die Schultern.

»Nein, Mutter, habe ich nicht, das wollte ich ja gerade herausfinden«, verteidigte sie sich. Sie ärgerte sich, dass sie während der Fahrt nach Korshavn und zurück das Handy im Auto eingestöpselt hatte, um es zu laden. Hätte sie sich das verkniffen, gäbe es dieses Gespräch nicht, und sie müsste sich jetzt nicht telefonisch mit ihrer Mutter herumschlagen.

»Das brauchst du nicht. Du kannst mich beim Wort nehmen. So was ist unerschwinglich.«

»Willst du eigentlich mit dem Haus noch mal irgendwas machen oder nicht? Wenn ja, solltest du vielleicht darüber nachdenken, auch etwas zu investieren. Niemand kauft ein Haus mit einem löchrigen Dach. Niemand mietet sich auch nur für eine Woche in den Sommerferien darin ein.« Außer sie selbst, wie es aussah.

»Das Dach kann der Käufer ja reparieren, wenn er will«,

erwiderte Mathilde. »Dann gehe ich eben mit dem Preis runter. Du findest bestimmt jemanden im Dorf, der das notdürftig abdichtet, damit es drinnen trocken bleibt. Du kennst doch so viele Leute von damals.«

Die Spitze war nicht zu überhören. Es war ihrer Mutter nie recht gewesen, dass Frederike all ihre Sommerferien dort verbracht hatte, wohin Mathilde selbst sich nicht mal von zehn Pferden ziehen lassen würde. Ganz verstanden hatte Frederike die abgeneigte Haltung ihrer Mutter gegenüber Dänemark nie, und schon als Kind hatte sie irgendwann aufgehört, es herausfinden zu wollen. Vermutlich war Rendstrup für Mathilde einfach immer zu einengend gewesen, nicht das richtige Pflaster für ihre hochtrabenden Träume und Pläne. Schon verrückt, wenn man bedachte, dass es der einzige Ort gewesen war, an dem es Frederike gelang, aus dem einengenden Leben, das Mathilde für sie erwählt hatte, für ein paar Wochen auszubrechen und sich frei zu fühlen. Sechs Wochen im Jahr ohne Musikstunden, Üben und die nie enden wollende Vorbereitung auf den nächsten Auftritt.

Sie seufzte.

Im gleichen Moment klopfte es an der Tür. Aus dem Augenwinkel sah Frederike, wie Henk sich hinter der Schrankwand verkroch. Als würde er sich zu Herzen nehmen, um was sie ihn gebeten hatte: Sich nicht blicken zu lassen, wenn Besuch kam.

»Ich muss auflegen, Mutter. Ich nehme an, das ist der Dachdecker, der gerade klopft.«

»Oder vielleicht sollte ich mit ihm reden«, schlug Mathilde hochmütig vor.

Oder vielleicht nicht, dachte Frederike bissig. Dennoch legte sie nicht auf, während sie zur Tür ging. Sie öffnete.

Im Türrahmen, zu hochgewachsen für den niedrigen Türsturz, stand Rasmus Martensen.

Es dauerte zwei, drei Atemzüge, bis sie bemerkte, dass ihr der Mund offen stand. Ihr Blick fiel auf den Strauß kleiner, gelber Blüten in seiner Hand.

»Strohblumen«, entfuhr es ihr wenig geistreich, doch sie war zu beschäftigt mit der Flut an Erinnerungen, die auf sie einstürmte, um sich was Passendes zur Begrüßung bereitzulegen.

Es tut mir leid, Rikke. Es tut mir leid. Ich weiß nicht, was in mich gefahren ist. Ich geb dich nicht her. Ich hab mich das ganze Jahr über darauf gefreut, dass du zurückkommst. Aber Søren ist mein bester Freund. Und er kann dir so viel mehr bieten. Seine Familie hat alles, was man sich wünschen kann, und ich hab bloß ein paar Strohblumen am Wegrand gepflückt. Ich … keine Ahnung, Rikke, vielleicht hatte ich einfach nur Angst vor einer Enttäuschung. Ich wüsste nicht, was ich tun sollte, wenn du dich für ihn entscheiden würdest.

»Was?«, fragte Mathilde an ihrem Ohr.

»Du kannst sie trocknen und aufheben«, sagte Rasmus.

In seinem Mundwinkel zuckte ein Lächeln, das er aber nicht zuließ. Ob auch Rasmus an die Blumen dachte, die er ihr damals geschenkt hatte? Sie hatte ihm geschworen, dass sie Søren ihr Leben lang nur als Freund würde sehen können. Sie hatte ihr Versprechen gebrochen. Das war eine Ewigkeit her. Oder war es vorgestern gewesen? Denn die Erinnerung daran fühlte sich so frisch an.

»Mutter, ich muss auflegen.«

»Dann soll nicht ich mit ihm reden?«

Frederike blickte Rasmus in die grauen Augen. »Nein. Ich melde mich bei dir«, meinte sie zu ihrer Mutter und beendete das Telefonat.

Es folgte ein Moment des Unbehagens. Sie wusste nicht, was sie sagen sollte. Rasmus stand vor ihr, leicht den Kopf eingezogen und mit derselben Unsicherheit im Blick, die auch sie empfand. Die Hand mit dem Strohblumenstrauß hielt er immer noch ausgestreckt.

»Ich bin im Dorf, um Henni zu besuchen«, erklärte er schließlich, als müsse er sich für irgendwas rechtfertigen. Natürlich, es war Freitag spät am Nachmittag, Wochenende. Der Dachdecker hatte vorher keine Zeit gehabt und war schon gut zwei Stunden zu spät dran. Wie hatte sie auch nur einen Herzschlag lang glauben können, dass Rasmus ihretwegen in Rendstrup war?

Oh Mist, der Dachdecker.

Sie versuchte, an Rasmus vorbeizuschauen, aber der füllte den Türrahmen mit seinem muskulösen Körper einfach komplett aus. Die Jahre waren gut zu ihm gewesen. Noch immer war er hochgewachsen, sehnig und durchtrainiert.

»Erwartest du noch jemanden?«, fragte er und senkte den Strauß.

»Eigentlich schon«, murmelte sie, und dann endlich besann sie sich auf ihre guten Manieren. »Willst du reinkommen? Ich kann dir einen Tee kochen, oder … keine Ahnung, möchtest du ein Glas Apfelsaft?«

»Henni meinte, dass du vielleicht Hilfe brauchst mit der Stromversorgung im Haus. Ich kenne mich ein bisschen aus und …«

»Du bist Elektriker?«

Jetzt lächelte er doch. »Nein«, antwortete er. »Aber ich verstehe ein bisschen was davon.«

»Komm rein«, forderte sie ihn auf. Diesmal ohne Zögern in der Stimme. »Es ist alles noch sehr unfertig. Ich bin noch nicht lange hier und es dauert, so ein altes Haus wieder auf Vordermann zu bringen.« Sie ging voraus zur Küche, plötzlich fiel ihr die Topfarmee im Korridor ein und sie drehte sich noch einmal um. »Pass auf, wo du hin…«

»*Fanden!*«, entfuhr es ihm. Polternd kippte einer der Zinkeimer um. Zum Glück ergoss sich nur wenig Wasser auf den Dielenboden, da es in den Morgenstunden nur noch genieselt hatte. Aber es reichte, damit Rasmus im nächsten Moment in einer Pfütze stand.

»Pass auf, wo du hintrittst«, beendete sie kleinlaut ihren Satz.

Misstrauisch blickte er sie an. »Sonst noch Tretminen im Haus?«

»Reichlich.« Sie hob die Schultern und wies auf den Fußboden. »In der Küche und im Wohnzimmer und im Schlaf… Da fällt mir ein, verstehst du auch ein bisschen was von Löchern im Dach? Meine Mutter weigert sich, einen Dachdecker zu engagieren. Sie will nur jemanden, der die Löcher im Dach schnell stopft.«

»Sehe ich aus wie ein Löcherstopfer?« Er beugte sich vor und stellte seinen Strohblumenstrauß in die Blechkanne, die unter einem der versiegenden Rinnsale stand. Dabei schmiegte sich die Jeans an seine langen Beine und den knackigen Hintern, und Frederike musste sich auf die Zunge beißen, um nicht damit herauszuplatzen, wie sehr ihr dieser Anblick gefiel. Nämlich immer noch so, dass es nur einen Blick brauchte, und ihr Herz machte etwas, das es seit Jahren nicht mehr getan hatte. Es hüpfte und tanzte wie ein junges Mädchen beim Johannisfeuer.

»Ist es der, auf den du wartest? Der Dachdecker?«

»Ja, genau. Aber er ist schon ganz schön spät dran und wie gesagt, Mutter will sowieso nicht …«

»Hast du den aus dem Internet? Dann musst du dich nicht wundern, wenn der einen Termin nicht einhält. So was braucht Beziehungen.«

»Nein.« Wie normal es sich anfühlte, Rasmus im Haus zu haben.

Als sei ich nie weggewesen, dachte sie. *Als würde zwischen dir und mir nicht ein riesiger Elefant im Raum stehen, den wir niemals ohne Hilfe werden wegschieben können. Warum hast du dich damals einfach abgewendet, Rasmus Martensen?*

Weil ihr der Mut fehlte, den Elefanten auch nur zu erwähnen, beantwortete sie lieber seine Frage. »Nein, den hat Malthe organisiert.«

Bis zur Erwähnung des Namens hatte sie in Rasmus' Blick ein wenig Unsicherheit und noch etwas anderes gelesen, das wirkte, als sei es ihm unangenehm, hier zu sein. Doch jetzt änderte sich das schlagartig, und seine Augen verengten sich.

»Malthe?«

»Malthe Nørmark«, ergänzte sie. »Er sagte, er kennt jemanden und würde …«

»Ich kenne auch jemanden«, unterbrach Rasmus sie. »Jemanden, auf den Verlass ist.« Er zog sein Handy aus der Hosentasche. »Ich ruf da gleich mal an.«

»Nein, warte!« Sie stürzte auf ihn zu, und ohne nachzudenken, legte sie ihre Hand auf seine, mit der er das Telefon hielt. Dann wollte sie vor der Berührung zurückweichen und stellte fest, dass sie nicht konnte. Wie festgeklebt lagen ihre Finger auf seiner warmen Haut. In seinen Augen las sie dasselbe Erschrecken, das auch sie empfand. Sie schluckte schwer.

»Es ist eigentlich gut so. Meine Mutter will kein neues Dach, sie sagt, das zahlt sich nicht aus. Ich muss eine andere Lösung finden.«

»Sie will das Haus gar nicht retten?« Er schien erleichtert zu sein. Erleichtert worüber? Konnte er es gar nicht erwarten, dass sie wieder verschwand? Hatte sie Henni eigentlich gefragt, ob Rasmus inzwischen Familie hatte? Er war Ende dreißig, daher schien der Gedanke alles andere als abwegig.

»Sie will es entweder verkaufen, wenn sie einen guten Preis dafür erzielt, oder als Ferienhaus über eine Agentur vermieten. Weil ich für eine Weile hierherkommen wollte, hat sie mir gesagt, ich soll die Zeit nutzen und es so weit herrichten, dass man es jemandem zeigen kann.«

Endlich löste er seinen Blick von ihr und schaute sich um.

»Sie war wohl lange nicht hier, was?«, fragte er sarkastisch, nachdem er die Schwachstellen des Hauses, wie sie schon vom Korridor aus deutlich wurden, in Augenschein genommen hatte.

»Das weißt du doch. Sie war nicht mehr hier, seit sie die Schule verlassen hat. Zu mir hat sie immer nur gesagt, sie kann Rendstrup nicht ertragen, und mit Morfar hat sie in all den Jahren weniger als zehn Worte gewechselt. Er hat auch nie von ihr gesprochen. Sie kennt das Haus seit fast vierzig Jahren nur von Bildern.«

»Dann erklär ihr, dass es in seinem derzeitigen Zustand weder verkauft noch vermietet werden kann und sie schon ein wenig investieren muss.«

»Gas ist schon angeschlossen, wenn du also etwas Warmes trinken möchtest …«

Er folgte ihr in die Küche. Während sie den kleinen Pfeifkessel mit Wasser befüllte und auf den Gasherd stellte, betete sie, dass Henk sich verborgen hielt.

Kritisch schaute Rasmus sich um. »Darf ich?«, fragte er und wies auf den offenen Durchgang zum Wohnzimmer.

Sie nickte.

Er blieb im Durchgang stehen und inspizierte das Dilemma mit den Schüsseln und Töpfen und Kannen. Dann blickte er zu ihr zurück. Der Wasserkessel begann leise zu summen.

»Das ist doch kein Zustand, Rikke«, sagte er schließlich und kehrte zu ihr in die Küche zurück. Resolut nahm er ihr das Glas mit dem Pulverkaffee aus der Hand. »Wie lange hast du denn vor zu bleiben?« Er drehte das Glas auf, als sei er hier zu Hause.

»Ein paar Wochen. Keine Ahnung.«

»Hast du so lange Urlaub?«

Sie biss sich auf die Unterlippe und sah ihn an. War das derselbe Rasmus, der als Jugendlicher dafür berühmt gewesen war, keine einzige Verpflichtung wirklich ernst zu nehmen?

»Okay, geht mich nichts an«, lenkte er ein. »Aber so kannst du nicht ein paar Wochen lang wohnen. Wenn du willst, mach ich deiner Mutter eine Kosten-Nutzen-Aufstellung. Was sie investieren müsste, was sie durch einen Verkauf oder alternativ Vermietung wieder reinholen kann und so weiter.«

»So was kannst du?«, fragte sie und kam sich richtig dumm vor. Den Rasmus, den sie einmal gekannt hatte, konnte sie sich nicht zwischen Zahlenkolonnen und Exceltabellen vorstellen. Wenn sie gewollt hätte, hätte sie selbst so eine Aufstellung machen können. Immerhin war sie gelernte Buchhalterin und hatte als solche gearbeitet, bis sie wegen ihres Nachnamens niemand mehr beschäftigen wollte. Kein Mensch vertraute einer Buchhalterin, deren Ehemann Gelder in Millionenhöhe veruntreut hatte. Also hatte sie sich nach etwas anderem umsehen müssen und war am Fließband der Keksfabrik gelandet, wo sie bis zu ihrer spontanen Kündigung vor zwei Wochen Schweineohren am laufenden Band gewendet hatte. Das Problem war, dass sie sich mit den Preisen von Dienstleistungen in Dänemark nicht auskannte. Bei der Vorstellung, stundenlang im Internet zu recherchieren und ewig herumtelefonieren zu müssen, um ihrer Mutter zu zeigen, was die Renovierung durch Profis kosten würde, hatten sich ihr die Nackenhaare aufgestellt.

»So was kann ich.« Er grinste und sah plötzlich wieder aus wie der Junge, der für ihre Salzlakritzbonbons durchs Feuer gegangen wäre. Nur dass dieser Junge mittlerweile offensichtlich etwas von Projektmanagement verstand. »Das ist nämlich mein Job. Komm, wir gehen zu Henni rüber. Da kriegen wir zum Kaffee auch ein Wienerbrød mit Vanillepudding.«

Früher hatten sie für Wienerbrød den Namen *Bäckers Matschauge* benutzt. Und auch wenn der Spitzname für die gefüllten Plunderteilchen aus Blätterteig, die niemand so gut backen konnte wie Henni, nicht gerade appetitlich klang, lief Frederike bei deren Erwähnung das Wasser im Munde zusammen. In der Haustür blieb Rasmus noch einmal stehen. Da erst fiel ihr auf, dass seine Hand um ihr Handgelenk geschlossen war.

»Rikke?«

»Ja?«

»Eigentlich bin ich hier, um dir zu sagen, dass es mir leidtut.«

Was tut dir leid? wollte sie fragen, doch in seinen Augen sah sie, dass es zu viele Dinge gab, die ihm leidtaten, als dass ein einziger Nachmittag ausreichen würde, um darüber zu sprechen. Und dann zwinkerte er. »Das in Kerteminde. Dass ich mich einfach davongemacht habe. Das war nicht nett.«

»Nein«, erwiderte sie. »War es nicht.« Damals nicht und heute auch nicht, aber vielleicht gewöhnte sie sich ja irgendwann daran, dass er auftauchte und plötzlich wieder verschwand.

Neben Rasmus die gewundene Straße entlangzugehen, die von Morfars Haus zu Oma Henni führte, fühlte sich an wie früher. Die Art, wie sie ganz von selbst in einen angenehmen Gleichschritt fielen, wie der sachte Wind einen Hauch seines Duftes zu ihr herübertrug. Früher hatte er kein Parfum getragen. Doch unter dem Duft von Aftershave, der in seiner Kleidung hing, nahm sie noch die Note wahr, die für sie immer ganz Rasmus sein würde. Ein bisschen Anis, ein Hauch Menthol, ganz viel Mann. Er war schon mit neunzehn irgendwie anders gewesen als die anderen, erinnerte sie sich. Er hatte herber gerochen und größer ausgesehen, nicht nur weil er höher gewachsen und muskulöser gewesen war als zum Beispiel Søren. Schon damals hatte er echte Leidenschaft besessen. Seine Ideen waren grenzenlos und bunt. Böse Zungen hatten es Flausen genannt, die ihm im Kopf herumschwirrten. Ihr Wort dafür war *Träume* gewesen. Er hatte in den Tag hineingelebt und ungern an die Zukunft gedacht. Es hatte ihr nichts ausgemacht, denn sie hatte sich an seiner Seite stark und sicher gefühlt. Die Flausen waren weg, aber er strahlte immer noch Kraft und Sicherheit aus. Ihre Finger kribbelten, so sehr wollte sie die Hand ausstrecken und noch einmal seine Haut berühren. Doch sie riss sich zusammen. So wunderbar sich das hier anfühlte, nichts war mehr wie früher. Ehe Frederike an irgendeine Zukunft denken konnte, mussten ihre Wunden heilen. Wunden, an denen Rasmus Martensen nicht unschuldig war.

Damit das Schweigen nicht unangenehm wurde, deutete Rasmus immer wieder auf eines der Häuser, an denen sie vorbeikamen. Ohne sich abzusprechen, waren sie absichtlich einen Umweg gelaufen. Obwohl Frederike seit ihrer Ankunft schon häufiger mit dem Auto durch den Ort gefahren war, nahm sie jetzt zu Fuß alles ganz anders wahr.

Vieles hatte sich überhaupt nicht verändert, seit sie Rendstrup Strand das letzte Mal verlassen hatte, aber manches war auch neu. Rasmus wusste zu berichten, dass das ältere Ehepaar im Brovej, dem Frederike öfter beim Einkaufen geholfen hatte, vor Jahren gestorben war. Stattdessen lebte in dem Haus aus den Siebzigerjahren jetzt eine alleinstehende Künstlerin. Lærke hieß die, erzählte Rasmus, und sie verdiente ihr Geld damit, ihre Gemälde, Landschaftsmalereien in Öl auf Leinwand, übers Internet zu verkaufen.

»Und hier leben Mille und Joakim.« Er deutete auf das modernste, größte Haus im Ort, von dem sie sich schon in den vergangenen Tagen häufiger einmal gefragt hatte, wem es wohl gehörte. In ihrer Kindheit war an dieser Stelle noch eine Wiese gewesen, auf der im Sommer die schönsten Wildblumen wuchsen. Wobei, der Begriff *Haus* wurde dem Gebäude nicht gerecht, es war eher eine Villa. Ultramodern, leicht erhöht auf einem kleinen Hügel am Ortsrand gelegen, mit einer Glasfront, die bei gutem Wetter einen Blick bis aufs Meer bieten dürfte. Der Rasen im Garten war raspelkurz geschnitten und zeigte nicht eine einzige braune Stelle. Aber während die Gärten und Vorgärten im Dorf sonst fast überquollen vor spätsommerlicher Blütenpracht aus kinderkopfgroßen Hortensien, drei Meter hohen Sonnenblumen und farbenfrohen Dahlien und Wicken, war in Milles Garten alles sehr minimalistisch. Rund geschnittene Zierbüsche, ein Pfad aus weiß leuchtenden Kieseln, der sich den Hügel hinunter in Richtung Strand schlängelte, penibel gestutzte Hecken und sonst nichts.

»Wow«, sagte Frederike, »deiner Schwester scheint es wirklich gut zu gehen.«

»Sie hat ziemlich schnell geheiratet, nachdem du und Søren … na ja, nachdem ihr weggegangen seid. Joakim ist knapp zehn Jahre älter als Mille. Er arbeitet bei einem Pharmakonzern, der seinen Sitz auf Sjælland hat, doch im Grunde ist er immer unterwegs. Er ist ein hohes Tier dort im Außendienst. Finanziell können die beiden sich sicher nicht beklagen.«

Kurz fühlte es sich an, als hätte Rasmus den letzten Satz als eine Spitze gegen sie gemeint. Aber das war sicher Blödsinn, schließlich konnte er nicht wissen, was seit Sørens Tod geschehen war. Sicher, die Zeitungen hatten groß und breit über den

Skandal berichtet, in den ihr Mann verwickelt gewesen war, doch was mit der Witwe passierte, nachdem der Bösewicht sich seiner Strafe entzogen hatte, danach krähte kein Hahn. »Das freut mich für sie«, entgegnete Frederike und meinte es auch so. Wer selbst erlebt hatte, wie es war, mit nichts dazustehen, wünschte das niemand anderem. »Haben die beiden Kinder?«

»Ja, zwei. Ella und Theo. Sie sind sieben und vier. Ab und zu schnappe ich sie mir, wenn ich am Wochenende hier bin. Dann fahre ich mit ihnen zu der Wikinger-Spielwiese in Ladby, oder wir gehen in Kerteminde ein Eis essen. Besonders aufregend als Onkel bin ich nicht. Aber die beiden nehmen es mir nicht übel. Zum Glück. Sie vergöttern ihren Onkel, auch wenn er ein Langweiler ist.«

Frederike musste schmunzeln. Sie konnte sich nur zu gut vorstellen, was für ein genialer Onkel Rasmus war. Schon als Jugendlicher hatte er immer die verrücktesten Ideen gehabt.

Henni musste sie schon die Straße herunterlaufen gesehen haben, denn sie riss die Haustür auf, noch ehe sie die Türschwelle erreichten.

»Na, da hast du aber einen lieben Gast mitgebracht, Rasmus. Kommt rein, kommt rein. Ist es nicht herrlich, dass sich die Sonne endlich wieder zeigt? Das wird noch ein richtig toller Spätsommer, passt auf. Konntest du Rikke mit der Elektrik helfen? Ach herrje, was hast du denn mit deinen Schuhen angestellt? Bist du in einen Bach gefallen? Die triefen ja, zieh die aus.«

»Interessiert dich auch eine Antwort, oder stellst du nur gern Fragen?« Die Sonne schimmerte in Rasmus' rotblondem Haar, während er sich hinunterbeugte, um seine Großmutter auf die Wange zu küssen. Henni hatte ihre beiden Enkelkinder großgezogen, nachdem Rasmus' und Milles Eltern bei einem Autounfall ums Leben gekommen waren, als Mille gerade mal drei Jahre alt gewesen war und Rasmus sieben. Es war nicht immer einfach gewesen für die drei, aber sie hatten es geschafft. Rasmus war nicht im Luxus aufgewachsen, aber dafür in einem Nest voll Wärme und Geborgenheit.

»Ach du«, schalt Henni ihn liebevoll und klopfte ihm die Wange. »Du weißt doch, dass ich immer zu viel rede.«

»Allerdings.«

»Die Schuhe ziehst du aber trotzdem aus, mein Lieber, sonst gibt es Ärger.«

Sie folgten der alten Dame in die Küche, wo neben einer großen Platte mit duftendem Gebäck nicht nur bereits eine große Kanne Tee und drei Tassen auf dem Küchentisch bereitstanden, sondern auch eine Silikonmatte ausgebreitet war, auf der zwei Teigspatel lagen. Kleine braune Fläschchen mit handbeschrifteten Etiketten standen daneben. Auf dem großen Gasherd in der Mitte des Raumes entdeckte Frederike einen alten Kupfertopf, an dessen Rand ein Thermometer lehnte.

»Du machst Bonbons?«, fragte Frederike erfreut.

Henni zuckte mit den Schultern. »Mir war danach. Und ein bisschen habe ich darauf spekuliert, dass Rasmus dich mitbringt, wenn er zu dir geht. Zu zweit ist das viel lustiger.« Eine sanfte Röte stieg der alten Dame bei ihren Worten in die Wangen, und sie wich Frederikes Blick aus. Lügen war noch nie Hennis Stärke gewesen, aber bevor Frederike sie damit necken konnte, atmete Henni einmal laut aus und machte eine wegwerfende Bewegung mit der Hand. »Also gut, ich gebe es zu. Natürlich bist du schuld, dass ich den alten Kessel wieder hervorgekramt habe. Dass du wieder hier bist, hat mich sentimental werden lassen.«

»Ich weiß gar nicht mehr, ob ich das noch kann. Es ist so lange her, dass ich es das letzte Mal probiert habe.«

»Na, dann bin ich ja noch da. Doch weißt du …« Oma Henni musterte Frederike von oben bis unten. »Seitdem du angekommen bist, frage ich mich, was du wohl die ganze Zeit in Frankfurt so getrieben hast. Beim Bonbonkochen redet es sich einfacher, und ich denke, es ist an der Zeit, dass du auspackst.«

Unsicher, was sie darauf erwidern sollte, schaute Frederike Rasmus an. Auch ihm stand die Neugier ins Gesicht geschrieben, gepaart mit einem Hauch Verlegenheit.

»Ich setz mich dann mal im Arbeitszimmer an den Rechner und erstelle diese Kalkulation für deine Mutter. Sicher wollt ihr zwei lieber allein sein, um das zu bereden.«

Ja, das war der Rasmus, in den sie sich damals verliebt hatte. Der Tagträumer, der eine ganz besonders feinfühlige Seite hatte, die er nur wenige Leute sehen ließ, und der so gut aussehend war, dass es fast wehtat, ihn anzuschauen.

Wenn das überhaupt möglich war, war er heute sogar noch attraktiver, als er es mit einundzwanzig gewesen war. Die kleinen Fältchen um seine Augen ließen ihn ernster wirken, nicht mehr so verspielt wie früher, und seine Haare hatten einen intensiveren roten Farbton als damals. Doch Frederike hatte sich schon einmal an diesem Mann die Finger verbrannt. Und auch wenn ein Teil von ihr sagen wollte, dass er hierbleiben sollte, denn ihn betraf die Geschichte, die sie zu erzählen hatte, genauso wie Henni, nickte sie und sagte: »Es ist wirklich sehr nett von dir, dass du dich darum kümmern willst.«

»Und welche machst du?«, hörte er Frederike fragen, während er seinen Rechner hochfuhr. Das Arbeitszimmer in Hennis Haus war mit der ausklappbaren Couch gleichzeitig das Zimmer, in dem er schlief, wenn er sie besuchte. Was oft geschah, sehr oft. Außer ihm hatte Henni im Grunde keine Familie mehr. Seitdem Mille die Großmutter damals überredet hatte, ihr hübsches Haus im Ortskern an sie zu verkaufen und sich in diesen deutlich kleineren, einfacher in Schuss zu haltenden Bungalow aus den Siebzigern zurückzuziehen, herrschte Eiszeit zwischen den beiden Frauen. Es war nicht so, dass sie gar nicht mehr miteinander redeten, nach außen hin hielten sie die Fassade aufrecht. Was gar nicht nötig gewesen wäre, denn natürlich wusste das ganze Dorf, was Sache war. Mille besuchte Henni nie, und Henni hätte eher ihren Tee ganz ohne Zucker getrunken, als bei Mille zu klopfen und zu fragen, ob sie ein paar Würfel haben könnte.

Henni war einsam. Rasmus war das klar.

Sie vermisste das Haus, über dessen Schwelle ihr Mann sie einst getragen hatte, in dem sie ihren Sohn großgezogen hatte und dann ihre Enkelkinder. Das Haus, dessen zauberhafter großer Garten für sie wie ein Anker gewesen war, nachdem ihr Mann viel zu früh an einem Herzinfarkt gestorben war und sie dann auch noch ihren Sohn und ihre Schwiegertochter zu Grabe hatte tragen müssen. Das Haus, in dessen Erdgeschoss Mille und ihr Partner Bent Lindegaard ihre Makleragentur eingerichtet hatten, ein steriles, modernes Büro, ohne Herz und ohne Seele. Der üppige wilde Wein, der die ganze Fassade einst berankt hatte, war den Umbauarbeiten zum Opfer gefallen, da ein riesiges Schaufenster installiert werden musste, und ein großer Teil des Gartens war einer gepflasterten Fläche für Kundenparkplätze gewichen.

Henni hatte ihm einmal gestanden, dass sie das Haus nicht anschauen konnte, ohne mit jedem Blick zehn Schritte näher an ihr Grab zu kommen.

»Wollen wir doch mal sehen, ob du nur anhand der Zutaten noch erraten kannst, welche Bonbons heute auf dem Programm stehen«, antwortete Henni auf Frederikes Frage. »In den Fläschchen sind die Aromen, Öle und Farben. Guck sie dir an und sag mir, was wir daraus machen.«

Rasmus zog mit dem Fuß seinen Stuhl an den Schreibtisch heran und lächelte vor sich hin. Henni versuchte zwar, es vor ihm zu verheimlichen, aber er wusste, dass Rikkes Rückkehr für seine alte Farmor wie ein warmer Sommerregen war, wenn er auf sonnenmüde Gartenerde fällt. Plötzlich blüht alles wieder auf. Und als er Rikkes leises Lachen hörte und das Klicken der Glasfläschchen, war ihm klar, dass es Rikke nicht anders ging.

»Gelb und weiß?«, fragte Frederike.

»Hm«, machte Henni, er hörte sie Tee schlürfen. Er wollte nicht lauschen, doch was sollte er denn tun? Sein Arbeitszimmer war nur zwei Türen von der Küche entfernt in einem Haus mit furchtbar hellhörigen Wänden, und wenn er die Tür ganz schloss, wurde es viel zu schnell stickig im Zimmer. Also musste er die Tür angelehnt lassen und bekam zwangsweise das Gespräch der Frauen mit.

Ausreden, dachte er. Alles Ausreden.

»Und vergiss die Zuckermasse nicht«, bemerkte Henni. »Wie viel Grad?«

»Hey, ich dachte, um die kümmerst du dich!« Er konnte praktisch hören, wie Rikke zum Herd hechtete, um auf das Thermometer zu blicken. »Hundertsechzig. Glück gehabt. Mach das nicht noch mal mit mir.«

Jetzt lachte Henni. »Also, mein Engel, was ist dein Tipp? Was machen wir?«

»Was ich jetzt mache, ist, diese Masse auszukippen.«

»Und was machen wir mit Rasmus?«

»Was? Autsch.«

»Was meinst du mit Autsch?«

»Ich hab mir einen Fingernagel abgebrochen.«

»Früher warst du nicht so leicht aus der Ruhe zu bringen.«

»Nein, früher waren meine Nägel kürzer. Nimmst du mal deine Tasse weg, damit ich die Masse verteilen kann?«

Rasmus überlegte, ob Rikke absichtlich der Frage, was sie mit ihm machen sollten, auswich. Er hätte die Antwort zu gern gehört, aber er wusste auch, dass sie nicht für seine Ohren bestimmt war.

»Du solltest hierbleiben, Engel«, sagte Henni. »Nicht nur für ein paar Wochen, meine ich. Sondern für immer. Du weißt doch, dass du hierhergehörst.«

»Selbst wenn ich wollte, könnte ich nicht. Es ist nicht mein Haus.«

»Aber du willst nicht?«

Eine schneidende Stille folgte, dann klapperten die Fläschchen wieder aneinander. »Salmiak, Anis, Eukalyptus, Menthol.« Rikke schien von den Etiketten abzulesen. »Gelbe Witwen?«

»So gelb wie deine alte Bedstemor Henni.«

»Na ja, Henni, ich will dir ja nicht zu nahe treten, aber deine gelben, blonden Zeiten sind vorbei. Kann man auch graue Witwen machen?«

»Du magst Witze reißen, Engel, darin warst du schon immer gut, doch glaubst du wirklich, ich merke nicht, dass du mir ausweichst?«

Rasmus hörte Rikkes Seufzen. »Ich bin ja nur hier, um ein wenig zur Ruhe zu kommen. Ich hab Søren vor fast genau zwei Jahren verloren, aber so wirklich im Griff hatte ich mein Leben seither nie.«

Søren. Bei diesem Namen verkrampfte sich immer noch Rasmus' Magen. Er konnte sich genau erinnern, wie es war, als sich in Rendstrup die Nachricht verbreitet hatte, dass Søren

Andersen gestorben war. Auch wenn nicht mal dessen Eltern noch hier lebten, hatte er einfach immer dazugehört. Alle erinnerten sich an den Jungen mit den blonden Locken, der aussah, als sei er einem Hollywoodfilm entstiegen. Einmal, in der Schule, in der achten oder neunten Klasse, hatte es eine Abstimmung unter den Mädchen gegeben, wer der tollste Kerl auf dem Schulhof war. Søren hatte in der Kategorie ›beste Frisur‹, ›beste Klamotten‹ und ›knackigster Po‹ gewonnen. An Rasmus war der Sieg für das ›beste Lächeln‹ und die ›sexyeste Stimme‹ gegangen. Trotzdem wusste Rasmus noch, wie er sich damals geärgert hatte. Søren war sein bester Freund gewesen, gemeinsam gingen sie durch dick und dünn. Nichts im Leben konnte ihre Freundschaft zerstören. Das hatte jedenfalls jeder gedacht. Bis sie beide das Mädchen mit den blonden Zöpfen, das jedes Jahr die Sommerferien im Haus vom alten Mikkel Elsdorf verbrachte, auf einmal mit ganz anderen Augen gesehen hatten.

Bis sie anfingen, sich um dieses Mädchen zu streiten. Dann, plötzlich, ertrug Rasmus es nicht einmal, Søren anzuschauen, mit seinen perfekt geschnittenen Haaren und den teuren Klamotten.

Die guten, alten Zeiten. Sie waren schon lange vorbei. Heute würde niemand mehr Søren für irgendwas einen Preis verleihen, denn auch seine illegalen Geschäfte im Namen der Bank, das Geld, das er in riesigen Summen veruntreut hatte, waren kein Geheimnis. Genauso wenig wie sein Selbstmord.

»Das Leben macht oft Dinge, die wir nicht verstehen«, sagte Henni und holte damit auch Rasmus wieder zurück in die Gegenwart. »Aber glaub nicht, dass es sich nichts dabei denkt. Das Leben ist klug, und alles, was es tut, tut es mit Hintergedanken. Manchmal sind die Dinge nicht nett, manchmal scheinen sie nicht fair, aber immer ist es so, dass jeder genau das bekommt, was er verdient.«

»Es ist ganz schön hart, allein dazustehen«, meinte Rikke. »Und dann noch als die Frau von dem, der sie alle hinters Licht geführt hat. Die Witwe. Alle schauen mich an, als müsste die eine oder andere Million, die Søren beiseitegeschafft hat, noch irgendwo bei mir rumliegen.«

»Tut sie das?« Jetzt klang Henni geradezu hoffnungsvoll, und Rasmus wusste sofort, warum. Henni war so ungefähr die Einzige, die von Anfang an nicht befürwortet hatte, was Rasmus für *Sydskov Engineering* plante. Er presste die Hand auf seine Stirn. Verdammt. Wie konnte er hier sitzen und eine Kosten-Nutzen-Aufstellung für ein Haus machen, das es in ein paar Monaten höchstwahrscheinlich nicht einmal mehr geben würde? Wie konnte er das Gefühl von Rikkes Hand in seiner genießen und sie gleichzeitig belügen, indem er schwieg? Zwischen ihnen gab es so viele Stolperfallen und Fettnäpfchen, dass er nur auf die Nase fallen konnte, wenn er sich ihr wieder näherte. Aber ihre Augen! Verdammt, ihre Augen. Und ihre Brüste. Ihre Haare, ihr Lächeln, ihre Stimme.

Die ganze Frau.

Er konnte mit ihr noch nicht über das Projekt reden. Nicht, ehe er wusste, wohin das mit ihnen beiden führen sollte, und nicht, bis er sicher sein konnte, dass er nicht doch irgendwann den Mut finden würde, sie zu fragen, warum sie ihn damals verlassen und sich entgegen all ihren Beteuerungen für den knackigen Po und nicht das schöne Lächeln entschieden hatte.

Der Geruch von Anis und Eukalyptus stieg ihm in die Nase. Er liebte *Gelbe Witwen*. Er musste sich beeilen, wenn er etwas Sinnvolles aufs Papier bringen wollte, bevor er in die Küche zurückkehrte, um die noch lauwarmen Bonbons zu probieren.

Frederike war emsig dabei, die heiße Zuckermasse wieder und wieder mit dem Teigspachtel zu falten und dadurch die Aromen und Lebensmittelfarbe gleichmäßig zu verteilen, als unter einem unbedachten Schritt eine Bodendiele knarrte. Sie hob den Kopf, ohne ihre Arbeit zu unterbrechen.

Rasmus stand auf der anderen Seite der Kücheninsel und blickte auf ihre Hände.

»Das ging aber schnell«, sagte sie und zog eine Augenbraue hoch.

»Ich bin noch nicht fertig. Ich hatte gehofft, mit etwas Zucker meine Gehirnzellen auf Trab bringen zu können.«

Henni lachte und stand geräuschvoll auf. »Ich geh dann mal die Hühner füttern.«

»Du hast Hühner?«

Zärtlich tätschelte Henni ihr die Wange. »Nein, Engel, hab ich nicht, und Rasmus kennt jede Bodendiele in diesem Haus. Er weiß, welche knarren. Außerdem gibt es in seinem hübschen Köpfchen keine einzige Gehirnzelle, die mit Zucker auf Trab gebracht werden muss. Lass dir keinen Bären aufbinden.« Sie wedelte einen warnenden Zeigefinger in Rasmus' Richtung und verließ den Raum.

Eine Weile herrschte betretenes Schweigen, aber die zarte Röte, die sich bei Hennis Worten auf Rasmus' Wangen ausgebreitet hatte, war süß wie die Zuckermasse unter Frederikes Händen.

»Ich bin auch noch nicht fertig«, erklärte sie und knetete weiter. »Wenn du willst, kannst du ja ein Eckchen abzupfen. Aber Vorsicht, das Zeug ist heiß.«

Leise lachend setzte er sich auf einen der Küchenstühle und sah ihr weiter zu. »Ich kann mich nicht erinnern, wie oft ich mir früher an deiner Rohmasse die Pfoten verbrannt habe. Bei Henni war ich nie so ungeduldig.«

Probeweise berührte Frederike die Zuckermasse und entschied, dass sie sie jetzt formen konnte, ohne Brandblasen davonzutragen. Sie knetete und walkte, während sie fragte: »Wie kommst du voran?«

»Dauert eine Weile. Ich müsste ein paar Leute anrufen. Es macht ja jeder andere Preise.«

»Mein Handy ist fast leer, sonst würde ich es dir leihen. Ich fühle mich schlecht, wenn du die ganzen Kosten trägst. Aber ich kann das Handy immer nur aufladen, wenn ich ein Stück mit dem Auto fahre.«

»Du hast immer noch keinen Strom da drüben? Kerzenlicht, sobald es dunkel wird?«

»Ist doch romantisch.« Im nächsten Moment wollte sie sich die Zunge abbeißen, denn der Blick der Möwengefiederaugen verdunkelte sich spürbar, und ihr Körper reagierte. In ihrem Bauch kribbelte es. Zwischen ihnen, da war etwas. Etwas, das all die Jahre überlebt hatte. Etwas Mächtiges, Großes, das sie zu überrennen drohte. Sie und ihre Selbstbeherrschung gleich mit. Oh Mann.

Dann räusperte sich Rasmus, stand auf und streckte seine Hand aus.

»Gib's mir.«

»Wie bitte?«

»Dein Handy.« Seine Augen funkelten.

»Ich sagte doch, der Akku ist so gut wie leer.«

»Ich wollte die Leute nicht von deinem Telefon aus anrufen, sondern es für dich aufladen. Und dann werde ich dir einen Dachdecker und Strom besorgen. Ohne Druck zu machen, erreichst du bei diesen Leuten gar nichts, sondern versauerst auf ewig in irgendwelchen Warteschleifen. Ich kenne ein paar Leute, um die Dinge zu beschleunigen.«

Sie starrte ihn so lange sprachlos an, dass sie beinahe die

Bonbons vergaß. Wenn die Masse zu sehr erkaltete, ließ sie sich nicht mehr formen. »Mist«, entfuhr es ihr, und sie rollte die glänzende Rohmasse zwischen den Händen zu einer langen Stange aus. »Bist du seit Neustem immer so gebieterisch?«, fragte sie dabei, ohne Rasmus anzusehen. Gebieterisch hin oder her, er hatte recht. Sie hatte sich bei den Stadtwerken die Finger wundgewählt, mit zig Mitarbeitern gesprochen und tausend Versprechen bekommen. Passiert war absolut gar nichts.

»Neu ist das schon lange nicht mehr. Und ich will vermeiden, dass du am Ende deines Urlaubs noch immer ohne Licht im Haus sitzt, und dein fließendes Wasser kalt ist und, statt durch die Leitungen, durchs Dach fließt.«

Sie schaffte es nicht, sich gegen das Lächeln zu wehren, das von ihren Mundwinkeln Besitz ergriff. Auch dann noch, als Rasmus sie eine Weile betrachtete und schließlich ohne zu fragen eine Hand von hinten in ihre Hosentasche schob und das Handy herauszog. »Weil du klebrige Hände hast«, erklärte er leise und zwinkerte ihr zu. Verdammt, ihr wurden die Knie weich wie damals als junges Mädchen. Wenigstens hatten ihre Hände was zu tun.

Mit ihrem Telefon verschwand Rasmus aus der Küche, um es im Arbeitszimmer ans Ladegerät zu stöpseln.

Während sie mit Hennis Bonbonschere die Zuckerstangen in kleine abgerundete Dreiecke zerschnitt, lauschte sie Rasmus beim Telefonieren. Er hatte alle Türen offen gelassen. Unwillkürlich fragte sie sich, ob er auch vorhin, während sie mit Henni allein gewesen war, alles mitgehört hatte. Hatten sie irgendwas besprochen, das er besser nicht wissen sollte? Sie schaffte es nicht, darüber nachzudenken, denn sie hörte zu, wie er wegen ihres Dachs telefonierte. Das Gespräch dauerte nicht lange. Anschließend rief er einen anderen Handwerker an, und endlich schien es zu einer Einigung zu kommen. Das nächste

Telefonat drehte sich um den Stromanschluss. Nachdem er damit fertig war, kehrte er in die Küche zurück.

»Strom sollte heute Abend noch da sein«, sagte er wie nebenbei. »Henning von der Stadtverwaltung hat in den Liegenschaftspapieren nachgesehen und meint, dass im Haus von Mikkel Anfang der Neunziger sämtliche Kabel neu verlegt worden sind, und was Kjeld dir erzählt hat, ist Unsinn, wie Henni schon vermutet hat. Das muss nur wieder freigeschaltet werden, mit den Kabeln ist alles in Ordnung. Ich hab ein bisschen Druck gemacht, und Henning wird sich persönlich dahinterklemmen, dass dein Anschluss oberste Priorität hat. Spätestens morgen hast du wieder Strom im Haus.« Sie war gerade dabei, die herrlich goldgelben Bonbons in Puderzucker zu wälzen, damit sie nicht zusammenklebten. Ungeniert griff Rasmus in die Schale und steckte sich eine der noch warmen Leckereien in den Mund.

Als er genießerisch die Augen schloss, erkannte Frederike, warum sie wirklich hier war. »Du hast nichts verlernt«, sagte er mit einer Stimme, als wüsste er ganz genau, was sie gerade gedacht hatte. »Deine Bonbons waren schon immer die besten. Schenkst du mir diese Ladung? Dann nehm ich ein Stück von dir mit nach Kopenhagen.«

Wie hätte sie ihm das abschlagen können? Sie füllte die Bonbons in zwei bereitstehende Gläser, schraubte die Deckel fest. Ein Glas in jeder Hand, trat sie auf ihn zu, aber obwohl er danach griff, ließ sie nicht los. Ernst schaute sie ihm in die Augen, die jetzt sehr dunkel waren.

»Warum, Rasmus?«, fragte sie kaum hörbar, aber ihr war klar, dass er sie hörte.

»Das will ich dich seit achtzehn Jahren fragen, Rikke. Warum hast du dich für ihn entschieden?«

»Warum bist du mir von einem Tag auf den anderen aus dem Weg gegangen? Ich hätte dich gebraucht.«

»Als was? Als den Typen, der dir Steine aus dem Weg räumt, während du mit seinem besten Freund rummachst?«

»Was?«

»Ich hab dich gesehen, Rikke. Ich hab euch gesehen. Was sollte ich denn denken?«

»Gesehen?« Sie fühlte sich wie vor den Kopf geschlagen und hatte keine Ahnung, wovon er sprach. Wobei wollte er sie und Søren gesehen haben?

»Lass uns das nicht jetzt bereden.« Seine Stimme hörte sich so flehend an, dass Frederike nicht in der Lage war, etwas zu antworten.

Der Schmerz in seinem Blick brannte ihr in der Seele. »Ich hab viele Jahre gebraucht, um das zu überwinden. Ich hab gedacht, dir nie mehr in die Augen schauen zu können, sollte ich dich jemals wiedersehen. Ich fang gerade erst an, dich wieder kennenzulernen und zu bemerken, wie sehr ich mich getäuscht habe. Ich sehe dich immer noch sehr gerne an.« Den letzten Satz sagte er, ohne ihr dabei in die Augen zu blicken, was die Bitte, die folgte, noch verzweifelter klingen ließ. »Zerstör das nicht. Rikke. Nicht noch einmal.«

Sie verspürte einen scharfen Stich im Herzen. Aber du warst es doch, wollte sie schreien. *Du warst es, der sich abgewendet hat. Du warst es, der sich nie gemeldet hat, auch dann nicht, als ich dir mein ganzes Leben zu Füßen legen wollte.* Wie um alles in der Welt schaffte er es, dass es jetzt so wirkte, als sei sie diejenige gewesen, die ihn verletzt hatte?

Sie begriff es nicht.

Zögernd ließ sie eines der beiden Bonbongläser los. Das andere drückte sie an ihre Brust. »Wenn du nichts dagegen hast, behalte ich das zweite Glas. Ich glaube, ich kann heute Nacht etwas Süßes vertragen.«

Grillkul – Grillkohle

Aus Rikkes geheimem Rezeptbuch
14. Juli 2000

Grillkul

Zutaten:
100 ml Wasser
400 g Zucker
150 g Traubenzucker
2 ml schwarze Lebensmittelfarbe
2 EL Salmiak-Lakritz-Pulver (auch als Hexenpulver bekannt)
10 ml Lakritzaroma
3 ml rotes Chiliaroma
2½ ml Anisöl
1 ml Eukalyptusöl

Zubereitung:
1. Grundmasse herstellen und bei Erreichen der Temperatur auf die mit Öl eingepinselte Silikonmatte geben.
2. Nachdem die Zuckermasse kurz angehärtet ist, alle Aromen darauf verteilen, zügig und gründlich mit dem Teigspachtel einarbeiten.

Tief einatmen. Der Duft nach Anis und Eukalyptus ist nur eine Vorahnung von dem, was kommt. Diese Bonbons sind nichts für Feiglinge, nichts für Kinder und nichts für Jungs, die immer nur alles richtig machen wollen und nie über die Stränge schlagen. Wie gut, dass Søren mit seinen Eltern das Wochen-

ende über in Kopenhagen ist. Nicht, dass ich die Zeit in Rendstrup nicht auch mit ihm verbringen will, aber alles ist so kompliziert in diesem Jahr. Obwohl Rasmus und Søren sich wieder versöhnt haben, liegt zwischen den beiden ständig diese seltsame Spannung in der Luft. Vor ein paar Tagen hat es geregnet, wir waren beim Eisessen, und es war ein solches Glück, dass Søren mit dem Auto da war und uns alle zurückfahren konnte. Rasmus und Mille sind auf die Rückbank geklettert, da haben sie noch gelacht und rumgealbert, weil wir ganz nass geworden sind. Aber sobald Søren mir die Beifahrertür aufgehalten und mir mit einer Hand ganz tief im Rücken beim Einsteigen geholfen hat, hörte das Lachen schlagartig auf. Im Rückspiegel habe ich Rasmus gesehen, der kurz davorstand, einen Mord zu begehen. Søren hat so getan, als würde er nichts davon mitkriegen.

Er hat mir ein paar regennasse Strähnen aus dem Gesicht gestrichen. Letztes Jahr noch hätte mich das kitzelige Gefühl zum Lachen gebracht, jetzt habe ich mich irgendwie dafür geschämt, dass es sich gut angefühlt hat, so umsorgt zu werden. Nicht aufregend und gut, wie die Berührungen von Rasmus. Einfach nur gut.

Vielleicht kommt diese Auszeit also gerade recht. Ein paar Tage nur für Rasmus und mich. Kann es etwas Aufregenderes geben?

3. Zu langen Stangen formen und gut erkalten und trocknen lassen. Wenn die Stangen richtig hart sind, mithilfe eines schweren Küchenmessers am Rand der Arbeitsplatte Stückchen abschlagen. Je ungleichmäßiger und scharfkantiger, desto besser!

Hexenpulver zieht einem erwachsenen Mann die Schuhe aus! Wer einen dänischen Jungen in die Knie zwingen will, braucht nur eine Messerspitze voll davon.

Oder man macht Bonbons daraus. Dann fallen vielleicht nicht nur die Schuhe, sondern auch der Pulli, das T-Shirt, die Jeans …

Seit Tagen glüht Fünen unter sengender Sonne. Rasmus nahm mich, die Grillkohle und die andere Grillkohle (die eine Sorte brannte nach dem Kontakt mit einem Streichholz in einer kleinen Mulde im Sand, die andere Sorte brannte beim Draufbeißen und mindestens genauso lange), und wir haben Pølser am Strand gegrillt. Wenn man Grillkul gelutscht hat, schmecken danach die Küsse stundenlang nach Lakritz.

Anschließend lagen wir Arm in Arm am Strand unter der alten Wolldecke, die Rasmus mitgebracht hatte, und haben uns die Sterne angesehen. Ich glaube, ich bin so weit. Wenn Søren nicht da ist und nicht ständig daran erinnert, dass er ja irgendeinen teuren Alkohol mitbringen könnte und ein eigenes Auto hat und all diese Dinge, ist alles anders. Dann ist Rasmus ruhiger und weicher und ich habe nicht ständig das Gefühl, eine Entscheidung treffen zu müssen. Ich will doch ihn. Ich will Küsse am Strand, Bonbons, die den Mund verbrennen, und all die geflüsterten Nichtigkeiten, die er mir ins Ohr wispert, wenn seine Hände auf nackte Haut treffen.

Im Hexenpulver liegt Magie, und wenn Rasmus mich ganz will, solange Søren weg ist, sage ich nicht Nein.

5. Kapitel

Skeptisch betrachtete Frederike den Drahtesel, den sie im Schuppen zwischen Brennholz und Morfars verbeulter Regentonne gefunden hatte.

Im Grunde machte das Fahrrad eher den Eindruck, als würde es in ein Museum gehören, nicht in den Straßenverkehr. Andererseits hatte es eine Kette, zwei Reifen und einen Lenker. Was sollte schon schiefgehen?

Mit der Pumpe, die über dem Brennholzstapel an der Wand hing, füllte sie die Reifen. Wenn sie das Hinterrad hochhob und die Pedale drehte, machte alles einen funktionstüchtigen Eindruck. Einen Versuch war es allemal wert, und sie war es leid, für jede Besorgung das Auto zu nehmen.

Den linken Fuß aufs linke Pedal gestellt, trat sie zu. In dem rostigen Fahrradkorb auf dem Gepäckträger lag ein Jutebeutel mit ihrer Geldbörse. Bis zur Bäckerei im Ortskern war es nicht weit. Sie hätte die kurze Strecke auch laufen können, aber kaum hatte sie die ersten Meter auf dem Drahtesel hinter sich gebracht, wusste sie, warum sie sich für das Fahrrad entschieden hatte. Der Fahrtwind, der ihr um die Nase strich, duftete nach reifem Weizen. Vom Meer her kam das Aroma von Salz und Gras, und über allem lag der Duft wilder Lupinen, die wie violettfarbene Mini-Leuchttürme am Straßenrand standen und ihr den Weg wiesen.

Es war alles so herrlich. Die Düfte, die Farben. Selbst das Quietschen der rostigen Fahrradkette verlieh ihr neuen Elan. Eine Woche war sie jetzt hier, und sie hatte so viel geschafft.

Morfars Haus sah zwar noch nicht wieder aus wie neu, aber es war bewohnbar. Immer noch lebte sie ausschließlich in Wohnzimmer, Küche und Bad, doch die waren jetzt sauber, die Abflüsse waren frei und von allem Unrat befreit. Säckeweise hatte sie Dosen und Tetra-Packs mit verdorbenen Lebensmitteln entsorgt, einen ganzen Container mit alten Zeitungen und Magazinen gefüttert und sämtliche Polstermöbel in den Garten geschleppt, um sie mit feuchten Tüchern zu entstauben und anschließend wieder zurück ins Haus zu hieven. Ungeöffnete Briefe hatte sie einfach weggeschmissen. Wegen der verpassten Frist mit dem Briefkasten waren die ohnehin schon Jahre alt und wichtige Unterlagen wurden zu Mathilde geschickt. Sie hatte die Fenster geputzt, alle Regale und Schränke ausgewischt, und dank einer Politur glänzten die alten Holzmöbel sauber und verströmten einen angenehmen Duft. Sich an die beiden Schlafzimmer zu machen, brachte sie nach wie vor nicht fertig, aber seitdem sie Strom und fließend Warmwasser hatte, war sie richtig gut vorangekommen. Im Großen und Ganzen konnte sie wirklich stolz auf sich sein. Tatsächlich war sie so wagemutig geworden, im Internet eine Fuhre Traubenzucker, Zitronensäure und ein Zuckerthermometer zu bestellen. Die schwere Marmorarbeitsplatte, das Glanzstück von Morfars Küche, war viel zu schade, um sie nicht zu nutzen. Und weil doch Rasmus ihre Bonbons so gut geschmeckt hatten …

Sie verdrängte den Gedanken. Nachts zu träumen war das Eine. Diesen Träumen auch tagsüber nachzuhängen, etwas ganz anderes. Es hatte einen Grund, dass das mit Rasmus und ihr nicht geklappt hatte. Er mochte sich verändert haben, aber kein Mensch legte eine charakterliche Kehrtwende hin. Rasmus würde immer Rasmus bleiben. Mit zu viel Charme und gutem Aussehen gesegnet, als gut für ihn war. Was Frederike brauchte, war Ruhe. Zeit für sich, um zu entscheiden, wohin es nach dieser Auszeit gehen sollte. Ein Mann, noch dazu einer, mit dem sie eine so komplizierte gemeinsame Geschichte verband, hatte da keinen Platz. Rasmus hatte schon einmal bewiesen, dass er lieber einfach verschwand, wenn es ein Problem gab, als zu reden, und wie er am vergangenen Freitag einfach den Spieß umgedreht und das Scheitern ihrer Beziehung ihr in die Schuhe hatte schieben wollen, setzte dem Ganzen die Krone auf. Nein. Sich auszumalen, wie es wäre, Rasmus Martensen noch einmal irgendetwas von sich zu geben, und seien es nur selbst gekochte Bonbons, war ganz und gar keine gute Idee.

In ihrem Kopf ergaben diese Gedanken perfekten Sinn. In ihrer Brust allerdings verspürte sie ein sehnsuchtsvolles Ziehen. Nur einmal, sagte die Sehnsucht. *Sich nur noch einmal jung fühlen. Noch einmal das Kribbeln spüren, das Klopfen des Herzens vor dem ersten Kuss. Noch einmal erleben, wie die Fingerspitzen kribbeln, wenn sie das erste Mal durch die Haare des anderen fahren, wie es sich anfühlt, einem anderen so nah zu sein.*

Ach was. Resolut verbot Frederike der Sehnsucht das Gequengel. Was sollte das denn? Sie war siebenunddreißig Jahre alt und hatte seit mehr als achtzehn Jahren immer nur denselben Mann geküsst. Besser, sie dachte gar nicht daran, noch einmal von vorne anzufangen. Sie würde sich ohnehin nur blamieren.

Über ihre Grübelei hatte sie die Bäckerei erreicht. Sie schob ihren rostigen Drahtesel in den Fahrradständer vor dem kleinen Fachwerkhaus und angelte nach dem Jutebeutel im Fahrradkorb. Im Fensterglas der Eingangstür spiegelte sich die Sonne, aber schemenhaft erkannte sie, dass bereits Kunden im Laden waren. Gerade als Frederike nach dem Türknauf greifen wollte, öffnete sich die Tür von innen. Im letzten Moment konnte sie einen Schritt zurückspringen, ehe das Blatt sie am Kopf traf.

»Mist!«, fluchte sie auf Deutsch, während die Kundin, die gerade die Bäckerei verlassen wollte, den Beinah-Zusammenstoß auf Dänisch kommentierte.

»*For helvede*!«

Das Erkennen setzte bei beiden gleichzeitig ein. Es war schon seltsam, wie Erinnerungen funktionierten. Manchmal fand Frederike etwas in Morfars Haus, ein Buch, ein Foto, ein kitschiges kleines Andenken, und versuchte mit aller Macht sich ins Gedächtnis zu rufen, welche Bedeutung dieser eine Gegenstand hatte, doch die Bilder in ihrer Vorstellung blieben schattenhaft und ungenau. Und dann gab es Momente wie diesen. Da reichte ein einziges Wort, der Klang einer Stimme, und alles war wieder da.

»Mille«, sagte sie und konnte kaum fassen, wie bedeutungsvoll zwei Silben sein konnten. Es hatte eine Zeit gegeben, da war Mille ihr der liebste Mensch auf der Welt gewesen. Die beste Freundin, Frederikes großes Vorbild, obwohl Rasmus' Schwester eineinhalb Jahre jünger als sie selbst war. Mille machte immer, was sie wollte. Sie war ungestüm und wild, eine fünische Pippi Langstrumpf, mit Klamotten, die praktisch und bunt waren, nicht fein und weiß und zu schick, um sie dreckig zu machen. Frederike musste an den einen Sommer denken, als sie all die feinen Sachen, auf die ihre Mutter immer bestand, im Koffer gelassen und sich stattdessen die ganzen sechs Wochen über in Milles Kleiderschrank bedient hatte. Selten in ihrem Leben hatte sie sich so frei gefühlt.

»Rikke. Ich hab schon gehört, dass du zurück bist. Hast ja für ziemlichen Wirbel gesorgt.« In dem Blick, den Mille ihr jetzt zuwarf, war nichts von der Freundschaft zu erkennen, die sie früher verbunden hatte. Stattdessen sah Frederike Vorsicht und sogar eine Spur Angriffslust.

»Wirbel? Ich bin doch die ganze Zeit nur in dem alten

Kasten. Heute kommt der Dachdecker und kümmert sich um die lecken Stellen im Reet. Deshalb bin ich hier. Ich möchte ihm gern was zum Frühstück anbieten.« Vielsagend hielt sie den Jutebeutel hoch.

»Henni hat erzählt, ihr habt zusammen Bolcher gekocht?« *Bolcher*, das war das dänische Wort für Bonbons. Dabei traf die Übersetzung nicht annähernd, was die kleinen Kunstwerke aus Zucker und Aroma für Frederike waren. Sie waren Heimat und Genuss, kleine Sünde und Vergebung zugleich.

»Ja. Es hat Spaß gemacht. Ich hab das schon so lange nicht mehr getan. Henni ist wirklich eine gute Seele.« Und sie sollte wirklich zu ihr gehen, denn bei Henni im Haus lag das Handy, dass sie nach dem Zusammenprall mit Rasmus vergessen hatte. Warum holte sie es sich nicht? Doch sie wusste, wenn sie dorthin ging, würde Henni wieder mit ihren Kuppelversuchen, getarnt als Lebensweisheiten, anfangen, und dafür war Frederike einfach nicht bereit. Außerdem war sie die ganze erste Zeit auch sehr gut ohne das Handy zurechtgekommen. Es eilte also nicht. Ein wenig seltsam war es zwar, dass Henni ihr das Telefon nicht schon längst gebracht und damit einen kleinen Plausch darüber, wie kompliziert die Liebe ist, verbunden hatte. Doch Frederike hinterfragte es lieber nicht. Im Grunde war sie froh darüber, sich ein wenig Abstand von den Gedanken an Rasmus gönnen zu können.

»Deshalb solltest du in ihr keine falschen Hoffnungen wecken«, sagte Mille kühl. »Überhaupt solltest du niemandem falsche Hoffnungen machen. Darin warst du schon immer gut. Mikkel und Søren haben das nicht überlebt. Ich wäre dir dankbar, wenn du von denen, die geblieben sind, die Finger lassen könntest.«

Der Schlag traf mitten ins Herz. Es waren nur Worte, trotzdem taumelte Frederike unter der Wucht des Hiebes zurück.

Plötzlich brannte es hinter ihren Augen und ihre Kehle war so eng, dass sie Angst hatte, zu ersticken. »N… natürlich«, stammelte sie und schämte sich, dabei zu klingen, als hätte Mille recht und als wäre alles allein ihre Schuld gewesen. Genau, wie Rasmus es ihr vorgeworfen hatte.

»Dann ist's ja gut. Mach's gut, Rikke. Ich muss nach Hause. Mein Mann und die Kinder freuen sich auf das gemeinsame Frühstück. Weißt du, einige von uns haben nämlich noch eine Familie.«

Frederike sagte nichts mehr. Rasmus' Schwester hatte ihren Punkt mehr als deutlich gemacht, und wenn Frederike ganz ehrlich war, hatte Mille sogar recht. Vermutlich nahm Mille es ihr bis heute übel, dass Frederike das Herz ihres Bruders gebrochen hatte. So zumindest dürfte er es ihr gegenüber dargestellt haben. Rasmus und Mille hatten einander immer sehr nahegestanden, und es war nachvollziehbar, dass Mille für ihren Bruder Partei ergriff. Es war schon gut, dass Frederike sich nicht zu sehr in den Gedanken an Rasmus verloren hatte. Das hier, das war nicht ihre Welt. Nicht mehr. Sie hatte Rendstrup Strand den Rücken gekehrt, und sosehr sie sich in der vergangenen Woche gewünscht hatte, dass eine Rückkehr vielleicht doch möglich sei, Mille hatte sie daran erinnert, dass ihr Besuch nur eine Stippvisite war.

»Farmor? Ich bin da.« Im Korridor des hässlichen Bungalows ließ Rasmus seine Tasche auf den Boden fallen und griff nach dem Stapel Briefe, die im Verlauf der Woche angekommen waren. Henni sammelte ihre Post, damit Rasmus sie aufmachte, wenn er kam. Sie selbst hatte darauf seit Jahren keine Lust mehr und kümmerte sich lieber um die schönen Dinge im Leben.

Im ganzen Haus duftete es nach Speck und darin angeschwitzten Zwiebeln. Ihm lief das Wasser im Mund zusammen. Er war nicht so naiv, Hennis Absicht nicht zu erkennen. Sie würde ihm gleich eine ordentliche Portion *Brændende Kærlighed* vorsetzen. Einerseits, weil sie wusste, dass ihm ihr Essen immer noch am besten schmeckte. Aber auch, weil allein der Name des Gerichtes, *Brennende Liebe*, ein Wink mit einem ganzen Gartenzaun war.

Keiner der Briefe erforderte sofortiges Handeln, also legte er sie zurück auf die Anrichte, stützte sich auf die alte Kommode und blickte zum Fenster hinaus. Von Hennis Korridor aus konnte er die schmale, gewundene Straße überblicken, die zu Mikkels Haus führte und dort endete. Er konnte eine Ecke des moosbewachsenen Reetdaches sehen und die niedrige, ockerfarbene Mauer, die das Grundstück umgab. Der Lavendel verblasste, in ein, zwei Wochen wären auch die Stockrosen verblüht. Aber der Dachdecker schien dort gewesen zu sein, denn im Reet prangte eine geflickte Stelle.

Ein Räuspern signalisierte ihm, dass Henni in der Tür zur Küche aufgetaucht war. Mit vor der Brust verschränkten Armen beobachtete sie ihn. »Gehst du heute noch rüber?«

»Eher nicht, warum? Hat sie was gesagt? Braucht sie etwas?«

»Ich könnte dir ziemlich genau erzählen, was sie braucht, aber das willst du ja nicht hören. Sie braucht ein Zuhause. Sie braucht diesen Ort.«

Etwas in Rasmus' Bauch krampfte sich zusammen. Er straffte die Schultern, entschlossen, sich nichts anmerken zu lassen. »Farmor, ehrlich, die gesamte Planung ist so gut wie unter Dach und Fach. Wenn der Windpark realisiert wird, kriegt ihre Mutter eine Entschädigung, die den Wert des Anwesens deutlich übersteigt, und ganz abgesehen davon wirst auch du dieses Haus endlich los und kannst dir was Hübscheres kaufen.«

»Red nicht daher wie deine Schwester«, rügte sie ihn. »Ich bin eine alte Frau und zufrieden mit dem, was ich habe. Das habe ich dir schon gesagt, bevor Rikke wieder aufgetaucht ist. Aber wenn das alles so toll ist, Rasmus, dann frage ich mich, warum du ihr nicht reinen Wein einschenkst, sondern sie im Dunkeln tappen lässt und stattdessen sogar dafür sorgst, dass das Dach repariert wird.«

Er seufzte. »Ich hab Hunger. Hast du noch was vom Abendessen für mich warmgestellt?« Er hasste es, ihrer Frage auszuweichen, aber er hatte keine Antwort darauf. Er wusste nur, dass er über diese Sache nicht mit Rikke reden konnte. Noch nicht. Nicht, solange es noch so viele andere unausgesprochene Dinge zwischen ihnen gab. Wie sollten sie den alten Haufen Schutt je abtragen, wenn er jetzt schon mit dem nächsten kam?

Langsam trat Henni auf ihn zu und berührte mit den Fingerspitzen seine Wange. »Du bist ein guter Junge, Rasmus, doch du bist so kalt geworden. Manchmal glaube ich, dass du fürchtest, du würdest einfach wie Schnee in der Sonne zerfließen, wenn du noch einmal jemanden an dich heranlässt. Und jetzt ist Rikke wieder da.«

Er stieß sich von der Kommode ab und brachte Abstand zwischen sich und seine Großmutter.

Henni wusste die Geste zu deuten. »Essen steht im Ofen. Und, oh, warte, ich hab beim Aufräumen in deinem Zimmer ein Handy gefunden. Deins ist das nicht, oder?« Sie ging in die Küche und kehrte mit Rikkes Telefon zu ihm zurück.

Einen Moment lang musste er überlegen, wie das Handy in sein Arbeitszimmer gekommen war. Dann fiel ihm ein, dass er es hatte aufladen wollen. Über all die Dinge, die sie einander danach gesagt hatten, hatten sie das Telefon vergessen. Wie es aussah, hatte Rikke das Handy zwischenzeitlich nicht vermisst und es nicht abgeholt, und Henni hatte nicht gewusst, wem es gehörte.

»Das ist Rikkes Telefon«, sagte er, den Blick immer noch auf das schwarze Display gerichtet und nicht auf seine Großmutter. »War sie gar nicht hier?«

»Die ganze Woche nicht. Ich glaube, sie weicht nicht nur dir aus. Manchmal würde ich ja wirklich gern wissen, warum ihr beide einander das Leben so schwer macht. Dann muss ich mir in Erinnerung rufen, dass es euer Leben ist, nicht meins.«

»Gut erkannt«, murmelte Rasmus.

»Du isst jetzt«, befahl sie ihm, als sei er wieder zehn Jahre alt und zapplig, weil er zum Angeln wollte, »und dann gehst du zu ihr rüber und bringst ihr das Handy zurück.«

Guter Plan. Wenn auch mit diversen Haken, über die er mit Henni nicht reden wollte.

Die Appetitlosigkeit, mit der er Kartoffelpüree mit einer Soße aus Speck und Zwiebeln verspeiste, sprach für sich. Beim Betreten des Hauses hatte er noch richtig Lust auf das Essen gehabt. Er drehte das Handy zwischen den Fingern seiner freien Hand.

Er sollte Rikke wirklich nicht nachspionieren.

Aber vielleicht hatte jemand versucht, sie zu erreichen?

Und selbst wenn, es ging ihn nichts an.

Entschlossen schob er seinen halb leeren Teller zurück und stand auf. Henni war im Wohnzimmer, wo ein bisschen zu laut ihre liebste Fernsehsendung lief. *Vild med Dans*, die dänische Version von *Let's Dance*. Eine von diesen seltsamen Talentshows, deren Reiz Rasmus in zehn Leben nicht verstehen würde.

»Farmor? Ich gehe zu Rikke rüber.«

»Hast du fertig gegessen?«, rief sie über das Klatschen des Studiopublikums hinweg zurück.

»Ja. Ich bin gleich wieder da.«

Zumindest nahm er das an.

Die ganze Woche hatte niemand an ihre Tür geklopft, und als es dann schließlich geschah, wusste sie, wer es war, noch ehe sie die Schwelle erreichte. Es war Freitagabend. Am Freitag kam Rasmus aus Kopenhagen.

Also war sie gewappnet. Zumindest dachte sie das, bis sie öffnete und er, lässig in den Türrahmen gelehnt, »Hej« sagte.

Ihr Magen vollführte einen Purzelbaum. Es war nicht fair, dass er so gut aussah.

Er streckte die Hand aus, auf der ihr Telefon lag. »Warum hast du dir das nicht geholt?«

»Weil deine Großmutter eine hoffnungslose Kupplerin ist, und nach dem, was du mir beim letzten Mal ins Gesicht geschleudert hast, kann ich mir nicht vorstellen, dass du das willst«, entgegnete sie vorsichtig. »Hast du es eingeschaltet?«

»Dein Handy? Rikke! Du traust mir alles Mögliche zu, was nicht besonders nett ist. Aber du kannst mir glauben, wenn ich sage, dass sogar *ich* Grenzen habe. Selbstverständlich habe ich dein Handy nicht eingeschaltet.«

Sie nahm ihm das Telefon aus der Hand und trat einen Schritt ins Haus zurück. »Komm rein. Und danke für den Dachdecker und den Strom.«

Sie bemerkte sein Zögern, aber schließlich folgte er ihr ins Haus. Die Haustür ließ er dabei offen, und der Duft des Sommers folgte ihm in die Diele. Ihr Telefon gab ein leises Summen von sich, als sie es einschaltete. Dann dauerte es eine Weile, ehe es hochfuhr und sich eine Verbindung aufbaute.

Wenn das doch nur bei Menschen auch so einfach wäre.

»Kann ich dir was anbieten?«, fragte sie geistesabwesend. Drei verpasste Anrufe und eine Textnachricht, alles von Julia. Alles innerhalb weniger Stunden. Gestern. Ihr Herz hämmerte. »Gibst du mir einen Moment? Ich les eben die Nachricht. Bedien dich doch am Kühlschrank.«

Tat er aber nicht, wie sie aus dem Augenwinkel bemerkte, während sie Julias Nachricht las und ihr dabei die Knie immer weicher wurden.

Freddie, ich kann dich nicht erreichen. Es ist sehr dringend. Ruf mich an. Nein, ruf unseren Vermieter an, der soll dir das erklären. Es ist was passiert. Oh Gott, ich hasse es, dir das zu schreiben. Es ist etwas mit dem Haus. Wir mussten alle raus. Es ist … Ach Mann, ich kann das nicht. Ich muss … Freddie, es gab einen Brand. Das ganze Haus ist abgebrannt, teilweise eingestürzt. Deine Wohnung … es ist nichts übrig geblieben. Ruf mich bitte an. Julia.

Ihr wurde übel. Und kalt. Sie fühlte sich, als habe jemand sie an Händen und Füßen gefesselt und in ein kleines Ruderboot gelegt, in das mit einer riesigen Axt ein Loch geschlagen worden war. Jetzt trieb das Boot in einem Sturm auf hoher See und lief voll Wasser, und sie hatte keine Chance, ihrem Schicksal zu entrinnen.

Ihre Wohnung existierte nicht mehr. Weg, aus, vorbei.

Sie hatte nichts mehr.

All die Bemühungen der letzten Jahre, wieder auf die Füße zu kommen, waren in Rauch aufgegangen. Alles umsonst.

Sie hatte nichts mehr.

Je öfter sie sich den Satz vorsagte, desto unwirklicher wirkte er auf sie. Das war doch alles vollkommen surreal. Plötzlich war da ein Blubbern in ihrer Brust, dann in ihrer Kehle, ein seltsames Geräusch, das sie erst nach einer Weile als Lachen erkannte.

»Rikke«, sagte Rasmus. Seine Stimme hörte sie nur von ganz weit weg, dennoch fiel ihr der besorgte Tonfall auf. Er hatte recht, wenn er meinte, dass Lachen nicht die richtige Reaktion war, wenn man gerade erfahren hatte, dass man obdachlos war. Aber woher sollte er wissen, was in der Nachricht stand? Wahrscheinlich befürchtete er, dass sie im Begriff war, den Verstand zu verlieren.

Sie hielt das Handy hoch. »Gib es zu, du hast gelesen, oder?«

»Rikke«, wiederholte er noch einmal, es klang jetzt warnend. »Das habe ich nicht getan. Was ist passiert?«

Sie hielt ihm das Handy hin. »Hier, lies. Lies einfach selbst.« Ja, sie verlor den Verstand. Was blieb ihr auch sonst übrig?

Rasmus konnte genug Deutsch, um die Nachricht zu lesen. Vielleicht konnte der neue Rasmus sogar noch viel besser Deutsch. Der Projektmanager-Rasmus hatte bestimmt auch Geschäftskontakte in Deutschland. Und wer so viele Beziehungen hatte wie er, der konnte vielleicht auch unliebsame Textnachrichten und alles, was in ihnen stand, einfach wie von Zauberhand wegwischen, und alles wäre wieder gut.

Er lag gar nicht so falsch, sie verlor den Verstand. Doch was wusste er schon? Gab es etwa ein Handbuch, in dem erklärt wurde, wie man sich zu verhalten hatte, wenn man erfuhr, dass einem wieder einmal alles genommen worden war?

Er las und erblasste. Unter seinem Bartschatten arbeiteten die Kiefermuskeln, seine grauen Augen verdunkelten sich, auf seiner Stirn grub sich eine tiefe Falte ein. Er gab ihr das Telefon zurück, ohne etwas zu sagen. Stattdessen hob er eine Hand, als wolle er sie berühren, an der Schulter oder der Wange oder … sie wich zurück.

»Nein, nein«, protestierte sie. »Lass mich. Weißt du, was lustig ist? Ich meine, es ist wirklich witzig. Lass mich ausreden, dann erkennst du es auch.«

»Rikke, soll ich …«

»Es ist wirklich lustig, wie mich dieses verdammte Schicksal immer wieder überrascht. Und dass ich es immer wieder zulasse. Dass ich nie drauf vorbereitet bin, dabei sollte ich das doch inzwischen gelernt haben, oder? Als die Polizei aufgetaucht ist und unser schönes schickes Penthouse durchsucht hat, habe ich gedacht, noch weitere Demütigungen könnte ich nicht ertragen. Bis sie ein paar Tage später zurückkehrten und Søren verhaftet haben, da wurde ich eines Besseren belehrt. Nach und nach haben sich dann noch alle Freunde von mir abgewandt, anscheinend glaubten sie, dass Sørens kriminelle Machenschaften ansteckend seien. Und wieder habe ich gedacht, schlimmer könne es nicht werden. Doch schließlich ist er auf Kaution bis zur Verhandlung herausgekommen und statt zu mir zu kommen … ich meine, ich war doch seine Ehefrau, oder? Ich war immer noch seine Ehefrau. Ich finde, ich hätte eine Erklärung verdient gehabt, warum er das alles getan hat, warum ihm unser Leben nicht gereicht hat und er sich an fremden Geldern bedienen musste. Aber er ist nicht zu mir gekommen. Er ist zu diesem Bahndamm gefahren und hat sich auf die Gleise gelegt. Als die Polizisten vor meiner Tür standen, wusste ich schon, dass ich mich schon wieder getäuscht hatte. Dass es immer noch schlimmer geht. Und ich hatte recht. Ich hatte bloß keine Ahnung, wie schlimm es werden würde, und das Schicksal hat mich schockiert. Ich hatte nicht gewusst, wie viele Schulden Søren hatte, dass er den Großteil unseres Lebens mit gestohlenem Geld finanziert hat. Ich musste aus der Wohnung raus, dann hab ich meinen Job verloren, weil niemand einer Buchhalterin vertraut, deren Mann im großen Stil Gelder veruntreut hat. Wer sagt denn, dass sie nicht mit dringesteckt hat? Nach außen hin war unser Leben lange Zeit perfekt gewesen, weißt du. Wir waren das perfekte Paar. Erfolgreich, schickes Apartment und was sonst noch so dazugehört. Zum ersten Mal in meinem Leben war sogar meine Mutter stolz auf mich, und du kennst ja die Geschichte, du weißt, das hat was zu sagen. Und dann stellt sich alles als große Lüge heraus, und alles, was mir bleibt, ist ein Job in einer Backwarenfabrik, wo ich jeden Tag acht Stunden lang am Fließband stehe und Schweineohren wende, damit sie in die richtige Richtung zeigen, wenn es ins Schokoladenbad geht. Und nach Feierabend fahre ich mit der S-Bahn nach Hause in meine Anderthalbzimmerwohnung in Frankfurt Rödelheim. Ich bin hierhergekommen, weil ich wirklich gedacht habe, dass es jetzt nur noch aufwärtsgehen kann. Dass ich hier in Rendstrup zu Atem kommen und nach der Ruhephase noch einmal ganz neu anfangen kann.« Hilflos warf sie die Arme in die Luft. Jetzt, während all die Worte ungebremst und immer schneller aus ihr heraussprudelten, fand sie die ganze Geschichte nicht mehr so witzig. Was geschehen war, schlug ihr auf den Magen und zerrte an ihren Nerven. Gleich würde sie vornüberkippen und sich auf Rasmus' saubere Sneaker übergeben. »Aber wie es aussieht, habe ich mich wieder einmal getäuscht. Es kann immer noch schlimmer werden. Irgendwas kann immer noch passieren, und am Ende bin ich noch schlechter dran als vorher. Aber mach dir keine Sorgen …« Sie biss die Zähne zusammen, blinzelte wegen der Tränen, durch die sie Rasmus bloß noch verschwommen sehen konnte. Sein schönes Gesicht, die Anteilnahme in seinen grauen Augen. Sie verzog den Mund zu einer Grimasse, die ein beruhigendes Lächeln darstellen sollte. »Ich krieg das schon hin. Ich krieg das ja immer hin. Hey, in all der Zeit hab ich eins gelernt: So ein Mensch hält verdammt viel aus. Danke, dass du mir Bescheid gesagt hast. Im Grunde kann ich froh sein, dass ich nicht dort war. Wenn ich in der Wohnung gewesen wäre, als das Feuer ausbrach, gäbe es mich vielleicht gar nicht mehr. Also …« Sie zuckte mit den Schultern. Es tat weh, so verspannt waren ihre Muskeln. »Ich bin ein echter Glückspilz. Du kannst wieder gehen. Sicher hast du viel zu tun. Ich komm zurecht. Ich hatte Glück im Unglück.«

Es kostete sie alles an Selbstbeherrschung, was sie aufbringen konnte, um sich zuversichtlich zu geben. Nicht mehr lange, sagte sie sich. Nicht mehr lange, und Rasmus würde verschwinden, dann konnte sie ihren Gefühlen freien Lauf lassen.

Doch er ging nicht. Er starrte sie an, mehrere endlos scheinende Sekunden lang. Dann trat er zu ihr herüber und ging vor Morfars altem Fernsehsessel, in dem sie während ihrer Tirade zusammengebrochen war, auf die Knie. Er nahm ihr das Handy aus der Hand und legte es auf den Sofatisch. Ohne zu zögern, schloss er sie in die Arme, ganz fest, sodass ihre Stirn an seiner Schulter ruhte.

Er hätte es lieber nicht machen sollen, denn diese Umarmung war zu viel. All ihre angestauten Gefühle brachen sich Bahn.

Sie hatte ihm das Herz gebrochen. Die Art und Weise, wie sie damals mit Søren weggegangen war und ihn sitzengelassen hatte, hatte einen anderen Mann aus ihm gemacht. Henni nannte es *kalt*. Wann immer er an Rikkes Betrug zurückgedacht hatte, war sein Herz gleich noch mal in tausend Teile zersprungen. Er hatte dann immer an die eingefärbte Zuckermasse denken müssen, aus der Rikke mit Henni zusammen Bonbons hergestellt hatte. Wenn sie die Masse zu langen Streifen auseinanderzogen und in der Mitte zusammenlegten, dann wieder zogen und umklappten und zusammenlegten … So ähnlich hatte er sich gefühlt. Gezogen bis kurz vorm Zerreißen und dann zusammengefaltet. Seine Farbe war dabei immer blasser geworden. Oft genug hatte er sich gefragt, was für ein Mensch aus ihm hätte werden können, wenn … Ja, wenn was? Wenn das Mädchen, das gesagt hatte, es wolle nur ihn, nicht einen anderen geliebt hätte? Wenn sie sich für ihn entschieden hätte? Oder wenn er sich gar nicht erst in dieses Mädchen verliebt hätte?

Es war eine bittere Enttäuschung gewesen, denn für ihn war so lange Zeit, Jahre vielleicht, klar gewesen, dass es nur Rikke sein würde. Die Einzige für ihn. Sie waren unzertrennlich gewesen.

Blöd nur, dass sie ein unzertrennliches Trio gebildet hatten und nicht ein Duo. Søren hatte immer dazugehört. Er, Rasmus Blindfisch Martensen, war dumm genug gewesen zu glauben, dass Rikke für ihn mehr empfand als für Søren. Zugegeben, sie hatte seine Blindheit bestärkt, indem sie ihn nach Strich und Faden belog. Ihn in Sicherheit wiegte, während sie und Søren sich hinter seinem Rücken über seine Blödheit bestimmt kaputtgelacht hatten. Seine große Liebe und sein bester Freund hatten jedes Vertrauen in andere Menschen in ihm zerstört. So jedenfalls hatte er es achtzehn Jahre lang empfunden. Als Rache hatte er nach Ausflüchten gesucht und sich in Betten herumgetrieben, in die er nicht gehörte.

Doch in diesem Moment, als er sie umarmte, während wieder einmal ihre Welt zusammenbrach, spielte all das keine Rolle. Er hielt ihren schlanken Körper an seinem fest, spürte die Erschütterungen ihres Schluchzens und wollte sie fragen. Wollte endlich wirklich wissen, was damals geschehen war und warum. Allerdings war dies nicht der richtige Moment. Was sie gesagt hatte, zerrte an seinen Nerven und seinem Gewissen. Sie hatte einen viel höheren Preis bezahlt als er und war dabei so tapfer. Jedes Mal, wenn das Leben ihr Knüppel zwischen die Beine warf, stand sie wieder auf und ließ sich nicht aufhalten. Es war nicht fair, dass sie immer wieder scheiterte.

Was hatte sie denn falsch gemacht? Sich für den Falschen entschieden zu haben oder für den Richtigen, der es aber nicht verdient hatte?

Verdammt noch mal, Søren war sein bester Freund gewesen, und was in diesen Jahren seit Sørens Hochzeit mit Rikke passiert war, ließ so viele Fragen offen. Aber auch das war jetzt nicht wichtig. Alles, was zählte, war, dass er jetzt für Rikke da war. Dass es diesmal er war, der zur richtigen Zeit am richtigen Ort war, um sie halten und trösten zu können.

Vorsichtig machte sie sich aus seiner Umarmung los und wischte sich mit dem Handrücken über die Augen. »Ich denke, ich werde erst mal die Hausverwaltung anrufen. Die versuchen bestimmt auch, mich zu erreichen.«

Er wollte nicht, dass sie dort anrief. Dass sie noch mehr hören und aushalten musste. Ihr Zuhause hatte sich in Asche verwandelt, was sollte ein Gespräch daran ändern?

»Was ist mit einer Versicherung?«, fragte er.

Sie schob die Unterlippe ein wenig vor und schüttelte den Kopf. »Ich hab nur das Nötigste an Versicherungen. Mehr konnte ich mir nach Sørens Tod nicht leisten, und für das bisschen Kram, das mir geblieben ist, war mehr auch nicht notwendig. Da wird wohl kaum was bei herumkommen. Ich schätze, ich werde erneut bei null anfangen müssen.«

Er konnte nicht verhindern, dass er sich in dem Haus umsah, das ihrem Großvater gehört hatte. Das sie seit Tagen so aufopferungsvoll wieder herrichtete. Es wäre ein Anfang, aber er sollte ihr keinen Mut zureden. Denn es wäre ein Anfang mit einem absehbaren Ende. Wenn er seine Arbeit gut machte, würde auch dieses Haus bald nur noch Staub und Asche sein. Der Gedanke verursachte ihm Übelkeit.

»Was hat eigentlich deine Mutter zu der Kostenanalyse gesagt?«

»Oh, richtig.« Schwer ließ sie sich im Sessel zurücksinken. Der fortschreitende Abend tauchte das Wohnzimmer in Dämmerlicht, und Rasmus erhob sich, um die beiden Stehlampen und die kleine Lampe in einem der Fenster anzuschalten, die ein Geschenk von Henni war. Dann ging er hinaus in die Küche, um den Wasserkocher einzuschalten. Bei offener Tür konnte er Rikke gut hören, die bereitwillig lauter sprach. »Sie hat gemeint, du seiest … warte, was war das Wort, das sie gebraucht hat? Wahnsinnig, meinte sie. Das Haus sei nicht mal so viel wert wie das, was sie deiner Meinung nach hineinstecken soll.«

Er lehnte sich mit vor der Brust verschränkten Armen in die Tür zwischen Küche und Wohnzimmer und grinste sie freudlos an. Dass sie und ihre Mutter nicht auf einer Wellenlänge lagen, war schon früher so gewesen. Offenbar hatte sich daran nichts geändert.

»So steigert man den Wert einer Immobilie. Das sollte sie dabei bedenken.« Nicht, dass das Haus des alten Mikkel einer solchen Wertsteigerung noch bedurfte. Der Betrag, der als Entschädigung von *Sydskov Engineering* gezahlt werden würde, stand fest, und er war hoch. Sehr hoch.

Nur wie sollte er das einer Frau sagen, die gerade zum zweiten Mal innerhalb weniger Jahre ihr Zuhause verloren hatte?

»Wer ist Julia?«, fragte er schließlich und setzte sich wieder auf die alte Couch, deren Sprungfedern ihm durch den Cordstoff und seine Jeans hindurch in den Hintern pikten.

»Oh. Richtig. Ich ruf sie an.« Sie zog das Handy auf der Tischplatte zu sich heran und tippte ein paarmal auf dem Display herum, bis sie die Nummer in den Kontakten gefunden hatte. »Eine Freundin. Eigentlich eine Nachbarin, aber mit der Zeit sind wir …« Sie brach ab und sprach ins Telefon. »Julia. Hey. Ich bin's.«

Sie lauschte, erbleichte, rieb sich mit einem Daumennagel über die Augenbraue, hörte weiter zu, und Rasmus konnte noch gerade so die Stimme am anderen Ende der Leitung verstehen.

»Gar nichts?«, fragte Rikke schließlich, dann lauschte sie wieder.

»Nein, natürlich nicht. Ja, sicher. Hast du da eine Telefonnummer? Ja, warte, ich …« Suchend blickte sie sich um. Rasmus nahm den Kugelschreiber aus der Brusttasche seines Hemdes, und weil er nirgends einen Zettel entdecken konnte, hielt er ihr seine Handfläche hin. Verblüfft blickte sie ihn an.

»Schreib drauf, das kann man ja wieder abwaschen«, sagte er und nickte ermutigend.

»Okay. Julia, ja, wie war die Nummer?« Sie notierte zwei Ziffern, dann seufzte sie. »Das ist Rasmus. Er ist ein … ein Bekannter von früher.«

Beinahe hätte er die Hand weggezogen. Er war also zu einem Bekannten degradiert worden. Na, er hätte es sich denken können. Er hielt still.

»Krieg ich jetzt die Nummer?«, fragte sie ungeduldig, dann vollendete sie die Zahlenfolge auf seiner Hand. »Ab acht, sagst du? Und bei Kellermann? Als Vermieter ist der doch eigentlich auch verantwortlich. Auch erst ab acht. Hm. Was machen die denn, wenn es einen Notfall gibt?« Bitterkeit schwang in ihren Worten, denn was, wenn nicht die vorliegende Situation, war ein Notfall? Sie schaute zu Rasmus hoch, ein dankbares Glitzern in den Augen, und er nahm seine Hand weg und lief in die Küche hinüber, um den Tee aufzugießen und bei der Gelegenheit gleich nach einem Stück Papier zu suchen. Die alten Möbel aus Mikkels Zeiten blitzten fast wie neu, es duftete köstlich nach Lavendel und ein bisschen nach den Rosen, die das Küchenfenster umrankten und in voller Blüte standen. Er zog ein paar Schubladen auf, fand schließlich einen Kassenzettel von Superbrugsen aus Kerteminde und übertrug die Ziffernfolge von seiner Hand auf die Rückseite.

Der Kassenzettel brachte ihn auf eine Idee.

»Und die Polizei?«, fragte Rikke gerade, als er mit zwei Bechern grünem Tee zu ihr zurückkehrte. Erneut hörte sie zu. Die Frau am anderen Ende schien sich etwas beruhigt zu haben, Rasmus konnte sie nicht mehr hören, da sie jetzt leiser sprach.

»Ja, das denke ich auch. Okay, morgen um acht. Übrigens bin ich jetzt wieder fast immer erreichbar. Ich hatte ein paar Probleme mit dem Stromanschluss hier und konnte das Handy nicht aufladen. Ruf mich an, wann immer du Lust hast.« Schließlich beendete sie das Gespräch und legte das Handy weg.

»Stell dir das vor«, meinte sie seufzend, die Hände zwischen die Knie geklemmt. »Da brennt ein Mehrfamilienhaus bis auf die Grundmauern nieder, sechs Wohnungen sind unbewohnbar geworden, und man kann weder die Hausverwaltung noch deren Versicherung vor acht Uhr morgens oder nach siebzehn Uhr abends erreichen.«

Rasmus lehnte sich an den Vitrinenschrank an der Tür zum Schlafzimmer und sah auf sie hinunter. »Wenigstens aber auch am Samstag«, sagte er trocken. »Schätze, es würde das Haus auch nicht wiederaufbauen, wenn sie nach Feierabend erreichbar wären, oder?«

»Sehr komisch«, erwiderte sie schief lächelnd.

»Weiß man denn, warum das Feuer ausgebrochen ist?«

»Das untersuchen sie noch. Aber es ging wohl von der Wohnung eines alleinstehenden Mieters aus, der unter der Woche zum Arbeiten in Holland ist. Vielleicht ein Kurzschluss oder so.« Erneut seufzte sie. »Den hat auch noch niemand erreicht.«

Rasmus gab sich einen Ruck, stieß sich vom Schrank ab und ging wieder vor Rikke in die Hocke. Ihre Augen wurden riesig. Er zog ihre Hände zwischen ihren Knien heraus und nahm ihre Finger zwischen seine. Ihre Hände waren eiskalt und in ihren schönen grünen Augen glitzerten noch immer Tränen.

»Ich sag dir was. Wir machen jetzt einen Ausflug an einen Ort, an dem du auf andere Gedanken kommst. Viel tun kannst du sowieso nicht, am besten du lenkst dich ab.«

»Wenn du mich jetzt zum Bingospielen bei Rick nach Korshavn schleifen willst, werde ich dich verprügeln, Martensen«, entgegnete sie. »Das hat Malthe schon gemacht und es hat mich hundert Kronen gekostet.«

Er lachte leise und drückte ihre Finger sacht. »Wenn, dann würde ich deine Spielscheine bezahlen. Es hat sich einiges bei mir verändert, weißt du. Ein paar hundert Kronen bringen mich nicht mehr an den Rand des finanziellen Ruins. Doch freitags ist kein Bingo in Korshavn. Es gibt was Besseres. Ich wollte eigentlich nicht hin, obwohl sogar Røskva extra aus Kopenhagen hergekommen ist und meinte, ich muss. Doch für dich ist es jetzt genau das Richtige. Es sind alle da. Wir treffen uns bei Jeppe, der hat eine große, leere Scheune.«

»Und was passiert da?«, fragte sie misstrauisch und machte sich schwer, als er versuchte, sie auf die Füße zu ziehen.

Er lachte. »Es gibt keine Swinger-Szene in Rendstrup Strand, Rikke, falls es das ist, was du befürchtest. Lass dich einfach überraschen.«

Opbevares utilgængeligt for børn – für Kinder unzugänglich aufbewahren

Aus Rikkes geheimem Rezeptbuch
16. Juli 2000

Opbevares utilgængeligt for børn

Zutaten:
100 ml Wasser
400 g Zucker
150 g Traubenzucker
1½ TL weißes Lebensmittelfarbpulver (gesiebt)
1 ml grüne Lebensmittelfarbe
2 TL Salmiakpulver
1 ml Anisöl
1 ml Sternanisöl
½ ml Chiliöl
½ ml Eukalyptusöl
1½ ml Mentholaroma

Zubereitung:
1. Grundmasse herstellen und bei Erreichen der Temperatur auf die mit Öl bepinselte Silikonmatte geben.
2. Nachdem die Masse ein wenig angehärtet ist, ca. ein Viertel abnehmen und mit der weißen Lebensmittelfarbe mischen. Beiseitestellen und warm halten.
3. Die übrige Rohmasse mit allen restlichen Zutaten gründlich mischen.

4. Zu grünen Stangen mit ca. 1 cm Durchmesser rollen. Aus der weißen Masse sehr dünne Streifen formen und um die grünen Stangen herumlegen und andrücken.

Wichtig ist dabei der richtige Druck. Nicht zu viel, nicht zu wenig. Jetzt weiß ich, was Henni immer meinte, wenn sie sagte, Bonbonkochen ist wie lieben. Ich habe es verstanden, Rasmus hat es mir gezeigt.

5. Mit der Bonbonschere kleine Dreiecke schneiden.
6. Trocknen lassen.
7. Weit weg sein, wenn jemand die Bonbons probiert. Die sind soooooo scharf!

Aber wenn die Schärfe nachlässt, dann sind die Bonbons aufregend und köstlich und etwas ganz Besonderes, und genauso wie es war, mit Rasmus zu schlafen.

Ich will es noch mal tun. Vielleicht irgendwo, wo es bequemer ist, als auf der Rückbank von Hennis altem Ford Fiesta. Rasmus hat seinen klapprigen Motorroller unter dem Vorwand gegen Bedstemors Auto getauscht, mit mir zu Schloss Egeskov fahren zu wollen. Für den Motorroller ist die Strecke zu weit, und Henni konnte nichts dagegen sagen. Wir haben das Schloss besichtigt. Na gut, nur einen kleinen Teil davon, weil wir ja eigentlich was ganz anderes im Sinn hatten. Und dann, auf dem Rückweg, haben wir einen kleinen Weg gefunden, der überwachsen war von Bäumen, ganz nah am Wasser, wo garantiert nie jemand langkommt. Es war eng und etwas ungemütlich im Wagen, aber hinterher hat Rasmus mich im Arm gehalten und ich hab mich gefühlt, als wäre ich zehnmal reicher als jede Prinzessin, die je in Schloss Egeskov gewohnt haben mag.

6. Kapitel

Seite an Seite traten Frederike und Rasmus durch das breite Tor auf das Anwesen, auf dem Jeppe mit seiner Familie wohnte. Als Frederike das letzte Mal in Rendstrup gewesen war, hatte noch Jeppes Großvater den inzwischen stillgelegten Hof bewirtschaftet. Das Haus ähnelte dem von Morfar. Nur statt mit Ocker waren die Wände mit Kalk getüncht, die Balken des Fachwerks frisch gestrichen und der Garten hinter dem Hof bestand fast ausschließlich aus Rasen. Einzige Farbtupfer waren ein riesiges Trampolin und ein buntes Stahlgerüst mit zwei Schaukeln und einer Hangelstange.

»Wie viele Kinder hat Jeppe denn?«

»Zwei Jungs«, antwortete Rasmus. »Er hat ziemlich jung Freja geheiratet. Erinnerst du dich an Freja? Sie kommt aus Kolding und hat oft mit ihren Eltern hier ihre Ferien verbracht. Jeppe und sie waren schon als Kinder verliebt.«

So wie Rasmus und sie. Vielleicht war es nicht als Anspielung gedacht, dennoch zuckte sie kurz zusammen. Wäre das ihr Leben, wenn damals alles anders gekommen wäre? Wenn Rasmus sich nicht ohne Vorwarnung von einem Tag auf den anderen von ihr abgewandt hätte? Wenn sie zurückgekehrt wäre, um ihn zur Rede zu stellen, anstatt sich auf Briefe zu verlassen, die er nie beantwortete? Wenn sie die Augen schloss, konnte sie es direkt vor sich sehen. Sie, die als Buchhalterin in einer kleinen Firma in Kerteminde arbeitete und jeden Nachmittag kurz nach drei ihre beiden rotblonden Söhne mit den grauen Augen aus dem Kindergarten abholte, um anschließend mit ihnen im

Garten zu spielen. Hätten sie einen Hund? Eine Katze? Ein Kaninchen, damit die Jungs Verantwortung lernten?

Frederike hob die Lider. Sie hatte nicht Rasmus geheiratet, sondern seinen besten Freund. Weil der, im Gegensatz zu dem, den sie wirklich gewollt hatte, da gewesen war und zu ihr gestanden hatte, als sie eine Stütze brauchte.

Im Vergleich zu Rasmus hatte Søren keine großen Ideen, sondern einen konkreten Plan. Für sich, für Frederike, für eine gemeinsame Zukunft. Alles, was sie noch hatte tun müssen, war, mit dem Kopf zu nicken und zuzugreifen. Während Rasmus äußerlich viel erwachsener gewirkt hatte, aber im Inneren ein Kind geblieben war, das mit staunenden Augen die Welt sah und das Leben genoss, war es Søren gewesen, der sich vernünftig und wie ein Erwachsener verhielt. Das Nächste, was sie wusste, war, wie sie gemeinsam mit Søren vor einem Standesbeamten stand und *Ich will* sagte.

Aus Richtung der Scheune im Hinterhof klang vielstimmiges Lachen.

»Und du bist sicher, dass ich so einfach mit dir hier auftauchen kann? Das klingt nach einer Party.«

»Glaub mir, bei dieser Art von Party ist jede helfende Hand willkommen.« Dann war es zu spät für jeden weiteren Protest, denn Rasmus schob einen Flügel des Scheunentors auf und sie mitten hinein ins Geschehen.

Es dauerte, ehe Frederike es schaffte, all die Eindrücke zu verarbeiten. Auf Strohballen, Holzbänken und teilweise auf dem Boden saßen und standen Leute. Ein tragbares Radio spielte dänische Musik, es roch nach Lack, Farbe und ein wenig nach Staub. Herzstück der Feier war ein seltsames Gestell aus Draht und Tonnen in verschiedener Größe, die von den Anwesenden farbig lackiert wurden. Neben den Tonnen war ein Flipchart aufgestellt, auf dem ein nur eingeschränkt künstlerisch begabter Mensch eine Skizze angefertigt hatte, wie das Kunstwerk am Ende aussehen sollte. Wenn alles so lief wie beabsichtigt, würde aus den einzelnen Tonnen später eine Skulptur von zwei lasziv grinsenden Schweinen entstehen, die gerade dabei waren, kleine Schweinchen zu machen. Das Bettlaken mit der Aufschrift *Tjalfe 30 – Skynd dig, din gamle* – was so viel hieß wie: *Zeit wird's, alter Mann*, das als Krönung über das Werk gehängt werden sollte, war schon fertig und baumelte als Ansporn für alle unter der niedrigen Balkendecke der Scheune.

Einige der Bastler hatten sich Hüte aus Zeitungspapier auf den Kopf gesetzt. Alle trugen einfache Klamotten, Jeans mit Farbklecksen darauf, ausgeleierte Sweatshirts, löchrige T-Shirts. Alle, mit einer Ausnahme. Eine atemberaubende Brünette stand in der Mitte der Scheune, direkt neben dem Kunstwerk, an dem alle arbeiteten, und schien wie ein Dirigent über das Orchester zu wachen. Sie trug knallenge Jeans zu hohen Riemchensandalen, dazu eine leger fallende Seidentunika in einem zarten Rosé und dezentes Make-up, das ihre großen braunen Augen betonte. Ihre Gesichtszüge kamen Frederike vertraut vor, doch noch ehe sie sich einen Reim darauf machen konnte, woher sie diese Frau kennen sollte, stürmte diese auf sie zu.

»Rasmus! Wie schön, dass du dich doch noch blicken lässt. Und Rikke? Bist du das wirklich? Ich hab schon gehört, dass du wieder hier bist, aber ich wollte es nicht glauben, bis ich dich gesehen habe. Wie lange ist es her? Fünfzehn Jahre? Oder noch länger? Du hast dich überhaupt nicht verändert!«

»Oh« war alles, was Frederike herausbrachte, denn trotz des vagen Erkennens hatte sie immer noch keine Ahnung, wer sie da so herzlich begrüßte.

Schließlich rettete Rasmus die Situation. »Røskva, lass uns doch erst mal reinkommen. Habt ihr was zu trinken?«

»Jede Menge.« Tjalfes große Schwester, die mollige Brunsviger-Fee von einst, lachte. »Aber Verpflegung gibt es nur für Helfer. Schnappt euch einen Pinsel und sucht euch einen Platz. Wenn wir die Tonnen heute fertig bemalen, können wir sie nächste Woche zusammensetzen. Tjalfes Geburtstag ist schon in zwei Wochen.«

»Alles klar.« Fest hielt Rasmus Frederikes Hand umklammert und führte sie mitten ins Getümmel.

Es gab viel lautes Hallo, als er einigen der Anwesenden zur Begrüßung auf die Schulter klopfte, während er sich aus einem Kasten zwei Flaschen griff. Kein Bier, wie Frederike dankbar feststellte, sondern Cider.

Eine Flasche reichte er ihr. »Du trinkst doch immer noch Cider?«

Nickend nahm sie die Flasche entgegen. »Verrätst du mir jetzt, was genau wir hier tun? Und war das gerade wirklich Røskva? Also die Røskva, die schon als Kind in Rendstrup gelebt hat? Die hätte ich nie wiedererkannt. Sie sieht unglaublich aus.«

Nebeneinander fanden sie einen Platz auf einem Strohballen und erhielten von Jeppe den Auftrag, eine ganze Reihe kleiner Dosen in dunklem Pink zu lackieren. Aus den Dosen würde später der Schwanz des einen Schweins werden. Nicht der Ringelschwanz, wie Frederike recht schnell begriff. Obwohl ihr Leben kopfstand, musste sie dennoch grinsen. Die kindische Freude dieser Erwachsenen an einer im wahrsten Sinne des Wortes versauten Skulptur war einfach zu ansteckend, um sich ihr zu entziehen.

»Sie ist einige Jahre lang als Model in der ganzen Welt herumgejettet. Jetzt ist sie angeblich zu alt dafür. Nach einer kurzen Episode als Bookerin in einer Agentur in Kopenhagen arbeitet sie inzwischen beim Staatsfernsehen. Sie ist sehr gefragt in ihrem Geschäft, doch ich glaube, sie hat gerade Urlaub.«

»Und Tjalfe?«

»Na, der ist immer noch in Rendstrup. Hat den Hof seiner Eltern übernommen und betreibt dort jetzt einen Biobauernhof mit glücklichen Schweinen. Er hat sich ganz schön vergrößert.« Mit dem Kopf deutete Rasmus zur Skizze auf dem Flipchart. »Deshalb die Anspielung mit den Ferkeln. Aber so ein Bauernhof ist viel Arbeit. Da bleibt ihm keine Zeit für eine Frau. Und so kommt er nun in den Genuss, zum Geburtstag einen *Pebersvend* vor seinem Haus zu finden. Weißt du noch, was das ist? Die *Pfeffermänner* stellt man jungen Männern vor die Tür, die mit dreißig noch nicht verheiratet sind. Ein bisschen wie bei euch die Maibäume, nur fieser.« Beim letzten Halbsatz grinste Rasmus. Auch er ließ sich von der lockeren Stimmung in der Scheune mitreißen. »Es sind keine hübschen Bäumchen mit schmalem Stamm, es sind Ungetüme aus alten Öltrommeln, Blechfässern und Suppendosen. Dass Tjalfe jetzt dran glauben muss, geschieht ihm ganz recht. Als ich dreißig geworden bin, war er es, der so ein Tonnenmonster vor den schönen Glasbau in Kopenhagen gestellt hat, in dem meine Wohnung ist. Er hat das organisiert, und ich war mächtig sauer.«

»Deine Freunde haben dir zwei kopulierende Schweine vors Haus gestellt?« Langsam stieg Frederike der Cider zu Kopf. Der Wein und die Musik, das Lachen der Menschen, die früher alle ihre Freunde gewesen und jetzt auf dem besten Weg waren, es wieder zu werden. Was kümmerten sie die Sorgen draußen vor dem Scheunentor? Jetzt, in diesem Augenblick, war sie hier, und das Berauschendste von allem war Rasmus' Lachen, das tief aus seinem Bauch kam.

»Nein«, sagte er mit gespielter Empörung in der Stimme. »Das wäre nun wirklich zu weit gegangen.«

»So? Was haben sie sich denn sonst für dich einfallen lassen?«

Sehr ernst blickte er sie an, doch selbst im künstlichen Licht in der Scheune erkannte sie den Schalk, der in seinen Augen blitzte. »Ich«, antwortete er mit Grabesstimme, »habe zwei tanzende Penisse bekommen. Mit Hula-Röckchen und Blütenkränzen auf der Eichel und meinem vollen Namen als Aufschrift, damit auch jeder wusste, wem dieses Kunstwerk galt.«

Es dauerte ein Blinzeln lang, bis Frederikes Hirn sich bereiterklärte, das Bild zu verarbeiten, das Rasmus ihr schilderte, dann brach sie in Lachen aus. Sie lachte so sehr, dass sie sich am Cider verschluckte und kleine Bläschen aus ihrer Nase blubberten.

Rasmus klopfte ihr auf die Schulter, trotzdem konnte sie nicht aufhören zu husten und zu lachen. Er rieb ihren Rücken, und die Wärme seiner Hand drang durch ihren Pullover auf ihre Haut. Rasmus war plötzlich ganz nah. So nah, dass sein Atem sie streifte. Er roch herb und süß wie der Apfelwein, ein sachter Hauch auf ihren eigenen Lippen.

»Nicht«, sagte sie, oder vielleicht dachte sie es auch nur, denn Rasmus nahe zu sein, hatte noch immer dieselbe Wirkung auf sie wie vor so vielen Jahren, als sie beide noch jung und verrückt gewesen waren. Alles andere um sie herum versank, und es gab nur noch ihn.

»Okay«, erwiderte er, jedoch wich er nicht zurück. Im Möwengrau seiner Augen tanzten tausend Emotionen.

Irgendwann rief Jeppe ihn zu sich herüber, um etwas mit ihm allein zu besprechen. Entschuldigend sah Rasmus Frederike an, als er aufstand. »Keine Ahnung, was er plant.«

Frederike blieb nicht lange allein mit den Dosen, der rosaroten Farbe und der Vorstellung, was daraus entstehen sollte. Es war Røskva, die sich, mit einem Fuß einen dreibeinigen

Melkschemel hinter sich herziehend, an sie heranpirschte. An Frederikes Seite ließ die andere sich nieder. In den Händen hielt sie einen kleinen Handbohrer und ein Stück Hanfseil.

»Ich komme, um deine Dosen zusammenzufriemeln«, erklärte sie augenzwinkernd.

»Lass dich nicht aufhalten. Ist mir lieb, dass ich das nicht auch noch machen muss. Ich werd schon beim Anmalen rot.«

Auch Røskva war rot, aber wie es aussah, hatte das nichts mit Schamgefühl zu tun, sondern eher mit Aufregung. »Mein liebes Bruderherzchen hat so ziemlich jede Ausrede zum Besten gegeben, um zu erklären, warum er noch nicht verheiratet ist. Und lass dir bloß nicht erzählen, dass er nicht genug Gelegenheit hatte. Die hatte er sehr wohl. Nur keine Lust. Der hat diese kleine Überraschung mehr als verdient. Nur keine falsche Scham.«

Aus der Nähe betrachtet, erkannte Frederike nun doch das Mädchen von damals in Røskva. Die Frau von heute hatte dieselben Grübchen in den Wangen, dasselbe Blitzen in den Augen. Verstohlen blickte Frederike an sich hinab. Sie trug eine einfache Jeans und einen Pullover aus dem vorletzten Winterschlussverkauf. In den vergangenen Jahren hatte sie erst ihren Mann, dann ihren Job und nun auch noch ihre Wohnung verloren. Sie wusste nur zu gut, dass sich all das, was sie erlebt hatte, auch in den tiefen Falten in ihrem Gesicht zeigte. Zeit und Sorgen hatten ihre Spuren hinterlassen, sichtbare Zeichen für die unsichtbaren Narben in ihrem Inneren. Verglichen mit Røskva war es nicht einfach, keine Minderwertigkeitskomplexe zu bekommen.

»Früher gab es bei solchen Anlässen immer deine scharfen Anisbonbons«, sagte Røskva. »Die grünen mit den weißen Streifen. Himmel, wenn ich nur dran denke, steigt mir das Wasser in die Augen. Wie hast du die genannt?«

»Die hatten keinen Namen.«

»Unsinn. Natürlich hatten die einen Namen. Ich komm nicht drauf. Ich weiß nur noch, dass wir immer darüber gelacht haben.«

»Für Kinder unzugänglich aufbewahren«, meinte Frederike grinsend. Sie waren ja selbst noch halbe Kinder gewesen damals.

Røskva kicherte. »Genau, die waren es.«

»Ich kann welche machen, wenn du willst.«

»Du kochst noch Bonbons?«

»Eigentlich nicht. Aber Henni hat mich wieder auf den Geschmack gebracht. Soll ich dir eine Tüte mitbringen, wenn wir uns das nächste Mal sehen?«, fragte sie, als würde längst feststehen, dass es ein nächstes Mal geben würde. Sie wollte ihre vorschnellen Worte schon zurücknehmen, doch Røskva lachte nur und stieß sie mit der Schulter an.

»Nein du, das lass mal lieber. Dem Zeug habe ich vor vielen Jahren abgeschworen. Wenn auch wohl nicht aus denselben Gründen wie du.«

Frederike lächelte. »Henni hat immer gemeint, dass es für jeden Menschen das richtige Bonbon gibt. Ich erinnere mich, dass mein Morfar immer ganz handzahm wurde, wenn Henni und ich ihm Butterkaramellbonbons gekocht haben. Es waren die ersten Bonbons, die Henni mich selbst hat machen lassen«, erklärte sie mit ein wenig Wehmut in der Stimme. Sie vermisste ihren Großvater. Aber weil sie so viel in ihrem Leben vermisste, hielt sie ihre Sehnsucht fest in sich verschlossen. In Momenten wie diesem war es, als könnte sie vielleicht doch wagen, all die Gefühle zuzulassen, die sie so lange verdrängt hatte. Beim Weitersprechen klang ihre Stimme belegt. »Morfar hat genau geschmeckt, wenn ich etwas falsch gemacht habe. Dann hat er darauf bestanden, dass ich noch einmal von vorn anfange. Versalzenes Karamell und kreischende Touristen. Das waren die beiden Dinge, von denen er immer behauptete, dass er sie auf den Tod nicht ausstehen konnte.«

Røskva grinste. »Dein Morfar war schon ein Kauz. Ohne ihn fehlt was in Rendstrup Strand. Ich komm ja nicht mehr so oft her, aber wenn ich hier bin, ist jetzt alles irgendwie anders.«

»Wir sind erwachsen geworden«, vermutete Frederike.

»Das auch, aber die Erwachsenen von damals sind auch nicht mehr das, was sie früher mal waren.«

»Wer ist das schon?« Frederike setzte die letzte pinkfarbene Dose auf den Boden und wischte die Farbkleckser von ihren Händen an den Hosenbeinen ab. Die Jeans waren ohnehin ruiniert.

»Ah. Du sprichst von Rasmus, ja?«

Frederike fühlte sich ertappt und versuchte ein Ausweichmanöver. »Was, wenn ich von dir spreche?«

Røskva lachte und legte ihr einen Arm um die Schulter. »Rikke, Schatz, du jedenfalls hast dich kaum verändert. Du müsstest die Sternlein in deinen Augen glitzern sehen, wenn du ihn anschaust. Aber keine Angst. Meine Lippen sind versiegelt, und wenn die anderen sich blind stellen wollen, sollen sie das ruhig tun. Ich bin nur gespannt …« Sie nickte zu Malthe hinüber, der mit Jeppe und Rasmus an der Tafel stand und das Design für die Schweinerei diskutierte. »… wann der arme Malthe kapiert, dass du vergeben bist.«

Frederike runzelte die Stirn. »Ich bin nicht vergeben. Ich bin nicht mal auf der Suche, und Malthe hat seit dem Bingoabend nicht mit mir gesprochen.« Im Grunde vermutete sie, dass Malthe sich dafür verantwortlich fühlte, dass der von ihm empfohlene Dachdecker Frederike versetzt hatte. Und jetzt mied Malthe sie, weil er ein schlechtes Gewissen hatte.

»Red dir das nur weiter ein, Schätzchen. Ich bin nicht mehr die Brunsviger-Fee und hab das eine oder andere über Männer gelernt.«

Mit ihren aneinandergefädelten rosaroten Dosen in der Hand stand Røskva auf und machte Anstalten, sich zu entfernen. Frederike hielt sie auf. »Sag mal, Røskva ...«

»Ja?«

»Gibt es ein Äquivalent für den *Pebersvend* nicht auch für Frauen?«

»Na klar.« Røskva grinste breit. »Die *Pebermø*.«

»Und so eine hast du gekriegt?«

»So eine kriegen nur Dreißigjährige, die nie verheiratet waren, Rikke. Meine Wenigkeit war mit achtundzwanzig schon zum zweiten Mal geschieden. Gibt nur ein Leben, weißt du, und jeder von uns nutzt es auf seine Weise.« Sie breitete beide Arme aus, dass die Dosen klapperten, und legte den Kopf in den Nacken. »Es gibt so viel Røskva, wäre doch schade drum, wenn die nur ein einziger Mann genießen dürfte, oder?«

Oh Gott. Frederike blickte auf die getrocknete Farbe an ihren Fingern, um nicht die einstige Kuchenfee betrachten zu müssen, die der beste Beweis war, dass es manchmal gar nicht so schlimm war, wenn die Dinge sich veränderten.

Zwischen Tonnenschweinen, gemeinsamem Lachen und teilweise ziemlich deftigen Scherzen war es spät geworden. Ein leichter Wind vom Meer fuhr Frederike durch die Haare und löste einzelne Strähnen aus ihrem Pferdeschwanz, sodass sie um ihr Gesicht tanzten. Golden funkelten Sterne über ihnen, in einer solchen Anzahl, wie sie es in Frankfurt nie erlebt hatte, aber noch gut aus den Sommern ihrer Kindheit kannte.

Sie strich sich die Haare aus dem Gesicht und legte den Kopf in den Nacken, überwältigt vom Gefühl des *Wieder-hier-Seins*.

»Da wären wir also.« Etwas hielt sie davon ab, nach ihrem Schlüssel zu greifen und ins Haus zu gehen.

Rasmus hatte sein Versprechen gehalten. Für die Dauer der Tonnenparty war es ihr gelungen, alles zu vergessen. Die Sorgen, die unfassbare Wahrheit, dass sie wieder einmal vor dem Nichts stand, hatte sie in diesem Haus zurückgelassen, und ein Teil von ihr fürchtete, dass sie unter diesem neuen Rückschlag zusammenbrechen würde, kaum dass sie die Tür aufschloss.

Rasmus stand neben ihr und blickte wie sie in den Sternenhimmel. Als hätte sie auf genau diesen Moment gewartet, glitt eine Sternschnuppe durch das wolkenlose Schwarz. Ihr Schweif leuchtete in hellstem Weiß, ehe er verglühte.

»In Deutschland darf man sich etwas wünschen, wenn man eine Sternschnuppe sieht.«

»Das machen wir in Dänemark auch so.« Was er sich wünschte, stand deutlich zwischen seine Worte geschrieben, und sie müsste lügen, wenn sie behaupten wollte, nicht auch daran gedacht zu haben. Seine Hand war so nah, sie müsste nur die Finger ausstrecken und könnte festhalten, was diesen Abend besonders gemacht hatte.

Sie rührte sich nicht.

Rasmus wandte sein Gesicht vom Himmel und schaute stattdessen sie an. Mit seinem Blick tat er, was sie nicht gewagt hatte. Er berührte sie. Sie schloss die Augen, konnte ein Schauern nicht unterdrücken.

Als sie die Augen wieder öffnete, räusperte er sich, und der Zauber war gebrochen. »Wie sieht es aus? Lädst du einen alten Freund auf einen Kaffee ein? Nach dem billigen Alkohol auf der Party könnte ich einen Schuss Koffein gebrauchen.«

Lachend schüttelte sie den Kopf, fast war sie ihm dankbar, dass er es ihr so leicht machte. Einen plumpen Versuch wie diesen abzuschlagen, verlangte nicht viel Selbstbeherrschung. »Netter Versuch, Martensen.«

»Ein Mann muss tun, was ein Mann tun muss.« Im Sternenlicht leuchteten seine Zähne weiß, so breit war sein Grinsen. »Außerdem dachte ich, du möchtest vielleicht nicht allein sein heute Nacht. Aber wahrscheinlich hast du recht und es wäre ein Fehler. Es würde alles nur verkomplizieren.«

»Ich bin ja nicht allein. Henk ist bei mir.«

»Henk?« Sein Grinsen erstarb und machte einem anderen Ausdruck Platz, den Frederike sofort erkannte. Rasmus hatte schon immer zu der eifersüchtigeren Sorte Mann gehört.

»Meine Hausspinne«, erwiderte sie lachend und stieß Rasmus dabei spielerisch in die Seite. »Hausspinne, nicht Hausspinner. Du kannst unbesorgt sein. Henk und ich kommen prima miteinander aus.«

»Seit wann magst du Spinnen? Früher bist du schreiend davongelaufen, wenn sich eine nur in deiner Nähe gezeigt hat. Ich durfte mich jedes Mal fühlen wie der größte Held, wenn du kreischend auf einem Tisch gestanden und mich mit großen Augen angefleht hast, die Viecher zu entfernen.«

Die Bilder, die Rasmus vor ihrem inneren Auge auferstehen ließ, rührten etwas in ihr. Sie musste lachen. Genauso war es gewesen. Und nachts hatte sie allein in ihrem Bett in Morfars Haus gelegen und ein Spinnen-Prachtexemplar beäugt, das unter der Zimmerdecke nach Beute fahndete. Im Kopf hatte sie sich einen Heiratsschwur zurechtgelegt, den der Standesbeamte Rasmus stellen sollte. *Gelobst du hiermit feierlich, Frederike Elsdorf zu lieben, zu ehren und Spinnen für sie zu töten, bis dass der Tod euch scheidet?*

Sie hatte gelernt, auch ohne einen Spinnentöter zu überleben. »Henk ist ein prima Kumpel. Er hält mir die Mücken vom Hals, und auch wenn er nicht gerade aussieht wie ein Herzensbrecher, hab ich gelernt, seine inneren Werte zu schätzen.« Sie schwieg kurz und überlegte, ob sie es nicht dabei belassen sollte. Ein unverbindlicher Flirt. Aber hatte Rasmus nicht mehr verdient? Hatten sie nicht beide Antworten verdient auf all die Fragen, die sie sich nicht zu stellen trauten? Wenn keiner von ihnen beiden den Anfang machte, würden sie nie einen Schritt weiterkommen, und wer weiß, vielleicht war es morgen schon zu spät. Wer sagte denn, dass nicht hier dasselbe passieren könnte wie in Frankfurt? Also fasste sie sich ein Herz und sprach weiter. »Weißt du, das Leben, das Søren und ich geteilt haben, wirkte nach außen hin perfekt. Wir waren das absolute Super-Paar, die typischen DINKS, hatten eine Menge Freunde. Und was hat mir das eingebracht? Nichts. Der Perfektionismus war umsonst. Sie haben sich alle ganz schnell wieder von mir abgewandt.«

»Liebe muss echt sein, nicht perfekt.«

»Hast du das auf einem Kalenderblatt gelesen?«

Rasmus' Lachen klang nicht gerade fröhlich. »Nein. Henni hat mir das gesagt. Vor langer Zeit, als ich einmal schrecklichen Liebeskummer gehabt habe.«

»Du hattest nie Grund zu Liebeskummer, Rasmus. Nicht meinetwegen zumindest, wenn du darauf anspielst. Ich wollte immer nur dich. Ich hab auf dich gewartet und gewartet. Ich habe Briefe geschrieben und angerufen, nachdem ich zurück in Frankfurt war und du dich nicht einmal von mir verabschiedet hattest. Doch du bist nie ans Handy gegangen und als ich auf eurem Festnetz angerufen habe, hat Mille gesagt, du seist nach Schweden gefahren und sie wüsste auch nicht, wie sie dich erreichen kann. Also habe ich mich wieder aufs Schreiben verlegt, allerdings hast du nie geantwortet. Warum nicht, Rasmus? Was ist passiert, dass du all meine Briefe ignoriert hast? Und warum gehst du jetzt, fast zwei Jahrzehnte später, hin und drehst es so, als ob ich es gewesen wäre, die dich verlassen hat?« Sie hatte keine Ahnung, wie sie den Mut zu dieser Ansprache aufbrachte. Es mochte an der flüssigen Courage liegen, die sie den ganzen Abend über zu sich genommen hatte, oder auch daran, dass sie ohnehin am Abgrund stand. Was hatte sie noch zu verlieren? Rasmus gehörte schon lange nicht mehr zu ihr.

»Warum hätte ich nach Frankfurt kommen sollen? Du hattest dich entschieden. Hättest du wirklich mich gewollt, würdest du heute meinen Ring an diesem Finger tragen, nicht nur die Erinnerung an das Platinband, das einmal da gewesen ist.« Er nickte zu ihrer Hand, die sie instinktiv zur Faust ballte. Natürlich erriet er das Material, aus dem ihr Ehering gewesen war. Wenn es darum ging, ein Zeichen zu setzen, hatte Søren niemals Kosten und Mühen gespart. Die beiden Männer waren lange genug Freunde gewesen, damit Rasmus ihn richtig einschätzte.

»Es ist spät geworden.« Sie drehten sich im Kreis, und das alles führte zu nichts, außer dass sie einander zerfleischten. Sie war nicht bereit für noch mehr Schmerz. »Ich muss ins Bett.«

»Ich auch. Schlaf gut, Rikke.«

»Du auch.«

»Und Rikke?«

»Ja?«

Er atmete einmal tief durch. So, als ob es ihn anstrengen würde, zu sagen, was ihm auf den Lippen lag. »Ich hatte einen wirklich schönen Abend. Trotz allem. Vielleicht können wir das mal wiederholen. Natürlich nur, wenn dein Henk nichts dagegen hat. Im Zweifelsfall kann ich ihm ein paar Blattläuse mitbringen, als Entschädigung, dass ich dich entführe.«

»Das wäre wirklich sehr schön.« Sie nickte ihm noch einmal zu, dann trat sie ins Haus. Schwer lag die Türklinke in ihrer

Hand, das Herz pochte wie wild in ihrer Brust. Es kostete sie Kraft, die Tür hinter sich zu schließen und sich dabei bewusst zu sein, dass er dort draußen stand. Ein Mann in der Nacht, eine Erinnerung an eine Zeit, in der alles viel einfacher gewesen war, aber auch ein Versprechen an eine Zukunft, an die sie nicht wagte zu denken.

Mechanisch setzte sie einen Fuß vor den anderen, streifte in der Garderobe die Schuhe ab, warf einen Blick auf ihr Handy, das noch genau so auf dem Sofatisch lag, wie Rasmus es hingelegt hatte, nachdem er es ihr aus der Hand genommen hatte. Sie wischte über das Display und sah die Benachrichtigung über drei eingegangene Textnachrichten. Alle drei stammten von Mathilde, die offenbar von dem Brand gehört hatte und sich daran erinnerte, dass Frederike ihre Tochter war, Skandal und gescheiterte Existenz hin oder her. Die Uhr auf dem Handy zeigte fast zwei Uhr morgens. Beim besten Willen zu spät, um sich mit Mathilde auseinanderzusetzen.

Als sie am Morgen aufwachte, fühlte Frederike sich wie gerädert. Zum letzten Mal hatte sie kurz nach drei Uhr auf die Anzeige ihres Handys geschaut, als ein Mähdrescher hinter dem Haus übers Feld gerumpelt war. Nachts um drei! Im Laufe der Woche war sie endlich über ihren Schatten gesprungen und hatte Morfars Schlafzimmer auf Vordermann gebracht. Sie war nach Odense gefahren und hatte eine neue Matratze für das Bett aus wunderschön verziertem und poliertem Kirschbaumholz gekauft und schon in der ersten Nacht festgestellt, dass es ihr Frieden und Ruhe gab, in diesem Zimmer zu schlafen.

Zumindest, solange niemand hinter dem Haus einen höllischen Krach veranstaltete.

Frederike war den Lärm einer Großstadt gewöhnt. Mit Sirenen, Geschrei, startenden und landenden Flugzeugen und einem gelegentlich tief zwischen Hochhäusern in der Luft stehenden Hubschrauber konnte sie umgehen. Doch wenn mitten in der Nacht landwirtschaftliche Großfahrzeuge ihre Fensterscheiben zum Vibrieren brachten und diese Dinger bis in die frühen Morgenstunden pfeifend und jaulend dem Weizen zu Leibe rückten, fand sie das alles andere als komisch.

Sie wusste immer noch nicht, wem der Weizen überhaupt gehörte. Das Feld gehörte zu Morfars Besitz und hätte eigentlich brach liegen müssen, weil nach Mathildes Aussage niemand es hatte pachten wollen.

Ächzend rollte sie sich im Bett herum. Kaum dass sie den dunklen Fleck an der Zimmerdecke bemerkte, hätte sie um ein Haar aufgeschrien. Doch als ihr Blick sich schärfte, nahm der Fleck Konturen an und sie stellte fest, dass es nur Henk war, der sich ein Sonnenbad gönnte.

Stöhnend rieb sie sich mit den Fingern übers Gesicht. »Mach das nicht noch mal«, verwarnte sie die Spinne. »Wenn ich deinetwegen einen Herzinfarkt erleide, darfst du dich zukünftig mit meiner Mutter herumschlagen. Ich behaupte mal, unter deren Regime fliegst du raus.«

Gemächlich spazierte Henk an der Zimmerdecke entlang und verschwand schließlich hinter Morfars altem Kleiderschrank. Sie konnte ihn verstehen. Auf sie hatte Mathildes Name in der Regel denselben Effekt. Jetzt hörte sie die Stimme ihrer Mutter förmlich in den Ohren, wie sie sagte: *Auf, auf! Wer rastet, der rostet. Willst du etwa den ganzen Tag verschlafen, nachdem dein Leben in Flammen aufgegangen ist? Nur wer nach vorne sieht, kann seiner Zukunft in die Augen blicken, also worauf wartest du?*

Manchmal, das musste Frederike zähneknirschend zugeben,

hatte Mathilde recht. Sie schwang die Beine aus dem Bett. Die Uhr zeigte, dass es kurz nach sieben war. Wie jeden Morgen ging sie nach dem Aufwachen direkt durchs Feld zum Strand. Um wach zu werden, gab es nichts Besseres, als morgens eine Runde zu schwimmen.

Doch das Salzwasser spielte ihren Haaren übel mit. Nach dem Schwimmen tappte sie ins Bad und betrachtete sich im Spiegel. Hatte Rasmus sich wirklich bei der Vogelscheuche, die ihr entgegenblickte, zum Nachtkaffee einladen wollen? Himmel noch mal, sie sah furchtbar aus. Sosehr sie es genoss, hier in Rendstrup Strand zurück zu sich selbst zu finden, zu viel Natürlichkeit war auch nicht das Gelbe vom Ei.

Vermutlich stand sie eine geschlagene Stunde im Bad und schrubbte sich das Meersalz aus den Haaren und von der Haut. Je länger sie einen Bogen um das Telefonat mit ihrer Mutter machen konnte, desto besser. Auf die Auseinandersetzung mit Mathilde hatte sie wirklich keine Lust.

Frisch gewaschen und mit schrumpeligen Fingern trat sie später mit dem Handy in der Hand auf die hintere Terrasse hinaus. Hunger hatte sie auch, aber sie gehörte zu den Menschen, die zuerst das Unangenehme hinter sich bringen mussten, ehe sie dem Tag mit Appetit auf Abenteuer begegnen konnte.

Mitten in der Bewegung, die Kontaktdetails ihrer Mutter aufzurufen, stockte sie. Der Weizen war fort. Wer auch immer ihre Nachtruhe gestört hatte, hatte auf dem Feld ganze Arbeit geleistet und keine einzige Ähre am Halm gelassen.

Nur das abgesäbelte Stroh lag noch in säuberlichen Reihen verteilt und duftete nach einem frühen Herbst und der Sonne der letzten Wochen. Oben bei der Holunderböschung standen zwei Rehe und nagten an den kurzen Stoppeln. Zwei Hasen sprangen aus einem Strohhaufen auf und hetzten über das Feld, als sie Frederike bemerkten.

Sie hörte das Meer rauschen, schloss kurz die Augen, dann fasste sie sich ein Herz und wählte Mathildes Nummer.

Ihre Mutter antwortete nach dem dritten Klingeln.

»Frederike? Du sprichst also doch noch mit mir.« War ja klar, Mathilde hielt nichts von Feingefühl.

»Ich war gestern mit ein paar Freunden von früher auf …« Hm, wie nannte man das? »Auf einer Party«, sagte sie, weil ihr kein besseres Wort einfiel.

»Es interessiert dich also gar nicht, was hier zu Hause passiert?«

Es war seltsam, dass sich in Frederike so gar nichts rührte, während Mathilde von zu Hause sprach. Frederike hatte sich in der winzigen Wohnung in Rödelheim nie heimisch gefühlt, doch nie zuvor war ihr das so klar geworden wie jetzt.

»Ich weiß von dem Brand«, antwortete sie. »Julia hat mich angerufen, du weißt schon, die Kinderärztin. Es ist nicht so, dass es mich nicht interessiert, aber ändern kann ich nichts daran.«

»Und was hast du jetzt vor?«, wollte Mathilde wissen, und erstaunt stellte Frederike fest, dass in der Stimme ihrer Mutter tatsächlich ein wenig Sorge mitschwang. Kurz schoss es Frederike durch den Kopf, dass sie Mathilde womöglich Unrecht getan hatte.

»Ich denke, ich werde erst mal einfach hierbleiben, wenn das für dich in Ordnung ist«, meinte sie vorsichtig. »Ich hab sowieso noch eine Weile zu tun mit dem Haus. Und bis ich fertig bin, wissen wir dann hoffentlich auch mehr von der Versicherung vom Vermieter und so.«

»Die Versicherung wird Angaben von dir brauchen. Du hattest ja nicht so viel in der Wohnung, aber …«

»Ich ruf da an«, unterbrach Frederike ihre Mutter. Hilfe von Mathilde hatte immer ihren Preis. Wenn Frederike sich jetzt unter die Arme greifen ließ, müsste sie sich wieder stundenlang anhören, wie viel besser es ihr heute gehen könnte, wenn sie nur weiter den Lebensweg verfolgt hätte, den Mathilde für sie vorgesehen hatte. Im Gegensatz zu Mathilde hatte Frederike jedoch nie Luxus gebraucht, um glücklich zu sein, und mit dem Wohnungsbrand war ihr minimalistischer Lebensstil ein Segen geworden. Wer nicht viel hatte, konnte nur weniges verlieren.

»Sag mal, Mutter, du weißt wirklich nicht, wer das Feld hinter Morf… hinter Großvaters Haus bewirtschaftet?«, wechselte sie das Thema. »Da ist bis vergangene Nacht Weizen drauf gewachsen.«

»Ich habe dir doch schon einmal versichert, dass ich davon nichts weiß. Warum sollte ich dich belügen? Aber wenn du es herausfindest, kannst du Pacht eintreiben. Das Geld kannst du behalten, das schenke ich dir, für deinen Verlust und so.«

»In Ordnung.«

Weil es nicht mehr zu sagen gab, beendete Frederike das Gespräch so schnell wie möglich. Sie blickte auf das Telefon in ihrer Hand und entschied, gleich noch einen zweiten Anruf zu machen.

Julia nahm so schnell ab, als hätte sie auf sie gewartet.

»Hey«, sagte Frederike. »Wie geht es dir? Gibt es was Neues?«

Julia schniefte, aber das konnte genauso gut Müdigkeit sein wie Schock. »Nichts, außer dass der Typ, der in Holland arbeitet, immer noch nicht wieder da ist. Die Polizei sagt nicht viel, doch ich hab den Eindruck, der ist untergetaucht. Vielleicht hat er keine Versicherung und will niemandem von uns unter die Augen treten. Ich geh auf dem Zahnfleisch.«

»Und Kellermann?«

»Na, der will nicht zahlen. Das alles ist ein schreckliches Durcheinander. Ich blick da nicht durch, wenn ich ehrlich bin. Glaub mir, ich kann keinen einzigen klaren Gedanken fassen.«

»Musst du heute noch arbeiten?« Frederike tat die Freundin leid. Julia hatte einen aufreibenden Job als Kinderärztin an den Städtischen Kliniken in Frankfurt-Höchst. Die derzeitige Situation musste sie vollkommen zermürben. Wie gut hatte es dagegen Frederike in ihrem Fachwerkhäuschen am Rande der Welt. Wäre sie in Frankfurt, ginge es ihr wahrscheinlich genau so schlecht wie Julia, aber hier oben tickten die Uhren anders. Sie hatte ein Dach über dem Kopf und Freunde, die ihr den Rücken stärkten, wenn die Welt aus den Angeln geriet. Das war so viel mehr, als sie noch gestern, nachdem sie Julias Textnachricht gelesen hatte, zu hoffen gewagt hatte. Der Abend mit den Tonnenschweinen hatte ihr wirklich gutgetan, nur die Sache mit Rasmus hatte es eher noch komplizierter gemacht. Sie seufzte und konnte nur hoffen, dass Julia das auf die Situation mit dem Hausbrand bezog.

»Ich hab mich zwei Wochen beurlauben lassen«, sagte Julia. »War nicht weiter problematisch. Mein Chef meinte, so wie ich aussehe, kann er mich unmöglich auf die Kinder loslassen. Wer weiß, was ich da für Schaden anrichte.«

Arme Julia. Frederike wandte den Blick vom abgemähten Feld ab und drehte sich zum Haus zurück. Um die beiden kleinen Zimmer unterm Dach hatte sie sich immer noch nicht gekümmert. In einem davon stand das Bett, in dem sie als Kind geschlafen hatte. »Hast du nicht Lust, hierherzukommen?«, fragte sie aus einer plötzlichen Eingebung heraus. »Platz ist genug, und wenn du mir beim Streichen und Ausmisten hilfst, kommst du auf andere Gedanken. Bei mir hat es Wunder gewirkt. Warum soll es bei dir nicht auch klappen?«

Julia zögerte kurz, sie schien tatsächlich zu überlegen. Wenig überzeugt sagte sie jedoch schließlich: »Du, das ist total nett von dir, aber ich glaube, ich krieche erst mal bei meiner Mama unter und lecke meine Wunden.«

Ein Teil von Frederike war etwas eifersüchtig auf ihre Freundin, die ein so gutes Verhältnis zu ihrer Mutter hatte. Ein anderer Teil fand es im gleichen Moment richtig schade, dass Julia ihr keine Gesellschaft leisten wollte. Es wäre schön, eine vollkommen unabhängige Meinung zu Rasmus zu kriegen, denn über ihn hatte sie in all den Jahren gegenüber Julia natürlich nie ein Wort verloren.

»Überleg es dir einfach. Das Angebot steht.«

»Mach ich. Hab dich lieb.«

»Ich dich auch.«

Als sie das Gespräch beendete, hörte sie, wie auf der anderen Seite des Hauses ein Traktor vorbeituckerte. Das musste derjenige sein, der den Weizen geerntet hatte und jetzt sicherlich das Stroh inspizieren wollte! Sie schoss um das Gebäude herum, sah den grünen Traktor ins Feld einbiegen und rannte ihm hinterher. Es dauerte ein paar Schritte, ehe sie bemerkt wurde.

Der Fahrer stellte den Motor ab und wandte sich um.

Tjalfe. Warum überraschte sie das nicht?

»Oh, hej«, sagte er und wurde ein wenig rot um die Nase. »Gut, dass ich dich treffe. Ich wollte sowieso mit dir sprechen.«

»Du nutzt das Feld?«

Er kletterte zu ihr herunter und rieb sich übers Gesicht »Ja, na ja, sonst interessiert sich ja keiner dafür.«

»Und hättest du mir das nicht schon beim Bingo erzählen können?«

Er räusperte sich und wirkte verlegen. »Ähm, ehrlich, ich wusste noch nicht, wie viel ich dir für die Nutzung anbieten soll und so. Ich musste erst mal die Papiere durchgucken, nach Referenzwerten von wegen Pacht und Wert und so was alles.«

Das war lächerlich. Tjalfe war der größte Bauer der Gegend. Niemand sonst bewirtschaftete so viele Felder, und dazu kamen noch die Schweine, die er auf seinem riesigen Hof am Dorfrand hielt. Der kannte die gängigen Hektarpreise für eine Ackerpacht ganz genau.

»Der Acker ist nie verpachtet gewesen, Tjalfe. Wonach wolltest du denn gucken?« Sie verschränkte die Arme vor der Brust. So einfach würde sie es ihm nicht machen. Obwohl ihre Zeiten als Buchhalterin vorbei waren, schaffte sie es immer noch, eins und eins zusammenzurechnen.

Jetzt strich sich Tjalfe über den Nacken. »Es tut mir leid, ehrlich. Aber es war ja keiner hier. Und unter uns, außer mir bestellt doch sowieso niemand mehr seine Flächen selber und nutzt sie für den eigenen Anbau.« Er zuckte mit den Schultern. »Also, verrat mir einfach, was du an Pacht haben willst. Wir werden uns schon einig.«

»Du hast also geglaubt, ein Spielschein beim Bingo erleichtert dein schlechtes Gewissen?« Sie dachte an die bemalten Tonnen, die ihm demnächst ins Haus standen oder besser gesagt davorstehen würden. An der Straße, damit sich jeder kaputtlachen konnte, und ein bisschen tat er ihr leid. Außerdem hatte sie keine Ahnung, welche Pachthöhe angebracht wäre. Auch wenn sie einen kleinen Geldsegen durchaus gebrauchen könnte, wollte sie ihn auf keinen Fall übervorteilen. »Weißt du was? Eigentlich will ich nur, dass du nicht morgens um drei hier mähst und mich die ganze Nacht wachhältst. Das war nicht nett.«

»Entschuldige«, sagte er, und sie stellte fest, dass er es ehrlich meinte. »Und das Finanzielle?«

»Ich lass mir was einfallen«, antwortete sie vage.

Ein Grinsen breitete sich auf seinem niedlichen Gesicht aus. Er sah echt nicht aus wie dreißig. Im Gegensatz zu seiner Schwester, die nicht wiederzuerkennen war, sah Tjalfe noch immer aus wie ein Zwölfjähriger, wenn er so grinste.

»Solltest du mal was brauchen, gib Bescheid«, bot er großzügig an. »Eine Tour mit Traktor und Anhänger zum Wertstoffhof zum Beispiel, oder wenn du irgendwo 'ne störrische Baumwurzel loswerden willst. Ich könnte dir auch den Schuppen einreißen, falls du den nicht mehr haben willst.«

»Nettes Angebot, doch den Schuppen lassen wir erst mal schön da, wo er ist. Wie ich sagte, ich lass mir was einfallen. Aber jedes Mal, wenn du nachts hier arbeitest, schlag ich Zinsen drauf, das versichere ich dir.«

Lachend kletterte er wieder auf seinen Traktor und tuckerte los. Wenig später beobachtete sie ihn dabei, wie er weiter oben im Feld prüfte, ob das Stroh bereits trocken war. Er würde sich vermutlich dran halten und die Bindemaschine tagsüber herschicken.

Lakridsbananer – Lakritze-Banane-Bonbons

Aus Rikkes geheimem Rezeptbuch
17. Juli 2000

Lakridsbananer

Zutaten:
100 ml Wasser
400 g Zucker
150 g Traubenzucker
½ ml schwarze Lebensmittelfarbe
½ ml gelbe Lebensmittelfarbe
½ TL Zitronensäure
2½ ml Bananenaroma
1½ EL Hexenpulver (Salmiak-Lakritz-Mischung)

Zubereitung:
1. Grundmasse herstellen und bei Erreichen der Temperatur auf die mit Öl eingepinselte Silikonmatte geben.
2. Nachdem die Masse ein wenig angehärtet ist, ca. ein Viertel abnehmen und mit der schwarzen Lebensmittelfarbe und dem Hexenpulver mischen. Beiseitestellen und warm halten.
3. Die restliche Rohmasse mit den restlichen Zutaten gründlich mischen. Zu einer Rolle formen.
4. Man muss schnell arbeiten. Die schwarze Masse so dünn wie möglich ziehen und um die gelbe Rolle herumlegen wie einen Mantel und andrücken.

Was wie eine wilde Mischung klingt, passt wunderbar zusammen. Man muss es nur wollen und aufpassen, denn es kann verdammt schnell gehen, dass man alles verdirbt In der Beziehung sind Bonbons wie Menschen. Von »perfekt« zu »verdorben« reicht manchmal nur ein einziger Moment.

5. Noch vor dem völligen Erkalten die Stange in glatte runde Bonbons zerschneiden.

Kaum ist Søren aus Kopenhagen zurück, geht das ganze Theater von vorne los. Das alles ist so zermürbend. Ich hatte gehofft, dass der Abstand nicht nur mir, sondern auch Søren und Rasmus guttun würde und die Jungs irgendwie unter sich zu einer Einigung kommen. Und sei es nur ein Waffenstillstand. Ich habe mich getäuscht.

Wir hatten unten am Strand ein Lagerfeuer angezündet. Rasmus, Jeppe, Mille, Line, Kirsten, Malthe und ich. Morfar hat gegrummelt, aber schließlich eingelenkt, als wir versprochen haben, aufzupassen, dass wir nicht die ganze Insel in Brand stecken. Malthe hat auf seiner Gitarre gespielt, und nachdem es dunkel geworden war, sah es aus, als würden die Sterne am Himmel zu seinen Liedern tanzen. Es war so schön, in Rasmus' Arm zu liegen, und dann kam Søren von dem Trip mit seinen Eltern zurück und direkt zu uns an den Strand. Ich hab ihm Bonbons angeboten und mich gefreut, dass er da war, aber er hat mich angeschaut, als wäre ich eine Fremde.

Rasmus hat meine Bonbons genommen, weil Søren sie nicht wollte, und er hat mich damit gefüttert. Eine Süßigkeit nach der anderen, die von Rasmus' Mund in meinen gewandert ist. Wir haben gelacht und uns geküsst, und plötzlich ist Søren aufgesprungen.

»Sucht euch verdammt noch mal ein Zimmer«, hat er gesagt und ist davongerauscht. Selbst die Wellen konnten seine Wut nicht übertönen. Mille ist ihm hinterhergerannt, ohne dass Rasmus auch nur versucht hätte, sie aufzuhalten. Und wenig später konnten wir hören, wie Søren und Mille einander angeschrien haben, doch ich konnte nicht verstehen, was sie sich an den Kopf geworfen haben.

Rasmus sah aus, als wäre er der Nächste, der abhauen will. Auf ein Boot oder in ein Flugzeug, das allein mit Solarenergie betrieben wird, oder wovon er sonst so immer träumt. Mille ist meine beste Freundin, Søren mein bester Freund, und es tut schrecklich weh, wenn alle sich streiten. Rasmus, Søren, Mille und ich. Früher wusste jeder von uns, wo sein Platz ist, wir haben zusammen gelacht und uns gegenseitig geholfen und einander zugehört, wenn einer von uns Kummer hatte. Doch jetzt ist Mille sauer auf Rasmus und Rasmus sauer auf Søren und Søren sauer auf Mille. Und das Ganze nur wegen Rasmus und mir.

Alle haben uns angestarrt. Und ich habe mich gefragt, ob ich etwas falsch gemacht habe. Aber Kirsten und Jeppe knutschen auch, wenn wir alle gemeinsam am Strand sind, und Søren weiß, wem mein Herz gehört. Trotzdem haben Rasmus' Küsse danach nicht mehr nach Zucker, Banane und Lakritz geschmeckt, sondern nach Verrat.

7. Kapitel

Den Laptop auf den Knien balancierend, saß Rasmus in Hennis Wohnzimmer und ließ wieder einmal eine relativ inhaltslose Sonntagabend-Fernsehsendung über sich hinwegrieseln. Henni selbst bekam auch nichts davon mit. Sie hatte die Lesebrille auf der Nase und steckte in einem neuen Thriller.

Rasmus starrte auf die Zahlen auf seinem Bildschirm. Zeile um Zeile drängte sich dort ein Buchstabe an den anderen. Er arbeitete seit Wochen und Monaten daran. An diesen Buchstaben und Zahlen, die das Leben in Rendstrup Strand vollkommen verändern würden.

Als *Sydskov Engineering* an ihn mit dem Auftrag herangetreten war, einen Windpark für die Gemeinde Kerteminde zu planen, war Rasmus geradezu euphorisch gewesen. Das hier war seine Heimat, sein Zuhause. Rendstrup Strand war nur einer von mehreren möglichen Standorten im Nordosten von Fünen, aber für Rasmus steckte mehr dahinter. Er hatte Hennis hässlichen Bungalow von Anfang an so gehasst wie sie. Wenn jetzt der Windpark so gebaut würde, dass dieser Bungalow am Dorfrand im Weg stand, könnte seine Planung dafür sorgen, dass Henni entschädigt wurde. *Sydskov* würde ihr das Haus abkaufen, um es abzureißen, und sie könnte woanders hinziehen, wo es schön war.

Henni hing nicht an diesem Haus. Sie hatte es gekauft, als Mille und ihr Mann ihr das alte Bauernhaus im Ortskern abgeschwatzt hatten, um darin das Maklerbüro einzurichten, weil die Lage einfach phänomenal war, um Kundschaft anzuziehen.

Zu der Zeit war es wie die sinnvollste Lösung erschienen, aber Henni hatte dadurch ihr Heim verloren. Den hässlichen Kasten ein bisschen außerhalb hatte sie nur genommen, weil sie behauptete, nicht mehr so viel Platz zu brauchen, keine Lust mehr auf einen großen Garten zu haben und sowieso meistens allein zu sein.

Und Henni war störrisch. Niemals würde sie zugeben, dass sie einen Fehler gemacht hatte. Natürlich wusste sie längst, was Rasmus für *Sydskov Engineering* plante. Ganz Rendstrup Strand wusste von den zehn Windkraftanlagen, die in der Nähe des Dorfes entstehen sollten, so, dass auch das alte Haus von Mikkel Elsdorf dafür würde weichen müssen. Alle waren sich unsicher, was sie davon halten sollten, aber die Leute waren sich einig, dass Rendstrup finanziell profitieren würde.

Und wer wollte das nicht?

Seit Rikke aufgetaucht war, schwiegen dennoch alle. Niemand sagte ein Wort zu ihr. Es hatte Rasmus erstaunt, dass Mille sofort angeboten hatte, mit Rikke darüber zu reden, und er sie hatte bremsen müssen. Warum ausgerechnet seine Schwester? Es war, als wolle Mille erreichen, dass Rikke wieder verschwand, und zwar so schnell wie möglich.

Rasmus wollte das nicht. Egal, was er plante, egal, wie viel Geld in diesem Projekt für ihn selbst steckte, Geld und Prestige, er wollte nicht, dass Rikke wieder verschwand. Doch damit sie blieb, musste er sichergehen, dass sie erst alles klärten, was zwischen ihnen unausgesprochen war. Erst dann würde er es wagen können, sie mit der nächsten Hiobsbotschaft zu überfallen.

»Henni?«, fragte er aus den Gedanken heraus.

»Hm?« Über den Rand des Buches und dem ihrer Lesebrille hinweg schaute sie ihn an.

»Ist irgendwas zwischen Mille und Rikke vorgefallen, von dem ich keine Ahnung habe?«

»Wenn du nichts davon weißt, wie sollte ich es dann wissen?«

»Kann ja sein, dass du was mitgekriegt hast.«

Seine Großmutter klappte ihr Buch zu. »Wenn du glaubst, dass es etwas zu wissen gibt, solltest du mit Rikke und Mille sprechen. Oder mit einer von ihnen. Ich kann dir da nicht helfen. Ich mach mir eine Tasse Tee, willst du auch? In der Küche steht noch das Glas mit den *Gule Enker*.«

Er schloss die Augen beim Gedanken daran, wie die Süßigkeit auf der Zunge zergehen würde, oder, noch besser, im Tee. Doch noch ehe er dazu kam, Ja zu sagen, vibrierte sein Handy auf dem Wohnzimmertisch und er nahm ab.

»Bist du noch in Rendstrup?«, wollte Rikke wissen.

Berechtigte Frage. Vermutlich hatte sie seinen Wagen vor Hennis Haus stehen sehen. Er grinste. Normalerweise würde er abends zurück nach Kopenhagen fahren, wenn er am nächsten Tag im Büro sein musste.

»Ich mache mich erst morgen früh auf den Weg. Lust auf Kopenhagen? Willst du mitkommen?«

»Zu viel zu tun. Ich bräuchte jemanden, der mir einen Rat geben kann.«

»Jetzt?«

»Morgen bist du doch nicht mehr da, oder?«

»Du meinst, ich kann dir diesen Rat geben?« Er wusste, dass er nachbohrte, aber er wollte, dass sie deutlich aussprach, seine Hilfe zu brauchen. Sein Ego verlangte danach.

»Kannst du rüberkommen?«

Wie hätte er ablehnen können? Gegenüber dieser Frau war er schon immer machtlos gewesen. Das war mit einundzwanzig so gewesen, als seine Gefühle für sie ihn seinen besten Freund gekostet hatten, und hatte sich bis heute nicht geändert. Um sich irgendwann Frederike Elsdorf aus dem Kopf zu schlagen, brauchte es mehr als den berechtigten Korb auf seinen plumpen Versuch, sich auf einen Nachtkaffee einzuladen.

Natürlich sagte er Ja, und im Hinterkopf plante er bereits seine Überraschung.

Sie erwartete ihn in der Tür, und das Aroma von Pfefferminztee drang zu ihm heraus und vermischte sich mit dem Duft der Rosen. Er hob den mitgebrachten Korb ein Stück hoch. »Hast du eine Thermoskanne?«, erkundigte er sich.

»Ja, warum?«

»Weil es ein wunderschöner Abend ist und ich uns was zum Picknicken mitgebracht habe.«

»Was, wenn ich schon gegessen habe?«

»Hast du?«

Ihr Gesicht verriet ihm, dass sie noch nichts gegessen hatte. Vielleicht hatte sie einfach nicht dran gedacht. Er schwenkte den Korb. »Henni hat heute Nachmittag Weißbrot gebacken. Ich hab Räucherkäse hier drin und kalte Frikadellen mit Feta. Ein paar Gurken und Tomaten habe ich schnell noch geschnitten. Und ich zeig dir eine Stelle da vorn in deiner Hecke, wo ein Mirabellenbaum gewachsen ist.«

Sie starrte ihn an. Er wusste, was sie dachte. Sie hatten nebeneinander in der Böschung gehockt, sich vor Mikkel versteckt und Mirabellen gegessen, die an dem Baum in Mikkels Garten gewachsen waren. Den Mirabellenbaum im Garten gab es nicht mehr, der war schon vor bestimmt zehn Jahren einem schweren Sturm zum Opfer gefallen. Aber aus einem der ausgespuckten Kerne war ein neuer Baum gewachsen. Nur einer.

Sollte er ihr sagen, dass er jedes Jahr zur Erntezeit mindestens einmal zu diesem Baum ging und einen Korb voller Früchte mit nach Kopenhagen nahm?

Lieber nicht.

»Eigentlich wollte ich dich nur was fragen«, sagte sie zögernd.

»Kannst du ja, doch ich hab Hunger. Füll den Tee in die Thermoskanne und los.«

Rasmus schob sich ein letztes Stück Weißbrot in den Mund und klopfte sich die Hände an den Hosenbeinen ab. Lächelnd sah er zu, wie Rikke mit einem Gurkenstick das Töpfchen mit dem geräucherten Weichkäse auskratzte.

»Wow, das ist echt gut«, murmelte sie hingerissen.

»Den hast du früher schon geliebt.«

»Diesen Käse hab ich nirgendwo wiedergefunden. Der ist wirklich einmalig.« Sie saß gegen das Stämmchen des Mirabellenbaumes gelehnt und blickte hinaus aufs Meer. Die Sonne ging unter, der Himmel leuchtete in dunklem Orange. Am nächsten Tag würde es regnen, und Rasmus dachte daran, dass er das früher mal hatte riechen können. Mittlerweile verließ er sich wie jeder brave Großstädter lieber auf seine Wetter-App.

»Ist doch schön, wenn manche Dinge nicht einfach exportiert werden können«, sagte er. »So wie unsere Brunsviger, die schmecken auch nur hier.« Er nahm die Thermoskanne und füllte ihre beiden Becher nach, dann stand er auf und hangelte nach den süßen gelben Früchten des Baumes. »Dessert?«

Sie schaute zu ihm auf. »Frischer geht nicht. Danke.«

»Also sprich«, meinte er, die Arme in den Zweigen. »Wobei brauchst du meinen Rat?«

»Ich weiß ja nicht mal, ob du mir helfen kannst, ich meine …«

»Stell mich auf die Probe«, forderte er sie heraus. »Frag mich einfach.«

Sie seufzte. »Julia hat mir den Fragebogen von der Versicherung der Vermieter gemailt. Der Typ, in dessen Wohnung der Brand ausgebrochen ist, ist verschwunden, hatte ich dir das erzählt?«

»Nein, doch es überrascht mich nicht wirklich«, gestand er. »Wenn der gegen so etwas nicht versichert ist, und das wäre kein Einzelfall, wird nach dem wohl noch eine ganze Weile gesucht werden müssen. Und jetzt will die Versicherung des Vermieters zahlen?«

»Das muss sich noch rausstellen, aber sie haben zumindest Fragebögen rausgeschickt. Sie wollen alles Mögliche wissen, aber ernsthaft? Selbst wenn ich noch Quittungen gehabt hätte für meine Einrichtung und so, die wären alle in der Wohnung gewesen. Und davon ist nichts übrig geblieben.«

Mit beiden Händen voller kleiner gelber Kugeln ließ er sich wieder neben sie fallen. »Hier«, sagte er. »Bedien dich.«

»Ich glaube, ich war in meinem Leben noch nie so satt.«

Eine seltsame Zufriedenheit erfüllte ihn, dass er ihre Bedürfnisse gestillt hatte. Da schmeckte plötzlich sogar Pfefferminztee.

»Ich kenn jemanden in Stuttgart«, sagte er, wobei er den Blick auf die im letzten Tageslicht glitzernden Wellen gerichtet hatte. »Hab ab und zu geschäftlich mit ihm zu tun für Gutachten und so. Ich könnte ihn anrufen und fragen, ob er da was für dich tun kann.«

Erstaunt blickte sie ihn von der Seite an. »So jemanden kennst du?«

Er grinste schief. »Du wärst überrascht, wen ich alles kenne, Rikke. Der Rasmus von damals existiert nicht mehr. Ist dir das nicht gleich aufgefallen, als du fast in meinen Volvo reingefahren bist? Der Rasmus von damals hätte sich nicht mal einen fünfundzwanzig Jahre alten Fiat Panda leisten können.« Genau das war doch der Grund gewesen, weshalb sie Søren genommen hatte, aber das sprach er nicht aus. Der Abend war zu schön, um ihn durch Bitterkeit zu zerstören.

»Ich hab mich gewundert«, gestand sie. »Schon bei dieser Kostenanalyse für meine Mutter, auch wenn die ja ziemlich nutzlos war. Ich gebe es nicht gerne zu, Rasmus, aber zugetraut hätte ich dir das nicht. Jedenfalls nicht dem Jungen, den ich früher gekannt habe.«

Er schloss die Augen. »Ich hatte damals geglaubt … ich meine, wann immer du gesagt hast, dass ich es bin, den du willst, war das … es war wie ein Wunder für mich. Alle anderen haben mich für einen Versager gehalten. Einen, der nichts wirklich auf die Reihe kriegt, weil er sich nie irgendwo wirklich reinhängen wollte und immer gedacht hat, sein Lächeln würde ihm jede Tür öffnen. Einer, der keine Lust hatte, sich Ziele zu setzen und für diese Ziele auch zu arbeiten, so wie Søren es tat. Oh, wie ich ihn dafür verachtet habe, so ein Streber zu sein, dem alle Erwachsenen eine großartige Zukunft prophezeiten, während sie mich … Sie meinten, ich würde untergehen, weil meine Nase ständig in den Wolken steckte. Du warst anders. Dachte ich. Ich habe geglaubt, dass du die einige wärst, die mehr in mir sieht. Die sieht, dass mehr in mir steckt. Dass aus mir etwas werden kann, weil es auch für mich Dinge gibt, die ich ernst nehme. Das mit dir habe ich immer ernst genommen. Sehr ernst.« Er blinzelte, blickte zu ihr hinüber. »Vielleicht war ich deshalb so in dich verliebt. Weil du die Einzige warst, die hinter die Fassade geblickt hat.«

Sie schluckte schwer, und weil er erkannte, dass ihr darauf keine Antwort einfiel, wechselte er das Thema, zurück zu dem, worüber sie gesprochen hatten. »Hat sie eigentlich noch mal was gesagt? Deine Mutter? Was meint sie dazu, dass du jetzt praktisch kein Dach mehr über dem Kopf hast?«

Rikke zuckte mit den Schultern. »Ich nehme an, dass mir das eine Gnadenfrist hier in Morfars Haus verschafft. Sie wird mich kaum zwingen, hier alles stehen und liegen zu lassen und nach Frankfurt zurückzukehren, um dort unter einer Brücke zu schlafen. Um ehrlich zu sein, war sie heute am Telefon für ihre Verhältnisse geradezu entgegenkommend. Fast so, als ob sie anfangen würde zu begreifen, dass hier der einzige Ort ist, an dem ich je wirklich glücklich gewesen bin. Ich meine, es ist eigentlich nicht so schwer. Bis zu meiner Hochzeit hat sie jeden Tag mit einem Lineal hinter meinem Klavierschemel gesessen, um auf das Piano schlagen zu können, wenn ich mich verspielt habe. Ab und zu hat es meine Finger getroffen. Sie hat mich von einem Wettbewerb zum nächsten geschleift, damit mich Dirigenten und Intendanten überall auf der Welt kennenlernen, aber zu Hause gefühlt habe ich mich immer nur in Rendstrup.«

Bei ihren Worten zuckte er innerlich zusammen und hatte größte Mühe, es sie nicht merken zu lassen. Zum ersten Mal überhaupt überlegte er, wie er aus der Nummer mit dem Windpark wieder rauskommen könnte.

Und ob er das wirklich wollte. Denn es würde monatelange Arbeit zunichtemachen und ihn vermutlich seinen guten Ruf und damit seinen Job kosten. Er könnte einpacken. Und das nicht nur bei *Sydskov Engineering*.

Spielerisch stieß sie ihn mit der Schulter an. »Erzähl, Martensen. Wieso kann einer wie du plötzlich so mit Zahlen jonglieren und hat so viele Kontakte? Und einen nagelneuen Volvo?«

Er spuckte einen Mirabellenkern in Richtung Strand. »Nachdem … also nachdem ihr weg wart, du und Søren. Für eine Weile hab ich mich gehen lassen. Hab mich gefragt, warum du es getan hast und wofür ich mich jetzt noch anstrengen sollte.«

Er schaute sie nicht an dabei, denn er wollte nicht, dass sie ihn mit irgendeiner Antwort abspeiste. Die Briefe, die er ihr geschrieben und die sie nie beantwortet hatte, erwähnte er vorsichtshalber nicht. Sie hatte dasselbe behauptet. Wie konnte es sein, dass das Postwesenmonster sowohl in Dänemark als auch in Deutschland nicht nur von einem von ihnen, sondern von beiden sämtliche Briefe verschluckte? »Irgendwann hab ich aufgehört, mich zu fragen, warum. Sørens Eltern schwatzten ohne Ende davon, wie toll es ihrem Sohn da in Frankfurt ging, was für eine große Karriere er vor sich hatte. Du kennst das sicher, du warst ja dabei.«

Sie schwieg.

Langsam nickte er. »Ich hab mir dann gedacht, Rikke hat sich offensichtlich für den Kerl mit den tollen Karriereaussichten und gegen den nutzlosen Träumer entschieden, der nicht mal zwei Steine aufeinanderschichten konnte.«

Sie holte Luft, um etwas darauf zu erwidern, doch er wollte nicht, dass sie etwas sagte, deshalb sprach er schnell weiter. »Also hab ich mich drum gekümmert. Ich wollte es dir zeigen. Und Søren. Ich wollte euch beweisen, dass ich kein nutzloser Träumer war, sondern mindestens so ambitioniert wie er. Was er konnte, konnte ich schon lange. Dämlich, was? Als hättest du jemals auch nur davon erfahren, wenn Søren nicht …« Er stockte, räusperte sich, schob sich eine weitere Mirabelle in den Mund und kaute. Rikke schwieg eine lange Zeit.

»Und womit verdienst du heute dein Geld?«, fragte sie schließlich. Er spürte, dass sie sich bemühte, ruhig zu klingen. Es gelang ihr nicht ganz, er hörte das Zittern in ihrer Stimme.

»Ich habe ein paar Jahre in Schweden gearbeitet, für große Energiefirmen, teilweise offshore, also wochenlang auf dem Meer und so. Als ich zurückkehrte, ging ich auf die Universität. Noch während des Studiums habe ich mit zwei Freunden in Kopenhagen eine kleine Firma gegründet. Wir haben viel im Bereich erneuerbare Energien gemacht, Projekte entwickelt, mit der Universität zusammengearbeitet. Sogar die staatliche Energieversorgung hat sich von uns Programme entwickeln lassen, und für das Energieministerium haben wir Prognosen und Diagramme erstellt. Vor ein paar Jahren hab ich diese Firma an einen Energieriesen auf Sjælland verkauft und mich als unabhängiger Berater und Analyst neu selbständig gemacht. Der Verkauf hat sich finanziell sehr für mich gelohnt. Geld erleichtert vieles. Jetzt bin ich nur noch für mich verantwortlich, das liegt mir mehr. Ich bin in der glücklichen Lage, nur noch die Arbeit machen zu müssen, hinter der ich auch stehe.«

Eine Weile starrte sie ihn mit offenem Mund an. »Wow«, sagte sie dann.

»Wow?«, fragte er mit hochgezogener Braue.

»Du hattest recht. Den Rasmus von damals gibt es wirklich nicht mehr.«

Er schnaubte kurz. »Das hab ich euch zu verdanken, schätze ich. Dir und Søren.« Er konnte nichts dagegen tun, dass die alte Bitterkeit wieder hochkam.

»Vielleicht hast du es auch einfach deinem eigenen Ehrgeiz zu verdanken. Oder deinem Talent«, entgegnete sie, und er fand es bemerkenswert, wie wenig sie sich von seiner Bitterkeit beeindrucken ließ. Oder war sie sich wirklich keiner Schuld bewusst? Hörte sie seine Bitterkeit nicht, wollte sie sie nicht hören oder erkannte sie sie nicht?

Egal, wie die Wahrheit aussah, jetzt saß er hier mit ihr, naschte Mirabellen, eingehüllt in den Duft von Pfefferminztee und salzigem Meerwasser, und wollte an keinem anderen Ort der Welt sein.

Dass sie ihn nie mit seinen Launen hatte durchkommen lassen, war schon immer ein Grund gewesen, warum er es genoss,

Zeit mit ihr zu verbringen. Warum er es noch immer genoss. Warum er hier saß, mit ihr, statt nach Kopenhagen zu fahren. Ein Umstand, der bedeutete, dass er am nächsten Morgen zu unseligster Zeit ins Auto steigen musste, um pünktlich im Büro zu sein. Er wollte mit ihr hier sein. Selbst dann noch, wenn sie ihn nur als Freund wollte, weil die Schatten ihrer gemeinsamen Vergangenheit einfach zu lang waren, um sie zu überwinden. Was Rikke betraf, würde er nehmen, was sie bereit war, ihm zu geben. So war es schon immer gewesen. »Weißt du was? Eigentlich sind die Gründe doch auch egal. Letztens nach der Tonnenparty … du hast mir ziemlich deutlich gezeigt, wie viel zu geben du bereit bist. Was vorbei ist, ist vorbei. Aber jetzt sind wir hier. Als Freunde. Und das ist doch auch schön, oder?«

Eine Weile schwieg sie, dann breitete sich ein Strahlen auf ihrem Gesicht aus. »Also?«, fragte sie endlich und spuckte ebenfalls einen Mirabellenstein in hohem Bogen aus. Beeindruckend. »Bist du ein Freund und rufst diesen Menschen für mich an oder gibst du mir seine Telefonnummer?«

Nyborg war etwa eine halbe Stunde Fahrt von Rendstrup Strand entfernt. Zuerst begriff Frederike nicht, warum Røskva darauf bestand, dass sie dorthin fuhren, um bei einem Glas Wein die vergangene Woche Revue passieren zu lassen. Kerteminde mit seinem kleinen Hafen, den Straßencafés und herrlichen Gassen, wo sich entlang des Kopfsteinpflasters windschiefe Häuschen duckten, war doch auch schön und weniger als halb so weit weg.

Aber jetzt verstand sie es. Von der Bühne, die im Schlosspark aufgebaut war, wehten leise Jazzklänge zu ihnen herüber. Mehrere Entenpärchen und eine Schwanenfamilie schwammen im

Wassergraben, der das Schloss einfasste und sich dabei durch die Stadtmitte zog. Ein leichter Wind fuhr durch die ins Wasser hängenden Äste einer Trauerweide und raschelte in den Blättern. Die Luft war erfüllt vom schweren Duft des herannahenden Herbstes und von den Klängen der Bauarbeiten um das Schloss herum. Eine Ausgrabung, um mehr über die Vorgeschichte dieser Anlage herauszufinden, eine der ältesten und wichtigsten Königsbastionen Dänemarks, war im Gange. Es roch nach reifen Äpfeln, auf den Verteidigungswällen gingen Pärchen mit ihren Hunden spazieren, und das Abendlicht ließ alle Farben um sie herum auf eine Weise leuchten, wie Frederike es nur aus Dänemark kannte. Die Stimmung hier um das Schloss war friedlich. Ein Hund bellte, quakend und flatternd landete eine Ente im Wasser. Unbeeindruckt von den eigenen Dramen und Freuden, drehte sich die Welt weiter, und am Fuße des Schlosses von Nyborg, wo einst Fürsten und Prinzessinnen gesessen hatten, saßen jetzt sie und Røskva und genossen ihre Drinks.

»Also, Schätzchen, schieß los. Du und Rasmus? Läuft da was?« Man konnte Røskva nicht vorwerfen, um den heißen Brei herumzureden. Andererseits, immerhin hatten sie sich nun schon eine Viertelstunde über andere Dinge unterhalten.

Frederike winkte ab. »Da ist gar nichts. Ich meine, ich bin Witwe, Røskva. Genau genommen bin ich die obdachlose Witwe seines ehemals besten Freundes, der mich ihm seinerzeit vor der Nase weggeschnappt hat«, erklärte sie. »Das ist so verquer, dass ich ehrlich gesagt noch nicht einmal darüber nachgedacht habe, ob da sonst etwas zwischen uns sein könnte«, flunkerte Frederike in der Hoffnung, dass Røskva sie nicht weiter in die Mangel nehmen würde.

»Klar. Und jetzt wirst du rot, weil du den Wein nicht verträgst. Und ich glaube immer noch an den Weihnachtsmann.«

»Ich werde überhaupt nicht rot.« Und wenn, dann nur ein kleines bisschen und wirklich nur wegen des Alkohols und nicht, weil sie die halbe Nacht wachgelegen und über ihr Picknick mit Rasmus nachgedacht hatte. So was taten kleine Mädchen. Teenager, die noch nicht gelernt hatten, dass Liebe gar nichts bedeutete, wenn es so viele unvorhergesehene Dinge gab, die sich ihr in den Weg stellen konnten. Dinge, von denen sie selbst knapp zwei Jahrzehnte später noch immer nichts wusste.

»Rede dir das ruhig ein. Doch ich sehe, was ich sehe. Es gibt keinen Grund, sich dafür zu schämen, wenn die Libido erwacht und ihr Recht verlangt. Rasmus ist ein attraktiver Mann.« Grinsend hob Røskva die Schultern. »Also meinen Segen hast du. Und sei es nur um der guten alten Zeiten willen. Nichts ist besser für den Teint als eine heiße Affäre. Dagegen kann jedes Anti-Falten-Mittel einpacken.«

»Du findest, ich brauche ein Anti-Falten-Mittel?«

»Blödsinn, und das habe ich damit auch nicht sagen wollen. Lenk nicht ab. Ich finde, dir steht der Ausdruck auf deinem Gesicht, wenn du Rasmus anschaust. Und ihm übrigens auch. Ihr zwei, das war schon immer etwas Besonderes. Damals habe ich nicht alles mitbekommen, aber selbst ich konnte nicht begreifen, warum du dich für Søren entschieden hast.«

»Ich hab mich überhaupt nicht für Søren entschieden.« Ihre Antwort war heftiger als beabsichtigt. Doch dass alle ihr unterstellten, sie habe der Liebe zu Rasmus den Rücken gekehrt, verletzte sie. Erst Rasmus selbst, dann Mille und nun auch noch Røskva. »Ich hab wochenlang auf eine Antwort von Rasmus gewartet. Als ich zurück nach Frankfurt gefahren bin, in diesem letzten Sommer, war er es, der nicht da war. Ich habe ihm Nachrichten hinterlassen. Ich habe ihm Briefe geschrieben, weil ich verdammt nochmal seine Hilfe brauchte. Wen hätte ich sonst fragen sollen? Wen hatte ich denn, außer ihm? Ich habe mit meiner Mutter geredet und sie vor den Kopf gestoßen, habe mich geweigert, weiter das Leben zu leben, das sie für mich ausgesucht hat. Sie hatte einen Plattenvertrag für mich ausgehandelt, den ich nicht wollte. Ich habe Rasmus gebeten, mich aus diesem ganzen Teufelskreis rauszuholen. Nach dem, was wir zusammen in diesem Sommer erlebt hatten, schien es mir absolut undenkbar, in die Welt zurückzukehren, für die meine Mutter mich mein Leben lang getrimmt hatte. Ich hatte mich nie gewehrt, aber jetzt? Ich konnte einfach nicht mehr. Als Rasmus nie antwortete, habe ich mich zum ersten Mal seit damals, als ich ein kleines Mädchen war, nach einem Vater in meinem Leben gesehnt. Jemandem, der meiner Mutter die Stirn bieten würde. Aber um diesen Mann hat meine Mutter mich betrogen, weil sie ihn aus ihrem Leben verbannte, noch ehe ich geboren war, und nicht mal den Anstand hatte, mir zu sagen, wer er war. Und Mathilde wollte natürlich nichts davon wissen, mir ein normales Leben zu ermöglichen. Sie hat nur das Geld gesehen und die angeblichen *Chancen*, die ich aufgeben würde. Die verschwendeten Jahre, wie sie es nannte.« Noch fast zwei Jahrzehnte später verkrampfte sich ihr der Magen bei der Erinnerung an die Streitigkeiten mit Mathilde in dieser Zeit. Frederike hatte sich so eingesperrt gefühlt, so benutzt und ungeliebt. Als Dreijährige hatte sie sich das erste Mal ans Klavier gesetzt, weil sie die Musik liebte, weil es sie faszinierte, welche Klänge sie dem Instrument entlocken konnte, nur indem sie Tasten drückte. Aber was Mathilde aus Frederikes Talent und kindlichem Ehrgeiz gemacht hatte, hatte diese Liebe bis auf den letzten Funken ausgelöscht. Frederike wollte sich gegen ihre Mutter stellen, aber Mathilde war so übermächtig gewesen, dass man Panzer gebraucht hätte, um dagegen anzukommen. Rasmus hatte ihr Versprechungen gemacht und dann nie reagiert. Nach dem Liebeskummer war die bittere Erkenntnis gekommen, dass die eigene Mutter mehr an ihr als dem potenziellen Bühnenstar interessiert war denn als Tochter. All das hatte Frederike den Boden unter den Füßen weggerissen.

Konnte man es ihr wirklich vorwerfen, sich an den ersten Felsen geklammert zu haben, den ihre Finger erreichen konnten?

Instinktiv ballte sie die Hände zu Fäusten. Diese Zeiten waren zum Glück lange vorbei. »Ich habe Rasmus angefleht, mir zu sagen, wann ich mich bereithalten soll, damit er mich abholt und wir zusammen durchbrennen. Ich habe ihm geschworen, bereit zu sein für ein Leben mit ihm. Doch er hat mir nie geantwortet. Auf keinen meiner Briefe habe ich eine Antwort erhalten, und als ich ihn angerufen habe, war er angeblich nie zu Hause und hat auch nie zurückgerufen. Dann soll er angeblich in Schweden gewesen sein, und Mille behauptete, sein dänisches Handy sei abgestellt und sie habe selbst keine Kontaktmöglichkeit.« Frederike schluckte. Diesen Teil der Geschichte hatte Rasmus beim Picknick bestätigt, und sie fühlte sich schlecht, weil sie ihrer damals besten Freundin zugetraut hatte, sie anzuschwindeln. »Da saß ich also mit meinem gebrochenen Herzen im Haus einer Mutter, die mich nicht mehr bei sich haben wollte, weil ich plötzlich nicht mehr die Puppe war, die brav zu ihren Plänen tanzte. Eine Tochter, die sich auflehnte und einen lukrativen Plattenvertrag nicht unterzeichnen wollte. Und ausgerechnet in diese Situation hinein platzte Søren. Er war für mich da, verstehst du? Er sagte, er habe sich für ein Studium in Frankfurt entschieden, um in meiner Nähe sein zu können. Er hat alles in die Hand genommen, hat gesagt, wie sehr er mich liebt, hat eine Wohnung für uns gemietet und mich dabei unterstützt, eine Ausbildungsstelle zu finden, während er studiert hat. Er half mir dabei, einen Kredit zu beantragen, mit dem ich die Vertragsstrafe wegen des Plattenvertrags abstottern konnte, damit ich deswegen nicht länger in der Schuld meiner Mutter stand. Plötzlich konnte ich alles tun, was nötig war, um aus dieser Abhängigkeit und dem Teufelskreis auszubrechen. Dinge, zu denen ich vorher nie den Mut gehabt hätte, denn meine Mutter hatte mich zu einer Art Unselbständigkeit erzogen, die mir erst richtig bewusst wurde, als sie mir die Luft zum Atmen abdrückte. Mit Søren war ich nicht allein. Er hat gesagt, er kann mir alles bieten, was ich mir wünsche. Seine einzige Bedingung lautete, dass ich nicht zurück nach Dänemark gehe. Klar, denn er wollte nicht, dass ich Rasmus wiedersehe, aus Gründen, die wir alle kennen. Aber nach dem, wie Rasmus mich aufs Abstellgleis geschoben hatte, war dieses Zugeständnis nicht so schwer für mich, verstehst du? Ich wollte ja nicht zurück, auch wenn ich Morfar vermisst habe. Was hätte ich Rasmus noch zu sagen gehabt? Er hat auf keinen meiner Kontaktversuche reagiert. Das war Beweis genug für mich, dass er mich gar nicht in Rendstrup haben wollte, also blieb ich weg. Und so gingen die Jahre dahin, und auch wenn es mit Søren nie so gewesen ist, wie ich es mir mit Rasmus vorgestellt hatte, war es doch gut. Ich war zufrieden, und ich hätte ihn nie hintergangen. Zu erfahren, dass er mit seinen kriminellen Machenschaften nicht nur mich, sondern so viele andere betrogen hat, war der schlimmste Schock. Es hat sich angefühlt, als ob alles umsonst gewesen wäre. Als hätte ich für nichts aufgehört, von der großen Liebe zu träumen, weil ich mir eingeredet hatte, mit der kleinen Liebe zufrieden zu sein.«

Nachdem Frederike geendet hatte, sagte Røskva für eine lange Weile nichts. In ihrem Blick kämpfte Zweifel mit Erstaunen über das, was Frederike erzählt hatte.

»Ich glaube nicht, dass das die ganze Geschichte ist«, meinte sie schließlich. »Und bevor du dich aufregst, damit will ich nicht behaupten, dass du lügst.« Beschwichtigend hob sie eine Hand und erstickte Frederikes Protest im Keim. »Ich denke nur, dass es da noch was geben muss. Etwas, das ihr beide überseht. Rasmus und du, meine ich. Vielleicht hatte alles ja sein Gutes. Was mit Søren passiert ist und das alles. Vielleicht hat das Schicksal dich zurück hierher gespült, damit du mit Rasmus klären kannst, was ihr eigentlich vor Jahren hättet klären sollen. Vielleicht wart ihr einfach beide zu jung und ungestüm, um alles zu verstehen, was passierte. Weißt du, jede Wahrheit hat drei Seiten. Seine, deine und die echte. Es wäre so schade, wenn ihr die zweite Chance, die euch das Schicksal schenkt, verstreichen lasst. Um zu erkennen, dass zwischen euch mehr ist als nichts, braucht man nur zwei Augen im Kopf.«

»Vielleicht«, antwortete Frederike. Dieses Gespräch zerrte mehr und mehr an ihren Nerven. »Vielleicht ist das alles aber auch gar nicht das, was wir *Bestimmung* nennen, sondern nur deren idiotischer Arschloch-Bruder namens *Zufall*.« Sie wollte nicht verbittert klingen, aber so verlockend Røskvas Worte auch waren, in ihr lebte noch immer diese Angst, die fragte: *Was, wenn er dich noch einmal enttäuscht? Was, wenn er noch einmal Dinge vor dir verschweigt, die er mit dir gemeinsam besprechen sollte? Was, wenn er noch einmal auf Tauchstation geht und sich zurückzieht, ausgerechnet dann, wenn du ihn am meisten brauchst?*

Sich noch einmal in Rasmus zu verlieben, und ihn noch einmal zu verlieren, würde ihr Herz nicht ertragen. Also räusperte sie sich und zuckte mit den Schultern. »Und überhaupt. Wovon sollte ich denn mein Leben hier finanzieren? Ich kann nicht ewig auf Kosten meiner Mutter leben. Bei jedem Cent, den ich ausgebe, habe ich das Gefühl, ihr recht zu geben. Ständig höre ich ihre Stimme im Hinterkopf, die sagt: *Hättest du nur auf mich gehört.*«

Røskva drehte ihr Weinglas zwischen den Fingern und betrachtete nachdenklich die weißglänzende Flüssigkeit darin. »Es muss doch etwas geben, was du gerne machst. Womit verdienst du denn in Frankfurt dein Geld?«

Frederike schnaubte. »Mit Schweineohren. Ich stehe täglich acht Stunden am Band und wende Blätterteiggebäck, damit es richtig herum ins Schokobad kommt.«

»Was auch immer du tust, immer wieder endest du bei Süßigkeiten.« Zuerst war es als Scherz gemeint, das sah Frederike ganz genau, doch plötzlich wurde die Freundin ernst. Etwas zu stürmisch stellte sie das Glas auf den Tisch. Frederike rechnete jeden Augenblick mit Scherben. »Das ist es!« Røskvas Ausruf kam so überraschend, dass Frederike instinktiv zurückwich. »Süßigkeiten. Deine Bonbons sind einmalig. Du könntest einen Bonbonladen eröffnen und für deine kleinen Zuckerkunstwerke sogar Geld verlangen.«

»Ja klar.« Frederike schnaubte noch mal. Sie wusste, dass sie das nicht gerade damenhaft wirken ließ, aber ehrlich, wie sonst sollte sie auf diese Idee reagieren? Bonbonladen, also wirklich. Als ob es je einem Menschen gelungen wäre, sein Hobby zum Beruf zu machen. »Und nächstes Jahr melde ich mich dann bei ›Die Auswanderer‹ an. Als ob es nicht genug Tagträumer gäbe, die innerhalb eines Jahres nichts weiter als gescheiterte Existenzen sind.« Doch eine leise Stimme in ihr wollte widersprechen. *Da gibt es auch die Tagträumer, die zu etwas werden. Die ihre Träume Wirklichkeit werden lassen und nur noch das tun, hinter dem sie stehen.* Sie sperrte diese Stimme aus. Hatte sie sich nicht extra mit Røskva verabredet, um nicht an Rasmus zu denken?

Alles, was Frederike über die Renovierung von Fußböden wusste, hatte sie aus dem Internet erfahren Ein Hoch auf Internetvideos! Ihr Vertrauen in diese Tutorials reichte nicht allzu weit, aber dass sie den alten Teppichboden im Wohnzimmer erst einmal loswerden musste, ehe sie irgendwas anderes erledigen konnte, stand außer Frage. Damit stand auch der erste Arbeitsschritt fest: Möbel rücken.

Eine Stunde später verfluchte sie sich für den Ehrgeiz, alles selber machen zu wollen. Wäre es denn so schlimm gewesen, jemanden um Hilfe zu bitten? Es gab doch genug Möglichkeiten. Tjalfe schuldete ihr was, Malthe hätte gewiss nicht Nein gesagt, auch Jeppe war da, und dann Rasmus … Aber nein, Frederike Sturschädel hatte etwas zu beweisen. Wer brauchte schon weitere helfende Hände, wenn er ein Rollbrett hatte, das stabil genug war, um es unter den schweren Wohnzimmerschrank zu schieben? Dass das Teil schrecklich rutschig war und grundsätzlich dann außer Reichweite rollte, sobald sie mit aller Macht den zum Glück leeren Schrank anhob, schien ihr wie die gerechte Strafe für ihre Dickköpfigkeit.

Henk warf ihr von seinem Posten neben dem Kamin aus einen scheinbar vorwurfsvollen Blick zu.

»Jetzt schau mich nicht so an. Ich pass ja auf, dass ich dein Netz nicht zerstöre. Aber was sein muss, muss sein. Außerdem, niemand stirbt daran, seine Wohnung zu verlieren. Du kannst dir einfach ein neues Netz bauen. Näher am Fenster, da hast du eine schönere Aussicht und fängst vielleicht auch mehr Mücken.«

Henk fand, für diesen Aufmunterungsversuch verdiente sie nicht weiter seine Aufmerksamkeit, und krabbelte eiligst in eine Ritze hinter dem Kamin. Mürrische Spinne!

Doch immerhin hatte Frederike durch die kurze Pause wieder genug Schmackes in den Armen gesammelt, um das mit dem Wohnzimmerschrank erneut zu probieren. Sie schob

Morfars riesigen Fernsehsessel auf der anderen Seite gegen das Rollbrett, damit es nicht wegschlittern konnte, und prompt klappte es. Zum Schluss fand auch der Fernsehsessel mithilfe des Rollbretts seinen Weg in die Scheune.

Zurück blieb ein leerer Raum. Erst jetzt war so richtig sichtbar, in was für einem desolaten Zustand sich der alte Teppichboden befand. Nicht nur war er auf den Hauptpfaden durch den Raum vollkommen durchgetreten, vor allem dort, wo einmal der Tisch gestanden hatte, war er schrecklich fleckig. Wenn sie ehrlich war, roch er auch nicht besonders gut. Morfar hatte nie Haustiere besessen, sodass zumindest nie jemand auf das gute Stück gepinkelt hatte – hoffte sie zumindest. Mit einem Teppichmesser bewaffnet, fing Frederike an. Draußen peitschte der Wind die Äste des Holundergestrüpps ordentlich durch, und die Kletterrosen schlugen gegen das Küchenfenster. Sicherlich war die Ostsee aufgewühlt wie ein Hexenkessel. Sie öffnete die Fenster, so weit es ging, genoss den herben Geruch nach nahendem Regen, Wind und Salz und widmete sich ihrer Arbeit. Unter dem Teppichboden fand sie massenweise kaputten Estrich. Sie verstand nicht viel von Fußböden, allerdings konnte sie sich beim besten Willen nicht vorstellen, dass man auf solch einem löchrigen, zerfressenen Untergrund neuen Teppichboden verlegen konnte.

Ein Klopfen an der Tür gewährte ihr Aufschub von der Überlegung, wie sie weiter vorgehen sollte.

»Herein!«

»Ich bin's. Soll ich die Schuhe ausziehen?« Nach ihrem Zusammenprall vor der Bäckerei zehn Tage zuvor war diese Besucherin wohl die letzte, die Rikke erwartet hatte.

Erstaunt hob sie den Kopf. In der Tür stand Mille. »Die Schuhe kannst du anlassen. Ein paar Staubflocken von draußen können hier nichts kaputtmachen.« Frederike schluckte, weil sie fand, ihre Stimme klang viel zu zaghaft. Als würde sie einen Schlag erwarten und die andere schon im Vorfeld besänftigen müssen. Dabei war das absolut lächerlich. Das hier war ihr Zuhause. »Wenn ich ehrlich bin, habe ich mit deinem Besuch nicht gerechnet. Gibt es etwas Bestimmtes, wobei ich dir helfen kann?«

»Wegen letztens …«, begann Mille, doch Frederike unterbrach sie mit einer Handbewegung.

»Du hast nur ausgesprochen, was du dachtest. Alles gut. Ich nehme mal an, man kann es so sehen wie du. Von außen betrachtet scheint das alles sicher schön klar und deutlich zu sein. Und du sorgst dich um deinen Bruder, auch das kann dir keiner vorwerfen.«

»Henni schickt mich.« Offenbar wusste Mille nicht so recht, was sie mit Frederikes versöhnlichen Worten anfangen sollte. Mit dem Kinn nickte sie zu dem Rucksack über ihrer Schulter, dann setzte sie ihn ab und öffnete ihn, um etwas daraus hervorzuholen. Gläser, erkannte Frederike, randvoll gefüllt mit Bonbons.

»Das sind die Bonbons, die du letztens bei Henni gelassen hast. Sie meint, die gehören dir.«

»Du kannst sie in die Küche stellen.« Rikkes Hände waren voll mit altem, bröckeligem Teppichkleber, stinkenden Flusen und Schweiß. Wenn sie damit die Gläser anfassen würde, wären sie sofort verdreckt. Langsam folgte sie Mille in die Küche.

Neugierig schaute ihre ehemalige Freundin sich um. »Du hast ja schon ganz schön viel geschafft. So sauber war das Haus sicher seit Jahrzehnten nicht mehr. Aber sobald du mit dem Fußboden fertig bist, warten schon die nächsten Baustellen auf dich. Ich würde mir das ganze Elend nicht antun.«

»Musst du ja auch nicht. Es ist das Haus meines Großvaters. Kaffee? Oder lieber was Kaltes?«

»Gerne einen Kaffee, wenn es nicht zu viele Umstände macht.«

»Kein Problem.«

»Warum gehst du nicht einfach mal zum Friedhof? Das wäre einfacher, als sich aus Schuldgefühlen heraus die Renovierung eines Hauses anzutun, von dem du gar nicht weißt, was daraus wird. Es gehört dir ja noch nicht einmal. Und überhaupt, von diesen alten Kästen stehen so viele zum Verkauf. Die sind doch nichts mehr wert.«

»Du musst es ja wissen, so als Immobilienmaklerin. Was bedeutet schon ein emotionaler Wert, wenn die Zahlen auf dem Papier etwas anderes sagen?«

»Jetzt sei doch nicht nachtragend«, erwiderte Mille bittend. »Ich wollte dir vorhin schon erklären, dass ich es nicht so gemeint habe, letztens vor der Bäckerei. Aber du musst zugeben, dass das alles seltsam ist. Die ganzen Sommerferien lang kommst du hierher und sorgst für ein paar Wochen im Jahr für Wirbel. Alle Jungs im Umkreis von zwanzig Kilometern finden dich super. Dann verschwindest du einfach, von einem Tag auf den anderen, und wie ein Tornado hinterlässt du nur Trümmer. Nicht einmal zur Beerdigung von Mikkel bist du aufgetaucht, dabei warst du all die Zeit sein ein und alles. Er hat ja nie mehr eine Frau gefunden, nachdem deine Oma so früh starb, und ich denke, in den letzten Wochen mit dem Krebs hätte er dich sicher gern noch mal an seiner Seite gehabt. Niemand sollte so allein sterben, wie dein Morfar gestorben ist.« Die Anklage war nicht zu überhören. »Was sollte ich denn denken, als du plötzlich wieder zurückgekehrt bist?«

»Dass Morfar Krebs hatte, hat er mich nie wissen lassen, das habe ich erst Monate später erfahren. Glaubst du echt, dass mich das kaltgelassen hat? Du hättest fragen können, was der Grund für meine Rückkehr hierher ist. Genauso wie damals.

Hast du einmal gefragt, ob ich das wollte? Das ganze Tamtam wegen der Musik? Ihr wart immer alle so gierig nach den Geschichten von meinen Auftritten und den Orchesterreisen und so. Aber hast du eine Ahnung, wie schwer mir das alles gefallen ist? Das war nie meine Welt. Meine Mutter hat mich dazu gezwungen, schon als ich ein Kind war. Als ich vier war, hat sie mir mein Lieblingsstofftier weggenommen, und ich habe es erst wiederbekommen, wenn ich mein Übungspensum absolviert hatte. Sie hat mich zu den renommiertesten Klavierlehrern geschleift. Kein Jahr ohne *Jugend musiziert*, ständig war ich auf Tour, um Leute von Plattenlabels oder Orchesterintendanten zu beeindrucken. Und jedes Mal hat sie mir vorgebetet, dass es meine Pflicht sei, sie stolz zu machen. Denn immerhin war es meine Schuld, dass sie von dem Knast, der Rendstrup für sie war, direkt in die nächste Falle geraten ist, als sie mit mir schwanger wurde. Als sie Rendstrup verlassen hat, wollte sie reisen und die Welt sehen und Großes erleben, doch dann kam ich, und ihr ach so aufregendes Leben bestand nur noch aus Windeln und Babygebrabbel. Den Vater des Babys, der ihr ein wenig von der Arbeit hätte abnehmen können, hatte sie ja nicht gewollt und mir nicht gegönnt. Nur wenn ich hier war, durfte ich die sein, die ich sein wollte. Ich wollte nie berühmt sein. Alles, was ich wollte, war ein einfaches Leben. Hier, in Rendstrup Strand. Mit deinem Bruder«, fügte sie leise hinzu, weil sie es einfach nicht aufhalten konnte.

Darauf schien Mille keine Antwort parat zu haben. Mit den Fingern fuhr sie den Deckel eines der Bonbongläser nach.

»Willst du eins?«, fragte Frederike, um das unangenehme Schweigen zu beenden.

»Ich ess keine Bonbons. Das sind doch nur leere Kalorien, die die Figur versauen. So gut können die gar nicht schmecken, dass es das wettmacht.«

»Vielleicht hast du einfach noch nicht die richtigen probiert. Komm schon, koste. Die hier sind eine Eigenkreation von mir.« Sie schob Mille das Glas mit den Lakritz-Banane-Bonbons, die sie vor wenigen Tagen in Hennis Küche gekocht hatte, zwischen die Finger. Nach dem ersten gemeinsamen Bonbonkochen hatte Frederike die alte Freude wieder gepackt. Gemeinsam hatten sie sich an die Arbeit gemacht und die Küche mit dem Duft nach Zuckermasse und den herrlichsten Aromen gefüllt. Henni hatte Frederike für verrückt erklärt, als sie zum ersten Mal die Mischung ausprobiert hatte. Die alte Dame hatte behauptet, dass kein Mensch diese Bonbons essen könnte, aber Frederike war die Geschmacksrichtung im Kopf geblieben. Vielleicht weil ihr die Nacht, in der sie Rasmus diese Bonbons hatte probieren lassen, für immer im Gedächtnis geblieben war.

»Na gut. Doch nur dir zuliebe.« Dass Mille tatsächlich das Glas öffnete und eines der schwarz-gelben Bonbons herausnahm, wertete Frederike als Friedensangebot. Bis sie wieder ein so enges Verhältnis wie damals haben würden, war es ein langer Weg. Aber immerhin war ein Waffenstillstand ein erster Schritt in die richtige Richtung.

Vorsichtig legte sich Mille die Süßigkeit auf die Zunge. Frederike sah ihre Skepsis, doch dann entfaltete sich der Geschmack der Leckerei und aus der Skepsis auf Milles Miene wurde zuerst Überraschung und dann purer Genuss. Fast meinte Frederike, die Aromen selbst wahrzunehmen. Die Süße der Bananen, die Bitterkeit des Salmiaks, die Schärfe der Lakritze und die leichte Säure von Zitrone, die all das zu einem harmonischen Ganzen schmiedete. Nie war Mille ihrem Bruder so ähnlich gewesen wie in diesem Augenblick.

»Oh mein Gott«, sagte Mille. »Die sind sagenhaft! So was habe ich noch nie gegessen. Wie bist du auf die Idee gekommen, Bananenaroma zu benutzen?«

»Ich war verliebt und waghalsig.«

Mille griff sich ein weiteres Bonbon, nahm sich dann eine ganze Handvoll und grinste Frederike an. »Übrigens, falls du einen Tipp für den Boden haben willst: Ich würde keinen neuen Teppich drauflegen. Shabby Chic ist in. Ist zwar wahrscheinlich mehr Arbeit, wenn du den Estrich abkratzt und die Dielen darunter renovierst, doch das Ergebnis wird sich sehen lassen können. Diese alten Dielenbretter haben etwas ganz Besonderes. Jedes ist ein Unikat. Alle ein wenig schief und dennoch passen sie irgendwie zusammen. Man muss sie einfach lieben.«

Liebe muss echt sein, nicht perfekt, gingen Frederike plötzlich wieder die Worte von Rasmus im Kopf herum. So wie bei alten Dielenbrettern. Oder Bonbons. Oder vielleicht auch bei dem Mann, der ihr schon einmal das Herz gebrochen hatte.

Kongen af Danmark – Der König von Dänemark

Aus Rikkes geheimem Rezeptbuch
20. Juli 2000

Kongen af Danmark

Zutaten:
100 ml Wasser
400 g Zucker
150 g Traubenzucker
1½ ml rote Lebensmittelfarbe
2½ ml Sternanisöl

Zubereitung:
1. Grundmasse herstellen und bei Erreichen der Temperatur auf die mit Öl eingepinselte Silikonmatte geben.
2. Nachdem die Masse ein wenig angehärtet ist, mit der Lebensmittelfarbe und dem Aroma gründlich mischen. Zu einer Rolle formen, die auf einer Seite ein wenig flach gedrückt wird, damit die abgeschnittenen Bonbons oval werden.
3. Nach dem Schneiden der Bonbons mit Bedstemor Hennis Schablone ein Muster in die flache Seite drücken.

Im 17. Jahrhundert hat der Leibarzt von König Christian dem Fünften diese Anisbonbons gegen den Husten des Monarchen »erfunden«. Wie ein reinigendes Gewitter können diese klei-

nen Süßigkeiten helfen, wenn einem zu viele hässliche Gedanken und dumme Grübeleien den Kopf verstopfen.

So wie gestern, als ich mit Rasmus wegen Søren gestritten habe. Rasmus versteht mich einfach nicht. Er kann nicht nachvollziehen, warum ich mich schuldig fühle. Wenn es nach ihm geht, war Søren der Idiot, der allen die Stimmung mit seinem übellaunigen Auftritt versaut hat.

Aber Søren ist mein Freund, und es tut mir weh, wenn er unglücklich ist. Er ist auch Rasmus' Freund, und Mille ist Rasmus' Schwester, und gerade deshalb sollte Rasmus mich verstehen.

Ein Wort gab das andere. Wir sind immer wütender geworden und haben uns angeschrien, und als mir die Tränen gekommen sind, habe ich gesagt, das kommt, weil die Bonbons so scharf sind.

Rasmus hat mir kein Wort geglaubt. »Warum streiten wir uns hier eigentlich?«, hat er mich gefragt, und ich habe den Kopf geschüttelt und geantwortet: »Ich habe keine Ahnung, Rasmus. Ich habe nicht die geringste Ahnung, denn du müsstest doch wissen, dass du schon immer für mich der König von Dänemark warst. Ich wollte nie einen anderen, und das ändert sich auch nicht, nur weil ich nicht will, dass Søren unglücklich ist.«

Er hat mich angestarrt. »Wirklich?«, hat er mich so gefragt, als fürchte er sich vor der Antwort. Da konnte ich nicht anders, ich musste ihn in die Arme nehmen und küssen.

»Wirklich«, habe ich dicht an seinen Lippen geflüstert, immer und immer wieder, und dann hat er mich mit in sein Zimmer genommen und wir waren beide froh, dass weder Henni noch Mille zu Hause waren.

8. Kapitel

Mit einem mulmigen Gefühl im Magen stieg Frederike vor *Rick's Pub* in Korshavn aus dem Wagen. Malthes Volkswagen erkannte sie daran, dass an der Seite Werbung für seinen Supermarkt angebracht war. Die ganze Zeit fragte Frederike sich, ob es stimmte, dass Malthe etwas von ihr wollte. Immerhin hatte nicht nur Røskva diese Andeutung gemacht, auch ihr waren seine Blicke aufgefallen. Oder interpretierte sie da zu viel rein?

Eigentlich hätte Frederike anderes zu tun, als sich einen gemütlichen Bingoabend zu machen. Vermutlich wurde von ihr erwartet, dass sie ununterbrochen am Telefon hing, um ihr Leben in Frankfurt neu zu regeln. Doch alles, was sie wollte, war, sich im Kreis ihrer Freunde die hässlichen Gedanken aus dem Kopf vertreiben zu lassen. An dem gemeinsamen Abend mit den Tonnen hatte das geklappt, und das wollte sie wieder.

Sie hielt eine Hand unter das große Glas Bonbons, das sie mitgebracht hatte. Sie hatte mit Mille gewettet, dass es ihr gelingen würde, für jeden der Freunde von damals das perfekte Bonbon herstellen zu können. In erster Linie hatte sie dabei an Røskva gedacht, die auch hier sein würde.

Sie war spät dran, erkannte Frederike, während sie die knarrende Tür aufzog. Mehrere Tische waren zu einer langen Tafel zusammengeschoben, und wie bei ihrem ersten Abend im Pub, war auch heute das Bingospiel schon in vollem Gange. Bis auf den letzten Platz war der Laden besetzt. Zwei, drei Tische mochten Touristen in Beschlag genommen haben, ansonsten allerdings tummelten sich nur Einheimische im Gastraum.

Neben Mille war ein Stuhl frei. Frederike stellte das Bonbonglas unter großem Hallo in die Mitte der Tafel und fing dabei einen Blick von Malthe auf, den sie zu ignorieren versuchte, da sie ihn nicht ermutigen wollte.

Den Mann auf Milles anderer Seite kannte Frederike nicht. Er war etwas älter, Ende vierzig, schätzte sie, trug ein perfekt gebügeltes Hemd und sogar eine Krawatte. Als er aufstand, reichte er Frederike die Hand. »Du musst Rikke sein. Ich bin Joakim Lindegaard. Milles Ehemann.« Sein Lächeln war freundlich, allerdings nicht richtig herzlich.

»Angenehm. Frederike Elsdorf-Andersen.« Das richtige Bonbon für Joakim Lindegaard müsste mit reichlich Pfefferminz gemacht sein, entschied sie. Aber bevor sie ihn näher kennenlernen konnte, um ihre Vermutung zu bestätigen, schob Joakim seinen Stuhl ganz zurück und griff nach seinem Jackett, das über der Rückenlehne hing.

»Ich muss mich leider auch schon verabschieden. Unser Kindermädchen arbeitet nur bis einundzwanzig Uhr, und ich möchte Mille ungern um ihren Abend im Kreis der Freunde bringen. Rikke, es war schön, dich endlich zu treffen. Ich habe schon viel von dir gehört.«

Warum war es dann alles andere als schön, ihn das sagen zu hören? Mille wich Frederikes Blicken aus. Joakim reichte Frederike seinen Spielschein.

»Spiel du den für mich fertig, ja? Drei Gewinne sind schon drauf. Falls du auch diese Runde gewinnst, kannst du mich auf eine Tasse Tee einladen.« Er zwinkerte ihr zu. Freundlich, ja, auf jeden Fall. Aber Wärme? Nicht wirklich.

Er küsste Mille mit zusammengepressten Lippen auf die Wange und verließ, in seiner perfekt sitzenden Anzughose und den polierten Lederschuhen, den Pub.

Frederike setzte sich und legte den Spielschein vor sich auf den Tisch. Als sie den Blick hob, bemerkte sie, dass Malthe sie schon wieder anschaute. Verdammt.

Sie gewann die Runde, und auch die nächste, für die sie selbst einen Schein gekauft hatte. Danach schien plötzlich niemand mehr Lust auf Bingo zu haben, stattdessen wurde Frederike lautstark aufgefordert, endlich das Bonbonglas zu öffnen.

Mille erhob sich und verschaffte sich mit ein paar schnellen Armbewegungen Ruhe.

»Ich hab was zu sagen, Leute. Rikke und ich haben eine Wette laufen. Sie behauptet, es gibt für jeden Menschen das passende Bonbon. Und dass sie das auf einen Blick erkennen kann. Sie hat versprochen, für jeden von uns heute Abend das richtige Bonbon dabeizuhaben.«

Uhhh und *Ahhh* folgten auf diese Ansprache, und Mille setzte sich wieder, wobei sie Frederike einen Blick zuwarf, der zu sagen schien: *Na dann zeig doch mal, was du draufhast.*

Frederike räusperte sich. »Ähm …« So im Mittelpunkt stehend kam sie sich auf einmal albern vor. Sie hatte das Gefühl, noch nie so schlecht Dänisch gesprochen zu haben wie in diesem Moment. Sie nahm den Deckel des Bonbonglases ab.

»Ich hab mich hingestellt und zwei Tage lang nichts anderes getan, als Bonbons zu kochen«, sagte sie und betete, dass niemand das Beben ihrer Stimme bemerkte. Verflucht seien Røskva und Mille, die jede auf ihre Art dazu beigetragen hatten, dass seit Neustem ständig dieser Floh in ihrem Ohr saß, der flüsterte: »Was, wenn doch? Was, wenn es genau das ist, was du wirklich tun solltest?«

»Ich hoffe«, begann Frederike, »ihr wisst das zu würdigen, denn ich hab ja eigentlich genug am Haus meines Großvaters zu tun.« Und nicht nur da, doch das Bonbonkochen hatte geholfen, die Gedanken an das zu verdrängen, was in Frankfurt passiert war. »Wer will zuerst?«, fragte sie.

Es war Røskva, die den Arm hob. »So was Ähnliches hast du mir neulich auch erzählt, Rikke, als wir für den Tj… ich meine, als wir uns bei Jeppe gesehen haben. Dann fang mal mit mir an.«

Tjalfe hob den Kopf, der vom Biergenuss schon ein wenig schwer zu sein schien. Der einzige triftige Grund für seine Anwesenheit bei einem Spieleabend, mitten in der Erntezeit, war wohl auch heute wieder der Regen. Und er nutzte das aus und sprach dem Alkohol mehr zu als die anderen. »Du warst bei Jeppe? Wann und warum und wieso weiß ich davon nichts?«

Die anderen grinsten. Røskva verzog das Gesicht. »Weil du lieber mit deinem Mähdrescher durch die Gegend fährst und Flöhe im Feld einsammelst, um sie im Haus auszuschütteln, Herr Landwirt.«

Tjalfe schnaubte. »Wenn es Leute wie mich nicht gäbe, hätten Leute wie du nichts zu essen, Schwesterchen.«

»Ich wusste gar nicht, dass du kohlenhydratarmes Getreide anbaust, Brüderchen«, konterte sie.

Zielsicher griff sich Frederike ein rot und weiß gestreiftes Bonbon aus dem Glas und warf es Røskva zu. Trotz der Überraschung gelang es der Brunsviger-Fee, die Süßigkeit aus der Luft heraus aufzufangen. Ein wenig misstrauisch schnupperte sie daran.

»Das ist Erdbeere mit Zitronenlikör«, erklärte Frederike. »Ein bisschen sauer, ein bisschen süß, ein bisschen fruchtig. Lass es dir schmecken. Und Tjalfe?«

Der junge Landwirt sah sie stirnrunzelnd an und hatte erheblich größere Probleme, das braune Bonbon aufzufangen, das sie ihm zuwarf. »Hier, das Bonbon namens Käpt'n Hook für dich.«

»Hä?«

»Probier mal.«

»Ich ess doch keine Bonbons mehr.«

»Die vertreiben dir aber auf deinem Mähdrescher schön den staubigen Geschmack im Mund. Und guck mal deine Schwester, die hat auch behauptet, Bonbons sind Teufelszeug.« Mit selig verklärtem Blick lutschte Røskva an ihrem Erbeerzitronenlikörbolchen. Tjalfe schob sich mit spitzen Fingern das Bonbon zwischen die Lippen. Zuerst verdunkelte sich seine Miene, dann erhellte sie sich. »Nicht dein Ernst, oder? Was ist da drin?«

»Cola und Rum. Genau dein Geschmack, oder?«

»Weiß Henni, wie man die macht? Ansonsten musst du ihr das Rezept dalassen, wenn du wieder abreist.« Er sagte es im Brustton der Überzeugung.

Frederike lächelte in die Runde und versuchte zu vergessen, wem sie die Idee zu den Käpt'n-Hook-Bonbons verdankte. Denn er war heute Abend nicht hier, und das gefiel ihrem Herzen gar nicht. »Noch jemand ohne Fahrschein?«

Nach dem Erfolg mit Tjalfe und Røskva wollten alle etwas aus dem Glas haben, und auch wenn Frederike ihre Freunde viele Jahre lang nicht gesehen und keine Ahnung hatte, wie sich die einzelnen verändert haben mochten, reichte ein kurzer verbaler Schlagabtausch – und sie traf mitten ins Schwarze. Danke, Henni, dachte sie in einer Atempause zwischendurch. *Danke für alles, was du mich über Aromen und Farben und das Zusammenspiel der ätherischen Öle gelehrt hast.*

Kurz dachte sie darüber nach, ob sie wohl bei Rasmus richtig tippen würde. Er sendete so viele gemischte Signale aus. Im einen Moment schien er sie küssen zu wollen und sich nur unter Aufbietung aller Willenskraft davon abhalten zu können, und danach – Funkstille. Am einen Tag wollte er sich auf einen nächtlichen Kaffee bei ihr einladen, am nächsten betonte er, dass sie nur Freunde waren. Wie sollte man so einen Menschen richtig einschätzen? Noch schwieriger wurde es dadurch, dass er schon damals keinen eindeutigen Favoriten gehabt hatte. Er hatte einfach all ihre Kreationen geliebt, selbst als sie Cola mit Vanille mischte und dann einen Spritzer Salmiak dazugab, was einfach furchtbar geschmeckt hatte.

»Rikke!«, rief Malthe ihr quer über die Tafel hinweg zu. »Das ist ein Verbrechen, dass du diese Bonbons im stillen Kämmerlein kochst und nur an Freunde verschenkst. Dafür sind die viel zu gut. Du solltest sie verkaufen.«

»Hab ich es nicht gesagt? Aber hör auf mich und nicht auf Malthe«, warf Røskva dazwischen. »Der will bloß von dir profitieren. Er wird dich zwingen, jeweils hundert Gramm in Beutelchen mit Schleifchen zu verpacken, mit Aufklebern und allem, richtig schick. Du wirst unendlich viel Geld in das Verpackungsmaterial und Zeit in die Fummelei investieren müssen und dann wird er behaupten, er sei mit seinem Supermarkt ja Großabnehmer, und dir gerade mal sechseinhalb Kronen pro Tütchen zahlen, doch das Zeug dann in seinem Supermarktregal für fünfunddreißig Kronen verticken. Ich würd es nicht tun.«

Malthe warf Røskva einen giftigen Blick zu. »Ich hör immer nur Supermarkt«, äffte er ihren Tonfall nach. »Das hatte ich nie im Sinn, Kuchenfee. Ich dachte an einen Hofladen oder so. Was Besonderes eben. Tjalfe, was ist mit deinem Hofladen? Bei dir halten so viele Leute an, das rentiert sich bestimmt, wenn Rikke da ihre Bonbons mit anbietet.«

»Du hast einen Hofladen?«, wandte sich Frederike an Tjalfe.

Der lutschte noch immer hingebungsvoll an seinem Cola-Rum-Bolchen. »Brokkoli, Karotten, Zwiebeln, Erbsen. Eier. Kartoffeln. Heuballen. Brauchst du was?« Er grinste sie an.

»Du und deine dämlichen Ideen«, fuhr Røskva Malthe an. »Da passen die Bonbons ja noch weniger hin als in deinen Supermarkt.«

Es entbrannte eine laute Diskussion darüber, wo man Frederikes Bonbons am besten verkaufen könnte. Nur Frederike und Mille beteiligten sich nicht weiter dran.

Schließlich beendete Frederike die Debatte mit einer ähnlichen Geste wie der, mit der Mille zuvor für Ruhe gesorgt hatte. »Leute, ernsthaft jetzt, das war ein Scherz. Eine Ausnahme. Ich hab weder die Zeit noch den Platz, um Bonbons im großen Stil herzustellen. Nicht mal Henni hat genug Platz dafür.« Dabei wäre es so schön, dachte sie. Was erwartete sie in Frankfurt schon? Ein Ascheberg, sonst nichts, und als sie sah, wie Kinnladen herunterklappten, und sie in bedauernde Mienen schaute, wurde ihr ganz warm im Bauch. Was auch immer geschah, diesen Abend konnte ihr niemand mehr wegnehmen. Sie gehörte wieder dazu. Sie konnte mit den anderen lachen, ein Bier trinken, nicht an Rasmus denken und noch viel weniger an Søren. Sie war wieder Rikke, das Mädchen aus Frankfurt, das den Sommer in Rendstrup Strand verbrachte. Nur Mille wich wieder einmal ihrem Blick aus, und Frederike fragte sich, was sie jetzt schon wieder getan hatte, das Mille ärgerte.

Aber Milles Verhalten war es nicht wert, sich davon den Abend verderben zu lassen.

Am späten Freitagnachmittag ging Frederikes Handy, als sie gerade in Morfars Schlafzimmer auf dem Boden hockte und den Estrich entfernte. Den Schutt füllte sie in einen alten Eimer und trug ihn nach und nach in den klapprigen Anhänger, den Tjalfe ihr geliehen hatte, und der für die Zeit, die sie ihn brauchte, vorn im Hof stand.

Leise stöhnend kam sie auf die Füße und lief zum Fenster, wo das Handy lag. Die Sonne stand noch hoch am Himmel.

Der verregnete Donnerstag war eine Ausnahme gewesen, den ganzen Freitag lang hatte sie sich nach dem Strand gesehnt. Aber alleine schwimmen zu gehen verlor nach und nach seinen Reiz, und eine heiße Dusche war auch nicht zu verachten.

Sei halb sieben am Golfplatz in Nyborg. Stell deinen Wagen auf dem hinteren Parkplatz ab. Ich treffe dich dort. Rasmus

Er wollte mit ihr *Golf* spielen?

Ein Spruch aus der Zeit, als ihre Ehe mit Søren noch intakt gewesen war, fiel ihr ein. Oder wie man das sonst nennen mochte. Harmonisch, vielleicht. Søren hatte zusammen mit den anderen jungen Bankern schon frühzeitig angefangen, Golf zu spielen, weil es einfach dazugehörte, wenn man Kontakte knüpfen wollte. Auf Partys, wenn alle schon ein wenig zu tief ins Glas geschaut hatten, war dann im Spaß öfter mal der Spruch gefallen: *Spielen Sie Golf, oder haben Sie noch Sex?*

Diese Frage hatte sie immer ein wenig geärgert. Denn in ihrem Ehebett war von Anfang an nicht wirklich viel los gewesen. Schon bevor ihr Mann mit dem Golfspiel angefangen hatte.

Und jetzt wollte Rasmus sie auf einen Golfplatz entführen? Nach einer ganzen Woche Funkstille? Ehrlich gesagt hatte sie ihn nicht für einen Golf-Typen gehalten. Aber nun, er war selbständiger Geschäftsmann, Consultant oder wie man das nannte, vielleicht spielte er wirklich. Auf Golfplätzen wurden immerhin äußerst lukrative Geschäfte abgeschlossen und irgendwie passte das auch besser zu der Freunde-Nummer als ein romantisches Picknick.

Noch einmal schaute sie zum Fenster hinaus und betrachtete den strahlend blauen Himmel. Warum also kein Golf? Es war kurz nach fünf Uhr nachmittags. Die Zeit reichte für eine schnelle Dusche und sogar, um sich zu schminken. Immerhin war das Rasmus, der sie dort treffen wollte. Ganz sicher wollte sie ihn nicht in dem Club blamieren.

Handtasche und Autoschlüssel waren an ihrem üblichen Platz bei der Garderobe, den Hausschlüssel fand sie allerdings nicht auf die Schnelle. Also ließ sie einfach die Tür unverschlossen. Der Peugeot sprang sofort an, was nicht selbstverständlich war nach dem Regen tags zuvor.

Während sie durchs Dorf rollte, sah sie Mille und ihren Mann im Garten des Hauses stehen, in dem Mille das Maklerbüro betrieb. Beim Näherkommen erkannte Frederike, dass die beiden stritten, und dass sie sich gar nicht darum kümmerten, dass das halbe Dorf sie dabei beobachten konnte.

Es ging heftig zur Sache.

Liebe muss nicht perfekt sein, aber echt, fielen ihr erneut Rasmus' Worte ein.

War das echte Liebe?

Frederike wandte den Blick ab und schaute stur auf die Straße, aber auf der ganzen Strecke nach Nyborg ging ihr die Szene im Garten nicht aus dem Kopf.

Sie kam zu spät. Der riesige schwarze Volvo stand bereits auf dem Parkplatz, zu dem Rasmus sie bestellt hatte. Lässig lehnte er an der Motorhaube, schaute sie an, klopfte mit dem Zeigefinger auf seine Armbanduhr und grinste. Neben ihm stand ein Rucksack.

Sie wollte neben dem Volvo einparken, doch Rasmus winkte ab. Sie bremste, und noch ehe der Peugeot ganz anhielt, riss Rasmus die Beifahrertür auf und stieg ein. Den Rucksack verstaute er im Fußraum. »Fahr einfach weiter. Ist nicht weit.«

»Wohin?«

»Da vorne nach links.«

»Da steht privat.«

»Nein, ist öffentlich. Fahr. Warst du da noch nie?«

»Wo denn?«

»Knudshoved. Der östlichste Punkt der Insel, wo früher die

Fähren abgelegt haben und wo jetzt die Brücke nach Sjælland beginnt.«

Jetzt erinnerte sich Frederike auch wieder daran, dass sie als Teenager ein paarmal hierhergefahren waren, um die Riesenbaustelle zu besuchen, aus der später die Verbindung über den Großen Belt werden sollte. Die Fertigstellung der Brücke hatte sie noch erlebt, aber dann war sie nicht mehr nach Dänemark gefahren. Tatsächlich war sie neugierig, wie es dort jetzt aussah.

Vorsichtig lenkte sie den Wagen die schmale Straße hinunter, jederzeit damit rechnend, dass ihr jemand entgegenkommen würde. Aus dem Malheur am Tag ihrer Ankunft hatte sie gelernt, und das halb arrogante, halb verschmitzte Grinsen von Rasmus, als er sah, wie fest sie die Hände um das Lenkrad klammerte, verriet ihr, dass es ihm genauso ging. Am Ende der Straße stand ein Schulungszentrum, aber noch davor war ein öffentlicher Parkplatz.

»Da wären wir«, verkündete Rasmus und griff nach seinem Rucksack. »Schließ gut ab, wir werden eine Weile weg sein.«

»Was hast du vor?«

»Picknick. Komm.« So viel zum Thema Golfspielen.

Auf seinen endlos langen Beinen marschierte er voran, ungeniert über das Gelände des Schulungszentrums, durch einen schmalen Streifen jungen Birkenwaldes und dann …

Frederike beeilte sich, zu ihm aufzuschließen. Sie hatte eine wunderbare Aussicht auf eine kleine Lagune, in der eben ein riesiger Schwarm Gänse landete. Schwäne schwammen lautlos auf einem der Tümpel, und kleinere Wasservögel, die sie noch nie gesehen hatte, schnappten in pfeilschnellem Flug Insekten aus der Luft. Weiter draußen hörte sie eine Kolonie Kormorane.

»Wow«, entfuhr es ihr. »Und all das so nah an der Stadt?«

»Vogelschutzgebiet.« Rasmus sagte es so leise, dass sie glauben mochte, er blicke ehrfürchtig auf das, was vor ihnen lag.

Er zeigte nach rechts, wo eine baumbewachsene Landzunge in die Lagune ragte. »Hinter der Landzunge ist der Hafen von Nyborg. Jetzt, wo es keine Fähren mehr gibt, wird dort sehr viel gebaut. In den nächsten Jahren entsteht dort eine Anlage, die wie ein riesiger Freizeitpark anmuten wird, mit Schwimmbecken, Kajak-Schule und anderen Sportanlagen. Dahinter geht der Belt weiter bis in den Holckenhavn Fjord. Den kann man schön gemütlich mit dem Rad umfahren. Vielleicht nehme ich mir das für nächstes Wochenende vor. Der Sommer ist ja noch nicht vorbei. Du könntest mitkommen.« Einladend hob er die Augenbrauen.

»Du fährst Rad?«

»Hatte ich das nicht gesagt?« Er blickte auf sie hinunter.

»Du hast überhaupt nicht viel von dir erzählt«, bemerkte sie ein wenig bitter.

»Frag, ich werde dir bestimmt keine Antwort schuldig bleiben.« Und dann spürte sie, wie er seine Hand um ihre legte. War es das, was Freunde miteinander taten? Ihrem Herz war die Antwort egal. Es machte einen Satz in ihrer Brust.

»Komm«, sagte er und zog sie weiter.

Quer über die Inselchen und Grasnarben zwischen den Tümpeln der Lagune war ein Pfad angelegt worden, den in regelmäßigen Abständen kleine, selbstschließende Tore unterbrachen. Offensichtlich grasten hier hin und wieder Rinder, denn mehrmals mussten sie lachend einer Batterie von Tretminen ausweichen. Sie kamen den Kormoranen erstaunlich nahe, doch die schien das gar nicht zu stören.

Rasmus zeigte ihr einen ehemaligen Bahndamm, der mittlerweile nicht mehr als solcher zu erkennen war, wenn man es nicht wusste. »Früher, als Winter noch echte Winter waren, sind manchmal die Leute, die mit der Fähre nach Sjælland wollten, hierher gekarrt worden.«

»Aber der Fährhafen war doch da drüben«, warf sie ein und wies zum Schulungszentrum hinüber, auf dessen Dach wie an einer Perlenschnur aufgereiht Möwen hockten. »Auf der anderen Seite dort.« Daran erinnerte sie sich sehr gut.

»Wenn der Belt zugefroren war, wurden die Fahrgäste hier ausgeladen und mit Pferdeschlitten rübergefahren. Eisbrecher kamen erst viel später zum Einsatz. Inzwischen verrosten auch die.«

Sie stieß ihn mit dem Ellenbogen in die Seite. »Du klingst, als würdest du den Eiswintern nachtrauern.«

»Winter sollten kalt sein. Ich kann mich gar nicht erinnern, wann wir auf Fünen zum letzten Mal richtig Schnee hatten.« Er verzog das Gesicht. »Jedenfalls für länger als zwei Tage.«

Der Weg beschrieb einen Bogen um einen der Tümpel. An einem kleinen Leuchtturm vorbei konnten sie die Brücke sehen, die die beiden Inseln Fünen und Sjælland miteinander verband. »Und bist du auch gegen die dort? Die Brücke?«

Er schüttelte den Kopf. »Glaubst du, ich bin gegen alles, was modern ist? Ich wäre nicht besonders erfolgreich in meinem Beruf, wenn ich so denken würde. Durch die Brücke ist man schneller. Dagegen ist nichts einzuwenden.« Er lächelte sie an. »Ich kann in anderthalb Stunden von meinem Bürostuhl in Kopenhagen bis hierher kommen. Früher hätte das dreimal so lange gedauert. Auf die Fähre warten, dann übersetzen, dann dauert das Runterfahren vom Parkdeck, weil irgendeinem Schussel der Motor abgesoffen ist …« Er wies in die entgegengesetzte Richtung, dort, wo der Holckenhavn Fjord war und dahinter an der Küste der Insel immer mal wieder Windräder über die Waldstücke hinausragten. »Das ist es, was ich mache.«

»Windräder?«

»Ich plane Windparks. Alles von der Standortplanung bis zur finalen Umsetzung. Wir brauchen diese Art von Energie in

Dänemark, sonst gehen in ein paar Jahrzehnten hier die Lichter aus.«

»Buhuuuu. Gruselig.«

Erneut grinste er, und sie liebte sein Grinsen. Die Gänseschar hob wieder ab und flog kreischend sehr tief über der Wasseroberfläche. Der Wanderpfad führte an der Kante des offenen Wassers entlang hinauf zu dem hübschen kleinen Leuchtturm auf dem höchsten Punkt der Landzunge, auf der sie sich befanden. Am Ufer, auf einem Felsen, stand ein Angler und warf geduldig seine Schnur ins Wasser.

Frederike nahm an, dass Rasmus mit seinen langen Beinen viermal schneller als sie den Leuchtturm erreicht hätte. Sie gab sich alle Mühe, ihn nicht zu sehr aufzuhalten. Oben wartete eine von der Abendsonne überflutete Picknickbank auf Wanderer. Rasmus stellte seinen Rucksack darauf ab, während Frederike sich umsah. Mit einem begeisterten Aufschrei registrierte sie das alte Wippfeuer, das neben dem Turm stand. Ein an einer hohen Wippe angebrachter feuerfester eiserner Korb, in dem zu Zeiten, ehe es den elektrisch betriebenen Leuchtturm gab, Kohle und Holzscheite gebrannt hatten, um den Schiffen auf dem Belt den Weg zur Küste Fünens zu weisen.

»Wie schön, dass sie das nicht abgerissen haben.«

Rasmus wies auf die verkohlten Reste von Holzscheiten im Korb. »Manchmal wird der sogar noch benutzt. Wenn es was zu feiern gibt oder so.«

»Ich hoffe, dass ich das mal erleben kann, solange ich hier bin.«

Ein Schatten glitt über sein Gesicht, aber dann packte er einfach aus, was er mitgebracht hatte. Weißbrot, Käse, kalten Braten, Frikadellen. Würstchen im Schlafrock, Äpfel und Kirschen. Erbsen, noch in ihren Hülsen. Alkoholfreies Birnencider, und sogar an Servietten hatte er gedacht.

»Erwartest du noch jemanden?«, fragte Frederike amüsiert.

»Ich hab den ganzen Tag noch nichts gegessen«, verteidigte er sich. »Wenn was übrig bleibt, können wir dem guten Kerl da unten ja was Gutes tun.« Er wies auf den Angler. »Der sieht auch hungrig aus.«

»Na dann guten Appetit.«

»Was ist mit dir?«, wollte er wissen. »Ich wette, du hast den ganzen Tag im Haus herumgeschrubbt und ganz vergessen, dass dein Magen knurrt, oder?«

Mist. Hatte er das gehört? Ihr Magen hatte auf dem kleinen Spaziergang tatsächlich geknurrt, aber sie hatte gehofft, dass das Rauschen der Wellen und das Kreischen der Vögel es übertönte.

Er zwinkerte sie an. »Ich hab immer noch Ohren wie ein Luchs, Rikke.«

In orangefarbenes Licht getaucht, genossen sie ihr Picknick. Die Sonne stieg am Horizont hinunter. Die Gänse nisteten sich für die Nacht ein. Auf der alten Hafenmole, die jetzt nicht mehr für Schiffe gebraucht wurde, warf ein weiterer Angler seine Schnur aus. Wind kam auf, zerrte an Frederikes Haaren, doch es störte sie nicht. Sie wünschte sich, dass Rasmus wieder ihre Hand berühren würde, aber kam sich idiotisch vor, darum zu bitten.

»Sag mal«, bemerkte Ramus und wischte sich die Hände an seiner Serviette ab. »Das Haus, Mikkels Haus, machst du das wirklich alles für deine Mutter? Dass du dir da so die Finger blutig schuftest? Mille hat mir erzählt, du kratzt mit eigenen Händen den Estrich vom Fußboden, während deine Mutter absolut kein Interesse an dem Haus zeigt.«

Sie begann, Erbsenschoten aufzuploppen und die kleinen grünen Kügelchen zu knabbern. Der Geschmack roher junger Erbsen war für sie so sehr mit ihrer Kindheit verbunden, dass es schmerzte. In Rendstrup hatte damals der Vater von Tjalfe und Røskva jeden Sommer unendliche Erbsenfelder gehabt, an denen sie sich bedient hatten, bis der Bauch wehtat.

»Es ist Morfars Haus«, meinte sie. »Klar, du hast recht, im Grunde könnte es mir egal sein, was meine Mutter damit anstellt. Es gehört ja ihr. Aber … der Gedanke, dass sie es verkauft, für 'nen Appel und 'n Ei …«

»Für was?«

»Na ja …« Die deutsche Redewendung war ihr herausgerutscht, und Rasmus' krausgezogene Nase, weil er nichts verstanden hatte, sah süß aus. »Weit unter Wert eben. Die Vorstellung tut mir weh. Ich wünsche mir, dass man es als Ferienhaus vermieten könnte. Es liegt schön, vom Strand nur einen kurzen Weg übers Feld entfernt. Es würde sich bestimmt gut vermieten lassen. Dann könnte es in der Familie bleiben. Die Vorstellung, dass es nicht mehr uns gehört, schmerzt an Stellen, die ich gar nicht benennen kann.«

Er schwieg. Sie sah zu ihm hoch, und er lächelte auch nicht mehr. Er war ein bisschen blass geworden, fand sie. War sie zu persönlich geworden? Sicher, früher hatte sie über alles mit ihm reden können, aber damals waren sie auch verliebt gewesen. Heute? Heute waren sie *etwas*. *Freunde* hatte er es genannt, aber für sie fühlte es sich nicht nach Freunden an. Sie weigerte sich, diesem *Etwas* einen Namen zu geben. Es stand einfach zu viel zwischen ihnen.

Emsig sammelte sie die leeren Schoten in eine Plastiktüte. »Malthe hat was gesagt, das …«

»Malthe?« Jetzt war er nicht mehr blass. Aus seinem Hemdkragen stieg eine noch zarte Röte auf. »Was war mit Malthe?«

»Bist du eifersüchtig?« Himmel, nicht schon wieder! Was war das, dass sie immer wieder an diesen Punkt kamen? Malthe, Søren, das alles hatte doch überhaupt keine Bedeutung.

Vor allem nicht, wenn er darauf bestand, dass sie nur Freunde waren.

»Natürlich bin ich eifersüchtig«, platzte es aus ihm heraus, und das ganze Gerede von Freundschaft brach in sich zusammen wie ein Kartenhaus. »Dich hat mir schon mal einer vor der Nase weggeschnappt.«

Sie wusste nicht, wie sie auf seinen Ausbruch reagieren sollte. Sie hatte Angst vor einem Streit. Der Ausflug war so schön gewesen bisher, aber darunter, das kribbelige Gefühl in ihrem Bauch, war das etwa Freude? Weil sie nichts falsch machen wollte, wich sie seinem Blick aus. »Sei nicht albern, Rasmus. So war es damals nicht und heute schon gar nicht. Malthe meinte, ich sollte Bonbons verkaufen.«

»In seinem blöden Supermarkt?«, stieß er knurrend hervor.

Sie lachte. »Das hat Røskva auch gesagt. Er hat zum Beispiel Tjalfes Hofladen dafür vorgeschlagen.« Sie zuckte mit den Schultern und begann, die Reste des Picknicks wegzupacken. »Diese Idee wurde aber auch schnell wieder verworfen. Doch je länger ich darüber nachdenke, desto netter finde ich die Idee. Ich meine, was hab ich denn in Frankfurt noch? Gar nichts mehr. Und immerhin war Bonbonkochen immer das, was mir am allermeisten Spaß gemacht hat. Tausendmal mehr Spaß, als vor einem Klavier zu sitzen und mir die Finger blutig zu spielen. Was, wenn ich meiner Mutter das Haus abkaufen könnte?«

Sein Blick sprach Bände und sagte nur ein einziges Wort: Wovon?

»Zum Beispiel, wenn ich die Scheune umbauen würde, da eine größere Küche als die im Haus reinbaue, um dort Bonbons zu kochen. Platz genug für ein Lager wäre dann immer noch. Und für einen kleinen Laden, in dem ich die Bonbons verkaufen könnte. Du weißt schon, nichts Großartiges, aber persönlich. Ein bisschen schrullig, individuell. Einen Teil vom Feld hinter dem Haus könnte man zu einem Garten umgestalten, dort könnte ich Obst anbauen und Marmeladen machen, die ich auch im Laden anbiete. Dazu Walnüsse in Honig und andere Leckereien. Meinst du, wenn ich einen Businessplan vorlegen kann, würde mir eine Bank dafür ein Darlehen geben? Du hast doch Erfahrung mit so was. Wie man Projektpläne erstellt, damit sie die richtigen Leute überzeugen. Viel wert ist das Haus sowieso nicht. Ich könnte Kräuteressig ansetzen und Mirabellenlikör und Sirup, vielleicht Bienen haben …«

Ihr fiel auf, dass er sie ausreden ließ, ohne etwas einzuwerfen. Dabei waren die Gedanken wirklich alles andere als ausgereift. Sie müsste ungefähr hundertachtzig Jahre alt werden, wenn sie die jemals alle in die Tat umsetzen wollte und um den Kredit überhaupt zurückzahlen zu können. Doch Rasmus sagte nichts, blickte sie nur an, seine grauen Augen dunkel, der Blick nicht zu deuten.

Sie seufzte. »Du hältst nichts davon, oder? Aber weißt du, Träume sind schön. Du müsstest das doch verstehen. Niemand konnte früher besser träumen als du, und manchmal braucht man Träume, um den Mut zu finden, weiterzu…«

Ein lautes Platschen unterbrach sie. Es kam von der Hafenmole. Die Sonne stand jetzt so tief, dass die Mole inzwischen komplett im Schatten lag, und außer ihnen und dem Angler war niemand mehr hier draußen. Für Spaziergänger war es wohl zu windig geworden. Im Schutz des Gesträuches, das den Leuchtturm umgab, hatte Frederike gar nicht gemerkt, dass die Böen stärker geworden waren. Auch das Schulungscenter lag verlassen.

Der Angler war weg.

Rasmus schoss von der Bank hoch und sprintete los. An der Treppe, die vom Leuchtturm hinab zur Mole führte, drehte er sich zu ihr um. »Lass alles liegen und komm!«, rief er, dann war er verschwunden. Sie hörte nur noch das Geräusch seiner Schuhe, als er die hölzernen Stufen hinunterstieg.

Was auch immer es war, das Rasmus so zur Eile antrieb, es ließ auch sie rennen. Im Sand rutschten ihre Füße weg, für jeden Schritt, den sie nach vorne machte, tat sie zwei zurück. Rasmus war schon den halben Steg entlang. Er rief etwas, doch wegen des Rauschens in ihren Ohren konnte sie die Worte nicht verstehen. Noch halb im Laufen zog er sich die Schuhe aus, dann sprang er, einfach so, hinein in die kalte Ostsee. Mit Jeans und Hemd hechtete er an der Stelle ins Wasser, wo zuvor der Angler gestanden hatte. Da dämmerte es Frederike.

Sie brachte alle Kraft auf und sprintete die letzten Meter. Den Steg hinab, vorsichtig, weil das Holz von Nässe und Salz glatt war.

Und dann sah sie beide. Es waren zwei Gestalten, die sich durchs Wasser kämpften. Nein, es kämpfte nur eine der beiden Gestalten. Rasmus hatte einen zweiten Mann im Griff, schwamm auf dem Rücken und stützte mit der Armbeuge das Kinn des anderen.

»Ich helf dir. Um Himmels willen, was ist passiert? Komm! Komm hierher, ich helf dir!« Ihre Stimme verriet ihre Panik, in ihrem Kopf drehten sich die immer gleichen Worte. *Oh Gott, oh Gott, oh Gott!*

Gemeinsam schafften sie es, den leblosen Körper aus dem Wasser hinaus auf den Steg zu hieven, was gar nicht so einfach war, denn die Nässe in seinen Klamotten machte ihn doppelt schwer und zog ihn nach unten. Von oben hatte Rikke keine Chance. Alles, was sie tun konnte, war, den Angler am Kragen zu halten und zu verhindern, dass er wieder unterging oder abdriftete, während Rasmus sich in Position brachte, damit er sich den Mann über die Schulter legen und dann an einer

Leiter auf den Steg klettern konnte. Keuchend kam er auf den Steg und ließ den Mann runter. »Notruf«, brachte er irgendwie hervor.

Frederike hielt bereits das Handy in der Hand, stockte dann aber einen Augenblick. Verdammt! Verdammt, verdammt, verdammt, was war die dänische Nummer für den Notruf?

Als könnte er geradewegs in ihren Kopf hineinblicken, stieß Rasmus schnaubend hervor: »Eins, eins, zwei.«

Sie wählte, beobachtete dabei, wie Rasmus mit der Herzmassage begann. »Atmet er?«, wollte sie wissen. »Hast du einen Herzschlag?«

»Komm schon, komm!«, forderte Rasmus den Mann immer wieder auf, während er leise die Melodie von *Stayin' Alive* von den BeeGees summte und im Takt die Hände auf die Brust des Mannes presste. Ja, auch sie kannte das Video, in dem ein Arzt erklärte, dass dieses Lied den richtigen Rhythmus für eine Herzmassage vorgab. Ebenso wie *Highway to Hell.* Beinahe hätte sie bei dem Gedanken bitter aufgelacht. Dann doch lieber *Stayin' Alive*.

In der Notrufzentrale meldete sich jemand. Frederike umriss kurz die Lage, doch als sie ihren genauen Standort beschreiben sollte, geriet sie ins Stocken und übergab das Handy an Rasmus, während sie die Herzdruckmassage übernahm.

Erst jetzt fiel ihr auf, wie jung der Mann aussah. Er musste in ihrem Alter sein, auf jeden Fall unter vierzig. Sie hatte keine Ahnung, warum diese Erkenntnis alles noch verschlimmerte, aber irgendwie war es so, und gemeinsam mit Rasmus kämpfte sie wie eine Verrückte um das Leben des Verunglückten, bis die Ambulanz eintraf.

»Sind Sie mit dem Mann verwandt?«, wollte der Notarzt wissen.

»Wir waren nur zufällig hier.«

Der Defibrillator sandte Schockwellen durch den Leib des Mannes. Immer noch kreischten über ihnen die Wasservögel. Rasmus neben ihr bebte und zitterte, triefend hingen ihm Haarsträhnen in die Augen. Die Sanitäter hatten ihm eine goldfarbene Thermodecke gegeben, aber gegen die nassen Klamotten auf seiner Haut konnte die nichts ausrichten.

»Komm«, meinte sie schließlich, nachdem sie den Sanitätern ihre Personalien gegeben und erfahren hatten, in welches Krankenhaus der Mann gebracht werden würde. Sie konnten nichts weiter für den Verunglückten tun. »Ich hab eine Wolldecke im Auto, du holst dir noch den Tod.« Im selben Moment hätte sie sich am liebsten für ihre Worte geohrfeigt. Das Gesicht des Anglers ging ihr nicht aus dem Kopf. Die weit aufgerissenen Augen, der leicht geöffnete Mund. Die Haut, die so blass gewesen war, fast grau in dem vollkommen durchnässten Ölzeug, und trotzdem hatte sie es sehen können. Das Leben, das diese Augen noch Momente zuvor betrachtet hatten. Die Hände, die jetzt nur noch schlaff herabhingen, hatten noch Minuten zuvor die Zukunft packen und festhalten wollen.

Waren sie zu spät gekommen? War für diesen Mann alles vorbei? Wartete irgendwo eine Ehefrau auf ihn? Kinder? War er nach Feierabend zum Angeln aufgebrochen, hatte seine Frau geküsst und gesagt: »Mach dir keine Sorgen. Ich bin in drei, vier Stunden wieder da«?

Frederike klammerte sich an Rasmus, weil sie sich an irgendwen klammern musste. Bilder von ihrem letzten Zusammensein mit Søren spukten ihr durch den Kopf. Sie war so wütend auf ihn gewesen, so maßlos enttäuscht. Sie hatten sich gestritten. Zu dieser Zeit, am Ende ihrer Beziehung, konnte sie nur daran denken, was Søren alles falsch gemacht hatte. Wieder und wieder hatte sie ihm diese Dinge vorgeworfen. Doch da waren auch gute Momente in ihrer Ehe gewesen. Manchmal fühlte es sich an, als hätte Søren ihr am Ende all diese guten Momente gestohlen. Sie hatte ihn geliebt. Auf eine eigene Weise hatte sie ihn geliebt. Da war Dankbarkeit gewesen, weil er für sie da gewesen war, als sie ihn am meisten gebraucht hatte. Aber auch Zuneigung und das Gefühl von Geborgenheit. Sie hatte seine Hilfe angenommen, aber ihm nie gesagt, wie viel ihr seine bedingungslose Loyalität und Hilfe bedeutet hatte. Eine verpasste Chance, eine nie wiederkehrende Möglichkeit.

Rasmus und sie sprachen nicht auf dem Weg zum Auto, zu sehr waren sie beide in ihre eigenen Gedanken vertieft. Plötzlich fiel Frederike wieder der Picknickkorb beim Leuchtturm ein.

»Unsere Sachen liegen immer noch oben bei der Bank.« Sie machte sich von Rasmus los, wollte aus ihrer Hosentasche den Autoschlüssel ziehen, damit er schon einmal vorgehen konnte, doch er hielt sie am Ellenbogen fest.

»Vergiss es«, meinte er, und in seiner Stimme hörte sie dieselbe Unfähigkeit, jetzt allein zu sein, die auch sie empfand.

Von ihrem Ellenbogen rutschte seine Hand ihren Arm hinunter, umfasste ihre Hand. Sie verschränkten die Finger ineinander, beschleunigten ihre Schritte, um schneller zum Auto zu gelangen.

»Hier, rein mit dir.« Rikke riss die Tür hinter dem Beifahrersitz auf. »Zieh dich aus. Du musst aus den nassen Klamotten rauskommen.«

»Du sagst die romantischsten Dinge.«

Ganz weit, wie gedämpft durch einen Nebel, drang die Sirene zu ihnen durch. Das konnte nicht der Krankenwagen sein, in dem der Angler abtransportiert worden war, der war schon längst weg, dennoch rieselte Frederike ein Schaudern über den Rücken. Ein Blaulichtfahrzeug nahm den Weg über die Brücke nach Sjælland.

Da kam Rasmus' Witz gerade recht. So flach der Scherz auch gewesen war, Frederike lachte, weil es einfacher war zu lachen, als sich dem Engegefühl in ihrer Brust hinzugeben. Verpasste Möglichkeiten. Es gab so viele davon, viel zu viele.

Von der Beifahrertür aus schob sie den Sitz so weit es ging nach vorne. Während Rasmus hinten in den Wagen kletterte, setzte sie sich hinters Lenkrad, startete den Motor und stellte die Heizung an. Bei laufendem Motor stieg sie noch einmal aus und holte die Decke aus dem Kofferraum, mit der sie sich neben Rasmus auf die Rückbank sinken ließ.

Er versuchte gerade, sich von der nassen Jeans zu befreien. Das Hemd hatte er bereits ausgezogen. Sie legte die Wolldecke um seine Schultern. Stolz schwenkte sie das Handtuch, das sie auch noch im Kofferraum gefunden hatte.

»Schau mal, was passiert, wenn man nicht immer alles aufräumt.« Ohne darüber nachzudenken, rubbelte sie ihm die Haare trocken. Mit etwas Mühe gelang es ihm, die durchnässte Hose abzustreifen. Seine Beine waren eiskalt. Die Lüftung blies warme Luft ins Wageninnere. Schon nach wenigen Minuten waren die Scheiben so beschlagen, dass sie nicht einmal mehr Schemen draußen erkennen konnten.

Rasmus' Atem beruhigte sich, er war gut in Form. Doch dann schaute er ihr in die Augen, und sein Atem wurde wieder schneller. Anders jetzt, drängender. Er ließ die nasse Jeans in den Fußraum des Wagens fallen, ohne hinzusehen. Nur noch in Boxershorts saß er jetzt vor ihr. Rikkes Hände glitten auf der klammen Haut seiner Oberarme auf und ab. Wärme floss zurück in Rasmus' Körper, er stöhnte. Frederike beobachtete einen Regentropfen, der über eine seiner langen Wimpern rollte, auf seine Wange fiel und weiterglitt bis in seinen Mundwinkel.

»Vielleicht ist er schon tot. Er war noch so jung. So alt wie wir, und plötzlich ist alles vorbei«, sagte sie.

Sie dachte nicht darüber nach, was dann geschah. Ihre Münder fanden einander in einem Kuss, der Zeit und Raum überbrückte, Trauer und alte Verletzungen. Finger tasteten auf feuchter Haut. Sie leckte den Regentropfen aus Rasmus' Mundwinkel. Es war unbequem und umständlich, einander im Innenraum eines alten Peugeots nahe zu sein. Die Rückbank war zu kurz, Rasmus zu groß, aber irgendwie passte es doch. Weil alles passte, wenn man es wollte. Weil sie es schon einmal passend gemacht hatten, in einem anderen Auto, auf einer anderen Rückbank. Es war so lange her, doch Frederikes Körper erinnerte sich. Ihr ganzes Sein erinnerte sich, und plötzlich war auch die Angst verschwunden, die Vorbehalte, dass sie es verlernt haben könnte, weil es nach Rasmus immer nur Søren für sie gegeben hatte. Immer nur Søren und jetzt wieder Rasmus.

»Warte«, flüsterte er, ein atemloses Raunen. Sie hatte das nicht gewollt, und sie wusste instinktiv, dass auch er nicht geplant hatte, wohin dieses Picknick führte. Er griff im Fußraum nach seiner Jeans, kramte in den Hosentaschen. Sie weigerte sich, darüber nachzudenken, warum er Kondome in seiner Jeans hatte. Es war nicht wichtig. Wichtig war, dass sie das hier wollte. Sie brauchte ihn.

Unter dem dünnen, klammen Stoff seiner Boxershorts fühlte sie seine Erregung. Er zog ihr das T-Shirt über den Kopf, streifte mit bebenden Fingern die Cargo-Pants von ihren Hüften. Achtlos warf er ihre Sachen nach vorn auf den Beifahrersitz. Fingerspitzen fanden den Weg unter den Rand ihres BHs. Er küsste ihren Hals, den Ansatz ihrer Brüste, hob sie auf seinen Schoß. Dieselben Finger strichen über ihren Rücken nach unten, ertasteten den Saum ihres Slips und glitten darunter, nur ganz wenig. Sie erschauerte am ganzen Körper. Um die Balance zu halten, stützte sie sich an der Fensterscheibe ab, und ihre

Hand hinterließ einen Abdruck auf dem beschlagenen Glas, während Rasmus seine Shorts auszog und das Plastikpäckchen aufriss. Nachdem er sich und sie geschützt hatte, fasste er sie um die Hüften. Sanft schob er ihre Unterwäsche aus dem Weg, gerade so weit, wie es nötig war. Ihr Herz raste, sie legte die freie Handfläche an seine Wange, sah ihm in die Augen, während sie sich langsam auf ihm niederließ. Rasmus half ihr, den richtigen Rhythmus zu finden. Die Laute, die aus ihrer Kehle kamen, mochten Worte sein, in irgendeiner Sprache. Hier und jetzt waren sie Ausdruck von etwas, das immer da gewesen war, auch wenn sie es nicht hatte zugeben wollen.

Gemeinsam trieben sie dahin. Auf und ab, wie die Gezeiten in dem Meer, das kaum ein paar Schritte weit von ihnen entfernt an den Strand rollte, und als Frederike heftig atmend den Höhepunkt erreichte, verwischte der Abdruck ihrer Hand auf dem Fensterglas, und für die Dauer von ein paar Herzschlägen stand die Welt ganz still.

Irgendwie lehnte er in der Ecke zwischen der Rückenlehne und der hinteren Tür des Peugeots. Es war nicht das kleinste Modell, dennoch fühlte sich Rasmus eingeklemmt. Rikkes warmer Atem streifte seinen Oberarm.

Nie zuvor hatte er seinen Volvo so sehr vermisst. In dem SUV war Platz. Außerdem waren die Scheiben getönt, falls es doch noch jemandem einfallen sollte, trotz des aufziehenden Gewitters ausgerechnet jetzt auf diesem Parkplatz anzuhalten.

Mit den Lippen wanderte er über Frederikes nackte Schulter. »Wir sollten fahren«, murmelte er. Auch wenn er viel lieber geblieben wäre. Mit ihr so nah, wie er es nie mehr zu hoffen gewagt hatte.

Sie stöhnte leise und schmiegte sich enger an ihn. »Fünf Minuten«, flüsterte sie.

Er lächelte, strich mit den Fingerspitzen über ihre Hüfte, genoss das Kribbeln, das diese Berührung in ihm auslöste. »Okay.«

Dann begann Regen aufs Autodach zu prasseln, der Wind zerrte an der Karosserie, und sie sahen beide gleichzeitig ein, dass es Zeit war, sich aus der Umarmung zu lösen und das Weite zu suchen. Tief in ihm arbeitete noch immer das Erlebte. Der Tod war ein Ende, unausweichlich und ohne jeden Kompromiss. Nie hatte Rasmus sich mehr gewünscht zu leben als in diesem Moment, in dem er alles für eine Chance auf einen Neuanfang gegeben hätte.

Er schaffte es, sich in die klammen Boxershorts und Jeans zu zwängen, streifte sich das durchnässte Hemd über den Kopf und nahm hinter dem Lenkrad Platz. Während Rikke noch mit ihrem T-Shirt und der Cargo-Hose kämpfte, ließ er den Motor an und fuhr zurück zum Golfplatz. Die Scheibenwischer kamen kaum nach, so heftig regnete es. Zum Glück kam ihnen auf der schmalen Straße niemand entgegen.

»Komm, wir nehmen den Volvo.«

Sie wollte protestieren, aber Rasmus war schneller und stieg aus, umrundete den Wagen. Als sie ausstieg, hielt er das Handtuch, mit dem sie ihm vorhin die Haare abgerubbelt hatte, wie einen Schirm über sie. Er drückte die Fernbedienung. Die Verriegelung des Volvos schnappte auf, und Rasmus schob Rikke auf den Beifahrersitz.

»Und wie krieg ich meinen Wagen wieder?«, fragte sie, während er losfuhr.

Er grinste sie an. »Den holen wir morgen gemeinsam. Bei dem Wetter lasse ich dich nicht in der Todesfalle bis Rendstrup fahren.«

»Die Todesfalle hat mich problemlos von Frankfurt bis Rendstrup gebracht«, erwiderte sie ein wenig pikiert. »Sie wird es auch von Nyborg aus schaffen.«

Er antwortete nicht, sondern umschloss ihre Finger mit seinen. Sanft zog er ihre Hand an seine Lippen, küsste ihre Finger.

Sie lehnte sich im Sitz zurück und schaute ihn an.

Er dachte an achtzehn verlorene Jahre und das Gesicht des Mannes, den er aus dem Wasser gezogen hatte. Herzinfarkt, noch keine vierzig, schätzte er.

Noch im Wasser war Rasmus klar geworden, dass die Zeit für Spielchen vorbei war. Die Zeit für bedeutungslose Affären und belanglosen Sex war vorüber. Keinen Tag länger würde er um diese Frau herumschleichen und nicht wagen, Nägel mit Köpfen zu machen, weil er es nicht überleben würde, wenn sie noch einmal sein Herz brach.

Das Leben war zu kurz für Spielchen.

Wie zum Hohn erklangen im Radio die ersten Takte der Klavierbegleitung eines Liedes, das Rasmus gut kannte. Er machte die Musik aus.

»Hey, ich mag den Song«, beschwerte sich Rikke.

Er sah sie von der Seite an. »Ich nicht.«

»Du magst Adele nicht?« Sie zog eine Braue hoch. »Jeder mag Adele.«

»Nicht dieses Lied. Zu viele Erinnerungen.«

Schweigend fuhren sie durch die kleine Stadt, wo die wenigen Menschen, die in den Abendstunden noch unterwegs waren, in Hauseingängen und unter vergessenen Sonnenschirmen Zuflucht vor dem Wetter suchten. Ein Blitz erhellte den Himmel für einen Sekundenbruchteil, dann folgte der Donnerschlag.

»Es ist ganz nah«, meinte Rasmus und lehnte sich nach vorn, blickte durch die Windschutzscheibe nach oben.

Dummerweise fuhren sie genau mit dem Wetter mit. Der Wind wehte aus südlicher Richtung und trieb das Tosen und Blitzen genau vor ihnen her. Rikke seufzte. Eine Wand aus Wasser lief über die Windschutzscheibe.

»Es wird wieder ohne Ende reinregnen«, sagte Rikke und bezog sich auf das zerfledderte und nur notdürftig geflickte Dach ihres Hauses.

»Dann fahren wir woanders hin«, sagte Rasmus.

»Zu Henni?« Zweifelnd betrachtete sie ihn, und er wusste, was sie dachte. Nach achtzehn Jahren hatten sie ausgerechnet auf dem unbequemen Rücksitz ihres Wagens das erste Mal wieder Sex gehabt. Doch es hatte nicht gereicht, um ihr Verlangen nach einander zu stillen. Nur war Hennis Bungalow nicht der geeignete Ort, um fortzusetzen, was sie auf dem Parkplatz vor dem Schulungszentrum begonnen hatten.

»Nicht zu Henni«, sagte er. Eigentlich hielt er seine kleine Zuflucht außerhalb von Korshavn nicht für einen Platz, an den er jemanden wie Rikke bringen wollte. Eine Frau, die mehr bedeutete als ein paar Stunden Vergessen und Vergnügen. Aber auf der anderen Seite war das jetzt genau das Richtige. Ein kleines Haus, das sein alleiniges Geheimnis war. Niemand würde sie dort stören, denn niemand, zumindest niemand in Rendstrup, wusste, dass dieses Haus Rasmus gehörte. Er hatte keine Ahnung, wie es ihm gelungen war, es so lange geheim zu halten, aber jetzt war er froh darüber.

Er fuhr an Rendstrup Strand vorbei und weiter bis ganz ans Ende von Korshavn, wo er auf einen Feldweg abbog, der zur Nordspitze der Insel führte. Versteckt zwischen Sträuchern, deren Zweige schwer von Hagebutten herabhingen, befand sich der kleine Bau, der drinnen nur aus einem einzigen Raum bestand. Rasmus parkte den Volvo zwischen den Wildrosensträuchern, damit er nicht so einfach zu entdecken war. Der

Regen hatte nachgelassen, der Donner klang jetzt weiter weg. Der Bewegungsmelder am Haus setzte die Außenbeleuchtung in Gang, auch wenn der Tag noch nicht ganz dunkel geworden war. Von Süden her riss der Himmel nach dem Gewitter noch einmal auf und zeigte sich in Cyanblau.

Rikke stieg aus und blickte zum Feldweg zurück, auf dem das Gewitter riesige Pfützen in den Schlaglöchern hinterlassen hatte. »Das ist der Weg zum Kap von Fünen hinauf, oder?«

Ramus nickte. »Ich war lange nicht dort.«

»Hast du Lust?«

»Jetzt?«

Sie sah ihn an, die Zähne in die Unterlippe gegraben, und schüttelte den Kopf. »Vielleicht morgen früh«, antwortete sie leise.

Verdammt, er war verloren.

Aber ehe er ihr irgendwas versprechen konnte, und sei es nur ein Spaziergang um das Kap herum, musste er etwas erledigen. Doch das musste mindestens warten, bis er am Montag zurück im Büro war, und würde vermutlich länger dauern als ein paar Tage.

Warum war er nur ein solcher Idiot gewesen? Er hatte sich mit seinem Ehrgeiz sein eigenes Grab geschaufelt und war auch noch stolz darauf gewesen.

Doch wie hätte er denn wissen sollen, dass sie zurückkehren würde?

»Komm her«, meinte er, und als sie zu ihm trat, nahm er ihre Hände in seine, lehnte sich vor und küsste ihre Lippen, die dieselbe Farbe hatten wie die Anisbonbons, die man *Kongen af Danmark* nannte.

Rikke vergrub ihre Hände in seinen Haaren und lachte leise. »Die sind immer noch nass. Hast du einen Kamin da drin?«

»Auch das.«

Sie drehte den Kopf und betrachtete das kleine Haus. Viel war es wirklich nicht, aber es war exklusiv ausgestattet und ungefähr das Dreifache wert von dem, was jemand für Mikkel Elsdorfs alte Hofanlage hinblättern würde. Er hatte es gekauft, um einen Ort zu haben, an den er seine Kopenhagener Eroberungen bringen konnte, um sie zu beeindrucken. Nicht einmal Henni wusste, dass er diesen Bungalow schon vor Jahren gekauft hatte.

Er brachte Rikke hinein und schloss die Jalousien.

Rikke kochte Tee. Nach einer kurzen, heißen Dusche und in trockenen Jeans fühlte auch er sich wieder halbwegs wie ein Mensch. Er schichtete ein kleines Feuer im offenen Kamin und zündete es an.

Sie legte ihm eine Wolldecke um die nackten Schultern und drückte ihm die dampfende Teetasse in die Hand.

Rasmus stellte die Tasse auf den Kaminsims und zog ihren schmalen Körper zu sich unter die Decke. Das, was er vorhatte, wärmte besser als jede Dusche.

»Warum magst du das Lied nicht?«, fragte Rikke irgendwann, viel später, als es draußen dunkel geworden war und sie sich zusammen unter die Decke aufs Bett gekuschelt hatten.

»Weil es mich viel zu sehr an das erinnert, was damals war. Søren und du und ich. Dass du dich für ihn entschieden hast. Dass du mir nicht mal geschrieben hast, nachdem du dich entschieden hattest.«

»Ich hab dir geschrieben!« Sie setzte sich auf. »Ich war verzweifelt, Rasmus! Ich hab dir so oft geschrieben, dass meine Finger wund davon wurden. Zuerst habe ich auf deinem Handy angerufen, aber du bist nie drangegangen. Dann habe ich es auf dem Festnetz probiert, aber Mille sagte, du seist irgendwo in Schweden und sie kann dich selbst nicht erreichen. Nicht einmal sie schien eine Handynummer zu haben, um dir eine Textnachricht zu schicken. Also habe ich Briefe geschrieben, und du …«

»Ich habe nichts bekommen«, verteidigte er sich. Endlich, nach dem, was sie gerade geteilt hatten, fühlte er sich stark genug, dieses Thema anzugehen, ruhig, ohne Vorwürfe und Bitterkeit. »Ich war so sauer, nachdem … ich hab mein Handy weggeschmissen, ich wollte nichts von dir hören, keine leeren Entschuldigungen. Wenige Tage später war ich in Schweden, hab mir Arbeit gesucht, hatte ein Handy mit neuer schwedischer Nummer, aber nein, Mille hatte diese nicht. Ich brauchte einfach Zeit. Später, als ich zurückkam, nachdem ich mich beruhigt hatte, habe ich dir auch geschrieben, Rikke, und du hast nie geantwortet. Nicht einmal, als ich euch beiden eine Karte zur Hochzeit geschickt habe, hast du dich bedankt. Deine neue Adresse hatte ich von Henni. Es war, als hättest du mich komplett aus deinem Gedächtnis gestrichen, weil du etwas Besseres gefunden hattest. Was sollte ich denn denken? Wie hätte ich denn glauben sollen, dass du überhaupt noch Kontakt haben wolltest?«

Verständnislos schaute sie ihn an. »Da war keine Karte.«

»Was?«

»Da war keine Karte von dir zur Hochzeit. Ich hab … Rasmus, da war keine Karte. Da war gar nichts. Ich hab nie etwas von dir gehört. Søren hat mir einen Antrag gemacht. Ich mochte euch beide, aber er hat den Antrag gemacht, während von dir gar nichts kam.« In ihren Augen las er Schmerz und Enttäuschung. »Ich habe nie begriffen, warum du dich nicht einmal von mir verabschiedet hast. Du warst derjenige, den ich wollte, Rasmus. Du warst derjenige, den ich geliebt habe. Søren war ein Freund, und er war für mich da. Das hätte ich mir von dir gewünscht, aber du warst einfach fort. Ich brauchte jemanden, der mir den Rücken stärkt. Das habe ich dir auch geschrieben. Die Situation mit meiner Mutter wurde immer schlimmer. Du hast mir das Blaue vom Himmel versprochen, noch den ganzen Sommer lang, und dann hast du mich ohne ein Wort abreisen lassen, und Søren war da. Er ist sofort gekommen, als ich ihm gesagt hatte, wie es mir ging. Deshalb … Warum, Rasmus? Warum hast du nicht einmal richtig mit mir Schluss gemacht?«

»Das fragst du dich wirklich?«

»Natürlich!« Jetzt gesellte sich auch eine Spur Wut in ihre Stimme.

Er sagte ihr alles, erinnerte sie an das gemeinsame Lagerfeuer am Strand hinter Mikkels Haus und daran, wie sie von ihrem Traum geschwärmt hatte, einmal eine Segeltour durch die dänische Südsee unternehmen zu wollen. Er beichtete ihr das nagende Gefühl, nicht gut genug für sie zu sein, weil er ihr diesen Wunsch so gern erfüllen wollte, doch niemals das Geld aufbringen konnte, um ein Boot für einen Tag zu chartern. Er erzählte ihr, wie er ihr stattdessen ein kleines Segelschiff geschnitzt hatte, als Andenken, wenn sie wieder in Frankfurt war, und als Erinnerung daran, dass er ihre Träume wahr machen würde, sobald er die Schule abschloss und einen Job hatte. Auch wie er dann, ein paar Tage später, mit dem geschnitzten Schiffchen in Kerteminde am Hafen gestanden und gesehen hatte, wie sie und Søren das gecharterte Segelboot verließen.

»Da wusste ich, dass meine schlimmsten Befürchtungen immer gerechtfertigt gewesen waren. Jedes Jahr, wenn du nach Rendstrup gekommen bist, hatte ich Angst, dass das wenige, was ich dir zu bieten hatte, nicht mehr reichen würde. Wer war ich denn schon? Ein dänischer Bauerntölpel, der bei seiner Großmutter aufwuchs, während du mit deiner Musik Karriere gemacht hast und um die Welt gereist bist. Du warst so … perfekt. Schon damals. Und ich … ich war nichts.«

»Liebe muss nicht perfekt sein, sondern echt«, erinnerte sie ihn an seine eigenen Worte, und es brachte ihn fast zum Lachen.

»Ich wollte auf diesen Törn«, fuhr sie nach einer Weile sehr leise fort. »Aber nicht ohne dich. Søren hatte mir erzählt, du würdest auch kommen, aber dann warst du nicht zum verabredeten Zeitpunkt am Hafen, und Søren sagte, ich würde dich doch kennen. Du hattest es damals nicht wirklich mit der Pünktlichkeit, und Søren meinte, du hättest sicher einfach das Datum verschusselt. Rasmus, du musst zugeben, dass es damals nicht so untypisch für dich war, eine Verabredung zu vergessen. Also sind wir zu zweit gefahren. Ich habe dich den ganzen Tag lang vermisst. Auch das habe ich dir geschrieben.« Sie seufzte. Immer wieder lief es darauf hinaus.

Warum war dann nie etwas angekommen? Weder seine Briefe bei ihr, noch ihre Briefe bei ihm? Sowohl die dänische wie auch die Deutsche Post waren dafür bekannt, gern mal ein Schreiben zu verlieren, doch alle ihre Briefe?

»Rikke«, sagte er, weil ihm nichts anderes einfiel.

Schwer schluckte sie. »Wer?«, fragte sie. Offenbar hatte sie seine Gedanken erraten. »Wer hat unsere Briefe abgefangen? Glaubst du, das war Søren? Ich meine, er hat viel falsch gemacht, aber das? Du warst immerhin sein bester Freund. Er hat dich bis zu seinem Tod vermisst, aber er wusste ganz genau, dass ich dich nie vergessen konnte, dass du mir so gefehlt hast, dass unsere Ehe nie perfekt sein konnte. Deshalb wollte er nie, dass ich nach Dänemark fahre. In der Beziehung war er sehr strikt, das war eines der wenigen Dinge, in denen er absolut keinen Kompromiss zugelassen hat. Er wollte nicht, dass wir uns wiederbegegnen, du und ich. Weißt du, im Grunde bin ich überzeugt, er hatte Angst vor dir. Manchmal glaube ich, dass ihm deshalb Geld so wichtig war, das Leben, das er mir geboten hat. Weil er insgeheim immer befürchtet hatte, dass du so viel mehr von den Dingen besessen hast, die wirklich von Wert waren. Ihm war klar, dass das Wertvollste, was wir beide je besessen hatten, deine Freundschaft gewesen ist, und die war für immer verloren.«

Rasmus antwortete nicht sofort. Er schluckte sichtlich, und Frederike glaubte, in seinem Augenwinkel Feuchtigkeit glänzen zu sehen. »Ich weiß es nicht, wer es war, und wir werden es heute Nacht nicht mehr herausfinden.«

»Es kann ja keine gewesen sein, die dich unbedingt für sich haben wollte«, sagte sie mit beißendem Sarkasmus in der Stimme. »Es sei denn, jemand aus dem alten Freundeskreis wollte dich auf Teufel komm raus heiraten, nachdem ich endlich aus dem Rennen war, und du hast mir das verschwiegen.«

Zynisch lächelte er sie an. »Ich habe weder einen Heiratsantrag gemacht, noch jemals einen bekommen, Rikke. Dabei sollte es auch bleiben. Für mich gab es immer nur eine.«

Noch einmal schluckte sie. »Haben wir achtzehn Jahre verloren?«

»Wir können versuchen, sie nachzuholen.« Er versuchte ein Zwinkern, aber ohne Erfolg.

»Das geht so einfach?«

»Es wäre jedenfalls ein guter Anfang.« Er zog sie über sich und strich ihr die Haare aus dem Gesicht. »Ich finde es raus, Rikke, das mit den Briefen. Ich verspreche es dir.«

»Und dann?«

»Dann lasse ich mir etwas einfallen. Wir könnten denjenigen in heißer Bonbonrohmasse ertränken, und die Kreation nennen wir dann …«

Sie legte ihre Finger auf seine Lippen. »Man gibt Bonbons nicht die Namen von Verrätern.«

Er küsste sie, und sie küsste ihn zurück.

»Rikke?«

»Rasmus?«

»Ich bin froh, dass du wieder hier bist.«

»Das bin ich auch.«

Als Frederike wach wurde, ging vor dem großen Panoramafenster gerade die Sonne auf. Was machte man mit einem Haus, das praktisch nur aus einem Schlafzimmer bestand? Im Grunde war das Haus nicht viel mehr als ein Bett mit Aussicht.

Frederike lächelte bei diesem Gedanken und lenkte ihren Blick auf den Mann neben ihr. Und was für ein toller Ausblick das erst war. Hatte sie am Tag ihrer ersten Begegnung wirklich noch gedacht, die Zeit hätte einen Fremden aus ihm gemacht? Das stimmte nicht.

In den Linien seines Gesichts, dem Schwung seiner festen, männlichen Lippen, den geraden Augenbrauen erkannte sie den Jungen von damals. Er hatte sich verändert, das schon. Nicht nur wegen der kleinen Fältchen um seine Augen. Eine Ernsthaftigkeit haftete ihm an, sogar jetzt im Schlaf. Dabei waren seine Züge entspannt, sein Brustkorb hob und senkte sich in einem ruhigen, gleichmäßigen Rhythmus. Aber in seinen langen Gliedern und den festen Muskeln lag eine Kraft und Zielstrebigkeit, die er selbst im Schlaf nicht verbergen konnte. Langsam, damit sie ihn nicht weckte, strich sie mit den Fingerspitzen die Konturen seines Körpers unter dem Laken entlang.

Als sie sich ihrer Lust hingegeben hatten, war für ein langsames Erkunden keine Zeit gewesen. Selten hatte sich Frederike so lebendig gefühlt wie in den Momenten, als ihre Haut unter den Berührungen von Rasmus warm geworden war, und schon wieder fühlte sie dieses aufregende Prickeln. Doch ehe sie dem nachgeben konnte, rief die Natur.

Vorsichtig schlug sie die Decke zurück und tappte ins Bad. Auf dem Boden im Wohn-Schlafzimmer verstreut lagen ihre Klamotten, unachtsam liegengelassen, wo sie sich in Hitze und Dringlichkeit hinderlicher Stoffschichten entledigt hatten. Sie stieg über ihre Cargohose, über Rasmus' Jeans, ihr T-Shirt.

Im Bad erledigte sie, was es zu erledigen gab, ein Radio mit Leuchtanzeige auf dem Regal rechts des Waschbeckens verkündete, dass es kurz nach sechs Uhr war.

Kurz blickte sie sich um. Neben dem Waschbecken entdeckte sie ein Glas mit Zahnbürste und Zahnpasta. Im Regal lagen eine Haarbürste und ein Kamm, daneben stand eine Dose mit Haargel. Wo eine Zahnbürste war, standen die Chancen für eine zweite nicht schlecht. Mit dem Hauch eines schlechten Gewissens, weil sie nicht spionieren wollte, zog sie die Schublade unter dem Waschbecken auf, und tatsächlich, da war nicht nur eine noch eingeschweißte Zahnbürste, sondern eine ganze Batterie davon. Dazu Kondompackungen, Massageöl und … eine Tube Farbe. Essbare Farbe, mit Schokoladengeschmack, um sie auf dem Körper eines Menschen zu verteilen und abzu…

Mist. Kurz schloss sie die Augen. So genau hatte sie das nicht wissen wollen. Das hatte sie davon, in seinen Sachen zu wühlen. Was hatte sie denn gedacht? Gerade noch hatte sie sich gefragt, was man mit einem Häuschen an einem der romantischsten Orte, die Skandinavien zu bieten hatte, anfangen konnte. Hier hatte sie die Antwort.

Plötzlich fühlte sie sich unendlich dumm. Irgendwie hatte sie gehofft, dass es diesmal anders wäre, dass Rasmus ein anderer geworden wäre, nicht mehr der charmante Träumer, der ihr den Himmel versprach, nur um sie dann fallenzulassen. Sie hatte gehofft, was sie geteilt hatten, sei … Sie wollte lieber nicht weiter denken.

Als hätte sie sich an dem Griff verbrannt, knallte sie die Schublade wieder zu. Ihr würden schon nicht die Zähne ausfallen, nur weil sie das Putzen auf später verschob. Auf dem Weg zurück ins Schlafzimmer Schrägstrich Wohnzimmer Schrägstrich Abschleppbude von Rasmus Martensen klaubte sie ihre Kleidungsstücke vom Boden auf und zog sich eilig an. Sie wollte nur noch weg hier. Wenn sie die paar Schritte ins Dorf lief, fand sich ganz sicher jemand, der zur Arbeit oder zum Einkaufen nach Kerteminde fahren musste und sie bis Rendstrup Strand mitnehmen konnte.

»Hey, guten Morgen. Kommst du noch mal zurück? Hier ist zu viel Platz ohne dich.« Seine Stimme klang verschlafen, und sehnsüchtig. Bis vor ein paar Minuten hätte sie sein Tonfall dahinschmelzen lassen, jetzt fröstelte sie.

»Ich muss nach Hause, Rasmus. Kannst du mich fahren? Sonst versuche ich es per Anhalter. Ich muss sehen, ob Henk das Gewitter gut überstanden hat.«

»Henk?« Dann fiel es ihm ein und er lachte. »Du lässt mich hängen wegen einer Spinne? Reichen dir meine zwei Arme nicht? Willst du lieber sechs?«

»Spinnen haben acht Beine, nicht sechs. Insekten haben sechs.«

»Aber bist du dir sicher, dass er eine Spinne ist? Er könnte auch ein Weberknecht sein.«

»Auch Weberknechte sind Spinnen. Nur keine Webspinnen, aber sie gehören derselben Ordnung an. Henk ist eine Große Winkelspinne. Ich hab nachgesehen. Die planen keine Invasionen und töten keine Menschen. Deswegen darf er bleiben.«

»Ah.« Rasmus zwinkerte ihr zu. »Ich habe gelesen, Große

Winkelspinnen können stundenlang Sex haben. Ich bin überzeugt, dein Henk vertreibt sich die Zeit ohne dich recht gut.«

Je länger dieses Gespräch dauerte, desto mehr irritierte es sie. Sprachen sie hier wirklich über Spinnen? Okay, gut, sie hatte so manchen einsamen Abend in Morfars Haus, wenn sie geschafft von der Arbeit war, aber noch nicht müde genug zum Einschlafen, mit Recherchen im Internet verbracht, um herauszufinden, wie sie für ihren langbeinigen Mitbewohner die besten Lebensbedingungen schaffen konnte. Aber hier ging es nicht um Henk. Hier ging es um … Mit dem Daumen massierte sie sich die Schläfe.

»Rasmus …«

»Es geht hier nicht um Spinnen oder Weberknechte, hab ich recht?«, unterbrach er sie. Er setzte sich auf, schwang die langen Beine zur Seite aus dem Bett und strich sich mit einer Hand durch seine zerstrubbelten Haare. »Bereust du die letzte Nacht?«

Frederike schüttelte den Kopf. »Das ist es nicht.«

»Was ist es dann? Machst du dir Sorgen wegen des Mannes, den wir gestern …«

»Nein, Rasmus!«, erwiderte sie, wobei ihre Stimme ziemlich schrill klang. »Beziehungsweise, ja natürlich, das auch, aber das ist nicht die Hauptgrund. Ich mach mir Sorgen um mich, kapierst du das nicht? Ich bin nicht eine von diesen Frauen, die … die … Ich … ich habe in meinem Leben mit zwei Männern geschlafen. Und weißt du was, sie waren einmal beste Freunde. Meinetwegen ist ihre Freundschaft zerbrochen, so was kann eine Frau vorsichtig werden lassen. Ich bin ein gebranntes Kind. Mir fällt es schwer, Vertrauen zu fassen. Wahrscheinlich bin ich naiv, doch ich hab im Leben nicht damit gerechnet, dass du so etwas hier hast.« Sie machte eine wütende Bewegung ins Zimmer hinein.

»Ein Haus am Strand?«, entgegnete Rasmus, und am liebsten hätte sie ihm für diese idiotische Frage eine geknallt. Stellte er sich absichtlich dumm?

»Deine Sexhöhle!«, stieß sie hervor. »Ich hab im Bad nach einer Zahnbürste gesucht und deine geheime Schublade aufgemacht. Mein Fehler, dass ich dachte, du hast nichts zu verbergen.«

In diesem Moment war sie froh darum, dass sie bereits fast angezogen war. Wütend riss sie die Tür nach draußen auf und schlüpfte schnell in die Schuhe, dann warf sie die Tür hinter sich zu. Alles war besser, als noch länger mit ihm an diesem Ort zu sein, wo jedes Möbelstück sie plötzlich zu verhöhnen schien.

112 – Notruf

Aus Rikkes geheimem Rezeptbuch
21. Juli 2000

112

Zutaten:
100 ml Wasser
400 g Zucker
150 g Traubenzucker
½ ml gelbe Lebensmittelfarbe
2 ml rote Lebensmittelfarbe
1 TL weiße Lebensmittelfarbe
1½ EL Salmiakpulver
3 ml Ananasaroma
3 ml Chiliaroma

Zubereitung:
1. Grundmasse herstellen und bei Erreichen der Temperatur auf die mit Öl eingepinselte Silikonmatte geben.
2. Nachdem die Masse ein wenig angehärtet ist, ein Viertel der Menge abnehmen und mit der weißen Lebensmittelfarbe vermengen.
3. Den Rest mit den übrigen Zutaten mischen und zu einer Rolle formen.
4. Aus der weißen Masse mehrere dünne Rollen formen und um die große Rolle herumwinden. Leicht andrücken und noch in weichem Zustand zu Bonbons zerschneiden.

Heute habe ich einen Notruf gebraucht. Gott sei Dank war Henni zum Einkaufen, aber Mille war da. Ich glaube, ich hätte Henni das nicht zumuten wollen. Denn nie zuvor habe ich Rasmus und Søren so aufeinander losgehen sehen. Zuerst nur mit Worten, sie haben sich angebellt wie zwei tollwütige Hunde. Als sie dann die Fäuste benutzt haben, musste ich Mille holen. Obwohl sie kleiner und jünger ist als ich, weiß sie doch am besten, wie sie Rasmus anpacken muss. Gemeinsam haben wir es geschafft, die beiden zu trennen.

Manchmal glaube ich, dieser Sommer wird in einem Albtraum enden. Eigentlich geht das schon seit Jahren so, dass Rasmus und Søren einander manchmal komische Dinge an den Kopf werfen, wenn ich dabei bin. So schlimm allerdings wie in diesem Sommer war es noch nie.

Und ich denke, Mille ist ein bisschen in Søren verliebt. Schwer zu sagen. Vielleicht geht ja auch alles gut aus. Es wäre so schön, wenn Mille und Søren ein Paar würden und ich und Rasmus zusammen glücklich blieben. So könnten wir wieder beste Freunde sein, wie wir es immer waren. Aber bis es so weit ist, werde ich einfach zwei Tage bei Henni in der Küche bleiben und Bonbons kochen, bis die Jungs sich wieder eingekriegt haben, und wenn Rasmus mit mir schlafen will, sage ich diesmal Nein. Solange er ein solcher Sturkopf ist, will ich ihn gar nicht. Zumindest nicht auf diese Weise.

9. Kapitel

Diese Sommerluft am Meer, nach einem reinigenden Gewitter, war anders als überall sonst. Und sie war wirklich schon an vielen Orten gewesen, durch die Welt gezerrt von ihrer Mutter.

Erst die Ehe mit Søren hatte dem Gezerre ein Ende gesetzt.

Frederike atmete tief ein, blickte hinaus aufs Wasser, das nur wenige Schritte von der Vordertür von Rasmus' Sexhöhle entfernt ans Ufer gluckerte. Enten tauchten aus den kleinen, ufernahen Wellen auf und putzten sich. Zwei Schwäne flogen, nur wenige Meter über der Wasseroberfläche, Richtung Süden.

»Sie ziehen jedes Jahr ihre Küken in einem der Seen im Naturreservat auf.« Lautlos tauchte Rasmus hinter ihr auf. Sie drehte sich nicht zu ihm um. In ihr brodelte noch immer der Ärger. Doch als Rasmus mit einer Hand ihre Hüfte berührte, brachte sie es nicht über sich, ihn abzuwehren.

»Jetzt sind die Küken schon bald flügge«, fuhr er fort. »Vielleicht noch vier Wochen. Im nächsten Frühjahr kehren die Eltern an denselben Platz zurück, um erneut zu brüten.«

Was sollte sie darauf schon sagen?

»Sei nicht böse, Rikke«, murmelte er schließlich. »Ich bin kein Mönch, weißt du.«

»Du bist auch kein Schwan«, bemerkte sie. »Du bindest dich nicht auf Lebenszeit.«

»Es gibt nur eine Frau, an die ich mich auf Lebenszeit binden will.« Er sagte es ohne eine Spur von Verlegenheit. Er sagte es, als sei es das Natürlichste auf der Welt und immer noch eine realistische Möglichkeit.

Doch Frederike konnte nicht einfach so vergessen, was sie in dem kleinen Haus gesehen hatte.

»Und weil diese eine Frau unerreichbar war, habe ich für eine Weile eine gesucht, die sie ersetzen könnte. Diese Suche war sehr ernüchternd«, sprach er weiter.

»Dass du nicht fleißig gewesen wärest beim Suchen, kann man dir jedenfalls nicht vorwerfen.«

»Es passt nicht zu dir, so verbittert zu sein.« Mit festem Griff drehte er sie zu sich herum. Der Blick aus seinen möwengefiedergrauen Augen war für sie gefährlich, da er die Macht hatte, ihre Schutzmauern einzureißen. In ihrem Herzen trug sie achtzehn Jahre Sehnsucht mit sich herum. Sich vorzustellen, wie *er* diese Jahre verbracht hatte, tat weh. Aber hatte sie das Recht, ihm daraus einen Vorwurf zu machen? Sie war sogar verheiratet gewesen. Machte ein Trauschein es besser, mit einem anderen im Bett zu liegen, während der, dem ihr Herz gehörte, an sie dachte? Und sie an ihn?

»Lass uns spazieren gehen«, bat er. »Jetzt ist die perfekte Tageszeit, um nach Kap Fünen hinaufzugehen. Es ist still, du hörst nur die Vögel und die Kühe und Schafe auf den Weiden. Nachher kommen die Touristenschwärme, aber bis dahin hab ich dich warm und kuschlig wieder in meinem Haus und mach dir Frühstück.«

»Wovon?«, fragte sie, wissend, dass der Kühlschrank leer sein dürfte. Hoffend, dass er leer war, denn Rasmus hatte nichts mitgebracht am vergangenen Abend, und wenn Eier und Speck und Butter im Kühlschrank lagen, bedeutete das, dass er in der kurzen Zeit, die sie in Rendstrup Strand verbracht hatte, mindestens einmal hier gewesen war. Mit einer Frau, um ihr am Morgen danach Frühstück zu machen.

Sie würde ihm die Nase brechen, wenn sie herausfand, dass dies der Fall war.

Als er ihr auf dem Weg zur Nordspitze der Insel den kleinen See zeigte, in dem jedes Jahr dasselbe Schwanenpaar brütete, kehrten die beiden erwachsenen Schwäne gerade zurück.

Frederike und Rasmus beobachteten die Vögel, die ihre Köpfe zueinanderneigten. Es sah unglaublich romantisch aus. Nicht ohne Stolz erklärte Rasmus, dass der Höckerschwan seit etwas mehr als dreißig Jahren der Nationalvogel Dänemarks war, und Frederike musste lächeln. Rasmus liebte es, von Dänemark zu erzählen.

Hand in Hand liefen sie den schmalen Wanderweg entlang, der das Naturschutzgebiet einmal entlang der Küste umrundete. Sie hatten alle Zeit der Welt, und Frederike spürte, wie der frische Morgenwind und das Geschrei der Möwen dafür sorgten, dass sie den Kopf freibekam und ihr Ärger allmählich verflog. Sie war hier, mit Rasmus.

Sie hatten die Finger miteinander verschränkt und kletterten zum höchsten Punkt der Halbinsel hinauf. Hier oben wehte der Wind so heftig, dass Frederike ihre Haare im Nacken festhalten musste, wenn sie nicht innerhalb weniger Minuten aussehen wollte wie Medusa.

»Das hier wäre perfekt für einen Windpark«, erklärte Rasmus, den Blick in die Ferne gerichtet. »Immer Wind. Nichts, was die Brise aufhält.« Grinsend sah er auf sie herunter. »Aber es ist ein Naturschutzgebiet. Da ist nichts zu machen.«

»Ich erinnere mich an einen Rasmus, der lieber durch die Felder rannte und am Strand herumhing, um Möwen zu beobachten, als sich in den Sommerferien hinter Schulbücher zu klemmen. Denn er wusste, wenn er im kommenden Schuljahr mal wieder Gefahr lief, nicht versetzt zu werden, brauchte er nur seine Lehrerin anzulächeln, und alles war wieder im Lot.«

»Stimmt, den gab es mal«, lenkte er lachend ein. »Doch der hat dazugelernt. Zum Beispiel, dass die effektive Nutzung alternativer Energien auch der Umwelt hilft. Er hat gelernt, wie er mit Leuten reden muss, damit sie einsehen, dass Windräder nicht hässlich sind, sondern nützlich. Es ist eine Frage dessen, was man will. Will heute noch irgendwer Atomkraft? Wollen nicht alle weg davon? Die Räder werden immer effektiver und verschwenden weniger …« Er brach ab, blieb stehen. »Langweile ich dich?«

Sie lächelte ihn an. »Nein.« Das tat er wirklich nicht, und sie bewunderte ihn dafür, wie sehr er hinter dem stand, was er tat.

Leise lachte Rasmus und führte sie auf der anderen Seite des Hügels wieder hinunter. Es ging durch stachliges Brombeergestrüpp und einen kleinen Hain aus Apfelbäumen, deren Äste tief hingen von kleinen, hellgrünen Früchten.

Als sie schließlich auf der Klippe, dem Kap von Fünen, standen, war Frederike ein wenig außer Atem. Hellgelber Sandstein fiel fünfundzwanzig Meter tief in den Belt hinein, unter ihren Füßen raschelte windzerzaustes Gras. Frederike drehte sich zu Rasmus herum, ließ ihre flatternden Haare los, schlang ihm die Arme um die kräftigen Schultern und küsste ihn.

Er erwiderte den Kuss. Von weit hinter ihnen drang der Ruf einer Kuh an ihr Ohr. Auf der anderen Seite, im Wasser, tief unter ihnen, tuckerte ein kleines Fischerboot zurück zum Hafen von Korshavn.

»Du hast mir gefehlt«, murmelte sie dicht an Rasmus' Lippen.

»Ich hab nicht gewagt zu hoffen«, flüsterte er zurück. »Nicht mal, als ich erfuhr, was mit Søren passiert ist.«

Sie küsste ihn noch einmal. »Doch ich hab Angst.«

»Die hab ich auch, Rikke. Da sind wir schon zu zweit.«

»Versprich mir, dass so etwas nicht noch einmal passiert, ja? Dass wir nicht noch einmal über Dinge schweigen, die man besser aussprechen sollte. Wenn du damals ehrlich gewesen wärst, wenn du mir erzählt hättest, was du gesehen hast …«

»Pst.« Er legte einen Zeigefinger auf ihre Lippen und brachte sie zum Schweigen. »Ich verspreche es dir. Diesmal machen wir es richtig.«

Ehe sie den Rückweg antraten, tippte Rasmus etwas in sein Handy. Eine Nachricht, gemessen daran, wie lange es dauerte. Frederike fragte sich, was er da tat, aber sie stellte die Frage nicht laut. Sie nahm nicht an, dass er hier und jetzt einer seiner Bekanntschaften eine Textnachricht schicken würde, also beschloss sie, sich überraschen zu lassen.

Als sie die Sexhöhle erreichten, stand bereits ein Kleintransporter auf dem Kiesweg, an dessen Seitentüren die Aufschrift der Metzgerei von Korshavn prangte. Als er sie näher kommen sah, hüpfte ein junger, dunkelhaariger Mann aus dem Transporter und bemerkte mit starkem Akzent, dass er schon beinahe so weit gewesen sei, umzudrehen, weil niemand da gewesen sei.

Als er zu Ende gemeckert hatte, drückte er Rasmus einen mit Alufolie bedeckten Korb in die Arme. »Mit schönen Grüßen vom Chef«, sagte er. »Wenn du das nächste Mal wieder von Kopenhagen rüberkommst, sollst du ihm ein Kilo Salzfische aus dem Tivoli mitbringen. Dann seid ihr wieder quitt.«.

Nachdem Rasmus dem Jungen ein ordentliches Trinkgeld gegeben hatte, nahm er mit der freien Hand Frederikes Finger und zog sie mit sich ins Haus. Er stellte den Korb ab und löffelte Kaffeepulver in die Maschine.

»Kann ich dir was helfen?« Frederike lugte unter die Alufolie, doch Rasmus klopfte ihr auf die Finger.

»Mach es dir bequem.«

»Ich hab es bequem, aber jetzt hab ich auch Hunger. Das hast du unterwegs bestellt?«

»Der Vorteil, wenn man überall Freunde hat«, erwiderte er. »Gib mir ein paar Minuten.«

Wenig später saß sie vor einem perfekt gedeckten Frühstückstisch, mit Obstsalat, gekochten Eiern, frisch gebratenem Speck und noch warmen Brötchen. Es gab vier verschiedene Sorten Käse, und sogar an Müsli und Joghurt hatte Rasmus gedacht.

Sie frühstückten bei geöffnetem Fenster, und weil es noch immer recht früh am Tag war, wurde das Rauschen der nahen Wellen und das Geschnatter der Wasservögel nur sehr selten von dem Knirschen gestört, mit dem ein Auto auf dem Kiesweg draußen vorbeifuhr.

Der Sonntag gehörte ganz ihnen. Sie schliefen lange, verbrachten den Vormittag in Rasmus' Haus im Bett, packten dann alles zusammen und holten Rikkes Auto beim Golfclub ab. Gemeinsam wischten sie in Morfars Haus die Regenpfützen vom Boden. Natürlich hatte es wieder hereingeregnet. Allerdings hielten sich die Wassermassen in Grenzen. Offenbar war das Provisorium, mit dem der von Rasmus empfohlene Dachdecker das Reet ausgebessert hatte, gar nicht so provisorisch.

Frederike wartete die ganze Zeit irgendwie darauf, dass Henni plötzlich vor der Tür stehen würde. Immerhin musste die Bedstemor den Wagen ihres Enkels vor Morfars Haus stehen sehen, und war sie nicht sauer, dass Rasmus nicht einmal bei ihr vorbeischaute? Gleichzeitig aber wunderte es Frederike kein bisschen, dass Henni sie in Ruhe ließ. Henni war eine Kupplerin, und sie hatte von Anfang an kein Hehl daraus gemacht, dass sie Ramus und Rikke wieder zusammen sehen wollte. Vermutlich sonnte sie sich friedlich in ihrem Erfolg, ohne ihn an die große Glocke zu hängen.

Als der Abend nahte, wussten sie beide, dass ihre gemeinsame Zeit im Begriff war zu enden. Rasmus musste zurück nach Kopenhagen. Vor ihm lag eine lange Woche mit Terminen und Meetings, und auch wenn ihr der Abschied schwerfiel, half es, seine Begeisterung für den Job erlebt zu haben. Er glaube an das, was er tat. Er liebte seine Arbeit und war davon überzeugt. Frederike war die Letzte, die ihm das vermiesen wollte.

Also sagte sie nichts, sondern küsste ihn nur. Sie streichelte den Bartschatten auf seinen Wangen, hielt sich an seinen Schultern fest, auch dann noch, als er bereits mit dem Hintern an seinem Volvo lehnte, bereit, einzusteigen.

»Du kommst doch wieder, oder?«

»Ich bin hier aufgewachsen, Dummkopf. Natürlich komm ich wieder.« Er küsste sie auf die Nasenspitze, dann legte er seine Stirn an ihre. In seinen Worten meinte sie eine Anspannung zu hören, die ihr nicht gefiel. Doch wahrscheinlich bildete sie sich das nur ein. Sicher war es ihre eigene Angst, die sie hörte. Oder vielleicht rührte die Anspannung auch daher, dass er so fühlte wie sie. Dass er viel lieber bei ihr geblieben wäre, als in die Stadt zurückzukehren.

Sie machte sich von ihm los und ließ ihn einsteigen, sah den Rückleuchten des Volvos hinterher, bis die beiden roten Lichter nur noch eine Erinnerung waren.

Am Montag stürzte sie sich wieder in die Arbeit mit dem Boden. Sie schwitzte und fluchte, zerschrammte ihre Hände und Knie beim Kampf mit dem Estrich und redete sich ein, dass es nichts zu bedeuten hatte, dass Rasmus ihr nicht Bescheid gesagt hatte, dass er gut angekommen war. Immerhin hatte er sich mehrfach versichert, ihre richtige Nummer in seinem Handy gespeichert zu haben. So etwas wie in der Vergangenheit sollte ihnen nicht noch einmal passieren. Sicherlich war er einfach müde gewesen. Und heute hatte er viel zu tun. Er hatte schließlich einen anspruchsvollen Job.

Sie drehte das Radio lauter, damit Stimmen und Musik ihre ständig um Rasmus kreisenden Gedanken vertrieben.

Am Dienstag näherte sich der Kampf mit dem Estrich dem Ende. Nachdem sie die letzte Fuhre Schutt zu Malthes Anhänger im Hof schleppte, bereute sie es fast. Ihre Muskeln brannten, ihr Rücken schmerzte, ihre Knie waren wundgescheuert, aber wenigstens hatte sie die körperliche Arbeit davon abgehalten, ständig auf ihr Handy zu schauen. Himmel noch mal, sie war doch keine neunzehn mehr. Warum hatte sie den Drang, alle halbe Stunde zu überprüfen, ob der Akku noch voll genug war, ob sie Empfang hatte und auch sonst alles mit dem Gerät in Ordnung war? Umso erfreulicher war die Überraschung, als ihr Blick bei der Rückkehr in die Küche durch Zufall auf das Handydisplay fiel. Eine neue Textnachricht. Ihre Finger bebten, als sie den Bildschirm entsperrte.

Rasmus hatte ihr geschrieben. Drei Worte, mehr nicht.

Vergiss mich nicht. R

Niemals, dachte sie. Niemals könnte sie ihn vergessen, und wenn er noch so lange auf Tauchstation ging. Sie beschloss, es für heute gut sein zu lassen, gönnte sich eine Dusche und setzte eine Portion Zuckermasse an. Abwesend blätterte sie in ihrem Rezeptbuch.

»Hej, du machst wieder Bonbons?« So vertieft war Frederike in ihre Arbeit, dass sie gar nicht bemerkte, wie jemand das Haus betreten hatte. Irritiert drehte sie sich um.

»Wie bist du denn reingekommen?« Vor ihr stand Røskva. Wie immer sah sie wie aus dem Ei gepellt aus. Ehrlich, in dieser weißen, weiten Bluse mit Puffärmeln und Biesen am Ausschnitt, die sie zu einer knallengen Jeans und hochhackigen Sandalen kombinierte, mit den langen, glatten hellblonden Haaren, dem rosenhellen Teint und ihrer superschlanken Figur hätte sie glatt als Schwester von Prinzessin Mette-Marit durchgehen können. Nur dass diese in Norwegen war und Røskva mitten in Frederikes Küche stand, wo es nach geschmolzenem Zucker vom Bonbonkochen und Staub vom Renovieren roch.

»Die Tür war offen. Dort, wo ich herkomme, ist das so gut wie eine Einladung.«

»Du kommst aus Rendstrup.«

»Eben.«

Die Zuckermasse erreichte blubbernd die nötige Temperatur. Vorsichtig goss Frederike das Karamell auf die Silikonplatte. Mittlerweile waren ihre Finger so gewöhnt an das Anfassen der heißen Masse, dass sie direkt mit der Arbeit beginnen konnte. Ziehen und falten, kneten und ziehen. Falten, kneten, ziehen, falten. Sie beobachtete, wie die Masse ihre Farbe veränderte und aus dem glänzenden Goldton ein milchiges Creme wurde.

»Was wird das?«, wollte Røskva neugierig wissen. »Ich sehe gar keine Pülverchen oder Flaschen mit Aroma.«

Frederike hatte keine Ahnung, was für Bonbons sie herstellen wollte, im Grunde suchte sie einfach nur nach einem Ventil für all ihre Emotionen. »Keine Ahnung. Ich lass mich inspirieren. Vielleicht nenne ich sie *Herzklopfen am Strand.* Um sie zu machen, braucht man neben Zucker, Traubenzucker und Wasser eine rosarote Brille und eine gute Portion Gutgläubigkeit.« Im Rhythmus ihres Herzens hämmerte sie mit beiden Fäusten auf die Zuckermasse ein. Das Mistzeug wurde unter ihren Bemühungen viel zu schnell hart. Niemals im Leben würde es ihr gelingen, daraus etwas Leckeres herzustellen. Und sie und Rasmus? Konnte das gut enden? Gott, wenn sie wirklich drüber nachdachte, war das alles vollkommen unvernünftig. Als ob ein einziges Wochenende ihr ganzes Leben verändern könnte. Søren hätte die Nase gerümpft und dieses Geräusch tief in seinem Hals gemacht, wenn er noch leben würde. Mathilde konnte das auch sehr gut, diesen Ton absoluter Missbilligung. Frederike wollte sich gar nicht vorstellen, was ihre Mutter zu all dem sagen würde. Fluchend formte sie die Masse zu einem Klumpen und warf ihn in den Mülleimer. Geschlagen starrte sie ihrem ruinierten Werk hinterher. Der Anblick machte sie traurig.

»Ahhh«, stieß Røskva hervor. »Gehe ich recht in der Annahme, dass wir von Rasmus reden? Ich hab das ganze Wochenende über keinen von euch beiden gesehen und dachte mir, ihr habt euch irgendwo verkrochen und macht es euch schön.«

»Es war schön. Wunderschön, um ehrlich zu sein. Viel zu schön, um wahr zu sein, und seit dem Augenblick, als wir uns voneinander verabschiedet haben, frage ich mich, wann das große Erwachen kommt. Mein Kopf sagt mir, dass es absolut unvernünftig ist, mich mit dem Herzen voran in diese Affäre zu stürzen. Doch hier …« Mit der rechten Faust klopfte sie sich gegen den Brustkorb. »Hier drin kommt diese Vernunft einfach nicht an.«

»Rikke …«

»Du kennst den Rasmus, der in Kopenhagen lebt und ein erfolgreicher Geschäftsmann ist. Du kennst seinen Charme, sein Lächeln und dieses neue Auftreten. Bin ich dumm, dass ich mich wieder auf ihn einlasse? Ich bin bei Gott nicht die Erste, die er damit kriegt. Sag du es mir, ich werde nämlich noch verrückt bei dem Versuch, all das, was mir seit diesem Wochenende durch den Kopf geht, zu sortieren.«

»Was ich weiß, ist, dass er in Kopenhagen tatsächlich nicht das Leben eines Einsiedlers führt. Er hat einen Ruf.«

»Trotzdem hast du mich ermutigt?«

»Natürlich habe ich das!« Sicheren Schrittes kam Røskva um die Kücheninsel. Sie packte Frederike leicht bei den Schultern, schüttelte sie ein wenig. »Es gibt Dinge, die man probieren muss. Vorsicht ist zwar die Mutter der Porzellankiste, aber manchmal tut es auch gut, wenn etwas zerbricht. Dann hat man wenigstens die Scherben vor sich und weiß genau, woran man ist. Scherben kann man kitten, oder man wirft sie weg. Man kann eine Entscheidung treffen, aber dafür muss man wissen, womit man es zu tun hat.«

»Also glaubst du, dass es wieder zerbrechen wird? Dass ich geradewegs Kurs auf die nächste Katastrophe nehme, wenn ich mehr als eine heiße Affäre in meiner Zeit mit Rasmus sehe?«

Røskva zuckte mit den Schultern. »Keine Ahnung. Ihr wart damals ein süßes Paar, und das seid ihr jetzt noch.« Sie schluckte, holte Luft, als müsste sie sich für etwas wappnen, doch als sie die Lippen öffnete, kam kein Wort. Noch einmal schluckte sie, dann schüttelte sie den Kopf. »Was ich sagen will: Meistens gibt es einen Grund dafür, dass ein Ex ein Ex ist.«

Ex. Ein Wort, zwei Buchstaben, und plötzlich fühlte es sich an, als würden all die widersprüchlichen Gefühle an den richtigen Platz rutschen. *Ex* bedeutete, dass etwas *vorbei* war. Doch egal, wie sie es drehte und wendete, das hier war noch nicht vorbei. Nicht ihre Beziehung zu Rasmus, nicht die Renovierung des Hauses und ganz sicher nicht ihre Zeit in Rendstrup. Es war noch nicht vorbei. Rasmus war kein *Ex*, nie gewesen, denn sie hatten nie richtig Schluss gemacht. All die Emotionen, die seit Sonntagabend, seit dem Augenblick, in dem Rasmus weggefahren war und sie nur noch den Rücklichtern seines Volvos hinterherblicken konnte, in ihr gewachsen waren und sich aufgestaut hatten, kamen hoch. Himmel, sie hatte in ihrem ganzen Leben nicht so viel geweint wie in den letzten Wochen hier in Rendstrup. Dabei war sie nicht einmal eine besonders damenhafte Weinerin, sondern heulte dann wie ein Schlosshund.

»Ich bin nicht traurig«, presste sie irgendwie zwischen zwei unterdrückten Schluchzern hervor. »Ich bin verwirrt. Seinetwegen. Meinetwegen. Weil sich alles immer im Kreis zu drehen scheint.«

Røskva lachte ein bisschen. »Wenn ich deine Begabung hätte, würde ich dir jetzt eines deiner Wunderbonbons anbieten. Doch ich hab keine Ahnung, was bei Lebenswirrwarr hilft.«

»Lebenswirrwarr?«

»Na ja, du hast doch gesagt, dass es kein Kummer ist, warum du weinst.«

Jetzt lachte auch Frederike. »Kokos«, sagte sie schließlich, halb weinend, halb lachend. »Ich würde mir ein Kokosmalzbonbon verschreiben. Die sind exotisch genug, um die Gedanken an einen anderen Ort zu lenken, und bodenständig genug, um beim Träumen nicht die Bodenhaftung zu verlieren.« Sie schloss kurz die Augen, stellte sich den Geschmack der Bonbons auf der Zunge vor und seufzte leise. »Ja, wenn ich mir das so vorstelle, dann wäre ein Kokosmalzbonbon genau das Richtige.«

Mit einem Kopfnicken deutete Røskva auf die Regale in der Küche. Seitdem Frederike angefangen hatte, sich die Zeit wieder mit Bonbonkochen zu vertreiben, hatte sich dort eine nette kleine Sammlung mit Bonbongläsern angesammelt. Bunt und rund und fröhlich. Dem Superbrugsen in Kerteminde waren die Ziergläser ausgegangen. »Sind die da dabei?«

Frederike seufzte. »Nein. Aber weißt du was?« Noch während sie es sagte, fühlte sie sich auf einmal wieder energiegeladen. Fast so, als hätte Røskva recht, und es war gut, sich diese paar Tränen gegönnt zu haben. Frederike hatte damit etwas aus dem Weg geschafft, und jetzt hatte sie wieder Platz für neue Pläne.

Sie atmete einmal tief ein. Es auszusprechen, ließ es Wirklichkeit werden, und sie ahnte, dass, wenn sie jetzt nicht den Mut dazu fand, sie ihn nie finden würde. »Du hast recht. Ich habe wirklich ein Talent, wenn es um Bonbons geht. Und das hier …« Mit der Hand machte sie eine Geste in die Luft, die alles einschloss: die Küche, Morfars Haus und ganz Rendstrup Strand. »Das hier liegt mir am Herzen. Das Haus mag auf dem Papier meiner Mutter gehören, aber es ist mein Zuhause. Das war es schon immer. Ich lasse es mir nicht noch einmal wegnehmen. Ich will dieses Süßigkeitenparadies, von dem ihr gesprochen habt. Ich will dieses Haus und ich will in Rendstrup Strand bleiben. Und Rasmus will ich auch.« Das klang fast trotzig. Doch Frederike ließ sich nicht aufhalten. »Ich wäre eine Lügnerin, wenn ich mir weiter einreden würde, er sei nur ein Freund. Aber diesmal werde ich meine Entscheidung nicht von ihm abhängig machen. Egal, wie sich das zwischen ihm und mir entwickelt, von jetzt an gehe ich meinen eigenen Weg. Ich bin siebenunddreißig Jahre alt. Es wird endlich Zeit, dass ich mal etwas nur für mich tue. Wie klingt das?«

Das Funkeln sprang von ihren Augen auf ihre ganze Miene über, bis Røskva von einem Ohr zum anderen grinste. »Das klingt fantastisch!«

Noch einmal lachte Frederike, dann wischte sie sich mit dem Handrücken die letzten Tränen von der Wange und straffte die Schultern. »Großartig. Dann brauch ich also nur noch so drei bis zehn Wunder, damit ich meine Mutter und den Rest der Welt von meinem Plan überzeugen kann. Ach, und ein Lottogewinn wäre auch nicht schlecht, damit ich die Renovierung hier zu Ende bringen und die Scheune in einen Laden verwandeln kann, außerdem kann ich da noch ein Lager und eine Küche unterbringen.«

Vielsagend hob Røskva die Brauen. In ihren Augen funkelte etwas, das Frederike nur als Übermut beschreiben konnte. »Das lass mal meine Sorge sein. Du wirst dich noch wundern, wofür eine Kuchenfee alles gut sein kann.«

Draußen war es längst dunkel, als Frederike und Røskva sich voneinander verabschiedeten. Frederike winkte der Freundin nach, bis die Lichter ihres Wagens hinter der Straßenbiegung verschwanden. Sie wusste, dass sie zurück ins Haus gehen sollte, doch irgendwas hielt sie hier draußen. Der Mond übergoss Felder und Wiesen mit flüssigem Silber. Wie Quecksilberpfützen schwammen Wolken in der Schwärze des Himmels. In dem ausladenden Walnussbaum hinter dem Haus raschelte der Wind in den Blättern, und irgendwo rief ein Käuzchen zur Jagd. Frederike kuschelte sich enger in ihre Strickjacke und schloss die Augen. Der Duft von Weichspüler stieg ihr in die Nase, vermischte sich mit dem süßlichen Aroma der Spätblüher in dem, was von Morfars einst so wunderbarem Garten geblieben war. Vom Meer wehte eine salzige Würze zu ihr herüber und gab dem berückenden Duftcocktail eine leicht herbe Note. Es war wie verzaubert. Diese Nacht gehörte nicht den Schlafenden, sondern denen, die wussten, wie man mit offenen Augen träumte.

Zu Hause, sagte sie sich, viel ruhiger jetzt als noch vor Røskvas Besuch. Mit dem Entschluss, ihren Traum in die Tat umzusetzen, schien eine tonnenschwere Last von ihren Schultern genommen worden zu sein. Hier, wo die Zukunft in einem Beet aus Erinnerungen wachsen konnte, wollte sie sein. Nicht alles, was sie anzupacken plante, würde Blüten treiben, manch ein Vorhaben mochte noch im Wachsen verdorren. Doch in diesem Moment war es ihr egal, solange sie nur Ziele und Pläne hatte. Kaum dass sie die Augen öffnete und sich auf den Weg über den Hof zurück zur Haustür machte, hatte sie das Gefühl, nicht mehr allein zu sein. Sie glaubte ein Lachen zu hören, das Lachen eines alten Mannes, von dem viele behaupteten, er sei so griesgrämig gewesen, dass er nicht mal wüsste, wie Lachen gehe.

Verzeih mir, Morfar, dass ich dich im Stich gelassen habe. Verzeih mir, dass ich nicht bei dir gewesen bin, als der Krebs dich in die Knie zwang. Aber jetzt bin ich zurück.

Eben wollte sie die Haustür aufziehen, als das Geräusch einer klappenden Autotür sie aufhielt. Seltsam, sie hatte kein Auto kommen hören. Schritte knirschten im Kies, näherten sich ihr. Die Klinke in der Hand, schaute sie über ihre Schulter. Halb im Schatten hinter dem Schuppen stand eine dunkle Silhouette. Eindeutig ein Mann. Breite Schultern, schmale Hüften und lange Beine verrieten ihn. Ihr Herz machte einen Satz.

»Rikke«, sagte er. Rasmus wirkte unendlich müde. Das war nicht der energiegeladene Mann, der sie am letzten Wochenende immer wieder überrascht hatte. Der Mann, der sich ihr nun mit großen Schritten über den Hof näherte, hatte die Schultern nach vorne sinken lassen und hielt den Kopf ein wenig schräg, als wäre sein Nacken verspannt. Seinen Schritten fehlte der gewohnte Schwung. Als er nah genug bei ihr war, dass der Lichtschein aus dem Hausinneren ihn traf, entdeckte sie die tiefen Ringe unter seinen Augen.

»Rasmus! Was tust du denn hier?« Sie wusste nicht, was sie von seinem Auftauchen halten sollte. Ein Teil von ihr wollte ihm in die Arme springen, so sehr freute sie sich über die Überraschung, obwohl es doch nur wenige Tage gewesen waren, seit sie sich das letzte Mal gesehen hatten. Doch ein anderer Teil hielt sie zurück, so erschöpft schien er zu sein. Außerdem hatte er nicht gesagt, dass er kommen wollte. Nicht mitten in der Woche.

»Ich hab dich vermisst.« Auch seine Stimme klang müde. Aber noch ehe sie ihn fragen konnte, was geschehen war, riss er sie an sich und hielt sie eng an seinem Körper. »Gott, das habe ich gebraucht«, murmelte er und vergrub sein Gesicht in ihren Haaren.

Sie schlang ihm die Arme um die Taille, schob ihre Hände unter sein Jackett und spürte, dass der feine Baumwollstoff seines Hemdes am Rücken ein wenig feucht war. »Was ist passiert?«

»Nichts. Aber, Rikke, darf ich reinkommen? Ich muss mich hinlegen. Seit ich am Sonntag von hier aufgebrochen bin, habe ich fünf Stunden geschlafen.«

»In zwei Tagen und Nächten? Du bist ja verrückt geworden. Komm rein. Ich wollte sowieso gerade ins Bett gehen.« Auf dem Weg ins Schlafzimmer hielten sie sich aneinander fest. Nein, es war eher so, dass er es war, der sich an sie klammerte. Ohne ihren Halt wäre er wohl zusammengebrochen.

Sie wollte ihm von ihrem Entschluss erzählen, in Rendstrup zu bleiben, noch einmal ganz neu anzufangen und sich den Traum von einem kleinen Bonbonladen zu erfüllen. Aber das hier war kaum der richtige Moment. Was trieb dieser Mann den ganzen Tag und die ganze Nacht in Kopenhagen, dass er so am Ende seiner Kräfte war?

Im Schlafzimmer kippte er mit einem dumpfen Schlag rücklings auf die Matratze. Stöhnend legte er sich einen Arm über die Augen und streckte den Kopf in den Nacken.

Sie betrachtete ihn kritisch. Den teuren Anzug und das schicke hellblaue Hemd würde er am Morgen vergessen können. Sie ging davon aus, dass er bei Henni oder in seinem geheimen Häuschen bestimmt unter den Wechselklamotten auch einen Anzug hatte.

»Willst du mir wirklich nicht sagen, was passiert ist? Hast du Ärger in der Arbeit?«

»Später«, murmelte er, rollte sich auf die Seite und schlief ein.

Kokosmalt – Kokos-Malz-Bonbons

Aus Rikkes geheimem Rezeptbuch
23. Juli 2000

Kokosmalt

Zutaten:
100 ml Wasser
400 g Zucker
150 g Traubenzucker
2 TL Malz-Sirup (dunkel)
4 EL feine geröstete Kokosflocken

Zubereitung:
1. Grundmasse herstellen und auf 165 °C aufkochen.
2. Malzbonbons werden ein wenig anders hergestellt. Nach dem Erreichen der 165 °C den Topf von der Herdplatte nehmen und den Sirup zusetzen. Jetzt wird die Masse beginnen, ordentlich zu brodeln und zu schäumen. Deshalb ist es wichtig, einen größeren Topf als sonst zu verwenden!

Morfar hat das Brodeln und Schäumen zwischen Søren, Rasmus und mir mitbekommen. Offenbar ist unser Topf, also Rendstrup Strand, nicht groß genug, um solche Streitereien geheim zu halten.

3. Nach dem Abklingen des Schäumens die Masse noch einmal auf 160 °C erhitzen – dabei ständig umrühren, denn sonst kann leicht was anbrennen!

Morfar wäre aber nicht Morfar, wenn er keine Lösung gewusst hätte. Eine, die nichts mit Küssen und Knutschflecken am Bauch zu tun hat. Das nächste Mal, als Rasmus mich besucht hat, hat er mir eine Harke in die Hand gedrückt und Rasmus zwei Heugabeln und hat uns hinters Haus auf die Wiese gescheucht, wo Tjalfes Vater vor ein paar Tagen gemäht hat.

»Heu wenden«, meinte Opa. »Holt euch den verdammten Andersen und dann an die Arbeit. Ihr müsst nur mal richtig ins Schwitzen kommen, dann gelangt ihr schon zur Vernunft, ihr alle drei!« Wie gut, dass er nichts davon wusste, wie sehr mich Rasmus vor ein paar Tagen heimlich auf Hennis Dachboden ins Schwitzen gebracht hat, aber das mit Søren war eine gute Idee.

4. Jetzt die Masse auf der Silikonmatte verteilen, die Kokosraspel dazugeben und kräftig mischen und kneten.
5. Zu einer Rolle formen und noch warm zu Bonbons zerschneiden.

Kokos-Malz-Bonbons sind das Allheilmittel in allen Situationen, wenn die Welt nicht so ist, wie man sie sich wünscht. Und Morfar hatte recht. Wir haben zu dritt das Heu gewendet, es hat herrlich geduftet. Rasmus und Søren haben ihre T-Shirts ausgezogen, so sehr sind sie ins Schwitzen gekommen. Ich weiß ja, dass der eigentliche Grund wahrscheinlich nur war, sich gegenseitig auszustechen, wer mehr schafft und wer den größeren Bizeps hat (den hat übrigens Rasmus), aber in diesem Augenblick war das egal. Es war schön zu sehen, wie die Jungs sich zusammengerauft haben.

Ich werde eine große Tüte Kokosmalzbonbons machen, bevor ich nach Frankfurt zurückkehre, damit sie den ganzen

Winter über reichen. Noch nie habe ich mir so sehr gewünscht, einfach hierbleiben zu können, wenn der Sommer vorbei ist. Ich glaube, wenn Rasmus mich fragen würde, würde ich keine zwei Sekunden brauchen, ehe ich mich für ein Leben mit ihm in Rendstrup Strand entscheide!

10. Kapitel

Der herbe Geruch von Rasmus' Körper umfing Frederike, als sie sehr langsam zu sich kam. Sie kuschelte sich enger in die Decke, in der seine Wärme hing, und lächelte. Mitten in der Nacht hatte sie Rasmus behutsam die Sachen ausgezogen. Viel Hilfe hatte sie nicht dabei bekommen, aber auch nicht gebraucht. Der Mann war wirklich fertig gewesen. Zu wissen, dass sie diejenige war, bei der er sich für ein paar Stunden Ruhe und Geborgenheit holte, wenn das Leben für ihn zu anstrengend wurde, hatte sich angefühlt wie eine Tasse warmer Kakao an einem stürmischen Wintertag. Himmlisch.

Anscheinend war es allerdings inzwischen sie, die fertig war und kaum noch etwas mitbekam. Denn als sie mit der Hand unter der Decke nach seinem Körper tastete, fand sie nur Laken, Decke und Kissen. Kein Rasmus. Ihre Finger strichen über den kühlen Stoff des Kopfkissens und stießen gegen etwas Zartes, Weiches, und dann mischte sich in den Duft, der im Leinen hing, eine weitere, süßliche Note.

Widerwillig öffnete sie ein Auge.

Auf dem leeren zweiten Kopfkissen lag eine rote Rosenblüte.

Keine langstielige rote Rose wie in überromantischen Hollywoodfilmen. Die hier hatte nicht mal einen Stiel, sondern nur ein bisschen krumm gewachsenes Gestrüpp, an dem sie vor dem Küchenfenster in Morfars Garten gewachsen war.

Dennoch ließ die Geste dahinter Frederike lächeln. Sie nahm die Blüte in die Hand, berührte sie mit den Lippen und hielt sie an ihre Nase. Morfars Kletterrosen waren ein Meer an Stacheln.

Dass sich Rasmus da so früh am Morgen durchgewühlt hatte, um eine Blüte zu erbeuten, bewaffnet vermutlich mit nicht viel mehr als der kleinen Bastelschere aus ihrer Küchenschublade, die sie auch für die Herstellung ihrer Bonbons benutzte, zeigte einmal mehr, wie ernst es ihm war.

Sie blickte zum Radiowecker. Viertel nach sechs. Rasmus war anscheinend schon wieder auf dem Weg zurück nach Kopenhagen.

Die Blüte in der Hand, stieg Frederike aus dem Bett und tappte in die Küche. Als sie einen Blick ins Wohnzimmer warf, entdeckte sie Henk an seinem Lieblingsplatz hinter dem alten Kaminofen. Sie nahm eines von Morfars milchigen Schnapsgläsern aus dem Küchenschrank, ließ etwas Wasser hineinlaufen und stellte die Blüte darin aufs Fensterbrett. Gedankenverloren schaute sie hinaus in den Hof. Die Sonne war schon aufgegangen, die ersten Strahlen schienen auf den verwahrlosten Garten.

Frederike kochte sich Kaffee. Ja, sie würde heute ganz früh anfangen und sich in der Scheune umsehen. Vermutlich hatte sie bis Weihnachten zu tun, dort überhaupt alles auszuräumen. Aber irgendwann musste sie ja anfangen, und Pläneschmieden ergab keinen Sinn, wenn man sie dann immer weiter hinausschob.

Doch auch wenn sie plante, früh anzufangen, hieß das nicht, dass sie nicht der Sonne zumindest Zeit geben sollte, noch etwas höher zu klettern und die Morgenkühle aus der Luft zu vertreiben. Sie hatte Rasmus bisher nichts von ihrem Vorhaben erzählt. Während sie mit einer Hand den Kaffee umrührte, griff sie mit der anderen nach ihrem Handy auf der Küchenanrichte. Sollte sie ihm einfach eine Textnachricht schicken? Allerdings war er bestimmt noch unterwegs und daher würde er sie vielleicht erst in einer Stunde sehen. Da der Volvo eine Freisprechanlage hatte, rief sie ihn einfach an.

»Hej«, sagte er gleich nach dem ersten Klingeln. Seine Stimme klang noch immer verschlafen.

»Du bist verrückt, Martensen«, erwiderte sie zärtlich und trank einen Schluck Kaffee.

»Das ist deine Schuld.« Er fragte nicht mal, was sie meinte, es war ihnen beiden klar. Nur für ein paar Stunden Schlaf bis nach Rendstrup zu fahren, wo er doch sicherlich eine Traumwohnung in Kopenhagen hatte, war reichlich dämlich. Gleichzeitig war es allerdings unglaublich romantisch.

»Du hättest mich wecken können.« Sie dachte an seine Haare, wie sie am vergangenen Sonntagmorgen nach einer Nacht voller Leidenschaft ausgesehen hatten. Zerstrubbelt, zerzaust, unendlich süß. »Dann wärst du wenigstens nicht ohne eine Tasse Kaffee los.«

»Hab ich versucht«, verteidigte er sich. »Aber hast du schon mal versucht, einen Felsblock aus dem Tiefschlaf zu holen?«

»Lügner.« Sie lachte. »Du hast es nicht probiert, du hast mich einfach schlafen lassen.«

Er schwieg einen Moment, und sie stellte sich vor, dass er lächelte. Oder vielleicht wechselte er auch einfach nur die Spur auf der Autobahn. »Ich konnte nicht«, sagte er dann. »Du siehst hinreißend aus, wenn du schläfst. Und so brav, das musste ich ausnutzen«, neckte er sie.

»Ich bin immer brav.« Sie setzte sich auf einen ihrer Küchenstühle und zog einen Fuß auf die Sitzfläche hoch. »Was hast du mit deinen Sachen gemacht?«, fragte sie dann. »Ich hab die über Nacht einfach nur neben das Bett geschmissen, doch sie sind weg. Sag nicht, du gehst mit denen wieder ins Büro, nachdem du darin fast die halbe Nacht geschlafen hast?« Sie schauderte.

»Ich hatte eine Tasche mit Wechselklamotten im Wagen«, sagte er. »Den Anzug bring ich heute in der Mittagspause in die Reinigung.«

»Ah, gut.« Sie atmete durch. »Rasmus?«

»Hm?«

»Ich hab mir was überlegt. Schade, dass du nicht wach genug warst, sonst hätte ich dir gerne in die Augen geschaut, wenn ich es dir sage.«

»Ich komme Freitag wieder. Du könntest bis dahin warten«, schlug er vor.

»Ich möchte aber nicht so lange warten«, erwiderte sie. »Ich bin ziemlich aufgeregt deswegen.« Und möchte es gern mit dir teilen, fügte sie in Gedanken hinzu.

»Okay, was ist es?«

»Meine Mutter hat ja nichts zu dem Kostenplan gesagt. Sie scheint gar kein Interesse an diesem Haus zu haben. Das Geld von einem Verkauf bräuchte sie nicht so dringend. Sie würde es dankend annehmen, keine Frage, aber sie ist nicht drauf angewiesen.«

»Das kann ich nicht beurteilen, Rikke, das weißt du besser als ich.«

Sie holte einmal tief Luft. »Ich werde hierbleiben. Ich möchte die Scheune zu einem Hofladen und einer Bonbonküche umbauen.« Ohne zwischendrin Luft zu holen, sprudelten die Worte aus ihr heraus. Dann wartete sie gespannt auf seine Reaktion, aber er schwieg.

»Bist du noch da?«, fragte sie.

»Ich bin hier.« Seine Stimme ließ den Enthusiasmus vermissen, auf den sie insgeheim gehofft hatte. »Ich dachte, da kommt vielleicht noch mehr.«

»Meinst du nicht, dass das allein ein ziemliches Vorhaben ist?«

Er räusperte sich ein wenig, schien zu überlegen. »Rikke, ich glaube, zuallererst musst du mit deiner Mutter darüber reden. Das Anwesen gehört ihr. Und auch wenn *sie* keine Pläne dafür hat, ist es vielleicht etwas verfrüht, dass *du* Pläne dafür machst, findest du nicht?«

Ihr fiel keine Antwort ein, weil sein Mangel an Begeisterung für ihre Idee sie total auf dem falschen Fuß erwischte. War es möglich, dass sie sich in allem getäuscht hatte? Hatte sie all seine Signale falsch interpretiert und er wollte gar keinen echten Neuanfang mit ihr?

»Bei der Geschichte, die ihr habt, deine Mutter und du«, schob er nach, ein Hauch von Besänftigung in seinen Worten. »Da würde es mich nicht wundern, wenn sie dir jede Menge Steine zwischen die Füße wirft, um dich zum Fallen zu bringen. Du solltest als Erstes sie fragen. Ich meine das ernst.«

Jetzt war sie es, die sich räusperte. »Und du, Rasmus? Was hältst *du* von der Idee?«

Wieder eine Weile Stille. In ihrer Hand wurde der Kaffee kalt, weil sie vergaß, daran zu nippen.

»Das kommt ziemlich überraschend, Rikke. Ich werde darüber nachdenken. Natürlich gefällt mir die Vorstellung, dass du nicht nur hierbleibst, sondern dir hier etwas aufbauen möchtest. Ich bin überzeugt, dass du gut in dem bist, was du dir vornimmst. Aber … solange deine Mutter noch kein grünes Licht gegeben hat, fällt es mir ein bisschen schwer, die Idee wirklich gut zu finden. Da gibt es zu viele Stolpersteine.«

»Ich verstehe.« In Wahrheit begriff sie gar nichts. Sie war so sicher gewesen, dass er sich für sie und mit ihr freuen würde. Instinktiv spürte sie, dass da mehr dahintersteckte. Vielleicht war er aber auch einfach nur immer noch müde.

»Rasmus?«, fragte sie.

»Rikke?«

»Was genau ist es, das du in Kopenhagen tust? Ich meine, wie kann es sein, dass dich die Planung von Windrädern nicht schlafen lässt? Musst du immer so lange arbeiten und hast nicht einmal die Zeit, dir zwischendurch Erholung zu gönnen?«

Er schwieg. Sie hörte das Klacken des Blinklichtes, dann ein kurzes Gasgeben. Vermutlich überholte er.

»Rasmus?«

»Es ist nur mein aktuelles Projekt. Das steckt gerade in einer sehr wichtigen Phase und dann stehen Überstunden auf dem Plan. Ich arbeite allein. Also habe ich auch keinen Partner, der mir was abnimmt, und … es ist einfach gerade etwas viel. Das ist alles. Es wird auch wieder weniger. Mach dir keine Sorgen.«

Mach dir keine Sorgen. Genau das hatte Søren ihr oft gesagt, wenn er genauso nach Hause gekommen war wie gestern Rasmus. Abgespannt und überarbeitet. Mit einer inneren Unruhe, die ihm den Schlaf raubte und den Seelenfrieden direkt dazu. Damals hatte sie ihr Bauchgefühl verdrängt.

»Rasmus …«, begann sie. Ihr sollte nicht derselbe Fehler ein zweites Mal unterlaufen.

»Rikke, hör mal«, unterbrach er sie. »Ich sitze im Auto und muss mich aufs Fahren konzentrieren. Wir reden ein anderes Mal, okay?«

Einen Augenblick wartete sie, ob er es sich nicht doch noch einmal anders überlegen und etwas sagen oder hinzufügen würde. Als er das nicht tat, nickte sie vor sich hin. »Okay. Danke, dass du letzte Nacht gekommen bist. Ich habe mich sehr gefreut.«

»Es war schön, in deinen Armen zu schlafen, *skat*«, sagte er leise, und sie hörte ein Lächeln in den Worten, das jeden Zweifel sofort hinwegfegte. Er nannte sie Schatz, er brauchte sie, er wollte sie, und sagten seine Taten nicht mehr als hunderttausend Worte?

»Fahr vorsichtig, Rasmus«, murmelte sie und legte auf.

Tjalfe bewirtschaftete einen Hof, der auf dem neusten Stand war. An das Wohnhaus vorn an der Straße erinnerte Frederike sich noch aus ihrer Kindheit. Doch die Wirtschaftsgebäude und Schweineställe, die sich dahinter um einen mit diversen Traktoren und Maschinen vollgestellten Innenhof gruppierten, waren augenscheinlich alle viel neueren Datums. Mehrere der Rolltore standen offen und wirkten wie riesige Münder, bereit, jeden zu verschlingen, der sich uneingeladen näherte.

Aus einem der offenen Tore kam der Lärm von Hammerschlägen. Auf gut Glück marschierte Frederike darauf zu und prallte im nächsten Moment zurück, als ein großer Schäferhund hinter einem davor geparkten Trecker hervorschoss und sie wütend anbellte.

Zum Glück schien der Hund sich lediglich aufs Kläffen zu beschränken.

Kaum klang das Bellen des Hundes ab, wagte sie einen Vorstoß in die Scheune.

»Tjalfe?«, rief sie, »bist du da drin?«

Sie fand ihn neben einem grünen Traktor in dem weitgehend leeren, riesigen Raum, neben sich eine Zapfsäule, in die er soeben die Zapfpistole wieder einhängte.

»Wow«, sagte Frederike. »Dir muss es ganz schön gut gehen, wenn du sogar deine eigene Tankstelle hast.«

Er schraubte den Tankdeckel des Treckers zu. »Bloß ein Dieseldepot unter der Erde. Ist ziemlich aufwändig, zum Tanken jedes Mal bis runter nach Kerteminde zu fahren. Was ist los, Rikke? Langeweile? Magst du uns beim Eggen helfen?«

»Uns? Ich wusste gar nicht, dass du Angestellte hast.«

»Alleine würde ich das hier gar nicht schaffen. Ich kann gar nicht sagen, wie froh ich bin, Jacek zu haben – ah, da ist er ja.« Wie aufs Stichwort tauchte ein zweiter Mann im Scheunentor auf.

»Ich habe alles erledigt und würde jetzt Pause machen.« Der Akzent, mit dem der Mann sprach, kam Frederike vage bekannt vor. Sie erinnerte sich an Danuta, die in der Keksfabrik am Fließband neben ihr stand und, wenn man ihr nicht Einhalt gebot, ohne Ende schnatterte. Frederike lächelte vor sich hin. Die Keksfabrik schien schon so unendlich weit weg.

»Sicher. Lass es dir schmecken.« Tjalfe winkte Jacek zu, dann schwang er sich hoch auf den Bock des Traktors und blickte auf Frederike herunter. »In der Erntesaison habe ich noch jede Menge Saisonkräfte. Aber jetzt sind die Felder alle leer, und außer ihm und mir ist keiner mehr da. Er hat eine Frau und zwei Kinder, die wohnen im Dorf. Früher hat Jovanka auch mitgeholfen, doch jetzt arbeitet sie bei Malthe im Supermarkt. Umgraben, Eggen und Säen kriegen wir nach und nach alleine hin«, meinte Tjalfe weiter. »Suchst du Røskva? Die ist im Haus.«

»Nein, ich suche dich.«

Tjalfe schwang sich hoch auf den Bock des Traktors und blickte auf sie herunter. »Du hast mich gefunden.« Er grinste. »Komm rauf, ich lass jetzt den Motor an, das ist ziemlich laut. Dir werden die Ohren wegfliegen, wenn du da stehenbleibst, wo du jetzt stehst.«

Nach kurzem Zögern tat Frederike wie geheißen und kletterte zu ihm hinauf auf das Ungetüm. Knatternd erwachte der Motor zum Leben. Während Tjalfe eine Runde in dem leeren Raum drehte und dann nach draußen fuhr, konnten sie gar nichts sagen. Schließlich stellte er den Motor aus.

»Also, Rikke, was gibt es?«

Sie schaute sich auf dem Hof um. »Hast du das alles allein gebaut? Früher war das doch viel kleiner.«

»Na ja, ich hatte Hilfe.« Er sprang hinunter vom Trecker und streckte ihr die Arme entgegen, um sie aufzufangen. »Warum fragst du?«

»Aber geplant hast du das?«

Er kratzte sich im Nacken. »Eigentlich habe ich immer nur was hingebaut, wo Platz war. Wenn ich mehr Speicherraum oder mehr Garagenplatz benötigt habe, hab ich eben was Neues hingestellt. Worauf willst du hinaus?«

»Ich könnte Hilfe gebrauchen«, platzte sie endlich heraus. Etwas Feuchtes berührte sie an der Hand, und sie wich erschrocken zurück. Es war der Schäferhund.

»Alfred, aus«, sagte Tjalfe in einem scharfen, kommandierenden Ton, zeigte auf den Boden neben seinen Füßen, und gehorsam setzte Alfred sich dorthin. Voller Zuneigung vergrub Tjalfe eine Hand im dichten Fell seines Hundes. »Wegen deines Ladens, oder?«, wandte er sich dann an Frederike. »Røskva hat angedeutet, dass du bleiben und den Hof umbauen willst?«

»Ist natürlich nicht zu vergleichen mit dem, was du hier hast«, erwiderte sie schnell. »Ich will nur die Scheune leerräumen und mit zwei Zwischenmauern in einen Laden, einen Lagerraum und eine Küche aufteilen. Ist ja keine tragende Wand oder so was, aber wenn ich die Mauer selber da reinziehe, stürzt mir die zusammen, sobald der Wind draußen an die Scheune pustet.«

Er grinste. »Verkauf dich nicht unter Wert.«

»Du kennst meine Maurerfähigkeiten nicht.«

»Die kennst du vermutlich selber noch nicht.« Er seufzte. »Rikke, ernsthaft? Ich würde dir total gerne damit helfen, ehrlich, aber die Scheune ist brechend voll mit altem Kram und muss erst mal leergeräumt werden und …«

»… und woher weißt du, wie voll die Scheune ist?«, fragte sie misstrauisch. Wie auf Kommando färbten sich Tjalfes runde Wangen knallrot, und er wich ihrem Blick aus.

»Du warst in meiner Scheune? Wann?«

»Genau genommen ist es die Scheune deiner Mutter«, bemerkte er. »Und die interessiert sich nicht dafür.« Noch einmal kratzte er sich den Nacken, dann atmete er tief ein, wie um sich zu rüsten. »Okay, ja, ich geb es zu. Als von meinem Rasentraktor der Motor aufgegeben hat, war ich so frei, in Mikkels ganzem Kram nachzugucken, ob sich darunter ein passender Motor befindet. Aber ich muss zu meiner Verteidigung sagen, dass ich die Tür sofort wieder zugemacht habe, sowie ich erkannt habe, dass ich bis zu Mikkels Rasentraktor gar nicht durchkomme in dem Haufen Zeugs da drin.«

»Schlechte Verteidigung, mein Lieber.«

»Was ich sagen will, ist: Das, was du da vorhast, ist ziemlich zeitaufwändig, und ich hab noch einen Haufen Hektar an Ackerland vor mir. Ich kann versuchen, abends immer mal vorbeizukommen oder wenn es regnet, aber das wäre eine Riesenschufterei.«

Frederike grinste. »Dir ist schon klar, dass du mir das schuldest, oder? Schon allein für das Weizenfeld. Die Tatsache, dass du dich in der Scheune bedienst, wann es dir passt, hilft deiner Argumentation nicht wirklich.«

Verlegen streichelte Tjalfe seinen Hund und suchte offensichtlich nach einer Antwort. Wer hätte gedacht, dass in dem pausbäckigen Biobauern ein kleiner Kleptomane steckte? Nur mit Mühe verkniff sich Frederike ein Lachen. Je schlechter sein Gewissen war, desto besser für sie.

Neben der überdachten Gemüsestiege an der Hofeinfahrt, wo Tjalfe immer mal Kartoffeln, Äpfel oder anderes an Vorbeikommende verkaufte, die das Geld einfach in eine danebenstehende Geldbox warfen, hielt ein silberfarbenes Auto an. Zunächst glaubte Frederike an eine Sinnestäuschung, doch als die junge Fahrerin halb ausstieg und den Mund aufmachte, um auf Deutsch nach dem Weg zu Frederike Andersen zu fragen, entfuhr ihr ein Jubelschrei.

»Julia!«

»Wow! Das glaub ich nicht!« Wie ein Schulmädchen hüpfte die Freundin auf sie zu und fiel ihr um den Hals. »Mensch, Freddie, weiter weg vom Schuss konnte dieses Nest nicht sein, in das du dich verkrochen hast, was? Ich wollte eigentlich schon gestern Abend hier sein und bin einfach nur heilfroh, dass ich mir in Odense ein Hotelzimmer genommen habe. Im Dunkeln den Weg hierher finden zu müssen, hätte mir den Rest gegeben.«

Nach einer zweiten heftigen Umarmung erinnerte sich Frederike an Tjalfe, der neben ihr stand. Sie stellte fest, dass der Hund sein Herrchen auffordernd anblickte, weil die Hand aus seinem Fell verschwunden war. Tjalfes Finger hingen tatenlos und starr über dem Hund. Er schaute Julia an.

»Hi«, sagte die Kinderärztin strahlend. »Ich bin Julia.« Sie reichte ihm die Hand.

»Tjalfe«, antwortete er wie ein Roboter, griff nach ihrer Hand und hielt sie ein wenig zu lange fest. Dann fiel ihm auf, was er da machte, und er zog fluchend die Hand zurück. *»Ah for helvede!«*

»Keine Sorge«, raunte Frederike ihm auf Dänisch zu. »Das hat sie nicht verstanden.«

Im Gegensatz zu dem Purpurton, den seine Wangen anzunehmen pflegten, wenn sie ihn bei einer seiner Gaunereien ertappte, leuchteten sie diesmal zartrosa. Auch das Glitzern von Julias Augen entging Frederike nicht. Sie grinste in sich hinein. Es gab sie also wirklich. Bis zu diesem Moment, als sie sich direkt vor ihren Augen abspielte, hätte Frederike ja Stein und Bein geschworen, dass Liebe auf den ersten Blick einzig und allein Liebesromanen und Märchen vorbehalten war. Aber zu erleben, wie ihre beiden Freunde von jetzt auf gleich zu Teenagern mit Herzchen in den Augen wurden, war ziemlich eindeutig. Wenn es keine Liebe auf den ersten Blick war, dann doch zumindest Lust auf den ersten Blick.

Sie wollte eben vorschlagen, dass die beiden besser ihre Münder schlossen, ehe noch Insekten reinflogen, allerdings kam ihr Julia zuvor.

»Wer bist denn du?«, fragte sie mit einem Gurren in der Stimme, das Frederike nie zuvor bei ihrer Freundin gehört hatte, gleichzeitig atemlos und überdreht. Der Hund fiepte ein wenig konsterniert. Erst nach kurzem Zögern lief er auf Julia zu.

»Boah, der ist ja total weich und flauschig!«, rief Julia begeistert.

»Das ist Alfred.« Noch nie hatte Frederike Tjalfe Deutsch reden hören. Er klang ein wenig so, als habe er es selbst noch nie gehört. Das zarte Rosa vertiefte sich.

Zeit, den armen Jungen zu erlösen.

»Julia«, meinte sie und tippte mit dem Zeigefinger auf die Schulter der Freundin. »Erdrück den Hund nicht. Komm, ich zeig dir, wo ich wohne.« Dann wechselte sie ins Dänische. »Tjalfe, wir sehen uns. Denk dran, du schuldest mir was.«

Wortreich verabschiedete Julia sich von Alfred, weniger wortreich von Tjalfe, dann stieg sie wieder ins Auto. Frederike nahm auf dem Beifahrersitz Platz.

»Der ist ja süß«, sagte Julia, als sie den Gang einlegte und in den Rückspiegel schaute. Frederike musste das nicht auch tun, um zu wissen, dass Tjalfe wie angenagelt in seiner Hofeinfahrt stand.

»Ja. Schöner Hund«, erwiderte sie trocken.

»Du weißt genau, dass ich nicht von dem Hund rede, oder?«

»Den Bauern meinst du? Wäre ich gar nicht drauf gekommen. Ihr wart beide so schrecklich subtil.«

Julia lachte. »Wo lang?«

Bavianer – Paviane

Aus Rikkes geheimem Rezeptbuch
25. Juli 2000

Bavianer

Zutaten:
100 ml Wasser
400 g Zucker
150 g Traubenzucker
½ ml schwarze Lebensmittelfarbe
½ ml gelbe Lebensmittelfarbe
½ TL Zitronensäure
2½ ml Bananenaroma
1½ EL Hexenpulver

Zubereitung:
1. Grundmasse herstellen und bei Erreichen der Temperatur auf die mit Öl eingepinselte Silikonmatte geben.
2. Nachdem die Masse etwas angehärtet ist, ein Fünftel abnehmen und mit der schwarzen Lebensmittelfarbe mischen.
3. Die übrige Masse in zwei gleiche Teile teilen. Die eine Hälfte mit dem Hexenpulver mischen, die andere mit den restlichen Zutaten.
4. Die beiden gleich großen Teile in zwei gleiche Rollen formen und nebeneinanderlegen, zusammendrücken.
5. Aus der schwarzen Masse 4 Streifen formen, diese um die große Rolle legen, ein paarmal rollen, damit alles

gut zusammenklebt. Schnell zu Bonbons schneiden, ehe es zu hart wird.

Diese Bonbonidee ist mir heute in Kerteminde gekommen und daran ist Rasmus schuld. Er hat was gesagt, das mich total zum Lachen gebracht hat. Søren, er, Mille und ich waren im Vaffelhuset Eis essen, und da ist unten am Hafen eine ganze Reihe Segeljachten zu einer Regatta rausgefahren. Es war fast wie früher, ganz ohne Streit und Eifersucht. Rasmus und Søren haben ewig lange über Boote gefachsimpelt. Ich meinte nur, dass ich gerne mal auf so einer Jacht rausfahren würde, einmal um die Insel herum und zum Abendessen wieder zu Hause sein. Im Sommer muss das toll sein.

Rasmus hat mich mit einem Blick angeschaut, den ich nicht verstanden habe. Dann zeigte er auf eins von den Booten und sagte, die Dinger haben nicht mal Sonnenschutz. Jede Sitzgelegenheit liegt bei diesem Wetter in praller Sonne, und wer da mitfährt, verbrennt sich früher oder später den Hintern, dass er aussieht wie ein Pavian. Vor Lachen sind mir die Tränen gekommen und Søren auch. Nur Rasmus sah gar nicht glücklich aus über seinen Scherz.

Keine Ahnung, ob er recht hat. Die Leute auf den Jachten wirkten eigentlich alle ganz fit. Mitfahren möchte ich dennoch gern. Es muss großartig sein, wenn einem der Wind um die Nase weht.

11. Kapitel

Je mehr Julia von Morfars Anwesen sah, desto größer wurden ihre Augen.

»Wow, Freddie, das ist …« Der Kinderärztin fehlten schon die Worte, dabei waren sie gerade erst einmal auf dem Weg durch den Innenhof in Richtung Haustür.

»Ein ziemliches Chaos?«, half Frederike aus. »Ich weiß.«

»Das ist es nicht, was ich sagen wollte. Ich hatte eher an so etwas wie *beeindruckend* gedacht. Oder romantisch.« Julias Blick wanderte von dem ockergelb gestrichenen Fachwerkhaus über die Scheune zurück zum Wohnhaus. »Wenn man das hier so anguckt, denkt man, jeden Augenblick müsste Michel von Lönneberga um die Ecke rennen, während Lina mit dem Kochlöffel hinter ihm her ist und Alfred das Pferd striegelt.«

»Lönneberga ist in Schweden. Nicht in Dänemark.« Nur halb bei der Sache blätterte Frederike durch die Schreiben, die Julia ihr in die Hand gedrückt hatte. Formulare zum Ausfüllen, Informationsmaterial von der Versicherung des Vermieters und ein paar Zeitungsausschnitte über den Brand, inklusive kriseliger Fotografien, bei denen ihr der Atem stockte. Was sie sah, schockierte sie. Aber nicht, als ob der Verlust sie getroffen hätte, sondern als wäre es eine Nachricht im Fernsehen. Es tat gut, zu wissen, dass sie den Papierkram einfach an Rasmus' Kontakt in Frankfurt weiterleiten konnte und wusste, dass der sich um alles Weitere kümmern würde. Der Mann hatte sich als echter Segen erwiesen.

Mit einer Handbewegung wischte Julia Frederikes Einwand bezüglich Lönneberga beiseite. »Du weißt, was ich meine. Dieses Haus ist ein Traum. Und all die Blumen! Wahnsinn, wie das erst aussehen muss, wenn alles blüht.«

»Die Blaukissen sind schon ein Hingucker«, gab Frederike zu. Der Gedanke, dass sie dieses Jahr die Blaukissenblüte verpasst hatte, tat nicht mehr weh, denn jetzt wusste sie, dass sie im kommenden Frühjahr noch hier sein würde. Es warteten noch viele Sonnentage auf der Blumeninsel auf sie. »Jetzt komm erst einmal rein. Drinnen ist alles noch ein wenig chaotisch, aber wir arrangieren uns schon.«

Ohhs und *Ahhhs* von Julia begleiteten Frederikes Hausführung. Die Kinderärztin war begeistert von dem renovierten Dielenboden, verzückt vom offenen Kamin und der altmodischen Küche und wurde richtig euphorisch, als sie die alte Badewanne mit den Löwenfüßen entdeckte.

Umso mehr erschreckte es Frederike, als Julias Staunlaute sich plötzlich in einen panischen Aufschrei verwandelten, kaum, dass sie die Freundin gebeten hatte, sich auf die Couch im Wohnzimmer zu setzen.

»Da!«, schrie Julia, sprang vom Sofa auf, auf dem sie es sich noch nicht einmal richtig gemütlich gemacht hatte, und zeigte mit ausgestrecktem Zeigefinger auf ein Stück Wand zwischen Kaminofen und Fenster. »Da, da!«

Perplex folgte Frederike Julias Fingerzeig. Kaum dass sie erkannte, was Julia derart aus der Fassung gebracht hatte, konnte sie sich ein Lachen nicht verkneifen. »Das ist doch nur Henk. Du musst keine Angst haben, er ist nur eine Spinne.«

»E… eine Riesenspinne.«

»Nein, eigentlich ist er nur eine ganz normale Spinne. Außerdem ist er mein Geschäftsfreund.«

»Was für Geschäfte machst du mit einer Spinne?«

»Ich habe ihn als Mückenfänger engagiert. Freie Kost und Logis gegen seine Dienste als biologisches Insektenspray. Funktioniert prima. Wir sind ein tolles Team.«

Für ein paar Augenblicke musterte Julia sie, als hätte sie den Verstand verloren. Dann verwandelte sich der Ausdruck auf dem Gesicht der Freundin von purem Schock in Freude.

»Weißt du was?«, sagte Julia im Brustton der Überzeugung. »Ich glaube, dein Angebot für diesen Besuch angenommen zu haben, war die beste Entscheidung, die ich seit Langem getroffen habe. Die Gesellschaft hier ist einfach unschlagbar!« Und da war ein Unterton in Julias Stimme, der nahelegte, dass Julia bei dieser Aussage nicht nur an den Spinnen-Geschäftsfreund dachte, sondern vor allem auch an einen blonden Spinner mit einem spitzbübischen Grinsen, der in wenigen Tagen dreißig werden würde. Frederike wurde ganz warm ums Herz. Sie freute sich für die Freundin.

Bis zum Nachmittag verbrachten sie die Zeit damit, Julias Koffer in eines der beiden Zimmer unterm Dach zu tragen, den Raum notdürftig bewohnbar zu machen und Tee zu trinken. Immer dann, wenn Julia mit etwas anderem beschäftigt war – auspacken, Badezimmerpause, Zigarettenquickie im Innenhof –, konnte Frederike nicht widerstehen und warf einen Blick auf ihr Handy, und mit jedem Mal gesellte sich mehr ein nagendes Ziehen zu dem Glücksgefühl. Seit gestern Nachmittag hatte Rasmus kein Lebenszeichen von sich gegeben. Klar, er hatte gesagt, dass er viel arbeitete. Himmel, sie hatte es mit eigenen Augen gesehen, als er am Dienstag auf ihrer Schwelle aufgetaucht war, vollkommen fertig und übermüdet. Aber das war jetzt zwei Tage her, und sie konnte ihren Fast-Streit am Morgen danach nicht vergessen. Die Art, wie er sie abgewimmelt hatte.

Das Handy immer noch in der Hand, schielte sie aus dem Fenster. Julia sah aus, als wäre sie noch eine Weile mit ihrer

Zigarette beschäftigt. Frederike hatte nie verstanden, dass ausgerechnet eine Ärztin nicht von den Glimmstengeln lassen konnte, doch Julia antwortete darauf immer nur: »Gerade die, die es am besten wissen müssten, tappen immer wieder in dieselben Fallen.«

Galt das auch für Frederike? Waren Männer, die sich in ihrer Arbeit vergruben, wenn sie etwas Unrechtes taten, ihre Zigaretten?

Sie schüttelte den Kopf über sich selbst und gab sich einen Ruck. Das war lächerlich. In welchem Jahrhundert lebten sie eigentlich? Rasmus hatte sich seit knapp vierundzwanzig Stunden nicht bei ihr gemeldet. Na und? Was hinderte sie daran, selbst die Initiative zu ergreifen und ihn anzurufen?

Nichts.

Ein paarmal wischte sie über das Display ihres Handys, dann baute sich die Verbindung auf. Es klingelte dreimal, zweimal knackte es, dann folgte ein Rascheln und schließlich signalisierte ein Piepton, dass die Verbindung unterbrochen worden war.

Seltsam. Verwirrt starrte Frederike auf das Telefon in der Hand.

»Alles klar bei dir?« Julia kam zurück ins Wohnzimmer und schaute Frederike fragend an. »Du guckst, als hättest du einen Geist gesehen.«

Frederike schüttelte den Kopf. »Nein, nein, alles klar.«

»Sicher?«

»Ja, ich weiß nicht. Das war gerade nur komisch.«

»Komisch *haha* oder *seltsam* komisch?«

»Eher seltsam komisch.« Entschlossen legte Frederike das Handy weg. Sie hatte keinesfalls vor, einer Lappalie zu viel Bedeutung beizumessen.

Julia ließ sich neben ihr in die Sofakissen fallen und verschränkte erwartungsvoll die Arme. »Na, dann lass mal hören. Für seltsam bin ich die Expertin.«

Unter Julias forschendem Blick erzählte Frederike alles. Von Rasmus und wie es früher gewesen war. Von den verschwundenen Briefen und davon, dass sie achtzehn Jahre lang geglaubt hatte, Rasmus hätte sie ohne einen zweiten Gedanken aus seinem Leben gestrichen. Sie umriss ihr Wochenende am Kap Fünen, ließ dabei allerdings wohlweislich die pikanteren Details aus, und hörte erst auf zu reden, als sie bei dem Telefonat gerade ankam.

»Du glaubst, er hat dich weggedrückt? Dass er nicht mit dir reden will?«

»Ich glaube … ich habe keine Ahnung, was ich glaube«, gab Frederike ehrlich zu. »Wahrscheinlich zerbreche ich mir umsonst den Kopf. Er hat mir mehr als einmal gesagt, dass er momentan viel Stress in der Arbeit hat. Ich bin vermutlich nur überempfindlich, weil ich ein gebranntes Kind bin. Als Søren immer mehr abgerutscht ist, hat es genauso angefangen. Aber das hier ist nicht Søren, sondern Rasmus. Sicherlich bilde ich mir was ein.«

»Ja, ganz bestimmt«, sagte Julia, doch ihr Ton verriet, dass sie nicht richtig überzeugt war.

Weil Frederike keine Lust hatte, sich weiter zu rechtfertigen, klatschte sie sich auf die Oberschenkel und stand auf. Was sie brauchten, war ein Tapetenwechsel. »Weißt du was?«, meinte sie deshalb. »Es gibt hier noch was Besseres, als rumzusitzen und Tee zu trinken. Wenn du Tjalfe schon faszinierend fandest, warte ab, wohin ich dich jetzt mitnehme. Ich zeige dir die Seele von Rendstrup.«

Etwas in Frederike wünschte sich, es wäre Rasmus, der auf ihr Klopfen hin die Tür zu Hennis Bungalow öffnen würde. Ob Julia anders reagieren würde, sobald sie ihn kennengelernt hatte? Es war schwer, mit der besten Freundin über einen Mann zu reden, den diese noch nie gesehen, Himmel, von dem sie bis vor Kurzem noch nie auch nur etwas gehört hatte. Andererseits war Rasmus der geborene Charmeur, und mit seinem Lächeln konnte er jedes weibliche Wesen für sich einnehmen.

Wortreich lud die Bedstemor die beiden jüngeren Frauen ein, ihr ins Wohnzimmer zu folgen. »Hach, in solchen Momenten wünschte ich, ich hätte noch meinen Garten und die Terrasse«, lamentierte sie. »Es wäre eigentlich viel schöner, draußen zu sitzen, oder?«

Frederike schmunzelte, als sie Julias verständnislosen Blick bemerkte. »Bedstemor, dein Wohnzimmer ist perfekt, und Julia versteht kein Wort, wenn du Dänisch sprichst.«

In der Tür zum Wohnzimmer blieb Henni stehen und betrachtete Julia von Kopf bis Fuß. Übergangslos wechselte sie ins Deutsche, was bei ihr ein wenig eingerostet klang, aber darüber hinaus fast so perfekt war wie das Wohnzimmer. »Du bist zum ersten Mal in Dänemark?«

Julia nickte enthusiastisch. »Nur in Schweden war ich schon mal.«

Henni wandte sich wieder um und wies auf Couch und Sessel. »Mach es dir bequem, Julia. Rikke, Engel, stellst du Tassen auf den Tisch? Ich mach Kaffee. Kuchen hab ich leider keinen …«

»Bedstemor«, unterbrach Frederike sie amüsiert. »Das erwartet doch keiner.«

»Aber ihr könnt beide gern zum Abendessen bleiben, da kann ich mir was einfallen lassen«, sagte Henni, als habe sie Frederikes Einwand nicht gehört. Sie schlurfte in die Küche und ließ die Tür weit offen.

Julia ließ sich auf die Couch fallen, während Frederike Tassen aus dem Schrank holte. »Niedlich«, sagte Julia und blickte sich im Wohnzimmer um, das modern eingerichtet war und in dem nichts daran denken ließ, dass man sich im Haus einer Oma befand. »Woher kennt ihr euch?«

»Henni ist die Großmutter von Rasmus und seiner Schwester. Sie sind hier aufgewachsen, seit ihre Eltern bei einem Verkehrsunfall gestorben sind. Da war Rasmus sieben.«

Entsetzt riss Julia die Augen auf. »Himmel … davon hast du gar nichts erzählt.«

Schulterzuckend stellte Frederike die Tassen auf den Tisch. »Ist lange her. Ich hab seine Eltern selbst nicht mehr kennengelernt. Ich kam erst später zum ersten Mal her. Er redet nie über sie, und ich nehme nicht an, dass es ihn heute noch belastet oder so.«

»Na, ich weiß nicht. Wenn ein Kind in dem Alter beide Eltern verliert, belastet das eigentlich das gesamte restliche Leben.«

»Du musst es ja wissen.« Wahrscheinlich hatte Julia in ihrem Job nicht selten mit traumatisierten Kindern zu tun. Frederike schämte sich ein bisschen, dass sie nie nach Einzelheiten von Julias Arbeit gefragt hatte, doch sie hatte in den vergangenen Jahren so viel mit sich zu tun gehabt, da waren ihre Qualitäten als Freundin ziemlich auf der Strecke geblieben.

»Musst was wissen?« Henni war zurück, mit leeren Händen, aber Frederike hörte das Schnauben der Kaffeemaschine in der Küche.

Verlegen nahm Frederike neben Julia Platz und blickte auf ihre Füße. Sie war nie besonders gut darin gewesen, mit Henni darüber zu reden, dass diese ihren einzigen Sohn so früh verloren hatte. Seufzend sank Henni in ihren Ohrensessel.

Julia hatte dieses Verlegenheitsproblem nicht. Sie lehnte sich vor, die Hände zwischen den Knien. »Freddie hat mir gerade erzählt, dass Rasmus, mit dem sie zusammen ist, hier bei Ihnen aufgewachsen ist, weil er früh seine Eltern verloren hat.«

Ein Glitzern trat in Hennis Augen. Kein trauriges Glitzern wie von unterdrückten Tränen, sondern eines, das Hennis Gesicht um mindestens drei Jahrzehnte verjüngte. »Ehrlich? Ihr seid zusammen, Rikke? Warum weiß ich davon nichts?«

»Natürlich weißt du das«, verteidigte Frederike sich. »Nur weil wir es nicht aussprechen, heißt es ja nicht, dass du uns nicht durchschaust. Vor allem ihn.«

Amüsiert drückte Henni Frederikes Knie. »Frauen in meinem Alter haben es oft nicht mehr so mit dem Hören. Deshalb haben sie es gern klar und deutlich, Engel. Das musst du dir merken. Ich hol den Kaffee.«

Frederike sprang auf. »Bleib sitzen, ich erledige das.«

Als sie zurückkehrte, sagte Henni gerade: »Natürlich belastet ihn das bis heute. Oder vielleicht ist *belasten* nicht das richtige Wort dafür. Es beeinflusst ihn. Ein Teil von ihm hat, glaube ich, bis heute Angst, dass ihn jeder Mensch, den er liebt, früher oder später verlassen wird. Einfach eines Tages aus der Tür geht und nicht mehr wiederkommt. So, wie es bei Viggo und Alma gewesen ist. Als Rasmus klein war, hing er an Mille und mir wie eine Klette.«

»Mille?«

»Seine jüngere Schwester.« Henni blickte auf. Frederike schenkte den Kaffee ein und musste sich konzentrieren, dass sie nichts verschüttete. Ihre Finger zitterten, so sehr wühlte das, was Henni sagte, sie auf. *Ein Teil von ihm hat Angst, dass ihn jeder Mensch, den er liebt, verlassen wird.*

»Danke, Engel, das ist lieb von dir.« Wie nebensächlich streifte Henni mit dem Zeigefinger über Frederikes Handrücken. Dann wandte sie sich wieder an Julia. »Und dann ist da natürlich noch das andere.« Obwohl eben noch sie Frederike getröstet hatte, wirkte Henni jetzt doch so, als würde sie mit Tränen kämpfen. Sie schien in Gedanken versunken, mit Bildern aus der Vergangenheit zu ringen, die nur in ihrer Erinnerung lebten. »Natürlich gibt es in so einem Fall staatliche Unterstützung, finanziell, meine ich. Aber ich war allein, selbst schon Witwe und hatte nur meinen kleinen Heimarbeitsplatz. Viggo und Alma hatten beide gut bezahlte Jobs. So lange sie gelebt haben, konnten sie Rasmus und Mille jeden Wunsch von den Augen ablesen und umgehend erfüllen.« Hennis Lachen klang halb sentimental und halb missbilligend. »Ich hab ihnen so oft gesagt, dass sie die Lütten verwöhnen. Vor allem Rasmus, der war ja nicht mehr so klein. Doch was soll man tun? Wann haben Kinder je auf ihre Eltern gehört? Manchmal denke ich, es gibt nichts, was junge Menschen mehr wollen, als sich Kopf voran in ihre eigenen Fehler zu stürzen. Als seine Eltern nicht mehr da waren, war das für Rasmus eine riesige Umstellung. Bis er mit der Schule fertig war, waren wir in der einen oder anderen Form immer auf Zuschüsse angewiesen. Wenn er heutzutage nur das Wort Zuschuss hört, kriegt er Pickel.«

»Ehrlich?« Julias Augen wurden groß.

»Ehrlich.« Henni nickte bedeutungsvoll, drehte sich ein wenig in ihrem Sessel und wies mit der freien Hand auf ihre Kehrseite. »Genau da sprießen sie dann.« Und dann prustete sie los, und Julia prustete mit.

Frederike räusperte sich. »Bedstemor, ich bin mir nicht sicher, was Rasmus davon halten würde, wenn er wüsste, was du alles ausplauderst.« In Wahrheit wusste sie nicht so recht, was *sie selbst* davon halten sollte. Nach dem, was sie gerade erfahren hatte, fühlte sie sich gleich noch viel elender, dass sie sich damals von Søren zu dem Segelausflug hatte überreden lassen. Aber das war fast zwei Jahrzehnte her. Jetzt konnte sie nichts mehr daran ändern.

»Na, da hab ich aber Glück, dass er keine telepathischen Kräfte hat, oder? Mundwinkel nach oben, junge Frau. Das Leben ist zu kurz für ein langes Gesicht.« Mit ihrer einmaligen Fähigkeit, in den Gesichtern ihrer Liebsten zu lesen, tätschelte Henni Frederikes Hand. »Mach dir keine Sorgen, Engel. Er ist erwachsen geworden. Klug vielleicht nicht, aber erwachsen. Das ist zumindest die halbe Miete.«

Frederike sagte nichts und rührte ihren Kaffee um. Henni richtete ihren Blick wieder auf Julia, die wie gebannt an den Lippen von Oma Henni hing.

»Und, was hast du schon alles gesehen von Rendstrup Strand?«, fragte sie Julia und wechselte damit endgültig das Thema.

»Oh, es ist richtig süß. Ich bin ein Großstadtkind, so ein Dörfchen kenne ich bisher nur von Postkarten. Unheimlich romantisch hier.«

Frederike konnte nicht anders, sie musste sticheln. »Ja, vor allem gewisse Personen in dem Dörfchen, nicht wahr?«

Henni zog die Brauen hoch. »Mehr Informationen, bitte.«

Julia winkte ab. »Na, nun aber, immer schön langsam mit den jungen Pferden.«

»So jung nun auch wieder nicht.« Frederike stellte ihre Tasse auf den Tisch und wandte sich an Henni. »Als Julia ankam, war ich gerade bei Tjalfe wegen … na, er soll mir bei etwas helfen. Als dann plötzlich Julia da stand, da kreisten bei den beiden dicke, rosafarbene Herzen um die Köpfe.«

»Tjalfe? Unser Tjalfe hier?« Überrascht schaute Henni Julia an. »Wirklich? Dem sind die Gummistiefel an den Füßen festgewachsen, bist du sicher, dass das was für dich ist?«

Julia hob beide Hände. »Auszeit. Ich kenn den doch kaum. Was weiß ich denn schon?«

»Dafür, dass du ihn kaum kennst, hast du ihn ganz schön angehimmelt. Von Alfred will ich gar nicht erst reden. Denn der Weg ins Herz eines Mannes mit Hund lässt sich am schnellsten über den Vierbeiner ebnen.«

»Verräterin«, murmelte Julia in ihre Tasse hinein.

Henni grinste. »Ich sag mal, früher oder später findet jeder Topf seinen Deckel, und wer kann schon sagen, was draus wird. Als mein Sohn mir damals eröffnete, wen er heiraten wollte, bin ich aus allen Wolken gefallen. Und Rasmus … nun ja, da hatte ich die Hoffnung schon fast aufgegeben.« Sie beugte sich vor und strich Frederike erneut übers Knie. »Aber man weiß nie, was passiert. Das Wichtigste ist, dass man sich niemals verschließt. Es wäre ein Jammer, auch nur eine einzige der Gelegenheiten zu versäumen, die sich einem im Lauf des Lebens bieten.« Sie trank ihre Tasse leer und räusperte sich. »Erzählst du mir jetzt auch, wobei du Tjalfes Hilfe haben wolltest?«

Frederike presste die Lippen zusammen. »Dir entgeht auch nichts, oder?«

»Ich hab mir angewöhnt, immer gut zuzuhören.«

»Okay, also in den vergangenen Tagen habe ich eine Idee entwickelt. Mit den Bonbons und Morfars Haus und … und na ja, wegen dem Brand in Frankfurt und … also, ich kriege ein wenig Geld von der Versicherung. Rasmus kennt jemanden in Frankfurt, der mir dabei hilft, das für mich zu regeln. Es wird nicht viel sein, aber als Startkapital … wenn meine Mutter mir das Haus überlässt …« Sie verhaspelte sich und sah hilfesuchend zu Julia, da allerdings konnte sie lange warten, denn mit Julia hatte sie darüber noch gar nicht gesprochen.

»Engel.« Henni ergriff ihre beiden Hände und schaute ihr tief in die Augen. »Warum sagst du nicht einfach, was du dir hast einfallen lassen? Darin warst du sonst immer sehr gut. Ich fände es schön, wenn wir auch weiterhin auf diese Weise miteinander reden könnten.«

Frederike seufzte. »Ich möchte hierbleiben, Bedstemor. In Rendstrup Strand. Nach Frankfurt zieht mich nichts mehr zurück, und auch wenn für viele der Brand in dem Mietshaus, dem all mein Hab und Gut zum Opfer gefallen ist, wie eine riesige Katastrophe wirkt, kommt er mir mittlerweile fast schon vor wie ein Glücksfall. Er hat mich aufgeweckt und mir gezeigt, was ich wirklich will.«

Sanft strich Oma Henni ihr durchs Haar. »Und das ist Rasmus?« Eine einzelne Träne glitzerte in Hennis Augenwinkel.

»Auch. Und dich. Und Rendstrup. Und … die Bonbons.«

Aus der einen Träne wurden drei. »Du hast keine Ahnung, wie glücklich mich das machen würde, wenn es so wird, wie du es dir ausmalst. Ich kann nichts versprechen, Rikke, niemand kann das. Die Welt dreht sich, und man weiß nie, hinter welcher Straßenbiegung die nächste Katastrophe lauert. Man hat nur zwei Möglichkeiten. Vorsichtig zu sein, immer langsam zu fahren und dann davon überrascht zu werden, dass die Gefahr von vollkommen unerwarteter Stelle auf einen zustürzt. Oder das Leben genießen, jede Idee mit ganzem Herzen zu verfolgen, und wenn das Leben einen zu Fall bringt, dann wieder aufzustehen, sich die Hosen abzuklopfen und erneut Anlauf zu nehmen. Du, mein Engel, hast schon immer die zweite Art bevorzugt, und das ist, weshalb Rasmus dich so gernhat.«

»Und ich auch!«, warf Julia ungefragt ein.

Henni lachte leise und umklammerte Frederikes Handgelenk. »Und weil es meine Pflicht als deine Oma ist, dir den Anfang so leicht wie möglich zu machen, werde ich dir jetzt etwas zeigen.«

»Du bist nicht meine Oma, Henni«, protestierte Frederike lahm, während Henni sie zu der Tür neben der Küchenanrichte zog, hinter der eine Treppe unters Dach führte.

»Ich bin deine Oma, seit du das erste Mal die Ferien hier verbracht hast, weil deine liebe Mormor da ja schon nicht mehr gelebt hat und nur der Mikkel …« Sie schnalzte mit der Zunge, ein tadelndes und zugleich liebevolles Geräusch. »Was sollte denn der Mikkel allein mit einem kleinen Mädchen in einem Haus? Ich bin deine Oma so sehr, wie ich die von Rasmus und Mille bin, und ich kann dir sagen, dass ich darauf verdammt stolz bin.«

Im unausgebauten Dachgeschoss gingen Frederike beinahe die Augen über. Die Decke über den Ziegeln war niedrig, Staub hing in der Luft und es roch muffig. Doch all das war nicht mehr wichtig, als sie erkannte, worauf Henni mit ihr und Julia im Schlepptau zusteuerte. Frederike hatte keinen Schimmer gehabt, wie viele Arbeitsmittel zum Bonbonkochen Henni wirklich besaß. Jetzt wurde ihr klar, dass Henni sie immer nur einen Bruchteil davon hatte sehen lassen. Töpfe, Silikonmatten, Thermometer. Edelstahlplatten, vier Meter lang und anderthalb Meter breit, lehnten an den Dachsparren, bereit, in irgendeiner professionellen Küche wieder eingebaut zu werden. Die Kupferrohre und Kessel gehörten zu einem Wärmesystem, nahm Frederike an, das man unter einer der Arbeitsplatten installieren konnte, damit die Bonbonmasse länger warm blieb. Ganze Kisten voller Zutaten kramte Henni hervor und blickte mit leichter Verzweiflung hinein, sich den Kopf kratzend.

»Ich hab keine Ahnung, was davon noch gut ist«, erklärte sie. »Du musst das Fläschchen für Fläschchen durchgehen. Aber was auch immer du davon noch verwenden kannst – es gehört jetzt alles dir.«

»Das … das kann ich nicht«, stotterte sie und bestaunte eine mindestens hundert Jahre alte Bonbonpresse, auf deren linke Seite das Label einer englischen Manufaktur geschweißt war.

Henni richtete sich auf und trat ganz nah an Frederike heran, nahm ihr Gesicht zwischen beide Hände und schaute ihr in die Augen. »Ich will, dass du all das behältst, Engel. Ich habe es von meiner Mutter geerbt, und jetzt gehört es dir. Bonbonkochen ist seit vielen Generationen eine Tradition in meiner Familie, und nichts würde mich glücklicher machen als zu wissen, dass du diese Tradition fortführst. Und falls du es noch mal deutlich brauchst: Ich will, dass du hier bei uns bleibst. Weil es mein größter Wunsch ist, dass Rasmus und du glücklich werden. Aber weil das hier alles nichts nutzt ohne einen Herd, kann ich nur für dich hoffen, dass der alte AGA, den wir in Mikkels Scheune gestellt haben, als Mille mein Haus kaufte, wieder zum Laufen gebracht werden kann. Es ist der beste Bonbon-Ofen, mit dem ich je gearbeitet habe.«

Kurz vor zwanzig Uhr am Donnerstagabend klingelte es an der Tür von Rasmus' Kopenhagener Apartment. Er griff nach seiner Jacke, der bereitliegenden Brieftasche und dem Handy und verließ die Wohnung. Er hatte früher mit Mille und Joakim gerechnet und ärgerte sich über die Stunde, die er länger im Büro hätte bleiben können.

Seit er wieder in Kopenhagen aufgeschlagen war, arbeitete er wie ein Besessener, unterbrochen nur von der einen Nacht in Rendstrup. Er wusste, dass dies seine einzige Chance war, und würde den Teufel tun, diese schon wieder zu vermasseln. Vielleicht war doch noch nicht alles zu spät. Er konnte nur hoffen. Nachdem im Hauptsitz von *Sydskov Engineering* an keinem einzigen Tag diese Woche die Dinge so gelaufen waren, wie er es sich vorgestellt hatte, wurde die Luft für ihn immer dünner. Er spürte, wie ihm die Felle davonschwammen. Eine Lösung musste her, und zwar schleunigst.

Er stieß die Glastür auf, die vom Foyer nach draußen führte, und prallte beinahe mit Mille zusammen. »Bittest du mich nicht mal rein?« Pikiert sah sie zu ihm hoch.

»Ich dachte, wir wollten essen gehen?« So jedenfalls war der Plan gewesen. Alle zwei Wochen hatte Mille geschäftlich in Kopenhagen zu tun, wenn sie sich mit der Führungsetage der Maklerfirma traf, zu der ihre Agentur gehörte. Joakim begleitete sie dann. Sie erledigten Einkäufe in der Stadt und abends trafen sie sich mit Rasmus.

Doch Joakim war heute nicht da.

»Bist du allein?«, fragte Rasmus überflüssigerweise.

»Einer muss ja auf die Kinder achten.«

Misstrauisch musterte er sie. »Mille, bisher war es nie ein Problem, einen Babysitter zu finden, wenn ihr nach Kopenhagen kommt.«

Sie wich seinem Blick aus. »Können wir gehen?«

»Worauf hast du Lust?« Er legte einen Arm um die schmalen Schultern seiner kleinen Schwester und dirigierte sie zur nur zwanzig Schritte entfernten Bushaltestelle. In Kopenhagen ließ Rasmus seinen Wagen in der Tiefgarage stehen. Hier nahm er entweder das Rad, ging zu Fuß oder nahm den Bus. Es war einfacher, als sich mit dem Parkplatzchaos in der Innenstadt auseinanderzusetzen.

»Nichts so Überdrehtes«, meinte sie. »Simpel?«

Gewöhnlich gingen sie in eines der Oberklasserestaurants rings um das Regierungsviertel herum. Dass Mille sich heute etwas Bodenständiges wünschte, war ein weiteres Indiz, dass etwas nicht stimmte.

Nach nur wenigen Haltestellen stiegen sie in der Vesterbrogade wieder aus, wo sich ein Restaurant ans nächste drängte und sich indische, chinesische, italienische und spanische Düfte zu einem unwiderstehlichen Cocktail mischten. Rasmus entführte seine Schwester in den WestMarket. Von außen wirkte es unscheinbar, nur eines von vielen Einkaufszentren. Doch drinnen reihte sich nicht etwa ein Modegeschäft ans andere, sondern Läden mit Leckereien aus aller Herren Länder säumten den breiten Gang, der mit Tischen und Bänken vollgestellt war.

»Sushi?«, fragte Rasmus, der wusste, dass Mille Sushi mochte, aber Joakim immer protestierte, wenn er das vorschlug.

Mit großen Augen blickte sie sich um. »Wie soll ich mich entscheiden?«

Er lehnte sich zu ihr. »Tu, was dein Bauch dir sagt.«

Er selbst saß schließlich mit einem Burger vom argentinischen Rind an einem der Tische, während Mille nur mäßig interessiert an einem Taco knabberte.

»Ich hätte nicht gedacht, dass du solche Orte kennst«, murmelte sie, ohne ihn anzusehen.

»Wieso nicht?«

»Ich dachte, du kennst nur die Nobelschuppen, in die du uns sonst schleppst.«

»Die Nobelschuppen kenne ich, weil ich von der Arbeit aus ständig in sie hineingezerrt werde. Und dich schleppe ich dorthin, weil Joakim sie zu mögen scheint. Solche Orte hier kenne ich, weil auch einer wie ich ab und zu was Deftiges braucht.« Herzhaft biss er von seinem Burger ab. »Nun sprich«, sagte er dann. »Wo wir gerade bei Joakim sind. Warum ist er nicht mitgekommen?«

»Ich möchte darüber eigentlich ungern sprechen.« Sie pickte ein Salatblatt aus ihrem Taco heraus und legte es beiseite, betrachtete es, dann steckte sie es sich in den Mund.

Rasmus legte den Burger auf seinem Teller ab und beugte sich vor. »Hey, *Søs*. Du kannst mit mir reden. Habt ihr Schwierigkeiten?«

Sie hob die Schultern und senkte sie wieder. »Die hat jeder mal, oder?«

»Ihr hättet doch einen Zweitagestrip machen können, euch 'ne schöne Nacht in einem Hotel gönnen. Danach sieht die Welt schon wieder viel besser aus.«

Sie schnaubte. »Klingt, als würdest du dich damit auskennen.«

Er grinste, lehnte sich zurück und sah sie an. »Nächte in Hotels sind meine Spezialität.«

»Manchmal glaube ich, dass ich dich überhaupt nicht mehr kenne.«

Da hatte sie nicht ganz unrecht. Genussvoll verspeiste er seinen Burger. Mille schob ihren Teller zurück. Sie hatte nicht mal die halbe Portion gegessen. Kritisch betrachtete er sie. »Keinen Hunger?«

»Ich muss heute noch nach Hause, und ich fahre nicht so gern mit vollem Magen.«

»Ich dachte, du bist mit dem Zug hier?«

»Ja, schon. Aber der Wagen steht in Nyborg, und dann muss ich mitten in der Nacht bis nach Rendstrup fahren. Zu viel zu Abend zu essen macht zusätzlich müde. Du bist übrigens ganz schön blass, Bruderherz. Du siehst aus, als ob du seit Ewigkeiten nicht geschlafen hast. Ist was passiert?« Elegant wechselte sie das Thema. Jetzt war es an ihr, ihn prüfend zu betrachten. Anschließend schien sie ein Stück in sich zusammenzusinken. »Nein, sag es nicht.«

»Sag was nicht?«

»Es ist wegen Rikke, oder?«

»Sie ist eine tolle Frau. Sie war ein tolles Mädchen, und jetzt ist sie eine tolle Frau. Was ist daran falsch?«

»Alles ist falsch, Rasmus!« Zum ersten Mal schien sie aus dieser seltsamen Lethargie zu erwachen, die sie umhüllte wie ein Wintermantel. »Du kannst das doch nicht wollen! Die Frau hat dir schon einmal das Herz gebrochen, wie kannst du dich wieder mit ihr einlassen? Und das, obwohl sie wieder abreisen wird, und zwar schon sehr bald, wenn …«

»Vielleicht ja nicht«, unterbrach er sie.

Ihr blieb der Mund offen stehen. »Ich hab es geahnt!«, brach es aus ihr heraus, wie ein Fluch. »Als Bent mir sagte, dass du mit ihm gesprochen hast, wusste ich, dass es ihretwegen ist. Jedes Mal, wenn sie auftaucht, tun die Männer in ihrem Umfeld irgendwas Dämliches. Willst du der Nächste sein, der sich vor einen Zug schmeißt oder etwas Ähnliches tut?« Sie wusste im selben Moment, dass sie zu weit gegangen war. Verlegen wandte sie den Blick ab und murmelte eine Entschuldigung. »Es tut mir leid. Das hätte ich nicht sagen dürfen. Er war auch dein Freund.«

»Was ist mit Bent?« Bent war Milles Partner im Maklerbüro. Rasmus war in der Tat froh gewesen, als der es gewesen war, der am letzten Dienstag das Telefon abgehoben hatte, nicht Mille. Genauso wie er jetzt froh war, das Gespräch erneut in eine andere Richtung lenken zu können. Was Mille über Søren gesagt hatte, schmerzte an Stellen, von denen er keine Ahnung gehabt hatte, dass sie immer noch verwundbar waren.

»Du hast zu Bent gesagt, er soll alles auf Eis legen. Rasmus, an diesen Abschlüssen hängt ein halbes Jahreseinkommen für Bent und mich dran. Ich kann zumachen, wenn du …«

Er schob seinen Teller ebenfalls zurück, der Rest seines Burgers sah plötzlich schal und fade aus. »Du redest von Geld, Mille. Mir geht es um die Frau, auf die ich fast zwei Jahrzehnte gewartet habe.«

»Mach dich nicht lächerlich«, stieß sie schnaubend hervor. »Wenn du in diesen anderthalb Jahrzehnten mehr aus dir rausgegangen wärest, hättest du längst eine Frau und drei Kinder haben können!«

»Ja, klar, die gute dänische Modellfamilie. Da fehlt noch eine Scheidung mit Mitte zwanzig, eine erneute Heirat mit Anfang dreißig und die daraus resultierende Patchwork-Kinderschar, dann wäre es perfekt. Weißt du was, du hast recht. Du kennst mich kaum. Ich habe keine Gelegenheit ungenutzt verstreichen lassen und jede Menge Frauen getroffen, in der Hoffnung, Rikke zu vergessen. Nur weil du von dieser Seite von mir keinen Schimmer hast, bedeutet das nicht, dass es sie nicht gibt. Aber weißt du, was das Problem ist? Keine konnte Rikke je das Wasser reichen.«

Sie starrte ihn an. »Du hast mit ihr geschlafen?«

»Ich war kaum einundzwanzig, als ich das erste Mal mit Frederike Elsdorf geschlafen habe.«

»Ich meine jetzt!«

»Das geht dich nichts an«, fuhr er sie an und wusste im selben Augenblick, dass er sich verraten hatte.

»Das bedeutet *ja*.«

»Selbst wenn, willst du mich dafür verurteilen? Rikke und ich sind erwachsen.«

Statt ihm eine giftige Antwort entgegenzuwerfen, wich Mille seinem Blick aus. Sie presste die Lippen zu einem schmalen Strich, eine Geste, die ihm vertraut war. Sie machte das immer dann, wenn sie mit Tränen kämpfte.

Seufzend strich er sich mit der Hand durch die Haare und probierte es noch einmal, ruhiger jetzt. »Mille, ich hab achtzehn Jahre auf diese Frau gewartet. Ich werde sie nicht kampflos gehen lassen, selbst wenn du dafür dein Maklerbüro opfern musst. Du hast Joakim. Du brauchst das Geschäft doch gar nicht. Wenn dir so viel dran liegt, dann arbeite für deine Einnahmen und lass dir die Geschäfte nicht von deinem nutzlosen großen Bruder auf dem Silbertablett servieren.«

Egal, wie sehr er sich um Ruhe und bedachte Worte bemüht

hatte, er hatte es doch versaut, denn Mille nickte nur knapp, schnappte ihre Handtasche und stand auf. »Das hab ich verdient. Ich nehme mir ein Taxi zum Bahnhof. Lass dir von mir nicht den Abend verderben. Ich bin sicher, du hast hier in Kopenhagen irgendwo noch eine willige Frau, die sich auf die Nacht im Hotel freut. Wo du doch so super aktiv gewesen bist in all den Jahren. Wäre spannend zu sehen, was Rikke davon hält.«

Er erhob sich ebenfalls. »Mille!«, grollte er warnend.

Sie drehte sich zu ihm um, den Kopf hochmütig zurückgeworfen. »Was?«

»Wage es nicht.«

»Dann stimmt es?«

»Es ist absoluter Blödsinn. Aber wem würde Rikke glauben? Dir, die vor ihr steht und solche Anschuldigungen von sich gibt? Oder mir, der hundertfünfzig Kilometer weit weg ist und sich nicht wehren kann, wenn du ihn beschuldigst?« Dem, der erst vorgestern in ihrem Bett geschlafen hat und sich seither so sehr nach ihr sehnte.

Seine Schwester blickte zur Uhr. »Ich fahr jetzt zum Bahnhof, sonst muss ich eine Stunde auf den nächsten Zug warten.«

Er hätte antworten können, dass er auch eine geschlagene Stunde auf sie hatte warten müssen, aber er fand, dass sie einander für einen Abend genug bittere Worte an den Kopf geworfen hatten. Er wünschte nur, er würde wissen, was zwischen Mille und ihrem Mann vorgefallen war.

»Ich will dich noch was fragen, Mille«, sagte er.

Mit zusammengepressten Lippen blickte sie an ihm vorbei, wartend.

»Ich hab Rikke damals Briefe geschrieben, weil ich wissen wollte, warum sie sich für Søren entschieden hat. Sie sagt, sie hat die nie erhalten. Aber dass sie mir auch geschrieben hat, bis sie irgendwann sicher war, dass ich nichts mehr von ihr wollte. Auch diese Briefe sind nie angekommen. Weißt du davon etwas?«

Ihre Nasenflügel bebten, sie antwortete nicht.

»Du hattest mit ihr telefoniert, ja?«, bohrte er weiter.

Sie nickte verkrampft. »Ich hatte aber keine Telefonnummer von dir. Du wolltest für niemanden von uns erreichbar sein. Was sollte ich ihr denn sagen?«

»Du hättest es mir *sagen* können, als ich wieder da war.«

»Wie hätte ich wissen sollen, dass du das gewollt hättest? Du bist einfach untergetaucht, kaum dass sie weg war.«

»Mille, wenn du etwas wegen der Briefe weißt …«

»Ich möchte dir einen Rat geben, Rasmus«, sagte sie mit einer Schärfe, die er an ihr nicht kannte. »Einen guten Rat. Wenn du jetzt auch noch anfängst, unsere Großmutter zu beschuldigen, dass sie Briefe hat verschwinden lassen, wirst du alles verlieren. Alles. Du wirst all die Menschen verlieren, denen du etwas bedeutest und die dir etwas bedeuten. Das glaubst du doch selbst nicht, oder, dass Henni das getan haben könnte? Wer sagt denn, dass Rikke die Wahrheit sagt? Bist du sicher, dass diese Frau, die dich schon einmal so hat auflaufen lassen, das Loch in deinem Herzen füllen kann, das bleiben würde, wenn du Henni verlierst? Und mich?«

Er starrte ihr hinterher, während sie sich auf dem Absatz umdrehte und zum Ausgang lief. Henni zu beschuldigen, wäre ihm im Leben nicht in den Sinn gekommen, und ein Teil von ihm wollte seine kleine Schwester dafür hassen, dass sie diesen Gedanken überhaupt in seinen Kopf gepflanzt hatte.

Bistik – Bienenstich

Aus Rikkes geheimem Rezeptbuch
27. Juli 2000

Bistik

Zutaten:
100 ml Wasser
400 g Zucker
150 g Traubenzucker
2 EL Bienenhonig
2 EL Salmiakpulver

Zubereitung:

1. Wasser und Zucker im hohen Kupfertopf auf 165 Grad erhitzen.
2. Topf vom Herd nehmen und den Honig zugeben. Die Zuckermasse wird dadurch kräftig aufschäumen. Etwas abkühlen und den Schaum zurückgehen lassen, dann vorsichtig und unter ständigem Rühren nochmals auf etwa 160 °C bringen. Die Masse brennt jetzt leicht an, also aufpassen!

Bienenstiche brennen! Frag mal einer Søren Andersen! Den hat heute eine Biene in den Arm gestochen und das Ergebnis war gar nicht schön.

3. Die Menge auf die mit Öl bepinselte Silikonmatte geben und mindestens zehn Minuten abkühlen lassen, ehe man das Salmiakpulver zugibt, da es sonst ver-

brennt! Die Masse so lange ziehen und strecken, bis sie die Farbe von Perlmutt hat. Anschließend die Bonbons formen.

Rasmus meinte, dass wir zu viel Getue gemacht haben. Also Søren und ich. Aber Sørens Unterarm war total geschwollen. Vielleicht ist er allergisch. Seine Eltern sind auf einem Kongress in Kopenhagen, und irgendwer musste sich ja um ihn kümmern. Wozu hat man Freunde?

Ich glaube, Rasmus war rasend eifersüchtig. Na ja, eigentlich weiß ich es. Er hat mich doch tatsächlich gefragt, ob ich ihn auch so betüddeln würde, wenn er sich in einen Bienenstock setzt. Warum zweifelt er an mir und meinen Worten? Für mich gibt es nur ihn. Søren ist ein Freund, und Freunden hilft man. Zum Teil bin ich sauer auf Rasmus, weil wegen seiner Eifersucht die Stimmung, die in den letzten Tagen so gut war, wieder deutlich abgekühlt ist. Aber dann nimmt er mich in den Arm, flüstert mir süße Nichtigkeiten ins Ohr, pflückt mir ein paar Mirabellen direkt vom Strauch und küsst mich, und ich kann nicht anders, als ihn zu lieben. Die Welt durch seine Augen zu sehen, macht sie besonders. An seiner Seite ist alles ein Superlativ. Bunter, besser, größer, schöner. Rasmus liebt vorbehaltlos und was er tut, tut er mit ganzem Herzen. Wie also könnte ich erwarten, dass es mit seiner Eifersucht anders wäre?

12. Kapitel

In dieser Nacht träumte Frederike schlecht. Wobei, wirr traf es eher. Sie sah Rasmus vor sich als kleinen Jungen, der vor dem Schaufenster eines Spielzeugwarengeschäftes stand und sich einen roten Modellhubschrauber wünschte, aber von Henni erklärt bekam, warum sie ihm diesen Wunsch nicht erfüllen konnte. Frederike bemerkte, wie sich die Miene des Jungen änderte. Wie das Kind erst wütend wurde und dann kalt. Plötzlich war es nicht mehr das Gesicht eines Kindes, sondern das eines Heranwachsenden. Eines einundzwanzig Jahre alten jungen Mannes, und er stand auch nicht mehr vor einem Spielwarenladen, sondern an der Hafenmauer in Kerteminde. Das Objekt seiner Begierde war kein Modellhubschrauber mehr, sondern eine junge Frau mit blonden Haaren, langen Beinen und schmaler Taille. Im Traum fühlte sie seine Verzweiflung, als plötzlich eine Spinne über seine Füße krabbelte. Eine Spinne, aus der zig tausend Spinnen wurden. Sie kletterten an seinen Beinen hinauf, erreichten die Hüfte. Immer mehr, immer mehr, als wäre es ein wanderndes, schwarzes Geschwür, das Rasmus auffraß, und je weiter die Spinnen vordrangen, desto älter wurde ihr Opfer. Die Jahre flogen wie im Zeitraffer im Hintergrund vorbei. Alles drehte sich und wirbelte durcheinander, und schon war es ein alter Mann, der von den Spinnen begraben wurde. Ein alter Mann mit dem Gesicht von Morfar, der dasselbe Gefühl von Verrat in ihr hervorrief, das sie zuvor bei Rasmus empfunden hatte.

Mit einem Schrei wachte Frederike auf. Schweiß klebte ihr die Haare in die Stirn und den Nacken. Obwohl es alles andere als warm in Morfars altem Schlafzimmer war, war ihr ganzer Körper mit einem Schweißfilm bedeckt. Sie trank einen großen Schluck Wasser aus der Flasche, die sie sich am Abend mit ans Bett genommen hatte, dann tastete sie mit klopfendem Herzen auf dem Nachttisch nach ihrem Handy. Wie spät war es?

Die Helligkeit des Displays blendete sie, während sie die Bildschirmsperre löste.

Rasmus hatte ihr geschrieben. Sie öffnete die Nachricht, nur um festzustellen, dass es keine Textmitteilung war, sondern eine Sprachnachricht, gesendet um kurz nach vier Uhr morgens. Mit einem Tippen auf den Bildschirm begann sie, die Aufnahme abzuspielen.

»Hej, *skat.*« Ein Seufzen. »Also, es ist mitten in der Nacht und ich will dich nicht anrufen, weil ich hoffe, dass du tief und fest schläfst. Aber dann hoffe ich auch ein bisschen, dass du dich vielleicht genauso danach sehnst, meine Stimme zu hören, wie ich mich nach deiner Stimme sehne. Da dachte ich, das hier sei die beste Lösung.« Diesmal war es kein Seufzen, nur ein tiefes Luftholen, das seine Nachricht unterbrach.

Frederikes Herz schlug wie wild, sie umklammerte das Handy so fest, dass sie Angst hatte, es zu zerbrechen. Kein Wort, keine noch so kleine Geste wollte sie verpassen. Das Gerät wackelte an ihrem Ohr, weil ihre Finger so sehr bebten.

»Also.« Er räusperte sich. »Was ich sagen wollte: Ich denke die ganze Zeit an dich. Bald bin ich wieder in Rendstrup und dann vergessen wir diesen dummen Streit von Mittwochmorgen, ja? Ich kann nicht arbeiten, wenn ich denke, dass du wütend auf mich bist, und dieses Projekt ist wahnsinnig wichtig für mich. Ich liebe d… deinen Tatendrang. Okay? Lass dich von mir nicht aufhalten. Verwirkliche deine Träume, mach etwas richtig Tolles aus dem, was dir geschenkt wurde. Gute Nacht.«

Es rauschte noch kurz aus dem Mikrofon, dann war die Sprachnachricht endgültig zu Ende. Frederike hörte sie sich noch einmal an und noch einmal und dann ein viertes Mal. Wenn sie wirklich Zweifel an ihm gehabt hatte, sie waren verschwunden. Er hatte sie hinweggewischt mit einer Nachricht, in der er ihr gesagt hatte, dass er ihren Tatendrang liebte, es sich aber anfühlte, als hätte er eigentlich etwas ganz anderes gemeint.

Sie konnte das Strahlen auf ihrem Gesicht fühlen, während sie aufstand. Das Handy trug sie ganz nah bei sich. Sie erledigte ihre Morgentoilette, schlüpfte in bequeme Klamotten und ging in die Küche. Julia schlief noch, doch womöglich weckte der Duft frischen Kaffees die Lebensgeister der Freundin.

Frederike füllte gerade Kaffeepulver in die Maschine, als sie merkte, dass sich Autoscheinwerfer in den halbblinden Glasscheiben der Scheunenfenster spiegelten. War jemand gekommen?

Sie schlang ihre Jacke enger um sich und lief nach draußen, um nachzusehen. Da war allerdings kein Auto mehr. Stattdessen stand ein Weidenkorb neben dem Tor. Er war gefüllt mit frischen Eiern, Schinken, einem Glas Honig und einem Laib frischgebackenem Brot. Außerdem hatte jemand die Post aus dem Briefkasten an der Straße geholt und in den Korb gelegt. Gekrönt wurde das Ganze mit einem Strauß aus Weizenähren, Klatschmohn und wildem Ginster.

Grinsend griff Frederike nach der Karte, die gelocht und mit einem einfachen Bindfaden am Henkel des Korbs angebracht war. Dabei war sie auch so ziemlich sicher, wer sich da als Frühstücksbote betätigt hatte.

»Was machst du hier draußen?« Offenbar hatte die Kaffeetaktik gewirkt. Julia, gehüllt in einen flauschigen Bademantel und mit dicken Socken an den Füßen, trat im selben Moment in den Innenhof, um sich eine Zigarette anzuzünden.

»Ich hab ein Auto gesehen und wollte nachschauen, wer das ist. Wie es scheint, haben wir seit neustem einen Frühstücksboten in Rendstrup Strand.« Die Augenbrauen hochgezogen deutete Frederike auf den Weizenährenstrauß.

»So?« Röte schoss Julia in die Wangen, und Frederike wollte wetten, dass daran nicht die kühle Morgenluft schuld war. »Meinst du, das kommt von deinem Rasmus?«

»Nee, ich glaube eher, das kommt von *deinem* Tjalfe.«

»Was heißt denn hier *mein* Tjalfe?«

»Hier, lies.« Sie drückte Julia die Karte in die Hand und bückte sich selbst nach der übrigen Post. Hauptsächlich waren es Werbeprospekte. Doch zwischen den ganzen bunten Flyern befand sich ein Brief, der sofort ihre Aufmerksamkeit auf sich zog. Er war handbeschriftet, von einem Absender, dessen Name ihr nicht direkt etwas sagte. Mit dem Zeigefinger fuhr sie unter den Falz des Umschlags und öffnete den Brief. Zum Vorschein kam eine Klappkarte, auf deren Vorderseite sich haushoch türmende Gewitterwolken abgebildet waren, zwischen denen Sonnenstrahlen glitzerten. Darüber stand nur ein Wort: Danke.

Irritiert, weil sie keine Ahnung hatte, wer ihr eine Dankeskarte schicken könnte, machte sie die Karte auf.

Julias »Oh mein Gott, oh mein Gott, ist das süüüß von ihm« ging unter in der freundlichen Nachricht. Der Absender war ein gewisser Nikolaj Kirkeløkke und bedankte sich bei ihr und Rasmus für ihre Hilfe. In zu Herzen gehenden Worten beschrieb er seine Dankbarkeit und lud sie ein, ihn und seine Frau, wann immer es ihr recht wäre, einmal zu besuchen. Außerdem war dem Schreiben ein Smartbox-Gutschein in schwindelerregender Höhe beigelegt. Damit sie sich einen Wunsch erfüllen konnte. Er sprach von zweiten Chancen, von einem geschenkten Leben und davon, was er alles nicht mehr würde machen können, wenn es sie und Rasmus nicht gegeben hätte. Im Grunde waren es dieselben Gedanken, die ihr durch den Kopf gegangen waren, als sie Nikolaj aus der Ostsee gefischt hatten. Bei dem Gedanken, wohin die Rettungsaktion noch geführt hatte, stahl sich ein Lächeln auf ihre Lippen. Nicht nur Nikolaj hatte an diesem Tag eine zweite Chance bekommen.

»Freddie?« Wie von ganz weit weg drang Julias Stimme in ihr Bewusstsein. »Freddie, hast du gehört, was ich gesagt habe? Tjalfe ist echt der Wahnsinn, er hat ...« Mitten im Satz verstummte die Freundin. »Geht es dir gut? Was hast du da?«

Strahlend überreichte sie Julia die Danksagung. »Ich kann das nicht lesen, aber sieht nach irgendwas schrecklich Rührseligem aus, mit dem Sonnenaufgang hinter den Gewitterwolken und so«, sagte sie nach einigen Momenten.

»Es ist eine Danksagung. Rasmus und ich waren zufällig in der Nähe, als vor einer Woche ein Mann beim Angeln einen Herzinfarkt hatte. Rasmus hat ihn aus dem Wasser gefischt und eine Herzmassage gemacht, bis die Ersthelfer eingetroffen sind.« Ihre Stimme klang ganz weit weg. Noch immer überlief sie ein Schauder, wenn sie an die bangen Minuten dachte, bis der Krankenwagen eingetroffen war. »Ohne Rasmus hätte dieser Mann, Nikolaj heißt er, nicht überlebt. Warum auch ich so eine Karte und dann auch noch mit diesem Wahnsinns-Gutschein bekomme, weiß ich nicht. Aber ich freue mich, dass es ihm wieder gut geht.«

»Puh, heftig. Was für ein Glück, dass ihr genau zur richtigen Zeit am richtigen Ort wart.« Mit dem Kinn deutete sie auf den Frühstückskorb. »Dann haben wir ja jetzt noch einen Grund mehr zu feiern. Komm, lass uns ins Haus gehen.«

»Hey, Alter, du wirst nachlässig.« Es fiel Lasse heute leichter als je zuvor, an Rasmus dranzubleiben. Rasmus spürte die kühlere Luft nicht an seinen nackten Armen, sondern in den Oberschenkeln.

»Zu viel um die Ohren«, sagte er und trank im Fahren einen Schluck aus seiner Wasserflasche.

»Lass mich raten. Das, was du um die Ohren hast, sind die ellenlangen Beine von Rikke?«

Gegen seinen Willen musste Rasmus lächeln. Die hätte er in der Tat gern sehr viel häufiger um die Ohren. Aber ehe es dazu kommen konnte, gab es noch zu viel anderes, was er aus dem Weg räumen musste.

»Stine meint, wir könnten am Wochenende auch mal nach Fünen fahren«, verkündete Lasse. Er schnaufte, als sie über die Autobahnbrücke rollten. »Wir waren lange nicht dort.«

»Wegen Rikke?«, wollte Rasmus wissen.

»Na hör mal, kannst du nicht verstehen, dass ich sie mir wenigstens mal ansehen will? Unsere kleine Elsdorferin, die dir so den Kopf verdreht?«

Lasse rollte auf einen kiesbestreuten Seitenstreifen und bremste so, dass die Reifen knirschten. »Jetzt bleib mal stehen, Mann, und rede mit mir.«

Fluchend rollte Rasmus aus, wendete und strampelte die fünfzig Meter zurück, die er in den wenigen Sekunden zwischen sich und seinen Freund gebracht hatte. Er stieg ab. »Ich dachte, das sollte ein Training sein? Also doch eher ein Kaffeeklatsch?«

»Hast du dich in letzter Zeit mal im Spiegel betrachtet? Wann hast du dich das letzte Mal rasiert, ohne dich am Kinn zu schneiden? Und diese Augenringe? Meine Güte, Rasmus, das ist heute das erste Mal seit Ewigkeiten, dass du dir die Zeit für eine Runde nimmst. Jedes Mal, wenn ich dich anrufe, gehst du entweder gar nicht erst dran, oder aber du sitzt noch im Büro. Und dann schwärmst du mir von Rikke vor und ich denke mir, der sitzt nicht im Büro, sondern düst jeden Abend nach Rendstrup Strand zu seiner Angebeteten.«

Rasmus leerte seine Wasserflasche, um Zeit zu gewinnen. Dann stellte er sein Rad ab und ließ sich neben dem Kiesweg ins hüfthohe Dünengras fallen. Gegen die Sonne blinzelte er zu Lasse hoch. »Du willst es wirklich wissen?«

»Hab ich nicht das Recht, ein bisschen besorgt zu sein? Du bist mein bester Kumpel, Mann.« Schwerfällig plumpste Lasse neben ihm ins Gras.

»Ich hab noch nicht mal Rasierzeug bei ihr stehen. Nichts, nicht mal eine Zahnbürste. Ich bin viel seltener dort, als ich mir wünschen würde. Und weißt du, was sie gesagt hat? Das ist erst ein paar Tage her. Sie hat erklärt, sie will bleiben. In Rendstrup Strand.«

»Deinetwegen?«

»Ist das so schwer vorstellbar?«

»Ganz und gar nicht. Ihr wart schon mit neunzehn unzertrennlich, du und sie. Ihr wart unser Traumpaar. Wenn ihr euch wiedergefunden habt, überrascht mich das keineswegs.«

»Sie will hierbleiben, und weißt du, was passieren wird? Ich, ausgerechnet ich, werde ihr dann das Dach überm Kopf wegreißen.«

Verständnislos runzelte Lasse die Stirn. »Im übertragenen Sinne, hoffe ich, oder?«

»Nein, im wahrsten Sinne des Wortes.« Er schnaufte und strich mit beiden Händen durch seine verschwitzten Haare. »Okay, ich hab dir von dem Windpark erzählt. Ein Windpark außerhalb von Rendstrup Strand. Die meisten der Anlagen würden auf Feldern stehen, die aktuell Tjalfe gehören. Der freut sich ein Loch in den Bauch über die Entschädigung, die

Sydskov ihm für den Baugrund zahlt, und er hätte immer noch genug Platz, um seinen Weizen um die Räder herum zu säen. Drei Anwesen müssten abgerissen werden. Die Nielsens an der Straße nach Korshavn haben sofort gesagt, sie machen das, nehmen die Entschädigung und kaufen sich ein anderes Haus.«

»Die Summen, die *Sydskov* zahlt, sind beträchlich.«

»Sie sind deutlich höher als der Kaufwert. Ich hab lange dafür verhandelt. Die anderen beiden Anwesen stehen leer. Standen leer. Eines ist immer noch leer und sowieso halb verfallen. Das andere ist der Hof von Mikkel Elsdorf.«

Lasse schwieg für eine Zeitspanne, die sich nach Stunden anfühlte. Die Temperatur schien um zehn Grad abzustürzen.

»Scheiße«, stieß Lasse dann hervor. Nur das eine Wort.

Rasmus wartete eine Weile, bis er meinte: »Das kannst du laut sagen.«

»Und sie will es nicht hergeben?«

»Ich hab noch nicht mit ihr darüber gesprochen.«

»Vielleicht solltest du das tun.«

»Ja, vielleicht sollte ich, aber wenn es um Rikke geht, bin ich feige. Kannst du dir vorstellen, was für 'ne Panik ich kriege, wenn ich mir vorstelle, sie noch mal zu verlieren?«

»Aber gibt es denn überhaupt noch eine Einspruchsfrist?«, fragte Lasse und kratzte sich am Kopf. »So was hat doch auch ein Verfallsdatum oder wie man das nennt.«

»Diese Schreiben gingen an ihre Mutter. Mathilde Elsdorf hat auf kein einziges Schreiben reagiert, wie ich bei der Gemeinde in Erfahrung bringen konnte. Deshalb ging man im Rathaus Kerteminde davon aus, dass ihr das Anwesen egal sei und sie es problemlos an *Sydskov* abstoßen wird.«

»Und das ist es nicht?«

»Oh, Mathilde ist es absolut egal, was damit passiert. Die würde das Geld mit Kusshand nehmen, weil sie dann diesen

Klotz am Bein los ist. Aber Rikke nicht. Und damit hab ich nicht gerechnet. Wie hätte ich denn? Ich habe achtzehn Jahre kein Sterbenswörtchen von ihr gehört. Sie war nie hier. Nicht mal, als der alte Mikkel gestorben ist. Ich hab nicht geglaubt, dass sie jemals wiederkommen wird. Also habe ich dieses Projekt vorangetrieben, und jetzt stehen wir kurz vor den endgültig letzten Genehmigungen und allem, und dieser Tage gehen die Kaufangebote an Tjalfe für die Baugründe und an die Besitzer der drei Anwesen raus. Doch Rikke ist wieder da, und sie hängt verdammt noch mal an Mikkels Haus. Sie will das Anwesen umbauen, sie will einen Hofladen daraus machen, eine Bonbonmanufaktur.« Rasmus atmete tief durch und schloss die Augen. »Himmel, Lasse, erinnerst du dich an die Bonbons, die Rikke früher gekocht hat? Und wenn sie dir heutzutage so eins zu lutschen gibt, glaub mir, es ist alles wieder da. Die Sommer unserer Kindheit, Kirschenklauen beim alten Tjalfe in der Plantage, die Schnitzeljagden nach Sonnenuntergang, Eisessen in Kerteminde, morgens früh halb vier an Mikkel Elsdorfs Privatstrand ins Meer springen und erst mittags wieder raus, und pfeif auf die Lungenentzündung.«

»Hast du eigentlich keine Angst, dass Tjalfe sich mal verplappern könnte? Oder sonst irgendwer? Für mich klingt es so, als wäre Rikke schon wieder mittendrin im Kreis von einst, und die wissen doch alle Bescheid.«

»Tjalfe hatte ich im Schwitzkasten. Der wird sich hüten, was zu sagen. Die anderen? Jeder im Dorf wird an der Anlage verdienen, wenn sie in Betrieb ist. Ich will nicht wissen, wie es in unseren Freunden aussieht, aber von heute auf morgen wegen Rikke auf ein Einkommen verzichten, das viele vielleicht schon verplant haben? So einfach ist das nicht. Die winden sich alle, und vielleicht denkt der eine oder andere, dass Rikke vielleicht am Ende doch nicht bleiben wird, und dann haben sie für nichts auf den Windpark verzichtet. Oder sie meinen, es sei meine Sache, das mit Rikke zu klären, und wollen sich nicht in etwas einmischen, was in erster Linie sie und mich angeht. Würde mich zumindest nicht wundern, wenn das der Grund für ihre Zurückhaltung ist.« Bitter lachte er. »Es ist, als würde das ganze Dorf schon Hochzeitsglocken läuten hören, und du weißt, wie sie sind. Echte Rendstrupper halten zusammen und all das.«

»Aber du glaubst, dass sie es ernst meint, ja? Dass sie diesmal endgültig zurück ist?«

»Ja, davon bin ich überzeugt. Und woran ich jetzt arbeite wie ein verblödeter Ochse, ist, *Sydskov* in Rekordzeit davon zu überzeugen, dass ein anderer Standort besser ist. Dass Rendstrup Strand nicht ideal ist, nachdem ich vorher monatelang behauptet habe, es gibt keinen idealeren Standort. Weil ich einfach nicht zulassen kann, dass Rikke … Sie hat so oft alles verloren. Ich kann nicht zulassen, dass sie noch mal alles verliert, noch bevor es richtig ihr gehört, verstehst du? Sie würde mich hassen. Und ich kann nicht ertragen, dass Rikke mich hasst.«

Kaptajn Klo – Käpt’n Hook

Aus Rikkes geheimem Rezeptbuch
29. Juli 2000

Kaptajn Klo

Zutaten:
100 ml Wasser
400 g Zucker
150 g Traubenzucker
½ ml braune Lebensmittelfarbe
1 ml Cola-Aroma
7 ml Rumaroma
¼ TL Zitronensäure

Zubereitung:
1. Grundmasse herstellen und bei Erreichen der Temperatur auf die mit Öl eingepinselte Silikonmatte geben.
2. Mit allen Zutaten gut mischen und nach Wunsch Bonbons oder Lollis daraus formen.

Die Schuld an diesen Bonbons nehme ich nicht auf mich. Das war Rasmus. Bedstemor Henni hat ein Päckchen mit Aromen aus England gekriegt, und da war Rum dabei. Rasmus hat mich in die Küche gezogen und gesagt, jetzt experimentieren wir. Er sagte, wenn Rum-Cola beim Tanzabend in Korshavn funktioniert, warum nicht als Bonbon?

Rasmus hat schöne lange Finger, ganz schlanke Hände. Ich liebe es, ihm zuzusehen, wenn er damit etwas macht. Die Leute in Rendstrup behaupten, er sei ein Träumer, Tunichtgut, der es im Leben nie zu etwas bringen wird, weil er in der Schule nie richtig zuhört. Aber ich glaube ihnen nicht. Ich glaube, Rasmus kann alles schaffen, wenn er will. Er hat sogar die leckersten Bonbons erfunden, die ich je gegessen habe. Ich habe sie Käpt'n Hook genannt, weil dieser Kerl mich total am Haken hat.

PS: Wir waren immer noch oben in seinem Zimmer, als Henni mit Mille nach Hause kam. Rasmus kann so viel mit seinen Fingern. Und seinen Händen. Und seinem ganzen Körper. Ich liebe es, am helllichten Tag bei weit offenem Fenster mit ihm zu schlafen, wenn der Sommerwind über die Haut streichelt. Dann schmecken Rasmus' Küsse nach Lakritze und Meersalz. Ich glaube, es ist uns gelungen, dass ich mich unbemerkt hinausschleichen konnte.

13. Kapitel

Tjalfe wusste, wie man Frauen beeindrucken konnte, so viel stand fest. Erstaunlich, dass ein Mann, der ein solch goldenes Gespür hatte, noch unverheiratet war. Das Frühstück, das Frederike und Julia dank ihm genossen, war herrlich. Das Brot außen knackig und innen weich, der Honig süß und sämig, der Eidotter gelb wie die Spätsommersonne und der Schinken salzig und herb wie ein Tag am Meer. So gesättigt waren sie hinterher mehr als bereit, die Aufgaben des Tages anzugehen.

Unternehmungslustig rieb Julia sich die Finger, während Frederike das Scheunentor aufschob, damit sie sich einen ersten Überblick verschaffen konnten.

Der Anblick im Inneren dämpfte Julias Begeisterung sichtlich. »Das ist ganz schön viel«, sagte sie mit Blick auf die bis unters Dach vollgestellte Scheune. So voll war der riesige, hohe Raum, dass Frederike nicht einmal einzelne Dinge ausmachen konnte. Nur ganz vorn bei der Tür war etwas Platz frei, dort hatte sie während der Fußbodenrenovierung Morfars Wohnzimmermöbel zwischengelagert. Trotz des strahlenden Sonnenscheins fühlte es sich an, als würde sie darüber hinaus in der Scheune gegen eine Wand aus Schwärze gucken.

»Wie sollen wir das je schaffen?«, sprach Julia aus, was Frederike sich nur dachte.

»Stück für Stück, nehme ich an«, erwiderte sie und bückte sich nach dem erstbesten Gegenstand, den sie erreichen konnte. Es handelte sich um einen verbeulten Zinkeimer. Sie dachte an die zehn bis zwanzig Wunder, die sie mit Røskva beschworen hatte, und daran, dass jetzt genau der richtige Zeitpunkt für eines davon wäre.

Umso verblüffter war sie, als sie keine fünf Minuten später das Scharren von Autoreifen auf Rollsplit hörte. Die beiden Frauen traten in den Hof und beobachteten mit offenem Mund, wie ein zerbeulter VW-Kombi durch das offene Tor hereinrollte. Übers ganze Gesicht grinsend stieg Malthe aus dem Wagen. Die anderen Türen öffneten sich, bis sechs der Bingospieler in Frederikes Hof standen. Mitten unter ihnen Røskva, die beide Arme ausstreckte wie der Zirkusdirektor in der Manege.

»Bibidi Babedi Bu!«, sagte die Kuchenfee in echter Glücksfeemanier. »Ihr habt nach einem Wunder gefragt? Hier sind wir.«

Frederike konnte nichts anderes tun, als zu starren. Julia stellte die Heugabel, die sie gerade in der Hand hatte, gegen die Scheunenwand und umarmte Frederike von hinten. »Mann«, flüsterte sie. »Die sind ja alle hier so nett!«

Malthes Grinsen wurde noch breiter. »Keine Sorge, Tjalfe kommt gleich mit dem Anhänger. Er hat dann Farben, Fliesen, Fliesenkleber, Umzugskartons und das ganze Zeug dabei. Außerdem noch drei weitere Paar Hände. Er bringt auch eine Fuhre Gehwegplatten mit, die bei Jeppe vor ein paar Jahren übrig geblieben sind.«

»Farben und Fliesen?«, fragte Frederike wie vor den Kopf geschlagen. Sie konnte immer noch nicht glauben, was sie da erblickte.

»Werkzeug natürlich auch«, meinte Røskva, die wie eine Disney-Fee auf Frederike zuhüpfte. »Ich hab mir gedacht, bei deinem Vorhaben geht es ja nicht mehr bloß um ein bisschen Saubermachen und Streichen. Das wird ein echter Kraftakt, da kannst du ein wenig Hilfe bestimmt gut gebrauchen. Und Material.«

»Material wofür?« Frederikes Gehirn hatte noch immer Probleme, zu verarbeiten, was hier passierte.

»Na, für deinen Laden und das Lager. Komm.« Røskva griff nach Frederikes Hand und zog sie zur Scheune. Obwohl Julia und sie bestimmt schon seit einer Viertelstunde Sachen schleppten, kamen sie immer noch nicht weiter als ein paar Schritte ins Innere. Wo immer sie etwas herauszerrten, quoll ihnen jahrzehntealte Handarbeit von Henks Artgenossen entgegen. Røskva, von der Frederike erwartet hatte, dass sie sich vor so etwas ekeln müsste, wischte mit den bloßen Händen die vorhangdichten Spinnweben beiseite und tänzelte in die Scheune hinein.

»Wow, sag mal, wie lange war hier denn schon niemand mehr drinnen? Also, so wie ich das sehe, sind wir genau zur richtigen Zeit aufgetaucht.«

Unter gnadenloser Anleitung von Malthe und vor allem Røskva krempelten die Freunde die Ärmel hoch und begannen, ans Tageslicht zu zerren, was in der Scheune vor sich hin vegetierte.

Tjalfe steuerte seinen Traktor mit Anhänger in den Hof, haarscharf an Malthes Wagen vorbei. Mit großem Hallo wurde der Landwirt von allen begrüßt. Vieles, was die Freunde auf den Hof schleppten, landete zur Entsorgung direkt wieder auf dem Anhänger, nachdem Tjalfe zusammen mit Jeppe all das gesammelte Material heruntergeräumt hatte. Während Frederike gerade eine zerschrammte Holzkiste mit wer weiß was in den Hof schleppte, sah sie aus dem Augenwinkel, wie Julia mit roten Wangen neben Tjalfe stand.

»Danke«, flüsterte die Kinderärztin, und in diesem Moment klang sie wahnsinnig jung. »Für das Frühstück. Waren das alles Sachen, die du auf deinem Hof herstellst?«

»Das meiste davon«, erwiderte Tjalfe, viel lauter und mit

geschwellter Brust, doch als Julia ihn spielerisch mit der Schulter anstupste, verstummte er abrupt und wurde rot wie eine Tomate.

In sich hinein lachend machte sich Frederike wieder an die Arbeit.

Einige Dinge, die sie zu Tage beförderten, schienen zu kostbar, um sie wegzuwerfen. »Die kannst du echt gut an ein Museum verkaufen«, meinte Line, in der linken Hand ein vorsintflutliches Spinnrad, in der rechten zog sie einen nicht viel neueren Rasenmäher hinter sich her.

»Quatsch«, warf Jeppe ein. »Sie eröffnet damit ihr eigenes Museum.«

»Na sicher doch«, erwiderte Frederike. »Ich hab ja sonst nichts zu tun.«

»Du motzt die Sachen ein bisschen auf, viel muss das gar nicht sein, die sollen ja alt aussehen«, belehrte er sie. »Bisschen abstauben reicht bei den meisten. Und stellst sie dir in den Hof, sieht auch sehr schick aus. Die Leute gucken sich so was gern an. Wenn sie kommen, um sich die Antiquitäten anzugucken, bleiben sie sicher auch, um etwas in deinem Laden zu kaufen.«

»Als hättest du Ahnung davon, was schick ist«, giftete Line. »Wann warst du eigentlich das letzte Mal beim Frisör?«

Jeppe streckte ihr verspielt die Zunge raus, und Frederike fragte sich, ob sie in eine Zeitmaschine geraten war und sie alle noch einmal fünfzehn waren.

Krachend flog der zweite Türflügel auf. Bisher hatten sie alles nur durch die halb offene Tür nach draußen getragen, während Malthe den Scharnieren des zweiten Türflügels mit allem möglichen Gerät zu Leibe gerückt war. Uraltes Zinngeschirr stapelte sich entlang der Mauer, dazu Wollreste in riesigen Säcken, in denen vermutlich inzwischen mehr Motten als Wolle waren. Mit heftigem Herzklopfen wartete Frederike auf die erste Maus oder gar Ratte, die sich, von dem regen Treiben gestört, in den Hof retten würde, zum Glück allerdings blieb sie davon verschont.

Von drinnen ertönten rhythmische Rufe. Mit ohrenbetäubendem Getöse gaben die Scharniere des Türflügels nach. Dann lautes Scharren. Ein Fluch. Schließlich zerrten die vier Jungs eine wunderschöne Zweispänner-Pferdekutsche ins Sonnenlicht. Røskva schob von hinten. Als das Gefährt im Hof ausrollte, standen sie alle erst mal ein paar Sekunden ehrfürchtig und bestaunten das Schmuckstück.

»Kann man so was noch verkaufen?«, fragte Frederike schließlich. »Ich könnte für den Erlös Baumaterial anschaffen.« Gleichzeitig empfand sie bei dem Gedanken, etwas so Schönes wegzugeben, einen Stich im Herzen.

»Die verkaufst du nicht«, sagte Tjalfe.

»Nicht mal an dich?«

»Ich kann die nicht an meinen Trecker hängen.«

»Du hast Pferde«, bemerkte Røskva, ohne den Blick von der Kutsche abzuwenden.

»Ich kann mir die da gar nicht leisten. Rikke, ehrlich? Behalte die. Restaurier sie. Mach es, wie Jeppe gesagt hat. Stell sie dir in den Hof, und wenn jemand Interesse zeigt, vermiete sie für Hochzeiten und Filmaufnahmen und so was.«

»Ohne Pferde?«

»Die leih ich dir aus, wenn du sie brauchst. Du weißt schon, wegen …« Sein Blick glitt kurz zu Julia, die wie erwartet direkt neben ihm stand, und er biss sich auf die Zunge. Es war offensichtlich, dass er noch etwas sagen wollte, aber Angst hatte, sich bei der Kinderärztin in ein schlechtes Licht zu rücken, wenn diese von seiner Art und Weise erfuhr, wie er sich fremde Ländereien unter den Nagel riss.

Lachend erlöste Frederike ihn. Sie hätte die ganze Welt

küssen mögen, wie sollte sie ihm da böse sein. »Ich überleg es mir, in Ordnung? Jetzt müssen wir erst mal zusehen, dass ich mein erstes Geschäft aufbauen kann. Wenn das fertig ist, kann ich an Expansion in weitere Geschäftsfelder denken.«

»Hört, hört, da spricht die Buchhalterin!«, warf Julia ein, und alle lachten.

Nachdem endlich auch der letzte verflohte Strohballen aus der Scheune geräumt war, der Boden halbwegs gefegt war und der Staub sich gelegt hatte, standen sie alle in dem einzigen, großen Raum, der sich unter den groben Dachsparren des Reetdaches befand. Das Licht war schlecht, weil die Scheiben der Fenster vermutlich vor hundert Jahren zum letzten Mal geputzt worden waren. Dennoch konnten sie erkennen, wie viel Potenzial hier vor ihnen lag. Der Raum war nach oben offen, die komplizierte Anordnung des Dachstuhls sichtbar. Sofort begannen Malthe und Jeppe zu fachsimpeln, wie man am besten weiter fortfahren sollte. Natürlich würden sie wenigstens die untersten Querbalken sichtbar lassen. Sie würden nicht darum herumkommen, einen Fachmann für das Einziehen einer Zwischendecke zu beauftragen, und auch jemanden, der prüfte, ob die Balken des Dachstuhls noch in Ordnung waren. Das Reetdach selbst würde sicher noch ein paar Jahre halten, bis Rikke es sich leisten könnte, einen Dachdecker zu bezahlen. Erstaunlicherweise war es in besserer Verfassung als das Dach über dem Wohnhaus.

»Stell dir vor«, sagte Røskva neben Rikke, den Blick hoch in den Dachstuhl gerichtet. »Wie romantisch das aussehen wird. Die offenen Balken, die unverputzten, nur weiß gekalkten Ziegelsteinwände. Der Fußboden in einem Mischmasch aus verschiedenen Fliesen gelegt. An den Wänden dunkle Regale, in denen du deine Bonbons und das alles ausstellst, und dazwischen hängen die hübsch aufgemachten alten Sachen, die wir hier gerade ausgeräumt haben, an den Wänden oder stehen auf dem Boden.«

Misstrauisch schaute Frederike Røskva an. »Ich hätte gedacht, dass du als Neukopenhagenerin mehr auf Glas und neu und hochmodern stehst.«

»Ich bin auch Altrendstruperin, Rikke-Schatz. Als solche klopft mein Herz nach wie vor für olle Klamotten. Es gibt für alles einen Platz und eine Zeit, und nach Rendstrup Strand gehören Traditionen. Hier speist man nicht Langusten und Weinbergschnecken, sondern Holunderbeerensuppe mit Mehlklößchen oder eine leckere Buchweizengrütze mit Apfelmus. Außerdem ist Shabby Chic in.« Noch einmal ließ Røskva den Blick durch den Raum schweifen, dann klatschte sie in die Hände. »So, meine Herren und Damen. Wir sind noch lange nicht fertig. Draußen müssen die Sachen noch weiter sortiert und das wetteranfällige Zeug unter ein Dach geschafft werden. Tjalfe, du hast Platz auf deinem Hof, da kannst du zum Beispiel die Kutsche schon mal hinschaffen. Los, los, nur keinen Rost ansetzen.«

Wie gehorsame Schulkinder ließen sich die anderen von Røskva scheuchen und machten sich geschlossen auf den Weg zurück nach draußen. Røskva beugte sich zu Frederike herüber und schmatzte ihr einen deutlich hörbaren Kuss auf die Wange. »Ich sag dir, du wirst mich nicht mehr los. Ich werde jeden Morgen halb sechs mit dem Pinsel in der Hand auf deiner Schwelle stehen und gleich loslegen.«

»Untersteh dich!«, frotzelte Frederike.

Røskva klatschte erneut in die Hände. »Das wird so toll, Rikke! So toll! Wenn wir fertig sind, werde ich wirklich ganz stark überlegen müssen, ob ich nicht doch aus Kopenhölle zurückkomme und mich lieber von dir in deinem Lädchen als Verkäuferin anstellen lasse, während du in der Küche den Holzlöffel schwingst.«

Frederike seufzte. »Na, da ist es ja gut, dass das hier Jahre dauern wird. Dann hast du Zeit zum Überlegen.«

»Jahre? Das denkst aber nur du!«

Womit hatte sie so treue Freunde überhaupt verdient?

Die Sonne neigte sich bereits ihrem tiefsten Stand zu, als Røskva beschloss, dass es endlich an der Zeit war, sie alle vom Haken zu lassen. In der Scheune hatten sie mehrere eingestaubte Windlichter gefunden, und von ihrer Zeit ohne Strom hatte Frederike noch eine Batterie Teelichter und Stumpenkerzen im Haus. Während sie mit Julia die Windlichter bestückte, zerrten die Männer einen alten Tisch und eine Bank in den Innenhof. Sie hängten die Windlichter außen an Wohnhaus und Scheune, stellten Teelichter auf die Bank. Frederike spendete sämtliche Bonbonvorräte, Tjalfe holte schnell von zu Hause frische Äpfel, Wurst und Brot. Triumphierend schwenkte Malthe seine Gitarre, die er in weiser Voraussicht schon im Kofferraum seines Wagens mitgebracht hatte. Jeppe steuerte einen riesigen Topf Frischkäse und einen Kasten Bier bei und in Windeseile hatten sie ein einfaches, aber eben deshalb ganz wunderbares Picknick hergerichtet. Sie aßen und lachten, zufrieden mit dem, was sie an nur einem einzigen Tag gemeinsam geschafft hatten.

Frederike blickte auf die verschiedenen Gerätschaften und die jetzt beinahe leere Scheune. Wie lange würde es dauern, bis sie hier wirklich Bonbons verkaufte? Egal, wie lange es dauern würde, sie konnte es sehen. Sie musste nur die Augen schließen, und das leise Wispern des Windes sowie das Rauschen der Wellen hinter den Holunderbüschen erzählten ihr ein Märchen von einem süßen Zuhause mit Freunden und Bonbons und einer echten Aufgabe.

Als die Platten und Schüsseln mit Essen und die Gläser mit Bonbons sich leerten, bedrängten alle Malthe, etwas auf seiner Gitarre zu spielen. Er setzte sich so auf der steinernen Beeteinfassung zurecht, dass er das Instrument richtig auf den Knien balancieren konnte. Zuerst drehte er nur ein wenig an den Rädchen herum und zupfte an den Saiten, um die Gitarre zu stimmen. Als das melodische *Plingpling* erklang, wurde alles ganz ruhig. Julia, die im Verlauf des Essens immer näher an Tjalfe gerutscht war, lehnte ihren Kopf an seine Schulter. Er legte den Arm um sie und zog sie noch näher an sich heran. Frederike fragte sich, ob sie vielleicht mit der Tonnen-Sauerei zu spät kommen würden.

Frederike kannte das Lied. Schon vor mehr als dreißig Jahren hatte Anne Linnet mit *Tusind Stykker* die dänischen Charts erobert, lange vor Frederikes ersten Sommerferien in Rendstrup Strand. Doch der Song war ein Dauerbrenner, den sie seit achtzehn Jahren nicht gehört hatte. Mathilde hatte es gehasst, wenn ihre Tochter etwas so Banales auf dem Klavier spielte. Niemals hätte sie sich damals träumen lassen, wie sehr es einmal auf ihr Leben passen würde. Die Worte, die Melodie. Ein Lied über Freundschaft, darüber, in wie viele tausend Einzelteile ein Herz zerspringen konnte, zerbrechen unter der Last des Lebens. Und dass Freunde dazu da waren, einen Menschen, der litt, aufzufangen und ihm wieder ein Zuhause zu geben.

Frederike lauschte, schloss die Augen und spürte, wie winzige Tränen einen Weg unter ihren Lidern hervor fanden. Sie spürte, wie Røskva sich näher an ihre Schulter drängte und ganz leise mitsummte, was Malthe sang. Sie wusste, dass sie traurig war, aber sie war auch glücklich. In ihr fochten hundert Emotionen gleichzeitig. Rührung war die größte davon. Niemand schaute sie an, aber ein jeder, der hier in der Runde saß, lauschte auf Malthes Stimme und wusste, das war Frederikes Lied.

Das hier war so schön. So einfach und dennoch ein Luxus, wie sie ihn in den Jahren in Frankfurt niemals erlebt hatte, auch nicht während ihrer Ehe. Mit Søren war sie auf Partys und Empfänge gegangen, auf denen Champagner in Strömen floss. Wo adrett gekleidete Servicekräfte Köstlichkeiten reichten und darauf achteten, dass es den Anwesenden an nichts fehlte. Diese Veranstaltungen waren perfekte Inszenierungen gewesen, eine Zurschaustellung von Geld und Luxus.

Das hier war so viel ehrlicher. Der Duft der gemähten Felder, der feuchten Erde, des nahen Meeres. Die ehrfurchtsvolle Stille ihrer Freunde. Malthes Stimme und das leise Zupfen an den Saiten der Gitarre.

Als Malthe aufhörte zu singen, begriff sie erst nicht, dass das nicht war, weil das Lied zu Ende war. Auch die anderen hielten die Luft an. In Frederikes Rücken ertönte ein Räuspern, und sie öffnete die Augen.

»Tut mir leid«, sagte eine tiefe, männliche Stimme, »ich wollte nicht stören.«

Unter tausend anderen hätte sie diese Stimme erkannt. Sie drehte sich um.

Dort stand er, ein paar Schritte von ihrem improvisierten Picknicktisch entfernt. Kerzenlicht spiegelte sich in seinen in der Dunkelheit schwarz wirkenden Augen, malte feuerrote Funken in sein Haar. Auf seiner Miene lag eine Mischung aus Überraschung und Wehmut, dann ging ein Ruck durch ihn, und er trat auf sie zu.

Sie sah anders aus, fand er, und doch auch wieder nicht. Vielleicht, weil sie jünger wirkte, mit nichts als dem Licht der Kerzen, das sie umspielte, und mit all den Freunden um sie herum.

Vielleicht, weil sie weniger besorgt wirkte, weniger niedergedrückt unter der Last des Lebens, die sie so gut überspielen konnte, dass jemand, der sie nicht so gut kannte wie er, übersehen würde, wie sie darunter litt.

Dabei war ihre Last so schwer, dass sie drohte Frederike zu erdrücken.

Er wollte sie in den Arm nehmen, sie küssen, sie an sich drücken und ihr versichern, dass sie nicht allein war. Dass er bei ihr war, um sie zu halten. Am liebsten hätte er sie sich über die Schulter geworfen und sie vor aller Augen in guter alter Steinzeitmanier in seine Höhle geschleppt. Das hätte allen klargemacht, was Sache war. Vor allem dem einen, der Rikke mit Herzchen in den Augen ansah, während er den Minnesänger gab.

Rasmus schluckte seine Eifersucht herunter. Er würde sich nur selbst ins Bein schießen, wenn er der zu sehr nachgab.

Bereitwillig rutschte Kirsten zur Seite, um ihm auf der Bank neben Rikke Platz zu machen. Er glitt auf die Bank, aber statt Rikke an sich zu ziehen, ergriff er lediglich ihre Hand und ließ seinen Blick über die Freunde gleiten. Da war ein fremdes Gesicht. Doch er konnte sich nicht darauf konzentrieren, denn trotz all seiner guten Vorsätze nagelte sich sein Blick an Malthe fest. Der saß, die Gitarre auf den Knien, am Rand des Blumenbeetes und brachte es seinerseits nicht fertig, Rasmus in die Augen zu schauen. Hatte Rikke wirklich noch immer nicht kapiert, dass Malthe etwas von ihr wollte? Er war subtil dabei, das musste Rasmus zugeben, und ganz schön clever. Er überfuhr Rikke nicht, gab ihr Luft zum Atmen, allerdings war er immer da, wenn sie jemanden brauchte. Nicht wie Rasmus, der in Kopenhagen festsaß, wo er dabei war, Rikkes Leben zu ruinieren. Auch das Lied war ein kluger Schachzug von Malthe gewesen. Aber damit war jetzt Schluss.

»Bist du unter die Sänger gegangen?«, fragte er Malthe direkt und zwinkerte ihn an. »Machst jetzt einen auf Rasmus Seebach?«

Auf der anderen Seite des Lagerfeuers hörte er Line kichern. »Den hätte Malthe hier gerade voll in die Flucht geschlagen.«

»Wenn ich der wäre, würde ich hier jetzt kaum sitzen.«

»Wohl eher nicht«, räumte Rasmus ein. »Oder wenn, dann müssten wir alle ordentlich Eintritt zahlen.«

Rikke zog an seiner Hand. »Sei nett, er spielt und singt toll.«

Rasmus umfasste ihre Hand fester und führte sie an seine Lippen, um die Fingerknöchel zu küssen. Dabei schaute er ihr tief in die Augen und erkannte das Funkeln darin. Jetzt oder nie. Er richtete seinen Blick wieder auf die Freunde. »Okay, alle mal herhören, ich hab euch was zu verkünden. Das ist längst überfällig. Ein Mann darf einmal in seinem Leben ein echter Vollidiot sein. Wenn er das ein zweites Mal macht, noch dazu in derselben Situation, haben seine Freunde jedes Recht, ihn zu steinigen. Ich habe allerdings nicht vor, mich von euch steinigen zu lassen.«

Jeppe prostete ihm mit der offenen Bierflasche zu. »Ein Jammer aber auch«, rief er.

»Deshalb bin ich froh, dass wir hier heute Abend so viele Zeugen haben«, fügte Rasmus hinzu.

Noch einmal zog Rikke an seiner Hand, dann drehte sie sich zu ihm und brachte ihren Mund ganz nah an sein Ohr. »Stell jetzt bloß keinen Unsinn an.«

Er sah auf sie hinab, auf das Lichtfunkeln in ihren Augen. Himmel, er liebte sie. Seit dem Jahr, in dem er fünfzehn geworden war, liebte er sie jeden Sommer. »*Skat*, mit dir wäre ich jeden Moment bereit, Unsinn zu machen, aber dafür brauchen wir keine Zeugen.«

Sie unterdrückte ein Lachen. »Du bist unverbesserlich, Martensen.«

»Deshalb magst du mich so.«

»Wer sagt denn, dass ich dich mag?«

Todernst blieb er, als er sagte: »Deine Augen.«

Ihre Pupillen weiteten sich. Die anderen um sie waren vergessen. Er ließ seine Finger an ihrem Arm hinaufgleiten, bis er die Hand in ihrem Haaransatz im Nacken vergrub. Den anderen Arm schloss er um ihre Mitte, zog Rikke so fest an sich, dass sie spüren musste, was für die anderen noch nicht sichtbar war und hoffentlich auch nicht sichtbar werden würde.

Er küsste sie. Lange und gründlich. Nachdem er fertig war, hing sie atemlos und ein bisschen zerzaust an seinem Arm, und er blickte Malthe geradewegs in die Augen. »Ich hoffe, damit wären alle Zweifel ausgeräumt. Die hier, mein lieber Freund Malthe, gehört mir. Die hat mich verdient. Und ich sie.«

»Amen!«, rief Tjalfe, und die anderen, deren Schweigen eine Mischung aus Überraschung und Ehrfurcht gewesen war, fielen in sein Johlen und Lachen ein. Røskva sprang auf und versuchte unter einem ihrer typischen Redeschwalle, Rikke von Rasmus wegzuziehen, aber das ließ er nicht zu.

Während Malthe ungerührt wieder die Finger über die Saiten gleiten ließ, zog Rasmus Rikke zu der Fremden hinüber, die ihnen beiden entgegenstrahlte.

»Hey«, sagte sie auf Deutsch. »Ich hab ja kein Wort verstanden, doch ich nehme mal an, dass du Rasmus bist, oder?«

Er reichte ihr seine freie Hand. »Rasmus Martensen. Und du bist?« Es fiel ihm nicht schwer, übergangslos ins Deutsche zu wechseln.

»Julia. Ich hab zwar noch nicht viel von dir gehört, aber das, was ich gehört habe, was durchweg positiv.«

Unter gehobenen Brauen blickte er auf Rikke hinunter. »Du erzählst Lügen über mich?«

»Wenn ich jemandem wie Julia die Wahrheit über dich sagen würde, würde ich noch heute Abend gefesselt in ihrem Auto auf dem Rückweg nach Frankfurt liegen«, entgegnete die Frau an seinem Arm.

»Ah. Dann nehme ich an, bei dir, Julia, handelt es sich um jene berühmt-berüchtigte beste Freundin, die bei Liebesfilmen im Kino immer lautstark versucht, die Heldin davor zu bewahren, vor lauter Verliebtheit ihr Hirn auszuschalten? Ist das richtig?«

»Ja, genau die bin ich. Leider habe ich es noch nie geschafft.« Julia lachte, ein ansteckendes Geräusch, und Rasmus fiel auf, wie nachdrücklich sich Tjalfe in ihrer Nähe herumdrückte. Er betrachtete den Jüngeren.

»Kann man dir irgendwie helfen, Tjalfe?«, fragte er mit hochgezogenen Brauen.

»Öhm …« Trotz des mageren Lichts, das das Feuer warf, war deutlich, wie Tjalfe rot wurde, aber man musste ihm zugutehalten, dass er sich schnell wieder fing. An seinem Hang zum Erröten arbeitete er seit den Kindertagen vergeblich. »Ich hab überlegt, ich hab da doch die Musikanlage für die Dorffeste. Wollte Rikke fragen, ob ich die herholen soll? Tanzen und so?« Ein sehnsüchtiger Blick streifte Julia, und jetzt färbten sich auch deren Wangenknochen pink.

Rikke lächelte Tjalfe an. »Das ist ein lieber Gedanke, aber eher nicht heute.« Sie strich sich mit der Zungenspitze über die Lippen. »Malthe hat das super im Griff. Aber ich wette, Julia geht gerne ein paar Schritte mit dir zum Strand hinunter.«

Himmel, was war mit Tjalfe los? Hatte er plötzlich nicht mehr die geringste Ahnung von Frauen? Und diese deutsche beste Freundin schien es ebenfalls so von den Socken gehauen zu haben, dass sie von Rikke einen Schubs in die richtige Richtung brauchte.

Der Abend, auch ohne Tjalfe und Julia, die von ihrem Spaziergang nicht mehr zurückkehrten, wurde unendlich lang. Rasmus war froh, dass Wochenende war. Er hatte einen Berg von Aktenordnern im Auto und plante, wenigstens ein paar Dinge zu klären, während er hier war. Nicht zuletzt mit Tjalfe zu reden wegen des Baugrundes. Aber er hatte auch Rasierzeug im Auto, das er nicht wieder mit nach Kopenhagen nehmen, sondern in Rikkes Badezimmer deponieren würde. Und zu guter Letzt schuldete er den alten Freunden auch noch einen Kasten Bier, mindestens einen, dafür, dass keiner von ihnen sich bei Rikke verplapperte und brav abwartete, was weiter passieren würde. Obwohl unter ihnen sicher einige waren, die dem Windpark hinterherweinen würden, wenn er nicht zustande kam, so zeigten sie doch, dass wahre Freundschaft so was aushalten konnte. Nicht nur verplapperten sie sich nicht, nein, mehr noch, sie halfen Rikke bei ihren Plänen, ohne sicher sein zu können, was am Ende dabei rauskommen würde.

Je länger der Abend dauerte, je betrunkener die Freunde wurden, und je haarsträubender die Ideen für Rikkes Bonbonparadies, desto klarer wurde ihm: Er würde sie nicht hängen lassen. Er würde seinen Teil dazu beitragen, dass das, was sie vorhatte, ein Erfolg wurde. Er hielt sie an sich gedrückt, im Kreis der Freunde sitzend, ihr Rücken an seiner Brust. Die Flammen der herunterbrennenden Kerzen tanzten als Licht- und Schattenspiele auf ihren Wangen, und sie hatte keine Sorgen in der Welt.

Er küsste die Stelle unter ihrem Ohr, wo sie immer erschauerte, wenn er sie dort berührte, inhalierte den Duft ihrer Haare und presste sie an sich. Einer nach dem anderen verließen ihre Freunde die Feier. Zu Fuß, denn niemand hier war noch nüchtern genug, um fahren zu können.

Auch Rasmus war betrunken. Berauscht von Rikkes Nähe. Er ließ sie nicht los, auch dann nicht, als er sie mit sich in ihr Schlafzimmer zog. Er hauchte Küsse auf ihre Haut, streichelte und liebkoste sie, während sie sich gegenseitig auszogen.

Im Mondlicht, das durchs Fenster fiel, schimmerte ihr Körper wie in Sternenstaub getaucht. Er fand jeden Millimeter ihrer Haut, kleine Unebenheiten und Makel, Zeichen der Zeit, die vergangen war. Diese Stellen küsste er besonders gründlich, wünschte sich damit, ein wenig des Verlorenen zurückzugewinnen.

Sie sprachen nicht in dieser Nacht. Sie ließen ihre Körper sprechen. Hände, Münder, Zungen, Lippen. Alles floss ineinander. Keuchen, Stöhnen, Zukunft und Vergangenheit, Wünschen und Träumen. Niemals hatte er etwas anderes gewollt als diese Frau, in der er sich verlieren konnte, ohne etwas von sich aufzugeben. Die ihn ganz machte, ohne dass er vorher zerbrochen sein musste. Mit der er sein konnte, genau wie er sein sollte.

Piratbolcher – Piratenbonbons

Aus Rikkes geheimem Rezeptbuch
30. Juli 2000

Piratbolcher

Zutaten:
100 ml Wasser

Wasser ist immer wichtig. Jeder Mensch besteht bei seiner Geburt zu mehr als neunzig Prozent aus Wasser, kein Wunder, dass wir uns dort so wohl fühlen. Auf dem Wasser, im Wasser und überall dort, wo Wasser nicht weit ist. Morfar behauptet, von den siebzig Prozent, zu denen Menschen auch im späteren Leben immer noch aus Wasser bestehen, ist bei vielen gut die Hälfte Bier und Schnaps, aber darüber mag ich mir kein Urteil erlauben.

400 g Zucker
150 g Traubenzucker
1 TL Magermilchpulver
2½ ml grüne Lebensmittelfarbe

So grün wie die Ostsee draußen, wenn die Küste nur noch ein Streifen am Horizont ist. Immer heißt es, das Meer sei blau, doch das stimmt gar nicht. Es hat tausend Farben, je nachdem, wie die Sonne darauffällt. Blau ist dabei, aber auch Grau und Anthrazit und Grün und Oliv.

3 ml Baileysaroma
2 ml schwarze Lebensmittelfarbe

2 EL Hexenpulver
¾ ml Anisöl

Zubereitung:

1. Grundmasse herstellen und bei Erreichen der Temperatur auf die mit Öl eingepinselte Silikonmatte geben.
2. Ein Viertel der Masse abnehmen und mit der grünen Lebensmittelfarbe mischen.
3. Den Rest halbieren, eine Hälfte mit Magermilchpulver und Baileysaroma mischen, die andere mit der schwarzen Farbe, dem Anisöl und dem Hexenpulver.
4. Alle drei Teile zu Stangen von 15 cm Länge formen, die beiden dickeren Stangen nebeneinanderlegen, die dritte, grüne, dünnere zu einem Streifen drücken und mittig auf die beiden anderen legen. Zusammendrücken und zu Bonbons zerschneiden.

Die Bonbons auf der Zunge zergehen lassen, dann wird ein Traum wahr. So wie mein Traum von dem Segeltörn um die Insel. Søren hat ihn mir erfüllt, und es war herrlich. Der Wind war frisch, und Rasmus hatte nicht so unrecht. Jetzt, am Abend, brennen meine Wangen und sind so rot wie die Äpfel an Morfars Apfelbaum im Garten, wenn auch nicht so rot wie die Kehrseite eines Pavians. Doch ich kann nicht verstehen, warum er nicht aufgetaucht ist, um Søren und mich zu begleiten. Søren hat geschworen, ihn eingeladen zu haben. Aber so ist Rasmus nun mal, manchmal weiß man nicht, was in ihm vorgeht. Welcher vernünftige Mensch würde sich so ein Abenteuer entgehen lassen? Ich wusste nicht, dass Søren segeln kann. Er meinte, ich wüsste vieles nicht von ihm, weil ich immer nur Augen für Rasmus habe und ihn nie richtig anschaue, aber darauf bin ich nicht eingegangen.

Nach all den Spannungen und Streitereien dieses Sommers fühlt es sich gut an, meinen Freund zurückzuhaben. Mit Søren kann man Pferde stehlen, oder die Welt ersegeln. Er hat mir versprochen, immer für mich da zu sein, so wie heute, als Freund, und ich glaube ihm. Søren Andersen ist ein wirklich feiner Kerl. Ich wünschte nur, Rasmus hätte das mit uns erlebt.

14. Kapitel

»Aufstehen, Schlafmütze!« Der Duft von frischgebrühtem Kaffee stieg Frederike in die Nase, noch ehe sie die Lider hob.

»Umpf«, gab sie von sich und vergrub den Kopf ins Kissen. Es konnte unmöglich schon Morgen sein. Un-mög-lich. Sie hatte das Gefühl, gerade erst ihre Augen geschlossen zu haben, um doch noch eine Mütze Schlaf zu erhaschen. Zu kostbar war die Zeit mit Rasmus gewesen. Sie hatte in dem Leuchten seiner Augen gebadet, in den kleinen Lauten geschwelgt, die er machte, wenn er sie mit seinem Körper liebte.

Sie liebte ihn auch. Mit ihrem Körper, ja, aber viel mehr mit allem anderen, was zu ihr gehörte.

Die Tasse klackte kurz auf dem Nachttisch, dann begann Rasmus, mit kleinen Küssen ihren Nacken zu kitzeln. Sie schüttelte ihren Kopf, als wolle sie eine Fliege vertreiben. Himmel, sie beide benahmen sich wie liebeskranke Teenager. Fehlte nur noch, dass sie anfing, schmalzige Gedichte in ein Tagebuch zu schreiben.

»Ich würde dich ja sehr gerne schlafen lassen, doch wir haben heute viel vor.« Es war so ungerecht. Rasmus' Stimme klang kein bisschen verschlafen, sondern verführerisch und voller Tatendrang.

»Haben wir?« Sie drehte sich um, schlang ihm die Arme um den Nacken und zog ihn an sich. An ihrem Bauch spürte sie seine erwachende Lust, und mit einem leisen Brummen rieb sie sich daran. »Hätte das nicht noch warten können? Du bist ja unersättlich, Martensen.«

»Mh, das bin ich. Aber leider muss diese Samstagsbeschäftigung noch warten.« Er machte sich von ihr los und setzte sich auf. Vom Nachttisch nahm er den Kaffeebecher. Immer noch stieg der verlockende Duft daraus auf, und Rasmus sah sie mit schräg gelegtem Kopf unter erhobenen Augenbrauen an.

»Okay, okay.« Frederike richtete sich auf »Dann verrat mir doch mal, was wir heute so Dringendes vorhaben.«

»Auf uns wartet ein Bonbonparadies. Du glaubst doch nicht, dass ich mir von Malthe und den anderen die Show stehlen lasse, weil sie dir helfen und ich nicht. Ich kann genauso gut Möbel schleppen und renovieren wie die.« Er sah wahnsinnig süß aus, wenn er schmollte, und Frederike konnte nicht widerstehen, kleine Küsse auf seine Mundwinkel zu verteilen.

»Niemand hat je deine Renovierungsfertigkeiten angezweifelt, oh großer Macher.«

Das brachte ihr ein Schmunzeln ein. Dennoch ließ Rasmus sich nicht davon überzeugen, dass Wochenende war und sie noch den ganzen Tag Zeit zum Schuften hatten. Also war es punkt acht Uhr morgens, als sie zu den ersten Kunden gehörten, die den Baumarkt in Kerteminde betraten, um Wandfarbe, Holzlasur und eine Schleifmaschine zu holen.

Sie hatten gerade ihre Utensilien in der Scheune ausgebreitet, da gesellte sich Julia zu ihnen. Sie brachte mehr Kaffee, belegte Brote und zwei Flaschen Wasser, die sie auf einem Klapptablett in der Mitte des Raumes abstellte, ehe sie sich selbst eine Malerrolle schnappte.

»Dann sagt mir mal, wo ihr mich braucht.«

»Du brauchst auf jeden Fall ein ordentliches Frühstück, hab ich recht?« Frederike zwinkerte ihrer Freundin zu. »Nach einer anstrengenden Nacht und so.«

»Ach, hör doch auf.« Grinsend nahm Julia Frederike einen der Hüte aus der Hand, die diese aus Zeitungspapier faltete.

»Ich wette, hier im Haus hätte ich heute Nacht eine Geräuschkulisse gehabt, die mich kein Auge hätte zumachen lassen.«

»Ach, und stattdessen hast du selbst für den richtigen Soundtrack gesorgt? Mit Tjaaaaalfe?« Frederike zog den Namen und verzerrte ihre Stimme zu einem begeisterten Kreischen. Als wäre sie ein Teenager und der Name des Landwirts der des Stars aus der angesagtesten Boyband.

Julia warf ihr eine Kusshand zu. »Eine Lady genießt und schweigt.«

Lachend machten sie sich an die Arbeit. Da die Scheune komplett leer war, kamen sie gut voran. Die Frauen putzten und wischten vor, während Rasmus auf einer Leiter stand und die Wände der zukünftigen Küche strich. Frederike brachte ihm Häppchen und fütterte ihn, damit er seine Malerutensilien nicht aus der Hand legen musste. Als Nachtisch gab sie ihm einen Kuss auf die Nasenspitze.

»Mann, ihr zwei macht einen ganz wahnsinnig«, beschwerte sich Julia. »Bei so viel Zucker kriegt man ja noch Typ II Diabetes.«

»Nur keine Eifersucht. Ich brauch keinen jüngeren Liebhaber, ich hab hier alles, was ich brauche.« Frederike zwinkerte der Freundin zu, ließ es sich allerdings nicht nehmen, im Weggehen einmal kurz über Rasmus' ansehnliches Hinterteil zu streichen. Sie mochte es, wie knackig sein Po in den Jeans aussah. Sie mochte es, wie das Mittagslicht durch die verstaubten Fenster fiel und seine Haare wie flüssiges Kupfer leuchten ließ. Sie mochte den Geruch, der von ihm ausging, herb nach Mann und ehrlicher Arbeit. Sie mochte sein Lächeln, sein Lachen, sein Lieben. Sie mochte seine Stimme, wenn er ihren Namen rief, weil er etwas brauchte, doch am meisten mochte sie, dass er all das für sie tat. Wie hatte sie daran zweifeln können, dass er es ehrlich mit ihr meinte? Wie hatte sie auch nur einen Moment glauben können, er würde ihr etwas vorspielen und dass der Stress in der Arbeit nur Fassade wäre, um ihr Dinge zu verheimlichen, die sie wissen müsste. Rasmus Martensen war loyal, und sie würde das, was ihnen gerade zum zweiten Mal geschenkt wurde, nicht mit Misstrauen ruinieren.

Er musste bemerkt haben, wie sie ihn anschaute, denn plötzlich drehte er sich auf seiner Leiter zu ihr um. Ihre Blicke verschmolzen. Etwas veränderte sich. Noch immer roch die Luft in der Scheune nach Lösungsmittel, Farbe und Staub, doch jetzt knisterte da auch etwas zwischen ihnen.

Sehr langsam stieg Rasmus von der Leiter. Jeder Schritt wirkte wie eine Aussage. Noch ein bisschen langsamer, und ohne Frederike dabei aus den Augen zu lassen, legte er die Malerrolle beiseite, und ihr Magen machte einen Salto.

»Rasmus«, formten ihre Lippen. Sie wusste selbst nicht, was das war. Ein Flehen? Eine Bitte? Und wenn, um was bat sie? Sollte er zu ihr kommen? Gehen?

»Mann, Mann, Mann, ihr macht mich fertig«, klang Julias Stimme von irgendwo rechts von Frederike. »Da wird man ja vom Zuschauen schwanger. Ich glaub, ich lass euch lieber allein.«

Sie achteten nicht auf Julia. Rasmus nicht und Frederike auch nicht, und mit jedem Schritt, den Rasmus näher auf sie zukam, pochte Frederikes Herz lauter.

Als Frederike am Freitagmorgen die Tür des neuen Geschirrspülers schloss und auf den Einschaltknopf drückte, blieb ihr beinahe das Herz stehen: Im Hof ertönte mörderischer Krach. Entrüstet richtete sie sich auf und schaute zum Küchenfenster hinaus. Der rot-silberne Traktor, der mit einer nicht gerade eleganten Schleife um Morfars alten Rasenmäher herum wendete, nahm dabei fast die Einfassung des Rosenbeetes mit.

»Juliaaaaa!«, brüllte sie die Treppe hinauf, da Julia in ihrem Schlafzimmer war. Umziehen. Verabredet. Blabla. Viel hatte sie nicht verstanden von dem, was Julia eilig zwischen Käsebrötchen und Kaffee von sich gegeben hatte. Jetzt wurde alles klar.

Tjalfe bemühte sich nicht mal, den Motor auszustellen, während er wartete, sodass Frederike kaum Julias Sprünge die Treppe herunter hören konnte. Sie wollte ihr noch zurufen, dass Tjalfe Hausverbot kriegen würde, wenn er sich weiterhin benahm wie die Axt im Wald, aber es hätte nichts genutzt. Außerdem hatte es etwas Niedliches, wie Julia, die aus lauter Arbeitsstress und Mangel an Gelegenheit in Frankfurt nie auch nur eine Affäre gehabt hatte, mit dem vier Jahre jüngeren Tjalfe auflebte.

Den Schlüssel zum Briefkasten in der Hand, trat Frederike nach draußen und stand augenblicklich in einer blauen Abgaswolke. Hustend winkte sie dem Trecker hinterher und lief über den Hof zum Postkasten. Noch am vergangenen Sonntag hatte sie mit Mathilde telefoniert und von ihrem Plan berichtet, aufgeregt und darauf vorbereitet, dass ihre Mutter ihr den Boden unter den Füßen wegziehen würde.

Aber es geschahen noch Zeichen und Wunder. Mathilde hatte sich tatsächlich alles sehr ruhig angehört und am Schluss eingewilligt. Immerhin würde der Umbau der Scheune eine Aufwertung der Immobilie bedeuten. Und wenn Frederike nicht innerhalb von fünf Jahren genug Gewinn erwirtschaftete, um ihrer Mutter eine angebrachte Mietsumme zu zahlen, würde Mathilde das Anwesen eben doch verkaufen.

Mathilde hatte versprochen, zusammen mit ihrem Anwalt einen entsprechenden Vertrag aufzusetzen, der diese Einzelheiten regelte. Solange Frederike diesen Vertrag nicht in der Hand hielt, würde bei all der Renoviererei immer ein ungutes, unsicheres Gefühl bleiben. Die letzten Tage hatte sie zusammen mit Julia Fliesen in der zukünftigen Küche verlegt, deren Wände Rasmus so fachmännisch gestrichen hatte. Ein elektrischer Insektenfänger hing schon hoch oben an der Wand, und wenn Rasmus am Abend wiederkam, würden sie den wunderschönen alten AGA-Ofen an den Platz darunter rücken. Sobald Mathilde den Vertrag schickte, wollte Frederike einen Installateur beauftragen, Leitungen in der Scheune zu verlegen.

Mit jedem Tag, der verstrich, nahm das Projekt mehr Formen an. Doch es war nicht Mathildes Vertrag, der ihr entgegenrutschte, als sie den Briefkasten öffnete.

Es war ein großer DIN-A4-Umschlag mit dem Logo von *Jakobsen & Lindegaard*. Dasselbe Logo, das über Milles Maklerbüro neben der Bäckerei prangte. Der Umschlag war prall gefüllt, und im selben Moment wusste Frederike, dass sie ihn nicht aufmachen wollte.

Sie hielt den Brief zwischen den Fingerspitzen, während sie zum Haus zurückkehrte, und deponierte den Umschlag zunächst ungeöffnet auf dem Wohnzimmertisch. Sie balancierte mit einer Hinterbacke auf der Armlehne von Morfars Fernsehsessel, ihr Blick schweifte zwischen Henk an der Wand und dem Umschlag auf dem Tisch hin und her. Sie überlegte, sich einen Kaffee zu kochen, aber sie hatte gerade erst vor einer halben Stunde mit Julia gefrühstückt.

Mille anzurufen, um sie zu fragen, was der Brief sollte, war ihr nächster Impuls, oder gleich zu ihr zu gehen. Es wäre zigmal einfacher gewesen, Auge in Auge zu kommunizieren, als das unzuverlässige dänische Postwesen zu bemühen. Wo das enden konnte, wussten sie mittlerweile nur zu gut. Aber seit ihrer Rückkehr nach Rendstrup Strand hatte sie mit Rasmus'

Schwester so wenige Worte gewechselt, dass ihr das unsinnig vorkam.

Sie schluckte und erwog, statt Mille Rasmus anzurufen, schließlich waren die beiden Geschwister. Doch den Gedanken verwarf sie noch schneller. Er hatte zu viel zu tun, sie würde ihn nur stören.

Mist, warum musste Julia ausgerechnet jetzt mit Tjalfe unterwegs sein?

Der Brief war an Mathilde gerichtet. Sollte sie ihre Mutter anrufen? Aber Mathilde würde wissen wollen, was drinstand, und nicht, dass da was gekommen war. Warum schickte Mille überhaupt einen Brief, der für Mathilde Elsdorf bestimmt war, an die Adresse in Rendstrup Strand, wo Mathilde zum letzten Mal vor ungefähr dreißig Jahren mehr als zehn Minuten am Stück verbracht hatte?

Reiß dich zusammen, dachte Frederike. Sie hatte nicht die Spur einer Ahnung, worum es in diesem Schreiben gehen könnte, sicherlich spielte ihr ihre Fantasie nur Streiche. Schweren Herzens zog sie den Umschlag zu sich heran, schob einen kleinen Finger unter den Falz und riss ihn an der Kante langsam und sauber auf.

Zwei Minuten später rang sie nach Atem.

Jakobsen & Lindegaard, *im Auftrag der* Firma Sydskov Engineering *in Kopenhagen, unterbreitet Mathilde Elsdorf das Angebot von fast anderthalb Millionen Kronen für das Anwesen ihres verstorbenen Vaters, Mikkel Elsdorf, einschließlich aller Grundstücksteile, die da wären dreieinhalb Hektar Ackerland und hundertfünfzig Meter Privatstrand, zugehörig zur Gemarkung Rendstrup Strand. Zugrunde gelegt der Umstand, dass sich das Anwesen in stark renovierungsbedürftigem Zustand befände und …*

Weiter las sie nicht. Sie erwartete, dass Wut sie überfallen würde, ohne zu wissen, auf wen, aber sie fühlte nichts. Gar nichts. Wer hatte das angeleiert? Hatte Mathilde, ohne Frederike etwas davon zu erzählen, Nägel mit Köpfen gemacht und das einzige Maklerbüro vor Ort mit dem Verkauf des Anwesens beauftragt? Was sollte dann die Scharade mit dem Vertrag?

Da war ein lähmendes Gefühl von *nicht schon wieder*. Da war eine unbestimmte Angst, und dann war da etwas, das sie in Bewegung setzte. Der Gedanke: *Ich werde gehen müssen. Diesmal werde ich wirklich gar nichts mehr haben, und ich werde Rasmus erneut verlieren.*

Aber Zorn? Nein, Zorn war da nicht.

Eher Resignation, die an den Rändern ihres Bewusstseins aufzublühen begann, ohne dass sie ihr sofort nachgeben konnte.

Sie dachte nicht einmal über den Kaufpreis nach. Sie hatte keine Vorstellung davon, was Anwesen wie dieses derzeit kosten mochten und ob das, was diese Firma in Kopenhagen anbot, gut oder schlecht war. Es war einfach viel zu abwegig. Allein der Gedanke, das Haus zu verlieren und damit die Erinnerung an Morfar und ihre Zeit mit Rasmus, war unerträglich.

Nein, sagte sie sich. *Auf keinen Fall. Das lasse ich nicht mit mir machen. Nicht noch mal. Nicht heute, und überhaupt nicht. Ich will wissen, wie diese Firma drauf kommt, das Haus kaufen zu wollen, und Mille wird es mir erzählen. Und wenn ich es weiß, werde ich denen zeigen, wo der Hammer hängt. Ich hab es satt, mich herumschubsen zu lassen.*

Frederike spürte ihre Beine nicht, während sie den Weg hinein ins Dorf rannte, um Mille zur Rede zu stellen. Sie spürte ihre Arme nicht, ihre Hände nicht. Nur ihre Brust spürte sie, denn darin fühlte sie einen Schmerz, den sie nicht mit Worten beschreiben konnte. Nicht einmal die Zeit, um sich eine Jacke zu holen, hatte sie sich genommen, trotzdem klebte ihr schon nach einem Viertel des Weges kalter Schweiß in Nacken und Rücken.

Außer Atem riss sie die Tür des Maklerbüros auf. Über ihrem Kopf bimmelte das Windspiel. Für die Dauer eines Herzschlags drehte der Raum sich um sie, so abrupt blieb sie stehen, nachdem sie den ganzen Weg so gut wie gerannt war. Als wären sie ein einziger Mensch, hoben Mille und ein Frederike unbekannter Mann, dessen Schreibtisch dem von Mille gegenüber an der Wand des Büros stand, den Kopf.

Die Eindrücke prasselten auf Frederike ein. Glatte, graue Büromöbel, graumelierter Teppichboden, weiße Wände. In der Ecke stand ein Ficus, der traurig die Blätter hängen ließ. Selten hatte sich Frederike irgendwo so fehl am Platz gefühlt.

»Kann ich Ihnen helfen?« Der Mann richtete sich auf. Auf halbem Weg knöpfte er sich das Jackett zu.

»Nein, ähm …« Frederikes Blick glitt zu Mille. In diesem Augenblick erinnerte sie sich an den Briefumschlag in ihrer Hand. »Kannst du mir das hier erklären? Was ist das, Mille? Was ist das für eine Firma, die mein Haus kaufen will?« Jedes Wort klang gepresster als das zuvor, mit einem Beiklang von Hysterie, der sich nach und nach in die hohen Töne schlich.

Herr Anzug nahm wieder Platz und überließ Mille klaglos das Feld.

»Möchtest du dich setzen? Es gibt keinen Grund, sich aufzuregen. Es ist nichts passiert.« Rasmus' Schwester klang ruhig und distanziert. In diesem Moment trennte die beiden Frauen eine Welt.

»Es ist nichts passiert?« Hinter Frederikes Nase brannte es, sie musste die Augen kurz schließen, um nicht endgültig die Fassung zu verlieren. Jeden Augenblick würden ihre Finger diesen dreimal zur Hölle verfluchten Umschlag zerreißen. »Du weißt genau, was das hier ist. Du weißt, was ich mit dem Anwesen vorhabe. Himmel, Mille! Dein Bruder hat das ganze Wochenende lang Stunde um Stunde damit verbracht, mir dabei zu helfen, die Scheune zu renovieren. Und jetzt das? Was ist das hier? Was ist das überhaupt für eine Firma? *Sydskov*? Ich habe noch nie von denen gehört. Was wollen die mit meinem Zuhause?« Bei der Erwähnung ihres Bruders meinte Frederike, eine Emotion über Milles Miene huschen zu sehen, etwas, das Wut sehr nahe kam. Doch die andere hatte sich so schnell wieder im Griff, dass Frederike sich nicht sicher sein konnte.

»Wo du doch so eng mit meinem Bruder bist, solltest du wohl besser ihm diese Frage stellen.«

»Frau Elsdorf-Andersen, nehme ich an?« Jetzt mischte sich doch der Anzug-Typ ins Gespräch ein. »Die Informationspflicht über das Bauvorhaben obliegt der Gemeinde. Alle Anwohner wurden mit dem gesetzlichen Vorlauf kontaktiert und informiert. Wenn Sie das Bauvorhaben nicht unterstützen, hatten Sie reichlich Zeit, Einspruch zu erheben.«

Alles, was sie hörte, war das Wort *Bauvorhaben*. Was um alles in der Welt wurde hier gespielt? War *Sydskov* irgendein Bauriese, und sie planten hier am Strand eine schicke Neubausiedlung mit Reihenhäusern, Carports, Kinderspielplätzen und was sonst noch so dazugehörte? Hier? In ihrem Rendstrup? Und Morfars Haus, die einzige Erinnerung an ihren geliebten Großvater, sollte dafür weichen? Das konnte nicht sein.

»Es ist nicht fair.« Mit jeder Sekunde, die verstrich, kriegte sie schlechter Luft. Es fühlte sich an, als würden die Wände des Büros auf sie zukommen. Immer näher, immer näher. Ein bisschen noch, und sie würden Frederike zerquetschen. »Es ist nicht fair«, sagte sie noch einmal, und diesmal konnte sie das Beben in ihrer Stimme nicht verstecken.

Mille schnaubte. »Was heißt hier fair? Ich bin Geschäftsfrau, Frederike, und *Sydskov Engineering* ist mein Klient. Wenn du mir unterstellen willst, an irgendwelchen illegalen Machenschaften teilzuhaben, muss ich dich enttäuschen. Wie Bent schon sagte, alles hat seinen korrekten und offiziellen Gang genommen. Deine Mutter, als Eigentümerin, muss uns nur noch einen Notartermin nennen, dann können wir das möglichst schnell hinter uns bringen.«

Notartermin. Eineinhalb Millionen dänischer Kronen. Verkauf. Frederike wusste, dass jede Absprache, die sie mit Mathilde getroffen hatte, im selben Moment hinfällig war. Im Leben nicht würde ihre Mutter darauf verzichten, wenn ihr solch eine Summe in den Schoß fiel, ohne dass sie dafür mehr tun musste, als ihre Unterschrift auf ein Schriftstück zu setzen.

Frederike musste hier raus. Das Gefühl, den Boden unter den Füßen zu verlieren, wurde übermächtig. »Warum?«, war das Einzige, das sie noch über die Lippen brachte. »Warum tust du mir das an? Du wusstest doch, wie wichtig der Neuanfang für mich ist. Wieso hast du nie etwas gesagt?«

Das Windspiel klingelte erneut, als Frederike floh. Über dem Gebimmel hörte sie Milles Stimme, die ihr riet: »Frag meinen Bruder. Wenn du wirklich Antworten haben möchtest, frag Rasmus.«

Blå Ugler – Blaue Eulen

Aus Rikkes geheimem Rezeptbuch
31. Juli 2000

Blå Ugler

Zutaten:
100 ml Wasser
400 g Zucker
150 g Traubenzucker
1 ml blaue Lebensmittelfarbe
1½ TL Mentholaroma
2 TL Salmiakpulver
1 ml Anisöl

Zubereitung:
1. Grundmasse herstellen und bei Erreichen der Temperatur auf die mit Öl eingepinselte Silikonmatte geben. Mit der blauen Lebensmittelfarbe mischen.
2. Mindestens zehn Minuten abkühlen lassen, dann Menthol, Anisöl und Salmiakpulver zugeben.
3. Zu einer Stange drehen und zu Bonbons zerschneiden.

Jemand ist blau sagt man auf Deutsch, wenn jemand betrunken ist. Auf Englisch bedeutet blue *auch* traurig, *und damit sind Blaue Eulen heute genau das Richtige für mich.*

Einfach zu machen, kaum zu vermurksen. Auch dann nicht, wenn alle Zeichen auf Abschied stehen. Selbst der Himmel weint um einen Sommer, der zu Ende geht, und Rasmus ist nicht bei mir.

Ich weiß nicht, wo er ist. Ich habe seit Tagen nichts von ihm gehört oder gesehen. Henni sagt, er habe Dinge zu erledigen und würde sicher noch kommen, ehe ich zurück nach Frankfurt fahren muss. Das ist in einer Stunde, und ich glaube nicht mehr an ein Wunder.

Was ist geschehen, Rasmus?

Warum lässt du mich allein?

Du magst doch Menthol in den Bonbons. Du sagst, es kribbelt auf der Zunge, so wie meine Küsse auf deiner Haut. Ich hab die Bonbons für dich gemacht, aber du willst sie nicht mehr. Heißt das, du willst auch meine Küsse nicht mehr? Waren deine Versprechen eine Lüge? So vergänglich wie der Geschmack von Bonbons auf der Zunge?

Morfar ruft. Mutter ist da. Eine Stunde früher als geplant, eine Stunde zu früh für mich. Es wird keinen Abschiedskuss von dir für mich geben.

15. Kapitel

Rasmus starrte auf das kleine Fenster, das ungefragt alle paar Minuten unten rechts auf seinem Bildschirm aufblinkte. Je näher die Deadline eines Projekts rückte, desto häufiger unterbrach dieses Blinken seinen Arbeitsfluss.

Heute hatte er bisher so gut wie nichts geschafft. Vor ihm lag ein riesiger Stapel Papier – Kostenvoranschläge, Kontenabgleichungen, Angebote. Die Projekteinbindungen und freien Kapazitäten der Schwimmkräne, die auf der nördlichen Erdhalbkugel unterwegs waren, ihre voraussichtlichen Umsetzungszeiten, die Kosten. Er war dicht dran, so dicht dran, ein lückenloses Konzept für eine Umdisponierung des Projekts Rendstrup Strand vorlegen zu können, das *Sydskov Engineering* zwar mehr Geld kosten, aber längerfristig erheblich höhere Gewinne bringen würde. Aus den Andeutungen und Vorschlägen, mit denen er die Chefetage bisher hatte hinhalten müssen, wurde etwas Konkretes. Die Umsetzung des Windparks vor die Küste, mehrere Kilometer aufs Meer hinaus, war aus vielerlei Gründen sinnvoll, auch wenn die Eigentümer der Häuser, die bei einem Windpark auf dem Land entschädigt worden wären, dann leer ausgingen. Aber Rikke sollte ihr Haus behalten, und dafür musste der Windpark weichen. Jetzt mussten ihm nur noch die Entscheider glauben, dass sie alle von seinem neuen Plan profitieren würden.

Unglücklicherweise hatte *Jakobsen & Lindegaard* bereits Anfang der Woche die Briefe mit den Kaufangeboten verschickt. Das hatte er nicht mehr aufhalten können. Die Schreiben waren als registrierte Briefsendungen verschickt worden, und Mille hatte ihren Bruder, den Projektverantwortlichen, auf die Liste derer gesetzt, die über die Zustellungen auf dem Laufenden gehalten wurden. Jedes Mal, wenn ein Postbote einen der Briefe zustellte, ging eine Nachricht im Maklerbüro ein, und jedes Mal, wenn das passierte, wurde diese Nachricht mit hoher Priorität an Rasmus Martensen weitergeleitet.

Jeder, der sein Anwesen, ein Stück Land oder, wie Tjalfe, gleich mehrere Ackerstücke an *Sydskov* abtreten sollte, würde dafür mehr als angemessen entschädigt werden. Dafür hatte Rasmus knallhart verhandelt.

Alle, bis auf eine.

Eine, die nicht das Geld haben wollte, sondern die Erinnerung an eine Zeit, in der sie glücklich gewesen war. Eine, die dieses Glück wiedergefunden zu haben glaubte. Ein Glück, das mit keiner Summe aufzuwiegen war. Ein Zuhause, und Freunde.

In dem Moment, als der Name Elsdorf in dem kleinen Fenster rechts unten am Bildschirmrand aufging, zusammen mit der Adresse von Mikkel Elsdorfs Haus in Rendstrup Strand, wartete er nicht einmal seinen nächsten Atemzug ab. Sie hatte es getan. Verdammt, Mille hatte es tatsächlich getan und den Brief nicht an Mathilde als Eigentümerin, sondern direkt an Rikke geschickt. Es würde Rikke zerstören.

Er sprang auf, riss seine Jacke vom Haken neben der Tür und stürmte aus dem Büro. Nicht mehr zögern. Er wusste genau, was er zu tun hatte.

Er würde zu Rikke fahren. Er würde vor ihr auf die Knie fallen und ihr alles sagen. Was er geplant hatte, und was er stattdessen tun wollte.

Er würde ihr alles sagen. Und danach blieb ihm nichts weiter übrig, als zu hoffen.

Julia war noch nicht zurück. Vielleicht war das gut so. Frederike stellte sich vor, wie ihre Freundin neben Tjalfe auf dem Traktor saß, wie sie zusammen lachten und Tjalfe ihr beibrachte, wie man den Trecker fuhr. Wie er ihr auf die Finger klopfte, wenn sie das Saatgut nicht ordentlich verteilte und sich dann Julias Finger um die von Tjalfe schlossen, als hätte sie nicht eine einzige Sorge auf der Welt. Die Liebe machte das mit einem, rückte das Leben in eine Perspektive, die vom Rest der Welt nicht gesehen werden konnte. Frederike wusste, wovon sie redete. Ihr war es nicht anders gegangen, für ein paar wunderbare Wochen.

Jetzt war sie froh, dass Julia nicht hier war und deshalb nicht begreifen musste, was gerade passierte.

Mit den Fingerspitzen strich Frederike über die weiße Farbe, die Rasmus am letzten Wochenende an der Rückwand der zukünftigen Küche aufgebracht hatte. Nacktes Ziegelwerk, abgeschrubbt, von Henkweben befreit und dann einfach überstrichen, ohne Verputz. Oben zwischen den Dachsparren hing noch die Plattform, auf der Jeppe und Tjalfe balanciert und mit den Hochleistungssaugern auch dort die Spuren von jahrzehntelanger Vernachlässigung entfernt hatten. In der Küche und im Lager, so war der Plan gewesen, sollte eine Zwischendecke eingezogen werden. Doch über dem Laden selbst sollte der Blick bis unters Dach offen bleiben und das Sparrenwerk sichtbar.

Warum schmiedete man Pläne?

Wieso hatten die Freunde von einst mitgeplant? Wusste niemand, was Sache war? Es mussten doch alle gewusst haben. Hatten sie ein falsches Spiel mit ihr getrieben, um sich hinterher ins Fäustchen zu lachen?

Nein, das konnte sie sich nicht vorstellen. Die Freunde hatten ihre Freizeit geopfert, um etwas auf den Weg zu bringen. Etwas, das nicht groß und bedeutsam war, aber das schön hätte werden können.

Frederike hatte mit Søren so oft geplant. Das perfekte Leben. Die perfekte Familie. Nach ein paar Jahren im Penthouse in Frankfurt-Westend hätte es ein hübsches Haus im Grünen werden sollen, um Kinder großzuziehen.

Hatte sie wirklich noch immer nicht begriffen, dass in ihrem Leben kein Platz für Pläne war?

In absehbarer Zeit würde hier kein Haus mehr stehen und keine Scheune. Kein Garten, der trotz der Überwucherung bis weit in den Herbst hinein in den schönsten Farben blühte. Irgendeine Firma aus Kopenhagen würde das alles niederreißen lassen.

Tränen brannten in ihren Augen, aber sie schluckte nur. Als ihr Blick auf den AGA-Herd fiel, dachte sie an Rasmus. Sie könnte ihn anrufen. Um was zu sagen? Vielleicht kannte er die Firma. Mille hatte ihr geraten, ihn zu fragen. Vielleicht konnte er etwas tun. Vielleicht … Oder vielleicht konnte sie ihm einfach nur mitteilen, dass es jetzt nicht mehr notwendig war, dass er nach einem stressigen Arbeitstag nach Rendstrup kam, um beim Renovieren zu helfen.

Denn es war alles hinfällig.

Sie tippte auf Rasmus' Namen in der Kontaktliste, dann auf den kleinen grünen Hörer. Sie nahm das Handy ans Ohr, hörte das Knacken und die leisen Pieptöne, mit denen die Verbindung sich aufbaute. Lauschte auf das Freizeichen, dann das Klingeln und schließlich die unpersönliche Ansage, dass der Teilnehmer gerade nicht verfügbar war und man nach dem nächsten Piep eine Nachricht hinterlassen könne.

»Hej«, sagte sie. »Ich bin es. Bist du da? Kannst du mich

zurückrufen? Ich will dich nicht stören.« Sie schluckte. »Ich hab … Post gekriegt. Eine Firma namens *Sydskov Engineering* kauft mein Haus. Kennst du die? Ich weiß nicht, was ich tun soll. Mille …« Ihre Brust fühlte sich an wie zusammengequetscht. Warum? Warum Mille? Sie konnte nicht weitersprechen, setzte noch zweimal an, etwas zu sagen, aber stellte fest, dass sie nicht mehr genug Luft hatte, um Worte herauszupressen.

Sie legte einfach auf.

Eine Firma kaufte ihr Haus. Ging das überhaupt? Wie war es möglich, dass irgendeine Firma so etwas einfach entschied? Dann erinnerte sie sich an etwas, das der Mann in Milles Büro gesagt hatte. Dass es eine gesetzliche Vorlaufzeit gegeben hatte, in der Einspruch erhoben werden konnte. Und sie erinnerte sich an Mathilde und an den Vertrag, den ihre Mutter mit ihr zusammen hatte aufsetzen wollen. Den Vertrag, der regeln sollte, zu welchen Konditionen Frederike die Nutznießung über das Anwesen von ihrer Mutter übertragen bekommen sollte.

Ihre Mutter hatte von diesem Schlamassel hier wissen müssen. Sie hatte Briefe von der Gemeinde erhalten müssen, die sie informierten, dass eine Firma das Anwesen kaufen wollte, und sie hatte die Gelegenheit erhalten, dagegen vorzugehen.

Warum hatte Mathilde das nicht getan? Und wieso hatte sie ihrer Tochter vorgegaukelt, dass alles in Ordnung sei und das Haus einfach nur leer stehe?

Und warum hatte Mille diesen letzten Brief, diese Abrissbirne in Papierform, direkt an Frederike in Rendstrup geschickt und nicht wie alles andere an Mathilde?

Frederike starrte auf ihr Handy, scrollte sich durch die Kontakte und tippte auf das Wort *Mutter*.

An Mathilde Elsdorfs Stimme konnte sie hören, dass ihre

Mutter gerade erst aus dem Bett gefallen war. Das war so typisch. Der Tochter schwammen alle Felle davon, während ihre Mutter entspannt den Tag verschlief.

»Du bist aber früh dran, Frederike«, sagte sie, und Frederike stellte sich vor, wie Mathilde sich den seidenen Morgenmantel überwarf und in die Küche schlurfte, um sich mit der italienischen Designer-Maschine einen Kaffee zu machen.

»Hast du Post von der Gemeinde Kerteminde gekriegt?« Frederike hielt sich nicht mit Vorgeplänkel auf.

Mathilde gähnte. »Ich war heute noch nicht am Briefkasten, Kind.«

»Nicht heute. In den vergangenen Wochen und Monaten.«

»Von wo?«

»Kerteminde. Wegen Morfars Haus. Du müsstest mehrfach Briefe bekommen haben.«

»Kann mich nicht erinnern.«

»Machst du deine Post eigentlich auch mal auf?«

»Wer schreibt mir denn? Ich öffne die Rechnungen, die ich erwarte. Werbepost? Der Mülleimer ist nie weit.«

»Das aus Kerteminde war keine Werbepost, Mutter, das waren wichtige Unterlagen!« Frederike spürte, wie Hitze in ihr aufwallte. Wut. Endlich war da Wut. Wut war besser als Tränen, entschied sie. »Kannst du nachsehen?« Als würde das jetzt noch was ändern. Doch wenigstens bräuchte sie ihrer Mutter dann keine bösen Absichten mehr zu unterstellen. Sondern nur Nachlässigkeit. Nachlässigkeit war schlimm genug, aber zumindest bestand so noch ein kleiner Funke Hoffnung, dass ihre Beziehung zu der Frau, die sie auf die Welt gebracht hatte, nicht ganz das Klo runterging.

Sie hörte, wie Mathilde unwillig grummelnd in Papieren herumwühlte. »Hier liegt was«, nuschelte ihre Mutter dann, offenbar hatte sie das Telefon zwischen Schulter und Ohr geklemmt.

»Ich schmeiß manchmal Sachen in den Zeitungsständer.« Sie klang beinahe entschuldigend. »Da ist was mit einem Logo von der Gemeinde, meinst du das?«

»Kannst du das öffnen? Ist da ein Stempel mit Datum drauf?«

»Nicht auf dem Umschlag.« Sie hörte Papier ratschen. Danach eine Weile Stille, vermutlich las Mathilde, was in dem Schreiben stand. »Ein Windpark?«, hörte Frederike ihre Mutter schließlich ungläubig fragen.

Frederike spürte, wie der Boden unter ihren Füßen schwankte. Da war ein Rauschen in ihren Ohren, das Mathildes Stimme kaum zu durchdringen vermochte, als diese das Schreiben Wort für Wort vorlas. Frederike wurde es schwarz vor Augen. Ein Windpark. Die Kommune Kerteminde plante über die kommenden zwei Jahre die Errichtung und Inbetriebnahme eines Parks von zehn Windkraftanlagen in der Gemarkung Rendstrup Strand. Was Mathilde in der Hand hielt, schien eine Art Folgeinformation zu sein, die an diejenigen Grundstückseigentümer geschickt worden war, deren Besitz in der Gemarkung von den Baumaßnahmen auf eine Weise berührt wurde, dass ein Ankauf durch die ausführende Firma *Sydskov Engineering* notwendig wurde. Es war eines der Schreiben, auf die Mathilde bei der Gemeinde hätte Einspruch erheben können.

Und es nicht getan hatte, weil sie diese Briefe vollkommen ignoriert hatte.

Der Brief war über ein halbes Jahr alt.

Und alles, was Frederike hörte, alles, was sich in ihrem Kopf wiederholte wie eine Schallplatte, die einen Sprung hatte, war das Wort Windpark.

Windpark.

Rasmus Martensen plante Windparks.

Sie umklammerte das Handy, ließ Mathilde plappern, ließ die ungläubige Stimme ihrer Mutter über sich hinwegrinnen und redete sich ein, dass Rasmus nicht der einzige Windparkplaner in Dänemark war und dass er der Einzige war, der ihr jetzt noch helfen konnte, weil er die nötigen Kontakte hatte.

Grußlos legte sie auf und starrte auf das Handy, auf die von Rasmus getünchte Wand. Auf stabilen Böcken entlang der fertig gestrichenen Wand ruhten Hennis Edelstahl-Arbeitsplatten, die darauf warteten, dass auf ihnen etwas Schönes gezaubert wurde. Ihr Blick glitt zu den Regalen, die sie zusammen mit Julia und einer Schlagbohrmaschine erst gestern an die Wand über den Arbeitsplatten installiert hatte, dann auf die Bonbongläser, die sie heute im Lauf des Tages dort hatte hinstellen wollen, um ihr Ziel vor Augen zu haben. Hier hatte ihr Traum entstehen sollen. Doch wie es so mit Träumen war, ließ das Aufwachen nie lange auf sich warten.

In Rendstrup Strand würde kein Bonbonparadies entstehen.

Sydskov Engineering würde das hier alles dem Erdboden gleich machen. Wo die Seele von Morfar Mikkel Elsdorf lebte, würde in Zukunft ein dreimal verfluchtes Windrad seine Runden drehen.

Beinahe zaghaft legte sie das Handy auf eine der Arbeitsplatten. Neben dem AGA stand ein Plastikeimer mit eingetrocknetem Fliesenkleber. Frederike bückte sich, nahm den Eimer beim Henkel – und schleuderte ihn auf die Bonbongläser. Das Klirren von Glas hallte in der Scheune wider. Es klang wie Musik. Bei der Tür hatte sie zwei Halbliter-Blechbehälter mit brauner Farbe für die Türen und Fensterrahmen abgestellt. Sie riss die Deckel herunter und schleuderte die offenen Behälter quer durch den Raum gegen die frisch getünchte Wand. Braune Farbe lief über die schicken Arbeitsplatten und tropfte auf den neu gefliesten Boden. Auf einem Fensterbrett lag der Hammer, mit dem Jeppe störrische Putzreste aus den Ziegelfugen herausgeklopft hatte. Geradezu systematisch nahm Frederike sich der Bonbongläser an, die den Angriff mit dem Fliesenklebereimer überlebt hatten, und zerschlug eines nach dem anderen, ehe sie sich hinkniete und mit dem Hammer die Bodenfliesen traktierte, bis sie zerkrümelten.

Sie weinte nicht. Die ganze Zeit weinte sie nicht. Weil Tränen nichts nützten und nur die Sicht auf das vernebelten, was wirklich geschah.

Sie wünschte sich nur, dass sie nicht allein wäre.

Irgendwann wurde ihr der Arm müde. Zwar hatte sie in den letzten Wochen viel körperliche Arbeit geleistet, das hieß aber nicht, dass ihre Muskeln daran gewöhnt waren, alles zu Kleinholz zu hauen. Sie ließ sich zu Boden sinken, kippte zur Seite und rollte sich zusammen. Sie spürte eine unendliche Leere in sich.

Wieder einmal alles verloren. Sie schloss die Augen. Obwohl es nicht kalt im Schuppen war und ihre blinde Zerstörungswut sie ins Schwitzen gebracht hatte, fröstelte sie. Ein Schaudern rann durch ihren Körper. Aufstehen. Sie musste aufstehen und weitergehen, wieder einmal den ersten Schritt eines langen Weges machen. Wann würde sie endlich ankommen? Sie war des Reisens müde. Zwar war ihr klar, was sie tun musste, wenn sie sich zu allem Übel nicht auch noch eine Erkältung einfangen wollte, doch sie konnte ihre Glieder nicht dazu bringen, sich zu bewegen.

Das Knirschen von Autoreifen auf Kies drang durch die dünnen Scheunenwände und wurde tausendfach von den Scherben zurückgeworfen und verzerrt, bis es klang wie das Zerbrechen einer ganzen Welt. Zumindest empfand sie es so.

Vielleicht Julia, überlegte sie, die denken musste, ihre Freundin sei nun endgültig von allen guten Geistern verlassen. Aber was hatte die Kinderärztin schon für eine Ahnung? Auch wenn sie aus den Ereignissen in jüngster Vergangenheit wusste, wie es war, das eigene Zuhause zu verlieren. Allerdings hatte sie keinen Schimmer, wie es sich anfühlte, wenn das ein ums andere Mal passierte. Frederike hasste sich für ihr Selbstmitleid, war jedoch machtlos gegen das Gefühl von Ungerechtigkeit, das ihr die Luft zum Atmen nahm. Sie kannte diesen Druck auf der Brust, dieses Gewicht, das von nichts kam außer von zu schweren Gedanken, das ihr die Rippen zusammenquetschte und jeden Atemzug erschwerte.

»*Skat.*« Schatz. Rasmus' Stimme klang so zärtlich wie nichts, was sie je zuvor gehört hatte. Frederike öffnete nicht die Augen, aber sie hörte, wie er sich ihr näherte. Vorsichtig, langsam. Kleiderrascheln ließ darauf schließen, dass er neben ihr in die Hocke ging. Über den Geruch von verschüttetem Fliesenkleber nahm sie den vertrauten Duft seines Körpers wahr. Den Duft von Hoffnung und Liebe, von dem Glauben an einen neuen Anfang. Ihre Nasenflügel bebten, so tief inhalierte sie.

»Hat dir die Farbe für Türen und Fensterrahmen nicht mehr gefallen? Du hättest etwas sagen können, wir hätten uns für eine farbenfrohere Variante entscheiden können.« Sie hörte das zarte Necken in seiner Stimme, und es legte sich tröstend und warm um ihren zitternden Körper. Er war hier. Er war bei ihr, und er würde ihr helfen.

»Warum bist du hier?«

»Weil du mich brauchst.« Das war keine Antwort auf ihre Frage und gleichzeitig alles, was sie wissen musste. Wahrscheinlich hatte er ihre Nachricht auf dem Handy abgehört, vielleicht hatte auch Mille ihn angerufen. Im Grunde war es egal, alles, was in diesem Moment wichtig war, war, dass er hier war. Dass sie nicht allein war.

»Ich werde alles verlieren. Ich werde wieder alles verlieren.«

»Nein.« Sein Atem streifte ihre Schläfe, so nah war er. »Das lass ich nicht zu.«

Mit der flachen Hand strich er über ihren Rücken, mit den Handrücken über ihre Wange, strich ihr die verschwitzten Strähnen aus der Stirn. »Komm, hoch mit dir. Du wirst krank, wenn du länger auf dem kalten Boden liegst.«

Gestützt von Rasmus' Händen, gelang es ihr diesmal, aufzustehen. Das Chaos um sie herum blendete sie aus. Noch etwas, das sie in den letzten Jahren gelernt hatte: sich auf das Wesentliche konzentrieren. Nicht nach rechts oder links zu gucken, wenn man wusste, dass alles, was dort lag, die Macht hatte, einem das Herz zu brechen. Sich an seine Worte klammern. *Das lass ich nicht zu.*

»Das Haus wird verkauft. Die Gemeinde hat das beschlossen, Rasmus. Es gibt nichts …«

»Es gibt immer etwas, das man tun kann.« Er sagte es mit einer Sicherheit, dass sie ihm fast glaubte. Fast, aber das reichte. Zumindest jetzt. Noch war sie nicht bereit, auf den Trost zu verzichten, den Rasmus ihr schenkte.

»Du weißt Bescheid?«, fragte sie.

»Ganz Rendstrup weiß es, Rikke. Aber ich arbeite daran. Ich hätte mir gewünscht, dass ich es hätte abwenden können, ehe du überhaupt davon erfährst, aber mir ist die Zeit davongelaufen.«

Den Arm fest um ihre Taille gelegt, führte er sie aus der Scheune. Sie schlugen den Weg Richtung Haustür ein, da nahm Frederike aus dem Augenwinkel eine Bewegung am Hoftor wahr. Instinktiv stemmte sie sich gegen Rasmus' Griff, wandte sich um, um besser sehen zu können, und blinzelte gegen die Mittagssonne.

Dort, auf der Straße, die vom Dorf herunter zu Mikkel Elsdorfs Haus führte, kam Mille.

Rasmus folgte mit seinem Blick dem von Rikke, zum Tor des Anwesens hin. Als er seine Schwester erkannte, erschrak er. Etwas war anders, ungewöhnlich. So ganz und gar nicht Mille, aber noch konnte er nicht sagen, was es war.

Doch dann machte Mille durch das Tor hindurch die ersten drei, vier Schritte auf ihn und Rikke zu, und er begriff: Mille, seine kleine Schwester Mille, war sturzbetrunken. Am helllichten Tag, wenn sie eigentlich in ihrem Büro auf dem Drehstuhl sitzen und am Telefon freundlich die Anfragen potenzieller Kunden beantworten sollte.

Mille war nicht nur betrunken, sie war auch auf einer Mission. Sie starrte ihn an. Ihre Pupillen weiteten sich, als sie sah, wie Rikke sich in seine Umarmung schmiegte, und dann beschleunigten sich ihre schwankenden Schritte. Ihr Gesicht verzog sich zu einer Fratze.

»Ihr Heuchler!«, rief sie und lachte wie eine Wahnsinnige. »Habt ihr zwei eigentlich eine Ahnung, was für Heuchler ihr seid? Alle beide! Liebe, ja? Liebe gibt es nicht. Die ist eine Illusion. Ihr zwei? Pah!« Sie stand nun direkt vor ihnen. Ihre rotgeränderten Augen flackerten. Sie hatte geweint. Mit dem Zeigefinger wies sie geradezu drohend auf Rikke.

»Ich hab dir gesagt, dass du ihn fragen sollst, Rikke. Was das soll. Was er darüber weiß, dass du bald schon wieder kein Dach mehr über dem Kopf hast. Ich hab dich so lange gehasst.« Als würde sie ihren eigenen Worten nicht glauben, schüttelte sie den Kopf. Noch einmal schnaubte sie. »Doch jetzt weiß ich, wie das ist. Wie es ist, vor dem Nichts zu stehen, und es ist nicht schön. Ich habe dir geraten, dass du ihn fragen sollst. So sieht das aus, wenn du ihn fragst?«

»Mille …«, begann Rikke, die verwirrt schien. Rasmus spürte, wie hart sein Herz gegen die Rippen schlug, als wolle es ausbrechen. Das war das Ende. Er konnte Mille nicht aufhalten, und Rikke würde alles erfahren. Die ganze Wahrheit, ungeschönt. Brutal.

»*Søs*!«, flehte er. »Was ist mit dir passiert?« Er brachte es nicht über sich, Rikke loszulassen, nicht jetzt, wo er so kurz davorstand, sie für immer zu verlieren. Er wollte es ihr erklären. Dafür war er hierhergekommen. Um sie im Arm zu halten und ihr in die Augen zu schauen, während er ihr in aller Ruhe darlegte, was geschehen war und welche Rolle er in der Planung des Windparks spielte. Wie nah davor er war, alles abzuwenden, weil er Tag und Nacht in den vergangenen Wochen damit verbracht hatte, zu retten, was noch zu retten war. Für sie. Für seine Rikke.

Mille drohte, all seine Pläne zu zerstören. Das durfte nicht sein. Also hielt er Rikke weiter um die Hüfte fest, während er die andere Hand in den Rücken seiner Schwester legte. »Was ist los, Mille, sprich mit mir!«

»Was mit mir los ist? Mit mir oder mit dir?« Sie lachte. »Mit mir ist alles in Ordnung, danke der Nachfrage, außer dass mein Mann eine Affäre hat und mir die Kinder wegnehmen wird, wenn ich mich scheiden lasse und …« Sie schniefte hart, schluckte, dann fokussierte sich ihr Blick neu. »Ich sag es doch, Liebe gibt es nicht, und ihr zwei … ihr zwei …«

Es war Rikke, die Rasmus losließ und Mille an den Schultern fasste. »Mille, das tut mir so leid für dich. Das ist ja furchtbar! Vielleicht solltest du nach Hause gehen und dich oder … oder ist Joakim zu Hause? Willst du dich in meinem Haus hinlegen? Ich mach dir einen Kakao …«

»Dein Haus?« Grinsend wich Mille vor Rikke zurück, befreite sich aus ihrem Griff. »Du hast ja kein Haus, Rikke Elsdorf-Andersen, du hast nichts! Nichts! Ich hab dir gesagt, du sollst Rasmus fragen. Aber was tust du stattdessen? Schmeißt dich schon wieder an ihn ran wie die dümmste Kuh! Verstehst du denn gar nichts? Du kommst zu mir ins Büro und willst mir drohen! Aber was bin ich? Nur der Bote, Rikke, nur der Bote! Und übrigens war es Rasmus, der mir verboten hat, dich auf das vorzubereiten, was hier passieren wird.« Erneut lachte sie, dann hing sie plötzlich mit beiden Händen an Rasmus' Arm, und er glaubte, dass sie sich übergeben würde. Doch sie lachte einfach nur. »Aber ich hab mir gedacht, jetzt ist es genug mit der Heimlichtuerei. Ich hab dir einen Gefallen getan und dir die Augen geöffnet, Rikke, du solltest mir danken. Ich hab dir den Brief geschickt und nicht Mathilde, damit du Bescheid weißt. Warum sind wir Frauen alle so blöd, Rikke? Warum? Hat er dir nicht erzählt, womit er sein Geld verdient? Dass er Windparks plant? Zum Beispiel hier? In Rendstrup Strand? Was bist du nur für eine blinde Ziege, Rikke. Du jammerst bei mir rum, und dem, der dir das angetan hat, hängst du dich an den Hals und … und glaubst, dass du ihn liebst!«

Alles Blut wich aus Rikkes Gesicht. Sie hatte geahnt, dass er wusste, warum sie diesen Brief erhalten hatte, doch zu hören, wie tief er in die Sache verwickelt war, war offensichtlich ein Schock. Sie taumelte zurück, von Mille, von ihm. Er versuchte, sie festzuhalten, aber sie schüttelte seine Hand ab. »Du hast …« Weiter kam sie nicht, ihre Stimme versagte.

»Rikke …«

Sie öffnete und schloss den Mund, wieder und wieder, aber keine Worte kamen heraus. Rasmus fühlte sein Herz brechen. An seinen Arm krallte sich seine kleine Schwester, kichernd und mit einer Wolke aus Alkoholdunst, die sie umgab. Er spürte, wie alles, was er je für sich gewollt hatte, zusammenstürzte wie ein Kartenhaus, in das der Wind hineinfuhr.

Er konnte nichts dagegen tun.

Auf der Straße ertönte Lärm. Ein rotsilberner Traktor bog um die letzte Kurve, mit einem lachenden Tjalfe und Rikkes deutscher Freundin im Führerhäuschen. Immer noch wich Rikke zurück, von ihm weg, auf das Haus zu, das ihr bald nicht mehr gehörte, weil er das Projekt zuerst vorangetrieben und dann nicht mehr rechtzeitig hatte verhindern können.

Das alles hier war seine Schuld.

»Was ist denn hier los?«, wollte Julia wissen, als sie vom Trecker heruntersprang. Tjalfe gab Gas, wendete und fuhr weg, wie immer im Stress. Er hatte lediglich die junge Frau abgeladen und war blind dafür, dass hier gerade die Welt unterging. Julia lief auf Rikke zu. »Du siehst scheiße aus, Freddie.«

Heftig schüttelte Rikke den Kopf. »Ich kann nicht. Ich kann nicht.« Dann wandte sie sich um, stemmte die alte schwere Haustür auf … und war verschwunden.

Julia blickte auf Mille, dann auf Rasmus. »Kann mir jemand sagen, was hier passiert ist?«

Lurifax – Clownbonbons

Aus Rikkes geheimem Rezeptbuch
18. Oktober 2000

Lurifax

Zutaten:
100 ml Wasser
400 g Zucker
150 g Traubenzucker
1½ ml rote Lebensmittelfarbe
1 ml orange Lebensmittelfarbe
1 ml grüne Lebensmittelfarbe
¼ ml gelbe Lebensmittelfarbe
½ TL weiße Lebensmittelfarbe
1 TL Zitronensäure
½ TL Salmiakpulver

1ml Apfelsinenöl
1ml Limettenöl
½ TL Mentholaroma

Zubereitung:
1. Grundmasse herstellen und auf 165 °C aufkochen.
2. Ein Viertel der Bonbonmasse abnehmen und mit der roten Lebensmittelfarbe färben.
3. Zu der restlichen Masse die weiße Farbe und die Zitronensäure hinzufügen.
4. Die Masse zweiteilen.

5. Die erste Hälfte mit oranger Lebensmittelfarbe, Apfelsinenöl und Salmiak vermengen.
6. Zum zweiten Teil Grün und Gelb sowie Limettenöl und Mentholaroma hinzugeben.
7. Die grüne und orangefarbene Masse zu zwei gleich starken Rollen formen, zusammenlegen und ineinander verdrehen.
8. Die so entstandene zweifarbige Rolle mit der rot gefärbten Masse ummanteln.
9. Vor dem endgültigen Erkalten zu Bonbons zerschneiden.

Ich habe es versucht. Ich habe in Frankfurt Bonbons gekocht, aber sie schmecken hier anders als in Dänemark. Søren meint, das liegt daran, dass es für alles einen Ort und eine Zeit gibt. Er meint auch, es ist an der Zeit, dass wir erwachsen werden und aufhören, an Dingen festzuhalten, die wir nicht beeinflussen können. Es tut ein bisschen weh, dass er von Dingen spricht, obwohl ich weiß, dass es in Wahrheit ein Mensch ist, an den wir beide denken. Ein Mensch, der uns beide so unendlich enttäuscht hat.

Im Gegensatz zu Rasmus, der einfach ohne ein Wort verschwunden ist, weiß Søren, wie es ist, erwachsen zu sein. Er hat so vieles geregelt in den letzten Tagen. Ihm ist es tatsächlich gelungen, Mutter davon zu überzeugen, dass ich es hasse, Miss Mozart zu spielen. Er hat ihr das Versprechen abgerungen, dass sie aufhört, in meinem Namen mit Intendanten und Plattenfirmen zu verhandeln. Er hat ihr klargemacht, dass ich erwachsen bin und meine eigenen Entscheidungen treffen kann. Mutter hat nie zugehört, was ich will. Auf Søren hat sie gehört. Was macht es schon für einen Unterschied, dass er sie nur mit einer kleinen Notlüge auf unsere Seite ziehen konnte? Er hat behauptet, wir seien ein Paar und es würde ihm nicht gefallen, wenn mein Leben nur von Üben und Konzertreisen geprägt ist. Er hat behauptet, er liebt mich und er möchte Zeit mit mir verbringen.

Zu mir hat er gesagt, dass es ja keine Lüge bleiben muss, und, ganz ehrlich, ich beginne ihm zu glauben. Was hilft die große Liebe, wenn sie einen vergisst?

Rasmus ist weg. Ich habe ihn angefleht zu kommen, als der Streit mit Mutter eskaliert ist. Sie war so wütend, weil ich während der Ferien nicht geübt habe. Sie hat mir vorgeworfen, dass meine Finger eingerostet seien und mein Herz nicht bei der Sache. Wenn ich so spiele, sei es kein Wunder, dass niemand mir zuhört, denn meine Musik würde nichts ausdrücken oder in den Leuten auslösen. Ich habe sie mal wieder enttäuscht. Und die ganze Zeit habe ich mich nur gefragt, warum wir nie davon reden, wie sehr sie *mich enttäuscht. Wie sehr ich mir wünschen würde, dass sie mich in den Arm nimmt und mir hilft, mein wundes Herz zu heilen. Aber was ich brauchte oder wollte, war noch nie wichtig für Mathilde Elsdorf. Und wie es aussieht, auch nicht für Rasmus Martensen.*

Ich habe ihn angerufen, ihm geschrieben und ihn wieder angerufen. Ganze Regenwälder sind gestorben für die Menge an Briefen, die ich nach Rendstrup Strand geschickt habe. Er bleibt wie vom Erdboden verschwunden. Er sei in Schweden, hat Henni gesagt, doch für mich könnte Schweden so weit weg sein wie ein anderer Stern.

Søren hatte mich angerufen, und ich konnte nicht anders, als ihm zu sagen, wie es mir geht. Wie könnte ich nicht? Er war der Erste, der auf mich zukam und mich bat, ihm zu erzählen, was los war. Dann hat es keine vierundzwanzig Stunden gedauert, bis er an meiner Seite war. Manchmal gelingt es Søren sogar, mich wieder zum Lachen zu bringen. Seit unserem ge-

meinsamen Segeltörn habe ich nicht mehr gelacht, so stark ist der Schmerz in meiner Brust, dass Rasmus mich ohne eine Erklärung verlassen hat. Mit Søren Zeit zu verbringen, ist, wie einem traurigen Clown zuzusehen, der weiß, dass er verloren hat, aber lachend auf der Geige spielt, um so von den Tränen seines Herzens geheilt zu werden. Søren ist zu gut und hat es nicht verdient, ewig traurig zu sein. Er ist ein wirklich feiner Kerl, und ich kenne die Melodie, die sein Herz wieder zum Lachen bringen kann. Warum sollen wir uns nicht gegenseitig heilen? Es wäre doch so leicht …

Søren hat das Unerträgliche erträglich gemacht. Schon allein dafür werde ich ihm für den Rest meines Lebens dankbar sein.

16. Kapitel

Ohne dass Frederike es wirklich mitbekam, verschwanden Rasmus und Mille von Morfars Hof. An ihr zog alles vorbei wie in einem Nebel. Wahrscheinlich hatte Rasmus entschieden, dass es für den Moment wichtiger war, seine Schwester davor zu bewahren, sich mit noch mehr Alkohol zu vergiften. Wie gut, dass es Julia gab. In den Minuten, die folgten, nahm sie die Dinge in die Hand. Jetzt zeigte sich, was in der Freundin steckte. Mit Notfällen kannte sich die Kinderärztin aus. Ob es sich dabei um entzündete Blinddärme handelte oder um gebrochene Herzen, war zweitrangig. Sie griff sich Frederikes Weste vom Haken in der Garderobe, half ihr sie anzuziehen und deutete dann auf Frederikes Trekkingschuhe hinter der Haustür.

»Zieh die an, wir fahren weg.«

»Wohin?«

»Keine Ahnung. Das sehen wir dann.«

Kurz überlegte Frederike zu protestieren, ließ es dann jedoch bleiben. Sie wusste, sie sollte Schmerz spüren, jetzt, wo alles ans Tageslicht gezerrt worden war, aber da war immer noch nichts. Kein Schmerz, kein Drang zu weinen, keine Schluchzer, einfach nichts. Der Gewaltausbruch hatte für ein paar Momente den Deckel gelüpft und ein wenig Dampf abgelassen. Dann allerdings war Mille aufgetaucht, und nun war die Leere zurück. Schlimmer als je zuvor. Sie fühlte sich wie eine Marionette, der jemand die Fäden gekappt hatte. Leblos und in sich zusammengesunken.

Wortlos schnürte sie ihre Schuhe zu und ließ sich von Julia zu deren Auto führen. Auch Julia schlüpfte schnell in eine Jacke, ehe sie auf den Fahrersitz ihres Wagens rutschte und den Motor anließ.

Eine ganze Weile lang sagten sie nichts. Abgeerntete Felder flogen an ihnen vorbei, am Himmel trieben Wolken dahin. Sie ließen Rendstrup Strand hinter sich und hielten sich in Richtung Süden. Immer wieder bog Julia ab, mal wendete sie links, mal rechts. Zeitweise führte die Straße fast am Meer entlang, dann ging es tiefer ins Hinterland. Zwischen Heckenkorridoren und sanft im Wind wehendem Pampasgras verlief die Strecke. Frederike lehnte sich im Sitz zurück und ließ die Landschaft an sich vorbeiziehen, bis Julia plötzlich scharf nach rechts auf einen kaum befestigten Schotterpfad abbog und wenig später bremste, um anzuhalten.

Eine Bank stand dort vor einem begrünten Hügel. Uralte, mit Moos überwachsene Steine reihten sich unregelmäßig um den Hügel, was ihm das Aussehen eines weit aufgerissenen Mauls verlieh, die Steine stummelige Zähne in einem Kiefer, der nur darauf wartete, sie zu zermalmen.

»Aussteigen!«, befahl Julia.

Frederike gehorchte. Sie folgte ihrer Freundin zur Bank am Fuß des Hügels. »Ich habe wirklich geglaubt, er meint es diesmal ernst.« Ihre Stimme klang tonlos und genauso leer, wie Frederike sich fühlte. »Dabei hat er mich die ganze Zeit belogen. Die ganze Zeit über hat er gewusst, dass ich schon wieder drauf und dran war, alles zu verlieren, und hat kein Wort gesagt. Er hat mich volle Kanne ins Verderben rennen lassen.« Und die anderen auch, dachte sie.

»Das musst du mir genauer erklären.«

»Ich habe einen Brief erhalten. Heute, mit der Post. Darin teilt eine Firma namens *Sydskov Engineering* mit, dass der

Kaufpreis für das Anwesen meines Großvaters auf eineinhalb Millionen dänische Kronen festgelegt wurde. Der Käufer, diese Firma, schlägt einen Notartermin in den kommenden vier Wochen vor. Welcher Notar mit der Regelung aller Verkaufsmodalitäten beauftragt wurde, stand auch schon drin.«

»Oh, Scheiße. Aber wie kommen die auf die Idee, dass deine Mutter verkaufen möchte? Mathilde hat doch versprochen, das Haus zunächst zu behalten, damit du deinen Bonbonladen eröffnen kannst.«

»Ja, jetzt wird es witzig.« Das Lachen, das Frederike von sich gab, klang nicht im Geringsten humorvoll. »*Sydskov Engineering* will im Auftrag der Gemeinde Kerteminde im Norden der Gemarkung Rendstrup Strand einen Windpark errichten. Und dreimal darfst du raten, wer diesen Windpark geplant hat.«

Julias Augen wurden so groß wie Untertassen. »Das glaube ich nicht«, meinte sie und schüttelte den Kopf.

Zu einem Lachen reichte es nicht mehr. Diesmal brachte Frederike nur ein Schnauben zustande. »Ich wollte es zuerst auch nicht glauben. Aber dann tauchte Mille auf und hat all meine schlimmsten Befürchtungen bestätigt. *Sydskov Engineering* ist Rasmus' aktueller Kunde. Hier hab ich den Grund, warum er zurzeit so viel arbeitet. Weißt du, er hat mir wirklich leidgetan. All die Nächte, die er sich für seinen Job um die Ohren geschlagen hat. So geschafft, wie er aussah, bei den wenigen Gelegenheiten, wenn er mir in die Arme fiel. All die Energie, die er investiert hat, hat er dafür benutzt, mir alles zu zerstören.«

Eine Windböe brauste über den Hügel. Der Wind pfiff und jaulte, und Frederike dachte, dass so wenigstens einer um ihre Träume weinte.

»Und was hast du jetzt vor?«, fragte Julia schließlich. »Hast du schon eine Idee?«

Hilflos zuckte Frederike mit den Schultern. »Keine Ahnung. Zuerst einmal hierbleiben, nehme ich an. Vielleicht gehe ich zur Gemeinde und sehe, ob sich noch etwas tun lässt. Meine Mutter hat zwar die Einspruchsfrist verpasst, aber irgendwie denke ich mir, die können so wichtige Dinge doch nicht einfach verschicken, ohne eine Empfangsbestätigung zu bekommen. Wenn das nicht hilft …« Sie ließ das Ende des Satzes in der Luft hängen. So lange, bis sie den Mut fand, weiterzureden. »Dann heißt es für mich wohl wieder Schweineohren wenden in der Keksfabrik, falls die mich wieder einstellen. Vielleicht habe ich aber auch Glück und Mathilde gibt mir etwas vom Verkaufserlös. Auch in Frankfurt essen die Leute Bonbons.« Sie sagte es, klang allerdings alles andere als überzeugt. Ein Bonbonparadies in Frankfurt, das fühlte sich genauso falsch und herzlos an wie Buttergebäck, das an Fließbändern gefertigt wurde. Dass der Zauber von Hennis Bonbonkocherei in Frankfurt nicht funktionierte, hatte Frederike schon vor achtzehn Jahren gelernt.

»Ich finde es auf jeden Fall gut, wenn du nicht sofort fährst. Du solltest jetzt nichts überstürzen.« Spielerisch zwinkerte Julia ihr zu. »Außerdem ist übermorgen doch diese Tonnenparty für Tjalfe, von der du mir erzählt hast. Ich hab mir die letzten Tage fast die Zunge abgebissen, um mich bei ihm nicht zu verplappern. Du kannst unmöglich von mir verlangen, dass ich darauf verzichte.«

Irgendwie schaffte es Frederike, Julias Lächeln zu erwidern. Sie wusste ja, wie man das machte. Mundwinkel nach oben ziehen, versuchen, der Freundin gerade in die Augen zu blicken. »Das wird sicher ein Spaß«, sagte sie und ahnte, dass Julia diese Lüge ebenso durchschaute wie ihr falsches Lächeln.

ı mach das, Farmor.« Rasmus stemmte sich aus dem Stuhl am Fenster hoch, doch sanft drückte Henni ihn zurück dorthin, wo er gefühlt seit Stunden saß und nach draußen starrte.

»Bleib sitzen. Gedanken purzeln zu leicht durcheinander, wenn man sich bewegt, und du solltest alles daransetzen, deine zu ordnen.«

»Das ist seltsam, weißt du«, erwiderte er und beobachtete Jeppe, der seine beiden Jungs in einem Fahrradanhänger die Dorfstraße herunterkutschierte. Er sah zur Uhr. Viertel nach vier. Jeppe hatte seine Söhne aus dem Kindergarten geholt. »Normalerweise bewege ich mich, eben um meine Gedanken zu sortieren. Nichts funktioniert besser als dreißig Kilometer auf dem Rennrad, um einen klaren Kopf zu kriegen.«

Henni schnaubte in der Küche. Das Geräusch von Wasser, das aus dem Wasserkocher in die Teekanne gekippt wurde, drang zu Rasmus durch. »Sieht man ja, wie gut das funktioniert. Wer weiß, vielleicht solltest du mal deine Taktik überdenken.«

Sie kehrte ins Wohnzimmer zurück und schenkte Tee in die auf dem Couchtisch bereitstehenden Tassen. »In deinen klaren Kopf passen seit Jahren nur Zahlen und Berechnungen. Sehnst du dich nicht manchmal nach mehr?«

Er verließ seinen Platz am Fenster und setzte sich neben seine Großmutter auf die Couch. Mit beiden Händen umschloss er seine Tasse und inhalierte den Duft von Jasmin. »Ich kann dir genau sagen, wonach ich mich sehne.«

»Dann tu etwas.« Hennis Stimme war überraschend hart. Sie fragte nicht einmal, was es war, wonach er sich sehnte, denn sie wusste es so gut wie er. Sie nippte an ihrem Tee und stellte die Tasse zurück. »Rasmus. Du bedeutest mir die Welt. Dich und Mille glücklich zu sehen, war immer mein größter Wunsch. Dem habe ich alles untergeordnet, seitdem eure Eltern gestorben sind. Als du unseren Rikke-Engel verloren hast, damals, als du selbst erst einundzwanzig warst und deinen Weg in der Welt noch nicht gefunden hattest, da ist auch mein Herz gebrochen, weißt du?«

Er blickte von der Seite auf sie hinunter, und zum ersten Mal fiel ihm auf, dass sie alt geworden war. Henni war immer eine Konstante in seinem Leben gewesen, ein Fels in der Brandung, der eine Mensch, zu dem er immer nach Hause kommen konnte. Es war unvorstellbar, dass es irgendwann eine Welt ohne sie geben sollte, also hatte er den Gedanken, dass sie älter wurde, gar nicht erst an sich rangelassen.

Er musste an die Sache mit den Briefen denken. An Mille, die ihm vorwarf, Henni für deren Verschwinden verantwortlich zu machen, was nie seine Absicht gewesen war. Rikke war Hennis Engel. Schon damals gewesen. Im Leben nicht hätte Henni irgendwas getan, um Frederike von ihm zu trennen.

Warme Finger strichen über seine Handgelenke. Sanft lächelte seine Großmutter ihn an. »Es ist geschehen, Rasmus. Doch willst du einen alten Fehler noch einmal machen?«

»Ich habe damals einen anderen Fehler gemacht als heute.« Einen anderen, aber einen, der ihn damals in die Knie gezwungen hatte. Er war jung gewesen und hatte es geschafft, sich selbst aus dem Sumpf zu ziehen. Heute, hier, jetzt, würde ihm das nicht noch einmal gelingen, davon war er überzeugt. Dazu war die Vorstellung, Rikke ein zweites Mal verloren zu haben, zu lähmend.

Zärtlich lächelnd strich Henni ihm über die Wange. »Du hast damals genau denselben Fehler begangen wie heute. Rasmus, mein Lieber, du kannst reden, dass sich die Balken biegen. Auf deinen Meetings und Konferenzen in Kopenhagen kannst du den Leuten den Himmel auf Erden versprechen, und sie glauben dir.«

»Wenn das so wäre, dann wäre ich jetzt nicht in dieser Lage.« Er schloss die Augen und senkte den Kopf. »Was, wenn sie mir nicht verzeihen kann, Farmor? Was, wenn ich sie für immer vertrieben habe?«

»Hast du das denn? Sagtest du nicht vorhin, dass du nur ein Meeting davorstehst, dass alles so bleibt, wie es war?«

»Aber wird denn jemals wieder alles so sein, wie es war?«

Leise lachte Henni. Das war der Klang seiner Kindheit. Seine Großmutter, die leise lachte und ihm die Wange tätschelte. »Jeder Tag macht alles ein bisschen anders. Du weißt, dass ich diese hässlichen Windräder hier bei uns nie haben wollte. Mit deiner Art, wie du den Leuten alles schmackhaft redest, hast du mich überzeugt, dass sie was Gutes sind, weil sie die Gemeindekassen füllen, und wir sie vom Dorfkern aus nicht mal sehen würden. Ich hab da nie dran geglaubt, doch du warst so begeistert von der Idee. Diese Begeisterung für neue Dinge, die verdanken wir auch deinem Engel. Hättest du jemals auch nur eine Universität von innen gesehen, wenn sie damals nicht gegangen wäre? Nein, du hättest vermutlich gelernt, wie man Motoren repariert, und dann bei Tjalfe auf dem Hof angeheuert.«

»Das ist nicht die schlechteste Arbeit.«

»Und dein brillanter, kluger Kopf wäre verschwendet worden«, schalt sie ihn sacht. »Aber so war es nicht. Du bist ein kluger Mann geworden, Rasmus, und ich bin sehr stolz auf dich.«

»Jetzt habe ich dich doch wieder enttäuscht«, sagte er. Sein Tee wurde kalt. Dass seine Großmutter stolz auf ihn war, war ihm nicht neu. Allerdings hatte sie es noch nie so deutlich gesagt. Umso schlimmer war es, zu wissen, dass er diesen Stolz nicht verdiente. Nicht, seitdem er ein zweites Mal Rikkes Vertrauen verloren hatte.

»Du enttäuschst mich nicht. Du hast an falschen Träumen festgehalten, weil die Erinnerung an die alten zu wehgetan hat. Aber es ist nie zu spät, um zu versuchen, es besser zu machen. Denk mal darüber nach.«

Sie stand auf, nahm ihm seine Tasse ab und trug das ganze Teegeschirr zurück in die Küche. »Sie ist das wunderbarste Mädchen, das wir beide kennen. Und die Frage, die du dir stellen musst, ist nicht, was du falsch gemacht hast, sondern ob du alles in deiner Macht Stehende richtig gemacht hast.«

Die Tür, die von der Rückseite der Küche hinaus in den kleinen Garten führte, klapperte, und Rasmus wusste, dass seine Farmor mit ihrer Ansprache fertig war.

Er zog sein Handy aus der Hosentasche. Während Hennis kleiner Rede hatte es vibriert. In der irren Hoffnung, es könnte eine Nachricht von Rikke sein, blickte er auf das Display.

Es war nicht Rikke. Die Nachricht stammte vom *Sydskov-Engineering*-Management. Der Aufsichtsrat hatte dem neuen Konzept mit einer Mehrheit von drei Stimmen das Ja gegeben.

Du bist ein großer Redner, hatte Henni gesagt, und es nicht weiter kommentiert. Jetzt, wissend, dass es den Windpark Rendstrup Strand nicht geben würde, hörte er auch den zweiten Teil des Satzes. Den Teil, den seine Großmutter niemals aussprechen würde. Lieber hätte sie sich die Zunge abgebissen. Denn Henni mochte voller Lebensweisheiten stecken, aber sie schrieb niemandem vor, was er zu tun oder zu lassen hatte.

Dann geh hin und rede mit ihr. Wiederhol nicht deinen Fehler von vor achtzehn Jahren. Steck nicht den Kopf in den Sand. Damals warst du es, der wütend war und verletzt und aus lauter angeknackstem Stolz die Zähne nicht auseinandergekriegt hat. Dieses Mal ist sie es, die wütend und verletzt ist. Hast du noch immer nicht gelernt, dass Schweigen nichts löst, sondern die Probleme nur multipliziert? Spring über deinen Schatten. Du hast wochenlang kaum ein Auge zugetan, um das zu erreichen, was du jetzt erreicht hast. Lass es nicht umsonst gewesen sein.

Lass es nicht umsonst gewesen sein.

Noch einmal blickte er auf sein Handy, auf das Datum. Morgen war Tjalfes dreißigster Geburtstag. Heute Nacht würden die Freunde sich vor dessen Haus versammeln, und Rikke würde dort sein. Alle würden dort sein.

Auch er selbst.

Im Nachhinein konnte Frederike nicht sagen, wie sie die Stunden nach Rasmus' Verrat überstanden hatte. Julias Anwesenheit half ebenso wie ihre Fähigkeit, einen Schritt nach dem anderen zu gehen. Weder zurückzuschauen, noch in die Zukunft zu blicken. Sie schloss sich hinter einem Panzer aus Glas ein, durch den sie die Welt zwar beobachten konnte, aber nicht wirklich daran teilnahm.

Durch diesen Panzer hindurch beobachtete sie auch das Treiben vor Tjalfes Haus, mitten in der Nacht von Samstag auf Sonntag. Was für ein Glück, dass dieses Jahr sein Geburtstag auf ein Wochenende fiel. Die Clique hatte sich morgens um drei Uhr vor Tjalfes Hof versammelt, um die Tonnenschweine aufzustellen, ohne dass das Geburtstagskind etwas davon mitbekam. Julia, die das Gebilde zum ersten Mal sah, quietschte vor Vergnügen und hüpfte mit Røskva um die Wette vor Aufregung, wie Tjalfe reagieren würde.

»Ganz fair ist das aber nicht«, flüsterte sie Frederike lachend ins Ohr, während Jeppe unter dem Bauch eines der Schweine mit der Schlange aus zusammengebundenen pinkfarbenen Konservendosen hantierte. »Er hat halt auf die Richtige gewartet.« Aus dem Augenwinkel sah Frederike Julias Zwinkern. Sie wusste, dass sie darauf etwas erwidern sollte. Einen Scherz machen vielleicht, die Freundin ermutigen, aber sie konnte sich nicht dazu aufraffen. Ebenso wenig, wie Freude in ihren Glaspanzer hereinkam, gelang es Gefühlen, auszubrechen. Deshalb nickte sie nur knapp und wandte sich wieder ihrer Aufgabe zu. In ihrem Rucksack steckte ein Glas mit den letzten Bonbons, die Julia aus dem Chaos in der Scheune hatte retten können. Die Ausbeute war nicht riesig, und wenn sie noch sie selbst gewesen wäre, hätte sie für die Tonnenparty neue Süßigkeiten gezaubert. So, wie die Dinge standen, würde die Clique jedoch mit einem einzigen Glas gemischter Bonbons auskommen müssen.

Julias Lächeln verschwand, stattdessen machte sie jetzt ein Gesicht, als hätte sie Zahnschmerzen. Sie schien über Frederikes fehlende Reaktion besorgt zu sein, aber dabei konnte Frederike ihr auch nicht helfen.

Das Bonbonglas fest in der Hand, lief sie zu dem niedrigen Tisch, den jemand zwischen den Tonnen und Tjalfes Verkaufsstand am Hoftor aufgebaut hatte. Røskva hatte Kaffee gekocht, den alle dringend benötigten. Ohne den Koffeinbooster wäre hier wohl kaum jemand wach geblieben. Irgendjemand lud süßes Plundergebäck dort ab, und auch Flaschen mit Apfelsaft und Wasser standen bereit. Das Aufstellen der Tonnenskulptur war gar nicht so einfach und brauchte Zeit. Zig Teile mussten in der richtigen Reihenfolge an Ort und Stelle gebracht und miteinander verbunden werden. Und das alles so leise und zügig, dass sie nicht von Tjalfe überrascht wurden, ehe dieser am frühen Morgen aus dem Haus kam, um sein Tagwerk zu beginnen.

Glühend rot färbte die aufgehende Sonne den Horizont. Die Luft war frisch und klar. Wenn alle ganz leise waren, bildete Frederike sich sogar ein, das Meer rauschen zu hören.

»Rikke?« Sie zuckte zusammen, als sie ihren Namen hörte. Nur einer sprach ihren dänischen Spitznamen auf diese Weise aus. Nur einer hatte die Macht, mit einem einzigen Wort den Panzer aus Glas, den sie um ihr Herz gelegt hatte, mit Rissen zu überziehen.

Kurz schloss sie die Augen, um sich zu wappnen. Dann wandte sie den Kopf in die Richtung, aus der seine Stimme gekommen war.

»Ich wollte dich nicht erschrecken«, entschuldigte er sich. »Aber ich muss mit dir reden. Du bist nicht ans Telefon gegangen, und Julia hat immer gesagt, du bist nicht zu sprechen.«

Ja, dachte sie, kommt dir das irgendwie bekannt vor? »Rasmus ...«, begann sie und wunderte sich, wie weh es tat, seinen Namen zu sagen.

»Ich weiß, dass ich es dir hätte erzählen müssen. Doch ich hatte Angst. Ich hatte Angst, dass du mir nicht die Chance geben würdest, dich neu kennenzulernen, wenn du erst einmal wüsstest, woran ich gerade arbeite. Aber ich wollte dich kennenlernen. Wir haben achtzehn Jahre verloren, und ich wollte ...«

»*Eine* Sache, Rasmus!« Der Panzer zerbrach, und all der Schmerz, den sie in den letzten Stunden eingesperrt hatte, bahnte sich einen Weg. Sie hatte Schwierigkeiten, ihre Stimme im Zaum zu halten, um nicht zu schreien. Sie alle waren bemüht, Tjalfe nicht zu wecken, sie konnte das nicht kaputtmachen. »Ich habe dich um *eine einzige* Sache gebeten. Um Ehrlichkeit. Ich hätte dir alles verziehen. Alles. Aber nicht, dass du mich noch einmal belügst, indem du mir Dinge verschweigst, die wichtig für uns sind.«

»Ja, ich weiß.« Er nickte knapp und steckte seine Hände in die Hosentaschen. »Ich hab es versaut. Es ist alles mein Fehler. Ich liebe dich.«

Weil sie nicht wusste, was sie darauf erwidern sollte, nickte sie nur. Die Worte kamen zu spät. Sie wollte sie nicht hören, denn sie machten alles nur noch schlimmer. Trotz des Schweigens schaffte es keiner von ihnen, sich abzuwenden. Es ist, weil es das letzte Mal ist, redete sie sich ein. *Ich kann nicht gehen, weil ich ihn noch einmal ansehen muss. All die kleinen und großen Eigenheiten in mein Gedächtnis brennen, die ihn ausmachen. Seine einzigartigen Augen in diesem Möwengefiedergrau.*

Schließlich war er es, der das Schweigen brach. Er nahm die Hand aus der Hosentasche, öffnete seinen Parka und holte aus der Innentasche ein längs gefaltetes Blatt Papier. »Das hier wollte ich dir noch geben«, erklärte er und hielt es ihr hin.

Irritiert griff sie zu und schaute ihn fragend an.

»Du hast so oft gefragt, woran ich arbeite. Was das für ein Projekt ist, das mich den Schlaf kostet und Tag und Nacht an den Schreibtisch fesselt. Es ging darum.« Mit dem Kinn wies er auf das Schreiben in Frederikes Hand.

»Den Windpark. Das weiß ich mittlerweile. Warum zeigst du mir das?«

»Ja.« Er räusperte sich, trat von einem Bein aufs andere, dann straffte er die Schultern und blickte ihr direkt in die Augen. »Es geht um den Windpark für die Gemeinde Kerteminde, aber nicht so, wie du denkst. Rikke, ich … Seit unserem Wochenende beim Kap ist mir klar geworden, dass ich das nicht wie geplant durchziehen kann. Ich konnte dich nicht verlieren, nicht noch einmal, und mir war klar, dass das passieren würde, wenn der Windpark hier in Rendstrup Strand entsteht. Wenn dein Zuhause zerstört würde, das einzige, was du jemals hattest. Ich bin wie ein Wahnsinniger zurück nach Kopenhagen gefahren und arbeite seither wie ein Verrückter daran, alles umzuwerfen. Ich erledige die Arbeit, die sonst Monate dauert, in Tagen, um die Gemeindeverwaltung davon zu überzeugen, dass es ein Fehler wäre, mit dem bereits geplanten und budgetierten Projekt fortzufahren. Ich habe eine Alternative entwickelt, den Bau einer Offshore-Anlage, die zwar teurer, aber dafür effektiver sein wird, und sitze mir den Hintern in Gremien platt, damit ich die Entscheider davon überzeugen kann, dass es sich lohnt, alles noch einmal zu ändern.« Ein leichtes Lächeln umspielte seine Mundwinkel, als Rasmus kurz innehielt, um Luft zu holen. »Dieses Schreiben?« Noch einmal wies er auf das Papier in ihrer Hand. »Das ist die Mail, auf die ich die ganze Zeit gewartet habe. Die Zusicherung der Gemeindeverwaltung von Kerteminde, dass sie den Baubeginn des geplanten Windparks verschieben werden, da sie meine neuen Pläne abwägen wollen. Es ist noch nicht sicher, Rikke, ich kann dir nichts versprechen, aber es sieht gut aus.«

»Du meinst, ich kann das Haus doch behalten?«

»Die Chancen stehen gut. Die Entscheidung fällt in einer Sondersitzung kommenden Montag.«

»Und du hast das alles für mich gemacht?« Geistesabwesend rollte sie den E-Mail-Ausdruck zwischen ihren Fingern. Sie konnte einfach nicht glauben, was Rasmus sagte.

Aus dem Augenwinkel sah sie, wie die Freunde die letzten Teile der Skulptur aufstellten. Malthe sprang im letzten Moment zur Seite, um das obere Schwein, das beinahe umkippte, aufzufangen. Die Freunde lachten gedämpft und freuten sich wie kleine Kinder, als sie feststellten, dass der eingebaute Mechanismus funktionierte und die beiden Blechschweine tatsächlich kopulierten, sobald der Wind mit der richtigen Intensität aus der richtigen Richtung wehte. Kaum zehn Meter entfernt von ihr und Rasmus fand diese Party statt, für Frederike hätte es genauso gut eine andere Welt sein können. Für ein paar Wochen war sie wieder ein Teil davon gewesen. Rasmus hatte das zerstört.

»Für mich, Rikke«, meinte er ganz leise, während das blutrote Licht des heraufziehenden Morgens seine Wangen golden färbte. »Ich hab es für mich gemacht, weil ich mich nie mehr im Spiegel hätte anschauen können, wenn ich diesmal nicht alles versucht hätte, um dich zu behalten. Ich liebe dich, *Skat*.«

Tränen stiegen ihr in die Augen. Hektisch blinzelte sie dagegen an. Das alles war zu viel. Ihr Haus, ihr Traum, ihre Liebe, ihre Zukunft und Hoffnung, all das war für ein paar Wochen Rasmus gewesen, und Rasmus hatte all dies zerstört.

»Ich kann nicht«, erwiderte sie mit kratziger Stimme. Ihre Finger krallten sich um den E-Mail-Ausdruck, als hinge ihr Leben daran, und im Grunde war es genau so. Wenn Rasmus gelungen war, worum er sich bemüht hatte, dann kriegte sie womöglich doch noch einmal eine Chance. Auf ihren Bonbonladen. Auf Rasmus? Auf ihre Liebe, die sie wiedergefunden und wieder verloren hatte? Sie konnte das nicht. Ihr Herz würde das nicht noch einmal mitmachen, wenn das Kartenhaus aus Hoffnung erneut zusammenbrach.

»Es ist zu viel passiert«, brachte sie irgendwie über die Lippen. »Ich muss nachdenken, Rasmus. Was du gesagt hast … Danke. Ich … wenn ich das Haus behalten darf … du kannst dir nicht vorstellen, wie viel es mir bedeuten würde.« Dabei wusste sie ganz genau, dass er das konnte. Niemand wusste besser als er, was Rendstrup Strand für sie war.

»Das klingt nicht wie ein *Nein*.«

»Es ist aber auch kein *Ja*. Gib mir Zeit, kannst du das für mich tun? Ich … ich brauche Zeit.«

»Hey? Rasmus, Freddie! Kommt rüber und versteckt euch. Im Haus ist gerade das Licht angegangen. Ich bin so gespannt …« Julia verstummte mitten im Satz, da Rasmus sich wortlos umdrehte und ging. Der Schritt federnd, die Schultern eingesunken und die Hände in den Hosentaschen, tat Rasmus genau das, worum Frederike ihn gebeten hatte. Er gab ihr Zeit.

Med Kærlighed – Mit Liebe

Aus Rikkes geheimem Rezeptbuch
25. Oktober 2000

Med Kærlighed

Zutaten:
100 ml Wasser
400 g Zucker
150 g Traubenzucker
2½ ml rote Lebensmittelfarbe
1½ TL Zitronensäure
5 ml Erdbeeraroma
2 EL Magermilchpulver

Zubereitung:
1. Grundmasse herstellen und bei Erreichen der Temperatur auf die mit Öl eingepinselte Silikonmatte geben.
2. Ein Viertel der Masse abnehmen und mit 1½ ml roter Lebensmittelfarbe mischen.
3. Den Rest mit der Zitronensäure und dem Erdbeeraroma mischen, dann in zwei gleiche Hälften teilen.
4. Einen Teil mit 1 ml roter Lebensmittelfarbe, den anderen mit dem Magermilchpulver mischen.
5. Die beiden Hälften zu Rollen formen und aneinanderlegen. Das zuerst abgenommene Viertel zu vier dünnen Streifen formen und um die anderen beiden Rollen legen. Alles andrücken und zu Bonbons zerschneiden.

Ich weiß nicht mehr, wie oft Bedstemor versucht hat, mir zu zeigen, wie man winzige Herzchen in die Bonbons bekommt. Vielleicht muss man, damit das gelingt, wirklich verliebt sein. Vielleicht bin ich nicht wirklich verliebt. Es ist mir nie gelungen. Dabei wollte ich Rasmus so gern damit überraschen. Eines Tages ...

Doch jetzt sieht es aus, als würde dieser Tag niemals kommen. Ich wüsste einfach nur gern, warum. Sind diese Bonbons, die ein Herz in der Mitte haben sollten, ein Zeichen? Ich habe mich entschieden, meine Unfähigkeit, ein perfektes Herz zu formen, als Zeichen zu werten. Hier geht es nicht nur um Erdbeer-Sahne-Bonbons. Es betrifft alles andere genauso. Ich werde mein Leben ohne perfekte Herzen leben müssen.

Es ist gut, dass ich kaum noch Zutaten im Schrank habe. All die vergeblichen Versuche. Ich werde den Rest wegschmeißen. Bonbons kochen und Frankfurt, das passt nicht zusammen, egal, ob mit Herz oder ohne.

Ich muss Rasmus im Herzen haben, um Bonbons zu machen.

Ich habe Rasmus nicht mehr, also werde ich nie mehr Bonbons kochen.

17. Kapitel

Am Tag nach Tjalfes Geburtstagsfeier begann es zu regnen und schien nie mehr aufhören zu wollen. Frederike stand vor dem Kleiderschrank in dem Zimmer, das einst Morfar gehört hatte und jetzt das ihre war, und blickte verzweifelt auf ihre Klamotten. Als sie in Frankfurt aufgebrochen war, hatte sie nicht damit gerechnet, für immer zu bleiben, aber spätestens jetzt, wenn das Wetter umschlug, bräuchte sie neue Sachen.

Warum warten? Sie könnte mit Julia nach Odense fahren, aber die war mal wieder mit Tjalfe unterwegs, und im Grunde konnte Frederike bestens auf eine stundenlange Shopping-Tour verzichten. Sie brauchte ein paar warme Pullover, mehr nicht. Wenn sie die bekommen könnte, ohne dafür Euphorie heucheln zu müssen, umso besser. Kurzentschlossen warf sie sich in Jeans und Pulli und machte sich auf den Weg.

Kurz hinter Kerteminde lief jemand am Straßenrand. Eine zierliche Gestalt in Jeans und Jacke, halb im Dauerlauf, obwohl sie Schuhe trug, die für einen Wanderausflug absolut nicht geeignet waren.

Frederike schwenkte weit aus beim Überholen, um nicht durch eine Pfütze zu rollen und die Spaziergängerin von Kopf bis Fuß nass zu spritzen. Allerdings hätte das auch keinen großen Unterschied mehr gemacht.

Als sie einen letzten Blick in den Rückspiegel warf, erkannte sie, wen sie gerade überholt hatte. Mille, mit nass ins Gesicht geklatschten Haaren und Feuchtigkeitsspuren auf den Wangen, die ganz sicher nicht nur vom Regen kamen. Verdammt!

Frederike bremste scharf. Kurz schien Mille zu zögern, aber als Frederike den Rückwärtsgang einlegte und zu rollen begann, hüpfte Mille ins zerzauste Gras des Straßenrandes und ließ sie kommen, dann riss sie die Beifahrertür auf.

»Was hast du denn …« Mille brach ab, als wäre ihr mitten im Satz der Schwung ausgegangen. Ihre Augen waren gerötet, offensichtlich hatte sie geweint.

»Das wollte ich gerade dich fragen. Was treibst du dich bei dem Wetter hier draußen rum?« Plötzlich wurde Frederike klar, was sie an der Art und Weise, wie Mille unterwegs war, irritierte. Es sah aus wie eine Flucht. »Steigst du jetzt ein, oder soll ich dich reinziehen?«

Mille schniefte, ein Regentropfen fiel von ihrer Nasenspitze, schließlich ließ sie sich auf den Beifahrersitz plumpsen.

»Mach die Tür zu«, sagte Frederike und setzte den Blinker, um zurück auf die Straße zu ziehen.

Die Beifahrertür klappte, und Frederike fuhr ein Stück, bis zu einem direkt am Meer gelegenen Parkplatz wenige hundert Meter weiter. Sie stellte den Motor ab. Die warmen Pullis konnten auch warten.

Schaumflocken aus salzigem Meerwasser klatschten auf das steinige Ufer. Ein riesiger Schwarm Möwen schaukelte weiter oben auf den sich bäumenden Wellen, und weit draußen schwankte bedenklich ein Dreimaster mit eingezogenen Segeln.

Ehe sie Mille noch einmal fragen konnte, was eigentlich los war, sprach diese: »Also, wohin fährst du? Kannst du mich in Kissendrup rauslassen?«

»Ich bin auf dem Weg nach Odense, also kein Problem. Was ist mit dir, Mille? Du siehst nicht gut aus.«

»Das liegt daran, dass es regnet«, erwiderte die andere unangebracht zickig. Frederike entschloss sich, das zu ignorieren.

Rasmus' Schwester machte ganz offensichtlich eine ziemlich harte Zeit durch, und Frederike war des Kämpfens müde.

»Du weißt genau, dass ich das nicht meine. Du solltest in deinem Haus sitzen und warmen Kakao trinken, die Füße hochgelegt, und deine Lieblingsserie in Dauerschleife gucken. Was ist los mit dir? Willst du drüber reden?«

»Nein, genau genommen will ich das nicht.« Erneut schniefte Mille. Sie wirkte erschöpft und blass.

»Wann hast du das letzte Mal geschlafen?«

»Warum spielst du dich eigentlich hier als die barmherzige Samariterin auf, Rikke? Ich hab dich nicht darum gebeten und dir weiß Gott keinen Grund gegeben, nett zu mir zu sein. Willst du mir irgendwas heimzahlen? Vergiss es, das ist gar nicht nötig, ich hab es auch ohne dich faustdick gekriegt. Also, was soll die Scharade?«

»Weil irgendwer auf dich aufpassen muss, und dein Mann …«

Sie kam nicht weiter, weil Mille heftig auflachte. »Mein Ex-Mann.«

»Seit wann bist du geschieden?«

»Wenn es nach mir ginge, seit sechs Jahren.« Ihre Nasenflügel bebten, um ihre Augen erschienen dunkelrote Ringe, und sie presste mit Daumen und Zeigefinger ihren Nasenrücken zusammen, eine Geste, die verhindern sollte, dass sie in heftiges Weinen ausbrach. »Scheiße«, presste sie atemlos und schluchzend hervor.

»Wo ist Joakim jetzt? Hast du deshalb getrunken? Letztens?«

»Ich hab ihn seit Tagen nicht gesehen. An dem Tag, als du bei mir ins Büro gestürmt bist, ist er mit den Kindern abgehauen. Er hat gesagt, es ist besser, wenn sie unsere ewigen Streitereien nicht mitbekommen müssen, aber ich wette, nach außen sieht es ganz anders aus. So, als wäre ich nicht in der Lage, mich um meine eigenen Kinder zu kümmern. Hast du eine Ahnung, was das in einem Nest wie Rendstrup Strand bedeutet? Sicher wissen schon alle, wie es um uns steht. Dass wieder einmal der Kerl, für den Mille Martensen sich interessiert, wegläuft, weil er lieber einer anderen hinterherjagt. Himmel, Rikke, was stimmt nicht mit mir?«

Obwohl Frederike alle Mühe hatte, diese Flut an Informationen zu verarbeiten, war ihr doch eines klar. Hier ging es um mehr als die jetzige Situation. Ihre Ahnung, Mille wäre als Teenager in Søren verliebt gewesen, hatte immer der Wahrheit entsprochen, und dass Rikke wieder aufgetaucht war, ausgerechnet zu der Zeit, als Milles Ehe offenbar wegen einer Affäre ihres Mannes den Bach hinunterging, hatte die Erinnerung mit Macht heraufbeschworen und alles verschlimmert. Arme Mille.

Rasmus' Schwester ballte die Hände im Schoß zu Fäusten. »Ich sag dir, ich hab keine Ahnung. Aber genug andere werden eine Antwort haben. Und die müssen sie mit allen anderen teilen. Und dann beginnen sie zu reden und zu tratschen und ich wünschte, ich würde nicht in diesem Nest wohnen, sondern in einer Stadt, wo so was keinen weiter interessiert. Wo man sich kaum genug kennt, um sich morgens beim Verlassen des Hauses zu grüßen.«

»Ich denke nicht, dass in Rendstrup Strand irgendwer über dich herziehen wird, Mille.«

»Ha, weil Henni ihnen was erzählen würde! Schon klar, doch hinter meinem Rücken und hinter dem von Henni und … und …« Mille stockte, ihr zierlicher Körper bebte. »Ich … muss nach Kissendrup zu meinen Schwiegereltern. Die Kinder sind da, weil Joakim meint, das ist besser für sie, während wir uns um unsere Ehe kümmern. Ich werde wahnsinnig, wenn ich meine Kinder nicht in den Arm nehmen kann.«

»Okay«, meinte Frederike, »ich bring dich da hin. Aber versprichst du mir was?«

»Ich dir?« Wieder ein Anflug von Zickigkeit. Aber nach allem, was sie gerade erfahren hatte, konnte Frederike es ihrer Kindheitsfreundin wirklich nicht mehr vorwerfen.

»Such dir Hilfe, Mille, ja? Jemanden, mit dem du reden kannst und der für dich da ist. Ich meine es ernst. Im Grunde kann es mir egal sein, in letzter Zeit bist du nicht gerade zimperlich mit mir umgegangen. Ich mache mir dennoch Sorgen um dich. Wir waren mal befreundet.«

Mille sagte kein einziges Wort mehr, bis Frederike vor dem hellgelben Haus am Rand eines kleinen Weilers anhielt und Rasmus' Schwester aussteigen ließ. Solange sie konnte, blickte sie beim Weiterfahren in den Rückspiegel, und Mille rührte sich keinen Schritt, bis der Peugeot um die nächste Straßenbiegung verschwunden war und Frederike sie aus den Augen verlor.

Anschmiegsam glitt der weiche Wollpulli über Frederikes Kopf und rutschte auf ihren Schultern zurecht. Sie betrachtete sich im Spiegel. Lavendelfarben, das passte wunderbar zu ihren Augen und zu den engen Jeans, die sie trug. Ein guter Kauf, noch besser als das beige und braun gestreifte Sweatshirt, das sie Henni und Julia zuerst vorgeführt hatte.

»Passt nicht?«, klang Hennis Stimme aus dem Wohnzimmer zu ihr herüber, und Julias Lachen folgte.

»Na, wartet doch ab, so schnell bin ich nicht«, rief sie zurück, zog die Ärmel zurecht und verließ das Schlafzimmer, um die zweite Hälfte ihres Einkaufes zu präsentieren. Wenn sie ehrlich war, hatte sie keine Ahnung, ob ihr die Sachen wirklich standen oder nicht. Irgendwie fühlte sich in letzter Zeit gar nichts mehr richtig an, und das schloss neu gekaufte Pullover ein.

Im Türrahmen wäre sie beinah über ihre eigenen Füße gestolpert. Henni und Julia saßen nicht mehr allein am Couchtisch. Rasmus stand in der Tür und schaute sie an. Sie hatte nicht gehört, dass er gekommen war, und das wilde Schlagen ihres Herzens beim Anblick eines Mannes, der nichts weiter als ein guter Freund sein sollte, erschien ihr unangebracht.

»Hej«, sagte sie vorsichtig.

Er trat auf sie zu, legte eine Hand tief in ihren Rücken und hauchte ihr einen Kuss auf den Scheitel. »Ich hätte anrufen sollen, tut mir leid. Bin gerade erst eingetroffen. Schöne Farbe, passt super zu deinen Augen.«

Verdammt, das waren *ihre* Gedanken gewesen!

Hennis Lächeln war zärtlich und sanft, während sie beobachtete, wie Rasmus und Frederike einander in die Augen sahen. Das gab ihr den Mut, einfach so weiterzumachen wie geplant.

Sie bedeutete Rasmus, sich zu setzen, und nahm dann neben ihm auf Morfars Sofa Platz. Unter Frederikes Hintern gaben die altersschwachen Federn nach. Sie würde es nicht anders haben wollen. In Frankfurt, in dem Penthouse, das sie mit Søren bewohnt hatte, hatte ein Designer-Sofa gestanden, das sogar mit einem wichtigen Preis ausgezeichnet worden war. Aber gemütlich war es nie gewesen. Nie hatte einem die Couch die Entscheidung abgenommen, ob man mit seinem Sitznachbarn kuscheln wollte, weil die Sitzfläche so durchgesessen war, dass man unwillkürlich aufeinander zurutschte.

»Was machst du hier?« Sie blickte zu Rasmus. Er wirkte so gelassen, so ruhig und mit sich im Reinen, dass sie geradezu neidisch werden könnte.

»Ich bin hier, weil wir eine Scheune zu renovieren haben.« Mit gespielt wichtiger Miene zog er ein Blatt Papier aus der Innentasche seines Jacketts und entfaltete es langsam. »Das hier ist die Bestätigung, dass der Windpark ins Meer gebaut wird. *Sydskov Engineering* hat mir allerdings einen prächtigen Teil meiner Projektgage gekürzt, weil ich sie durch mein plötzliches Umschwenken ziemlich viel Geld gekostet habe.«

In Frederikes Ohren begann es zu rauschen. »Du meinst, *ich* habe dich Geld gekos…«

Sein Finger landete auf ihren Lippen und brachte sie zum Verstummen. »Rikke, das war *meine* Entscheidung, verstanden? Sowohl den Park für Rendstrup zu planen, als auch alles im letzten Moment umzuschmeißen. Doch das alles ist jetzt vorbei. Was jetzt wichtig ist, bist du. Wir werden alle Energie in die Renovierung stecken. Wir werden die ganze Clique mobilisieren. Wir werden alles selber machen und unser ganzes Herz und unsere Seele in das Bonbonparadies stecken, was meinst du?«

Es war Julia, die aufsprang und Rasmus um den Hals fiel. »Ich kenne dich zwar nicht so gut, Mann, aber gerade hast du mich zur glücklichsten Frau der Welt gemacht!«, jubelte sie. »Meine Freddie darf ihr Haus behalten!«

Sie feierten mit Bonbons und Tee und lockeren Gesprächen. Ab und zu fand Rasmus' Blick ihren und dann kribbelte es in ihrem Bauch, wie es das immer getan hatte, wenn sie beide in einem Raum waren. Aber wie er ihr auf Tjalfes Geburtstagsfeier versprochen hatte, ließ er ihr Zeit. Keine Selbsteinladung zu nächtlichen Kaffees diesmal, keine Strohblumen und Anspielungen auf vergangene Zeiten. Der Rasmus, den sie plötzlich noch einmal ganz neu kennenlernte, war ein anderer, doch auch dieser Rasmus gefiel ihr verdammt gut.

Efterårsblade – Herbstlaub

Aus Rikkes geheimem Rezeptbuch
18. Oktober 2001

Efterårsblade

Zutaten:
100 ml Wasser
400 g Zucker
150 g Traubenzucker
1 ml braune Lebensmittelfarbe
⅓ ml gelbe Lebensmittelfarbe
1 ml orange Lebensmittelfarbe
1 TL Salmiakpulver
1 ml Anisöl
½ TL Zitronensäure
½ ml Ananasaroma

Zubereitung:
1. Grundmasse herstellen und bei Erreichen der Temperatur auf die mit ÖL eingepinselte Silikonmatte geben. In drei gleich große Stücke teilen.
2. Das erste Drittel mit brauner Lebensmittelfarbe und Salmiak, das zweite mit Gelb und Anis und den letzten Teil mit oranger Lebensmittelfarbe, Zitronensäure und Ananasaroma mischen.
3. Drei gleich dicke Rollen formen, zusammendrücken und ein wenig verdrehen. Dann zu Bonbons zerschneiden.

Ich habe es noch einmal getan. Ich konnte nicht anders. Es ist das Ende eines Sommers, das Ende einer Zeit, die so nicht wiederkommen wird. Ein ganzes Jahr ist vergangen, seit Søren zu mir geeilt ist wie ein Ritter in schimmernder Rüstung, der die Jungfrau aus ihren Nöten befreit.

Er hat mich gefragt, ob ich seine Frau werden will. Ich habe Ja *gesagt. Nein, ich habe mir keine zwei Wochen Bedenkzeit ausgebeten, und ich habe nicht gezögert. Ich habe* Ja *gesagt und es von Herzen gemeint. Søren war bei mir, als ich niemanden mehr hatte. Er ist mir nie von der Seite gewichen und er hat mir immer geholfen. Seine Aufmerksamkeit ist ein bisschen wie das Herbstlaub. Tröstend und warm, auch wenn ringsumher ein schneidender Wind die Blätter von den Bäumen fegt und die Luft schon nach Winter riecht. Ihn liebe ich leise, aber genau so soll es sein.*

Ich habe es noch einmal versucht, ich habe versucht, in Frankfurt Bonbons zu kochen. Als ich Søren mein Jawort gab, wollte ich wissen, ob mich das mit Fünen versöhnt, mit unserem letzten gemeinsamen Sommer, mit Rasmus.

Das hat es nicht, auch wenn mein zukünftiger Ehemann sagt, dies seien die besten Bonbons, die er je probiert habe. Dabei ist mir aufgefallen, dass von all denen, die ich den Sommer über auf Fünen gemacht habe, Søren nur ganz wenige gekostet hat. Rasmus hat jede einzelne Tüte des bunten Glücks, das ich ihm in die Hand gedrückt habe, bis zum letzten Krümel gelutscht.

Es wird nie aufhören, wehzutun.

Ich habe alles, was ich zum Bonbonkochen noch im Schrank hatte, weggepackt. Ich werde es Søren mitgeben, wenn er das nächste Mal den Müll rausbringt. Ich möchte diese Sachen nicht mehr sehen. Alles hat seine Zeit, würde Henni vielleicht sagen, und die Zeit, Liebe und Glück in Bonbons zu verstecken, ist vorbei.

18. Kapitel

Rasmus wischte sich die Farbe von den Händen und trat vor die Tür der Scheune. Der Mörtel in den Fugen der neu eingezogenen Zwischenwand war endlich trocken, und er hatte sich beim ersten Sonnenstrahl daran gemacht, auch diese Ziegel zu übertünchen.

Nachdenklich lehnte er sich an den Türrahmen und betrachtete die Szene, die sich in Frederikes Innenhof abspielte. Merkwürdig, er hatte vollkommen aufgehört, von dem Haus als Mikkel Elsdorfs Haus zu denken. Mathilde Elsdorfs Haus war es in den Augen der Rendstruper ohnehin nie gewesen. Jetzt war es Rikke Elsdorf-Andersens Haus, und Rasmus Martensen war nicht der Einzige in Rendstrup Strand, der es so empfand.

Wie schnell das gehen konnte.

Mit krampfhaft aufrechterhaltenem Lächeln stand Tjalfe in der offenen Fahrertür von Julias Wagen, in den schon die Koffer verladen waren. Julia selbst lag in Rikkes Armen, die Tränen des Abschieds nicht unterdrückend.

»Ist doch alles scheiße«, hörte Rasmus sie murmeln.

»In Odense wird ein ganz neues, riesiges Krankenhaus gebaut. Spätestens wenn das fertig ist, Julia«, sagte Rikke und klopfte der Freundin den Rücken. »Die werden jede Menge Kinderärzte brauchen.«

»Ich spreche doch kein verdammtes Wort Dänisch«, jammerte die andere.

»Vielleicht hättest du mit Tjalfe was anderes tun sollen, als die ganze Zeit rumzuknutschen wie eine Vierzehnjährige.«

»Pfffft.« Julia löste sich von Rikke. »Wir haben genug anderes gemacht. Nur, das hatte weniger mit Dänisch zu tun als mit …« Sie brach ab und errötete. Ja, Rasmus konnte sich vorstellen, an welche europäische Fremdsprache Julia gedacht hatte, aber er würde sich hüten, das auch nur in Gedanken auszusprechen. Als müsste sie sich von den Erinnerungen an nächtliche Beschäftigungen ablenken, drehte sich Julia um. Zielstrebig trat sie auf ihn zu. »Und was ist mit dir? Gehst du auch irgendwann mal wieder arbeiten, oder willst du umschulen auf Maler, falls das mit den Windparks nichts mehr wird?«, fragte sie herausfordernd.

»Irgendwann kehre ich bestimmt nach Kopenhagen zurück. Aber jetzt gönne ich mir erst mal eine Auszeit. Ich habe viel zu viel gearbeitet in den letzten Jahren.« Er müsste lügen, wenn er behauptete, diese Auszeit nicht zu genießen. Mit Rikke, die ihr Leben neu ordnete, fühlte es sich plötzlich richtig an, dasselbe zu tun und sich Zeit für sich zu nehmen. Viele hatten behauptet, genau das hätte er schon direkt nach dem Verkauf seiner ersten Firma tun sollen.

Dass es ihn auf Dauer wurmte, wie Rikke ihn lediglich als Freund behandelte, stand außer Frage. Er wollte mehr. Sie nahm sich Zeit. Das hatte er ihr zugestanden, aber hin und wieder machte es ihn kribbelig bis in die Haarspitzen. Sicher, er hätte sich diese Qualen ersparen können, indem er einfach räumliche Distanz zwischen sie beide brachte, aber das wiederum konnte er nicht. Dazu wollte er zu sehr in ihrer Nähe sein. Im Leben nicht würde er riskieren, dass sie ihn vergaß, weil er sich rarmachte. Von wegen *Aus den Augen, aus dem Sinn*.

Ganz dicht trat Julia auf ihn zu und senkte die Stimme. »Und wann gedenkst du, diese Auszeit dazu zu nutzen, endlich Nägel mit Köpfen zu machen, Martensen?«

»Ich bin ein geduldiger Mensch.« Dass er allerdings allmählich an seine Grenzen stieß, verschwieg er lieber. Das ging sie nichts an.

»Ich hingegen bin ein sehr ungeduldiger Mensch«, erwiderte sie.

»Ich weiß.« Er musste grinsen. »Das habe ich gesehen. Machst unseren armen Tjalfe ganz heiß und lässt ihn dann hängen. Nicht nett.«

Julia lachte, wurde jedoch sehr schnell wieder ernst. »Lass sie nicht zu lange damit durchkommen, okay?« Sie tat, als habe er nicht gerade das Thema zu wechseln versucht, und blieb bei dem, was wirklich wichtig war. »Sie liebt dich auch, weißt du, und du solltest nicht zu lange damit warten, sie daran zu erinnern.«

Er hob eine Braue. Es amüsierte ihn, wie diese zierliche kleine Frau, die Tjalfe schon vermisste, obwohl sie noch nicht einmal weg war, die Kupplerin spielte. »Alles zu seiner Zeit, Julia«, entgegnete er sacht. »Diesmal möchte ich sie zu nichts drängen. Für den Moment bin ich zufrieden mit der Rolle, die ich in Rikkes Leben habe. Es ist nicht das Schlechteste, miteinander befreundet zu sein.«

»Freunde mit gewissen Vorzügen?« Jetzt zog auch sie eine Braue hoch, was nicht ganz gelang, die zweite Augenbraue hob sich ein Stück mit, und es sah aus, als würde sie blinzeln wie ein Uhu.

»Wenn du glaubst, dass ich das kommentiere, hast du eine sehr schlechte Meinung von mir.«

»Du weißt ja, was man sagt. Dementis oder Kommentarverweigerung sind nichts weiter als eine Bestätigung.«

»Ich Unglücklicher, ich kann gar nicht gewinnen.«

Breit grinste sie und wandte sich zu Rikke zurück. Langsam schlenderte Tjalfe heran und tippte auf sein Handgelenk, wo sich aber zu Zeiten von Smartphones schon lange keine Armbanduhr mehr befand. »Wenn du nicht bald loskommst, kannst du auch gleich noch 'ne Nacht hierbleiben, *Smukke*«, brummte er, vergeblich bemüht, die Hoffnung in seiner Stimme zu unterdrücken.

»Man könnte meinen, du seist schlecht gelaunt«, bemerkte Rasmus und stieß den Jüngeren kameradschaftlich in die Rippen. »Fragt sich, ob das am Abschied liegt oder daran, dass sie immer noch hier ist.«

»Sei nett, Rasmus«, warnte Rikke, aber auch sie konnte sich ein Lächeln nicht verkneifen. Er lächelte zurück.

»Ihr bleibt doch in Verbindung, oder?«, wollte Rikke von Tjalfe wissen. »Und du kommst bald mal wieder, Julia.«

»Jetzt muss ich erst mal arbeiten«, erwiderte sie seufzend. »So schnell krieg ich nicht wieder Urlaub, schon gar nicht für so lange.«

Rasmus trat endgültig zu den anderen und klopfte Tjalfe auf die breite Schulter. »Alter, Alter. Wer hätte das gedacht, dass einer wie du so eine Wahnsinnsfrau an Land zieht.«

»Was meinst du damit, einer wie ich?«

»Na, einer, der sich bisher immer mit Händen und Füßen gegen die Liebe gewehrt hat. Und dann machst du es gleich so kompliziert und lässt dich von einer einfangen, die nicht nur hübsch und höllisch klug ist, sondern die auch noch zig hundert Kilometer weit weg wohnt. Hast du denn selber damit gerechnet? Sei ehrlich.«

Tjalfe verzog das Gesicht und sah seine Julia sehnsüchtig an. Rasmus konnte es beinahe in seinen Augen lesen. Die Bitte, dass sie dableiben möge. »Nach außen wirken wir alles andere als perfekt füreinander, oder?«, gab er schließlich zu.

»Liebe muss nicht perfekt sein, sondern echt!« Rikke sagte es mit so viel Überzeugung in der Stimme, dass sogar Tjalfe schmunzeln musste. Nur in seinen Augen glänzte noch immer die Sehnsucht nach seiner Julia.

Während der acht Wochen, in denen Rasmus sich eine Auszeit gegönnt hatte, war es endgültig Herbst geworden. Frederike rechte zum gefühlt dreihundertsten Mal in den vergangenen zwei Tagen Blätter aus dem Innenhof, die der große Kastanienbaum hinter der Scheune in schier unendlich scheinenden Mengen dorthin warf. Obwohl die Luft deutlich abgekühlt war, strahlte die Sonne und vergoldete alles in ihrem Bannkreis. Die Welt erstrahlte in warmen Rot- und Goldtönen. Der Himmel, in seinem klaren Cyan, barg schon das Versprechen von Winter, wenn Stürme über die Insel fegen würden wie wütende Hände, die an Fensterläden und Dächern rüttelten, ebenso wie an Bäumen, Sträuchern und Gräsern. Es wäre der erste Winter, den Frederike in Dänemark verbringen würde, aber noch war es nicht so weit. Auch wenn das mit dem Laub sich anfühlte wie der sprichwörtliche Kampf gegen Windmühlen, genoss Frederike jeden einzelnen Herbsttag.

Als ein wohlbekannter Volvo, wie üblich eine Spur zu schnell, die Straße zu ihrem Haus herunterfuhr, stellte sie den Rechen weg und lief ihm entgegen. Direkt neben ihr brachte Rasmus den Wagen zum Stehen. Die Fahrertür flog auf, und da war er.

Groß, schlank, ein bisschen zerzaust von der Autofahrt, mit zerstrubbelten Haaren, weil er einmal zu oft die Hand hindurchgestrichen hatte, und einem Hemd, das einige Knitterfalten aufwies.

Er sah sie an und lächelte.

Wie jeden Freitag, seitdem er seine Auszeit beendet und das

nächste Projekt in Angriff genommen hatte, begann mit diesem Lächeln für sie das Wochenende.

Die Universität in Kopenhagen hatte ihn als Gastdozent in mehreren Wirtschaftsfächern eingeladen, ein Angebot, dem er nicht hatte widerstehen können. Frederike war sicher, dass es auch nicht mehr lange dauern würde, und er würde den nächsten Windpark planen, doch für den Augenblick war sie froh, dass ihm die Arbeit für die Universität Freizeit ließ. Die meiste freie Zeit verbrachte er in ihrer Scheune. Nach und nach war dort vor ihren Augen genau das Bonbonparadies entstanden, von dem sie geträumt hatte. Wo er weder allein noch mit Unterstützung der Freunde weiterkam, hatte er professionelle Hilfe angefordert. Gemeinsam hatten sie Flohmärkte und Rot-Kreuz-Gebrauchtwarenläden besucht und die Einrichtung zusammengestoppelt. Regale, Schränke, Tische für den Verkaufsraum, nichts passte zusammen, doch alles wirkte charmant und heimelig. Hennis alte Utensilien für die Küche und einige davon als Dekoration im Laden, dazu ein paar neue Edelstahlregale fürs Lager. Es gab jetzt eine Klimaanlage im Lager, die die Luft gleichzeitig entfeuchtete, damit sowohl fertige Bonbons als auch die Rohmaterialien länger hielten, und auch das Gesundheitsamt und das Technologische Institut, das dänische Äquivalent des TÜV, waren bereits da gewesen, um alles abzunehmen.

Frederike erwiderte sein Lächeln. Nicht zum ersten Mal verspürte sie den Drang, sich ihm in die Arme zu werfen, aber so weit waren sie noch nicht. Es tat ihr gut, für eine Weile allein zu leben. Das half ihr, ihre Gedanken zu sortieren und herauszufinden, was sie wirklich wollte. Endlich nahm sie sich Zeit für das, was sie ursprünglich nach Dänemark getrieben hatte, und mit jedem Tag spürte sie ihr Selbstbewusstsein wachsen und die Gewissheit, endlich das Richtige für sich gefunden zu haben. Nicht für Rasmus, nicht für Mathilde oder Morfar oder Søren. Für sich.

Selbstverständlich sehnte sie sich nach ihm. Oft. Wenn Rasmus an den Wochenenden nach Rendstrup kam, schlief er nicht mehr in seinem kleinen Zimmer in Hennis Bungalow. Gemeinsam hatten sie das Gästezimmer in Morfars Haus hergerichtet. Als die Tage kürzer wurden, zündeten sie abends ein Feuer im Kamin an, und das leise Knacken der Scheite, die noch aus Morfars Zeiten stammten, untermalte ihre Gespräche beim gemütlichen Teetrinken, ihr Zusammensein. Frederike spürte, dass Rasmus sich so sehnte wie sie. Und doch stand er irgendwann, wenn die Nacht längst hereingebrochen war, einfach auf, nahm ihr den Becher aus der Hand und trug ihn zusammen mit seinem eigenen in die Küche. Dann ging er, ohne einen Vorstoß zu wagen, ins Gästezimmer. Jedes Mal verspürte sie sein kurzes Zögern an der Tür, sein Warten. Selbst seine Resignation, wenn er begriff, dass heute wieder nicht der Tag war, an dem das Warten ein Ende hatte, hatte einen Klang. Ein Seufzen, ein tiefer Atemzug. Einen von Herzen gemeinten Wunsch für eine gute Nacht und süße Träume.

»Hattest du eine gute Woche?«, fragte er, trat auf sie zu und hauchte ihr einen keuschen Kuss auf den Scheitel.

Spielerisch stieß sie ihm mit dem Ellenbogen in die Seite. »Du weißt, was ich gemacht habe. Wir haben jeden Tag telefoniert. Willst du erst unter die Dusche?«

»Erst? Wovor erst?«

»Überraschung!«, erwiderte sie. Er lachte so, dass die Herbstsonne gleich noch ein wenig goldener schien. Seine Augen funkelten. Er holte seine Tasche aus dem Kofferraum, und Seite an Seite schlenderten sie zum Haus.

Während er duschte, bereitete Frederike ihre Überraschung vor.

Rasmus' Haare waren feucht von der Dusche und noch strubbeliger als zuvor, als er sich zu ihr in die Küche gesellte. Um seinen Hals hing ein Handtuch. »Und? Darf ich jetzt wissen, was meine Überraschung ist?«, fragte er.

Den Drang niederkämpfend, mit den eigenen Fingern durch seine Haare zu streichen, um zu versuchen, ein wenig Ordnung in das Durcheinander zu bringen, hob sie vielsagend die Augenbrauen. »Komm mit.«

Sie schloss ihre Finger um seine und führte ihn in die Scheune. Die ganze Woche über war sie fleißig gewesen. Jetzt stand nicht nur eine altmodische Registrierkasse, die Henni dem letzten Besitzer des ehemaligen Kaufladens im Dorf abgeschwatzt hatte, auf dem Ladentisch. Das erste Regal, dunkel gebeizt und mit einer Lichterkette behängt, war auch gefüllt mit süßen Köstlichkeiten.

Dicht an dicht standen die kleinen Gläser, jedes einzelne mit einer rot-weißen Schleife um den Deckel, an dem ein Schildchen befestigt war, das auf der einen Seite den Namen der Sorte verriet und auf der anderen die dänische Flagge zeigte. Das hatte Frederike nämlich von klein auf gelernt. Weniges liebten und verehrten die Dänen so sehr wie ihre *Dannebrog*. Zu jedem Anlass wurde die Flagge im heimischen Garten gehisst, zu Kindergeburtstagen markierten Papierfähnchen den Weg zur Haustür, und als Dekoration durfte sie auch nirgends fehlen.

Auf dem Regal gegenüber standen Gläser mit in Honig eingekochten Walnüssen und kandiertem Ingwer. Das, was jetzt noch fehlte, waren die Kunden.

»Wow.« Rasmus' Erstaunen klang echt. »Und das hast du alles in den letzten fünf Tagen geschafft? Und du hast mir kein Wort am Telefon davon erzählt?«

»Ich wollte dich überraschen. Hier, schau.« Mit dem Zeigefinger deutete sie auf einen Korb, den sie mit Proben ihrer

Köstlichkeiten befüllt hatte. »Ich hab von allem ein Gläschen mehr gemacht. Das ist für dich. Als … Dankeschön.« Plötzlich sehr verlegen, senkte sie den Blick. »Weil du immer da warst und so.«

»Oh, dafür hättest du aber keine Bonbons kochen müssen. Mir würde da schon das eine oder andere …«

Hitze stieg Frederike in die Wangen. Rasmus unterbrach sich selbst, wohl weil er bemerkt hatte, was er da sagte, dann räusperte er sich. »Entschuldigung«, murmelte er, »so war das nicht gemeint.«

»Ich dachte, du könntest die Bonbons mit an die Uni nehmen. Die Kollegen oder Studenten freuen sich bestimmt.«

»Ich hab eine bessere Idee.« Die Spur Verlegenheit, die eben auch ihm die Wangen rosa gefärbt hatte, war verschwunden. Geräuschvoll kramte er in einer der Schubladen des großen Arbeitstisches, förderte einen Notizblock zutage und kritzelte darauf ein paar Worte mithilfe des Kugelschreibers, den er immer bei sich hatte. Als er sich wieder zu Frederike herumdrehte, blitzten seine Augen.

»Was hast du da geschrieben?«, fragte sie misstrauisch.

»Überraschung.« Er zwinkerte, ehe er sie mit der rechten Hand am Handgelenk fasste. Mit der anderen schnappte er sich den Korb, dann zog er sie hinaus ins Freie.

»Das sollte doch *meine* Überraschung sein! Wohin gehen wir?« Sie lachte und fühlte sich wahnsinnig jung.

»Das wirst du sehen.«

»Aber ich hab den anderen auch gesagt, dass sie kommen können, weil ich den Laden so weit fertig habe. Ich hab zum Bonbonprobieren eingeladen. Eine Party, weißt du, wie früher …«

»Die werden uns schon finden.«

»Rasmus …«

»Rikke …«

Sie schüttelte den Kopf und gab jeden Protest auf. Er hatte recht. Wenn die anderen sie finden wollten, würden sie sie finden. Sie konnte sich denken, was auf dem Notizblock stand. Es war ja nicht so, als ob Rendstrup Strand eine Großstadt wäre. Hier kannte jeder jeden. Kein Geheimnis blieb lange geheim, jedenfalls nicht für jene, die hier lebten. Für solche, die nach langer Zeit wieder versuchten, hier Fuß zu fassen, konnte auch etwas so Gewaltiges wie eine Windradanlage wochenlang ein Geheimnis bleiben, dachte sie halb grimmig und halb amüsiert. Wenngleich sie ahnte, dass Zeiten kommen würden, in denen ihr das dörfliche Leben auf die Nerven fiel, so war sie noch neu genug hier, um die heimelige Atmosphäre zu genießen. Nach einer langen, langen Reise war Frederike Elsdorf-Andersen endlich dort angekommen, wo sie wirklich hingehörte.

Der einzelne Mirabellenbaum, der zwischen den Holundersträuchern der Wildhecke wuchs, stand fast völlig blattlos. Die Sonne hing so tief, dass ihr Gold in feinen, staubdurchwirkten Strahlen zwischen dem Gesträuch hindurchblendete. Wenige Federwolken zogen am tiefblauen Oktoberhimmel entlang, während Rikke Hand in Hand mit Rasmus über das Feld lief, auf dem im Sommer Tjalfes Weizen gewachsen war. Sie lächelte, weil sie an das Gesicht des jungen Bauern denken musste, als sie ihm das Feld vermacht hatte. Mit dem Segen ihrer Mutter und mit allen grundbuchmäßigen Überschreibungsurkunden. »Weil du doch die Bauflächen jetzt nicht an *Sydskov* verkaufen konntest«, hatte sie mit einem Anflug von Schuldbewusstsein gesagt.

»Also habe ich im nächsten Jahr mehr Fläche zu bewirtschaften, als ich dachte, und als Entschädigung dafür gibst du mir noch dreieinhalb Hektar obendrauf?«, hatte er gegrummelt, aber es war ein Spaß gewesen, damit sie seine Rührung nicht sah. Doch Frederike Elsdorf-Andersen war vieles, nur nicht blind. Sie hatte das Glitzern in seinen Augen bemerkt. Dreieinhalb zusammenhängende Hektar mehr bedeuteten ein paar Stunden mehr Arbeit, gleichzeitig aber auch eine Menge mehr Erträge für ihn.

Jetzt im Herbst türmte sich am Strand der verrottende Seetang entlang des Sandstreifens, der zum Elsdorf-Haus gehörte. Ein paar Möwen stocherten lustlos darin herum, und weiter draußen tuckerte ein Fischerboot aus Korshavn zum abendlichen Fang hinaus.

»Wir waren lange nicht mehr Bingo spielen«, fiel es Frederike bei dem Anblick ein. Was sie eigentlich hatte erwähnen wollen, war Rasmus Martensens Sexhöhle in den Dünen am äußeren Rand von Korshavn, aber das Thema war nach wie vor tabu. Auch wenn sie zugeben musste, dass dieses Tabu mit jedem Wochenende, das Rasmus bei ihr verbrachte, schwerer zu ertragen war. Sie wartete auf die richtige Gelegenheit, und er schien das auch zu tun. Und manchmal, ganz leise, wisperte ihr Gewissen etwas von der Befürchtung, dass zu viel Warten hieß, Gelegenheiten ungenutzt verstreichen zu lassen.

»Du kannst schon mal Holz suchen«, sagte Rasmus und ließ ihre Hand los.

»Ich soll was?«

»Treibholz ist am besten, es hatte die vergangenen Tage genug Zeit zum Durchtrocknen. Oder dünne Zweige. Lass uns ein kleines Feuer anzünden. Wenn die Sonne erst weg ist, wird es kalt.«

Das war ihr schon aufgefallen. Seit der sonnige September in den goldenen Oktober übergegangen war, brauchte man an den Abenden meistens eine dicke Strickjacke.

Sie sammelten Holzstücke, die trocken genug waren für ein Feuer. Fachmännisch legte Rasmus die Scheite und Zweige aufeinander, und schon beim dritten Versuch klappte das Anzünden mithilfe seines Feuerzeuges.

»Komm her«, bat er dann, ließ sich ins Gras vor der Uferböschung fallen und streckte die Hand nach ihr aus. Sie zögerte keinen Moment, sich zu ihm ziehen zu lassen und es sich zwischen seinen gespreizten Beinen, den Rücken an seine Brust gelehnt, bequem zu machen. Egal, wie viel Zeit sie in den letzten Wochen zusammen verbracht hatten, so nah waren sie einander ewig nicht gewesen. An ihrem Strand fühlte es sich zum ersten Mal wieder genau richtig an.

Rasmus begann, mit Frederikes Haaren zu spielen. »Wir sollten nächstes Frühjahr den Strand ein wenig aufräumen. Das lockt auch Leute an. Bonbonparadies mit perfektem Badestrand dahinter. Du könntest eine Gefriertruhe in den Laden stellen und Eis verkaufen.«

»Ich könnte so viel. Ich hab noch den Stall auf der anderen Seite. Da könnte ich Ziegen reinstellen, oder ich könnte ihn renovieren und ein Café dort drin betreiben.«

»Dann brauchst du aber Hilfe.«

»Beim Renovieren? Hab ich doch.« Sie knuffte ihn in die Seite. »Und viel Zeit. Muss ja nicht kommende Saison sein. Die Saison danach.«

»Das mag ich an dir.« Er verschränkte seine Finger mit ihren. »Du hast keine Lust, stillzustehen. Du nimmst dir etwas vor, und obwohl ich keinen anderen Menschen kenne, der so oft zurückgeworfen wurde, so bist du jedes Mal wieder überzeugt, es schaffen zu können.«

»Wäre das nicht der Fall, wäre ich heute nicht hier.«

Sie erschauerte, als sie seine Lippen an ihrem Hals spürte. »Ich liebe dich, Rikke.«

Er hatte das schon einmal gesagt. Bei der Tonnenparty für Tjalfe. Doch sie hatte nicht darauf reagiert. So, wie sie ihn damals von sich gewiesen hatte. Erst mit der Zeit hatte sie begriffen, wie viel er eigentlich für sie getan hatte. Was er riskiert hatte, um das alles noch aufzuhalten. Sie hatte ihm etwas vorgeworfen, das er geplant hatte, lange bevor sie wieder aufgetaucht war. Sein Fehler war gewesen, dass er ihr nichts davon erzählt hatte. Eigentlich unverzeihlich, wenn man bedachte, woran ihre Beziehung schon einmal zerbrochen war. Doch als ihr klar geworden war, was er stattdessen getan hatte, begann sie langsam zu verzeihen. Die ganze Zeit nach ihrer Rückkehr hatte er daran gearbeitet, seine eigenen Pläne rückgängig zu machen, hatte seinen Ruf als gewissenhafter Geschäftsmann riskiert, hatte möglicherweise Millionen in den Sand gesetzt. Er hatte ihr nichts von dem Windpark und von seinen Anstrengungen, den abzuwenden, gesagt, weil er in ihr keine Hoffnung wecken wollte, die am Ende vielleicht enttäuscht wurde. Er hatte alles riskiert und hätte alles verlieren können.

Sie lehnte den Hinterkopf an seine Schulter und schloss die Augen. Sie hielt ihre und seine miteinander verschränkten Finger gegen die untergehende Sonne, ließ die letzten Strahlen durch die Zwischenräume scheinen, dann führte sie seine Hand an ihre Lippen und küsste die Fingerspitzen. »Ich liebe dich auch, Rasmus.« Wie leicht das ging.

»Aber siehst du ihn?«, fragte er.

»Wen?« Irritiert blickte sie sich um. Sie waren allein am Strand. Bis auf die Möwen.

»Den Elefanten, der immer mit uns im Raum ist.«

»Du spinnst.«

»Er heißt Søren«, sagte er ohne einen Funken Humor in der Stimme. »Er ist immer noch da.« Seine Arme schlossen sich fest um sie, so, als wolle er verhindern, dass sie sich ihm wieder entzog. Nichts lag ihr in diesem Moment ferner. »Wir sollten ihn gehen lassen«, meinte er ganz leise, sein Atem streichelte ihre Schulter.

Sie atmete, tief und ruhig, lauschte auf das Klopfen ihres und seines Herzens und wartete. Gehen lassen. Søren gehen lassen, mit allen schlechten, aber auch den guten Erinnerungen. Zum ersten Mal kam ihr der Gedanke, dass es vielleicht genau diese guten Erinnerungen waren, die es ihr bisher so schwer gemacht hatten, loszulassen. Doch jetzt war es an der Zeit. Mehr als das. Sie mussten es tun. Erst dann, begriff sie, würden sie beide frei sein, ihr eigenes Glück in Angriff zu nehmen.

»Er war verdammt gut darin, Fahrräder zu reparieren«, sagte Rasmus, zögernd, langsam. »Schon mit dreizehn konnte er sein Rad in ein paar Stunden auseinanderbauen und wieder zusammensetzen. Erinnerst du dich an sein Zimmer?«

Sie nickte und spürte ein Brennen in den Augen, als sie an Sørens Zimmer im Haus seiner Eltern dachte. Es war fast so groß gewesen wie Morfars Wohnzimmer, mit einem Fernseher, Spielekonsolen, und überall lagen Fußballmagazine herum.

»An den Wänden hingen keine Poster«, meinte er. »Weißt du noch?«

Sie runzelte die Stirn. »Ich bin mir ziemlich sicher, dass da Bilder an den Wänden hingen«, widersprach sie.

»Keine Poster von Fußballvereinen oder so«, schränkte er ein. »An seinen Wänden hingen Zeichnungen, die er selbst gemacht hatte. Und zwar Pläne, wie man aus seinem BMX-Rad ein motorisiertes Vehikel machen könnte.« Er lachte leise. »Manchmal war er wirklich ein bisschen verrückt.«

Frederike rieb sich eine Träne aus dem Augenwinkel. Rasmus hielt sie weiter fest.

»Als wir elf waren …« Es klang, als spräche er zu sich selbst. »Da hat Søren mich überredet, eine Schulstunde zu schwänzen.«

»Nicht, dass das jemals schwer gewesen wäre«, erwiderte sie trocken.

»Das war, bevor jedes Kind ein Handy besaß. Wir sind mit den Rädern nach Korshavn gefahren, hintenrum, über die Feldwege, was kürzer ist, doch unbequem, mir tat ganz schön der Hintern weh. Aber wenigstens hat uns keiner angehalten und zurück in die Schule geschleift. In Korshavn gab es damals schon den kleinen Kaufladen beim Campingplatz, und wir haben der Frau dort erzählt, dass wir unbedingt ihr Telefon benutzen müssten, um jemanden anzurufen. Also, das soll heißen, Søren hat das gesagt«, berichtigte er sich.

»Ja, weil du natürlich das reine Unschuldslamm warst.«

»Ich war kein Unschuldslamm, aber solche Dinger kamen immer von Søren«, verteidigte er sich. »Er rief im Sekretariat der Schule an und erklärte, er müsse unbedingt Frøken Halmborg sprechen, es sei furchtbar dringend.«

Erneut lachte er leise, ein Windhauch in ihren Haaren. »Die ganze Schule hat noch wochenlang darüber gelästert, wie Fräulein Halmborg wie ein aufgescheuchtes Huhn aus dem Klassenzimmer rannte und ins Sekretariat flatterte. Nur um am Telefon die Stimme ihres Lieblingsschülers zu hören, der ihr sagte, er habe sich verwählt.«

»Lieblingsschüler?«

»Ja, wahrscheinlich hat sie ihn deshalb nicht verpetzt, obwohl sie sicher seine Stimme erkannt hat. Dabei war er kein Goldprinz. Ihm sind die Sachen nicht zugeflogen, sondern er musste hart dafür arbeiten. Doch wenn Søren sich einmal was in den Kopf gesetzt hatte, dann konnte ihn niemand mehr umstimmen. Zum Beispiel, als er sich in den Kopf gesetzt hatte, dich zu gewinnen.«

Wieder flossen Tränen. Sie ließ sie laufen. Rasmus legte seine Hand auf die Stelle, wo Frederikes Herz schlug. »Alles klar bei dir?«

»Alles gut. Erzähl weiter.«

»Hast du etwas, das du erzählen möchtest?«

»Über Søren? Da hab ich doch gar nichts, das du nicht kennst. Wann immer ich hier war, waren wir zu dritt unterwegs.«

»Das macht nichts. Erzähl. Woran erinnerst du dich?«

»Søren hat dem Chef vom Eiscafé in Kerteminde einen Sommer lang in den Ohren gelegen, dass er ein Waffeleis mit allem drin und einem Schaumkuss obendrauf haben will. Jedes Mal, wenn wir dort waren, hat er das verlangt.« Sie lächelte traurig. »Unten Schaum, damit die Waffel länger hält. Dann Schokonusseis, Zitroneneis und Apfeleis, jeweils eine große Kugel. Dann war die Waffeltüte ja schon voll. Aber Søren musste unbedingt noch eine Portion gemischtes Softeis obendrauf haben, und dann einen Schaumkuss. Der Chef ist fast wahnsinnig geworden und hat ewig mit Søren diskutiert, dass das gar nicht geht.«

Rasmus lachte, nicht mehr leise, sondern herzlich. »Ich erinnere mich. Kurz vor Ende der Sommerferien hatten sie dann eine Wette abgeschlossen. Der Chef wettete, dass es Søren nicht gelingen würde, eine solche Kreation zu verputzen, und hat extra eine größere Waffel gebacken und dann Sørens Wunscheis dort hineingestapelt. Søren hat das Ding innerhalb von zehn Minuten verschlungen.«

»Und sich weitere zehn Minuten später heimlich am Strand von Kerteminde nach allen Regeln der Kunst erbrochen«, fügte

Frederike grinsend hinzu. »Im Leben nicht hätte er vor seinem Wettgegner zugegeben, dass der recht behalten hatte.«

»Selber schuld, wenn er unbedingt ein BMX-Rennen am Strand danach machen musste. Die Kreation gibt es in dem Eiscafé übrigens bis heute. Ist deren Kassenschlager. Die größeren Waffeln backen die auch bis heute. Hey.« Er nahm sie bei den Schultern und drehte sie ein wenig zu sich, um ihr in die Augen zu schauen. »Kann das sein, dass wir dieses Jahr kein einziges Mal Eisessen waren?«

»Zu viel zu tun«, antwortete sie und bereute es plötzlich. »Jetzt ist es zu spät. Die haben schon zu, bis zum Frühling geht nichts mehr.«

»Na dann weiß ich ja, was wir kommenden Mai machen, sobald es da wieder losgeht.«

Sacht strich Frederike mit den Fingerspitzen über Rasmus' Handflächen. »Was gab es sonst noch?«

Sein Atem streifte ihr Haar. »Kennst du das? Immer wieder suchen dich Erinnerungen heim, irgendwelche kleinen Momente, die dich zum Lachen oder zum Weinen bringen. Und dann, wenn du sie heraufbeschwören willst, kommen sie nicht.«

»Ich weiß. Das ist das Mantra meines Lebens.«

»Ich hab noch was.«

Gemeinsam fuhren sie herum. Hinter ihnen, zwischen dem Holundergesträuch, das das Feld vom Strand trennte, war Malthe aufgetaucht. In der Hand trockene Zweige, die er ins Feuer schob. Er lächelte Frederike zu, und sie hatte das Gefühl, dass das Lächeln ein wenig gequält war. Rasmus hatte recht gehabt, Malthe hätte gern eine Chance bei ihr gehabt.

»Dann setz dich und lass hören«, sagte Rasmus.

»Da gab es mal so eine Sache mit Søren und seiner Mutter und vielen Taschentüchern … na ja, die jedenfalls meinte, dass er an einem seltsamen, nicht einheimischen Schnupfen litt, und wollte, dass er zu einem HNO-Spezialisten in Kopenhagen geht, um …«

»Oh Himmel«, stöhnte Rasmus hinter Frederike auf. »Ich erinnere mich. Das war Malene Bjerregårds Schuld, oder?«

»An die Bjerregårds kann ich mich gar nicht erinnern.« Tjalfe tauchte in der Lücke in der Böschung auf, und hinter ihm kam auch Røskva an den Strand. Wie immer wie aus dem Ei gepellt in schwarzen Hosen mit Bügelfalte und einem weißen Rollkragenpullover. Wenigstens trug sie vernünftige Schuhe, sodass sie nicht mit den Absätzen tief im Sand versank.

»Ich schon«, sagte Røskva. »Malene war eine Ziege. Die sind aber nach einem Jahr schon wieder weggezogen, deswegen erinnerst du dich nicht, du warst noch ein Zwerg. Aber kurz danach hatte Søren mir mal sein Herz ausgeschüttet, das weiß ich noch.«

»Worüber?« Interessiert blickte Frederike auf.

»Na, über dich. Und Malene. Ihm war nämlich nicht entgangen, dass Malene eine Zicke war, die den Kerlen bloß schöne Augen machte, um sie dann voll auflaufen zu lassen.«

»Und wieso hat er sich ausgerechnet bei dir ausgeheult?«, wollte Rasmus wissen.

»Na weil ich die Brunsviger-Königin war und ihr Kerle immer zu mir gekommen seid, wenn ihr Frauenprobleme hattet. Denn ich war eine von ihnen und doch auch wieder nicht. Ich war für euch immer ein guter Kumpel. Bei mir konntet ihr euch ausheulen, ohne dass die Gefahr bestand, dass ihr euch einen Flirt oder so vermasselt hättet, weil ich wusste, was für Schlaffis ihr wirklich wart.«

»Hey!«, machten Rasmus, Malthe, Tjalfe und Jeppe, der jetzt zu ihnen stieß. Und dann tauchten hinter Jeppe auch Line und Kirsten, die Unzertrennlichen, auf.

Doch Røskva war noch nicht fertig. »Søren meinte, die Einzige, die er kannte, die anders wäre als all die Zicken, sei Rikke Elsdorf.«

Frederike seufzte. »Ich weiß. Das hat er mir später immer wieder gesagt.«

Nur am Rande kriegte Frederike mit, wie sich der Strand weiter füllte, wie sich immer mehr Leute ums Lagerfeuer drängten. Es waren noch so viele da, die zu ihrer Clique gehört hatten, und alle waren hier.

Sie ließ ihre Fingerspitzen über Rasmus' Handrücken gleiten.

Wieder spürte sie seine Lippen an ihrem Hals, ehe er weitersprach. »Für mich war es ein ziemlicher Schock, als er mir gestand, dass er in dich verknallt war. Denn ich war das ja auch. Ich hab ihn so verdammt gut verstanden. All seine Gründe, warum er dich nicht mehr aus dem Kopf kriegte, waren auch meine. Ich hab es plötzlich gehasst, dass wir einander näherstanden als Brüder. Weil es bedeutete, dass ich nicht mal was dagegen sagen konnte, was er mir anvertraute. Wir fühlten ja dasselbe. Wir waren aber noch jung genug, dass für ein paar Jahre die Rivalität nur auf kleiner Flamme köchelte.«

Frederike strich sich mit der Zunge über den Mund. »Und dann gehe ich mit ihm auf diese blöde Jacht. Scheiße.« Es kam aus tiefstem Herzen.

»Die Jacht war gar nicht das Problem. Ja, ich habe es gehasst, dass er dir so viel bieten konnte und ich nicht. Aber das Schlimmste war das Lachen. Ihn mit dir zusammen lachen zu sehen. Zu sehen, wie glücklich ihr wart. Er hatte gewonnen.« Seine Worte waren ein sanftes Vibrieren an Frederikes Rücken. »Ich war ein Idiot. Voll verletztem Stolz, der mich daran gehindert hat, das Richtige zu tun.«

»Da warst du ja nicht der Einzige.« Alle blickten zum Mirabellenbaum, wo noch jemand auftauchte, im schwindenden Licht des Abends kaum erkennbar. Langsam trat der Neuankömmling näher. Mille. In der Hand hielt sie einen Stoffbeutel.

Frederike spürte, wie ihr Herz einen Schlag aussetzte.

»Ich war total in Søren verliebt«, sagte Mille. »Der Klassiker, oder? Seit Grundschulzeiten verliebt in den besten Freund des großen Bruders. Kann ich mich setzen?«

Jeppe und Tjalfe rutschten auseinander. Mille legte den Stoffbeutel vor sich hin. »Ich war verliebt in Søren, weil er so zielstrebig und klug war. Er hat Bücher gelesen, während ihr anderen am Strand rumgelungert oder Fußball gespielt habt. Er wusste schon damals sehr genau, was er wollte, und hat dafür gearbeitet, und dabei sah er auch noch so cool aus. Ich hab immer gedacht, der dürfte gar nicht in einem Kaff wie Rendstrup Strand wohnen. Der müsste in so einer von den amerikanischen Teenie-Serien mitspielen, die ich damals bis zum Umfallen geguckt habe. Aber mich hat er ignoriert. Nein, schlimmer. Ich war die kleine Schwester seines besten Freundes. Er hat mich behandelt wie ein Kumpel. Dass er sich in mich verlieben könnte, kam für ihn gar nicht infrage. Als ob das seine Freundschaft zu meinem Bruder zerstören würde.«

Über das Feuer hinweg schaute sie Frederike fest in die Augen. »Es tut mir leid, Rikke. Ich hab dich gehasst. Du hattest Rasmus, der dir die Welt zu Füßen legen wollte, doch das hat dir nicht gereicht, und du musstest mir auch noch Søren wegnehmen. So hab ich das damals empfunden. Du konntest zwischen den beiden Jungs auswählen, die mir alles auf der Welt bedeutet haben, und hast den mit nach Frankfurt genommen, den ich geliebt habe. Ich war so verletzt, ich konnte dir das nicht verzeihen. Und dann waren da die Briefe, die du geschrieben hast. Und die, die Rasmus geschrieben hat. Und … verdammt.«

Im Licht der Flammen glitzerten ihre Wangen feucht von Tränen. »Ich hab einfach Mist gebaut. Ich hab … Rasmus, das tut mir so leid. Ich wollte nur, dass Rikke auch mal erfährt, wie es ist, wenn man etwas nicht bekommt, wenn man keine Wahl hat, sondern in einem Leben feststeckt, das man zum Kotzen findet.« Sie schob den Stoffbeutel am Feuer vorbei durch den Sand auf sie beide zu. »Ich hatte doch damals den Job nach der Schule bei der Post in Kerteminde. Weißt du noch, du hast deinen alten Motorroller aufgemotzt, damit bin ich immer gefahren, sodass ich nicht auf den Bus angewiesen war. Die Briefkastenleerung nachmittags in Rendstrup war immer meine Aufgabe. Ich musste die Briefe mit zur Poststelle nehmen, wo die dann sortiert wurden.« Sie schniefte. »In dem Beutel sind die Briefe von euch beiden. Die von Rasmus hab ich aus dem Postkasten gefischt und die von dir, Rikke, abgefangen, wenn der Briefträger sie bei uns zu Hause abgeliefert hat. Ich hab das alles auf dem Dachboden von Hennis Haus versteckt.«

»Von dem Haus, das du Henni abgeschwatzt hast, um darin das Maklerbüro zu eröffnen?« Rasmus' Stimme war leise, aber nicht drohend oder gefährlich. Eher ungläubig.

Unglücklich nickte Mille. »Ich hab Mist gebaut. Das tut mir echt leid. Ich hab auch immer gewusst, dass das scheiße war, und hab mich so mies gefühlt, dass ich die Briefe nicht mal verbrennen konnte. Aber ich steckte zu tief drin, wie hätte ich das gestehen können, ohne dass du mich hasst oder verachtest, Rasmus? Als Søren unerreichbar war, war Joakim die zweitbeste Wahl. Ich dachte …«

Sie brach ab, aber Frederike wusste, was sie hatte sagen wollen. »Du dachtest, die kleine Liebe reicht auch, wenn die große Liebe dir nur Schmerz bringt. Ich weiß, wie sich das anfühlt. Dafür brauchst du dich nicht zu entschuldigen.«

Mille wischte sich mit dem Handrücken die Tränen aus den

Augen. »Joakim und ich werden uns scheiden lassen. Wir werden uns das Sorgerecht teilen. Ich werde aus unserem gemeinsamen Haus ausziehen, aber die Kinder werden bei ihm wohnen, damit sie in ihrer gewohnten Umgebung bleiben können. Schule, Freunde, ihre Zimmer, das soll alles so bleiben, wenn sie schon damit zurechtkommen müssen, dass ihre Eltern sich scheiden lassen. Ich bin sehr dankbar dafür, dass Joakim in dieser Hinsicht sehr kooperativ ist und wirklich darum bemüht, eine Lösung zu finden, die für uns alle in Ordnung ist. Er ist kein schlechter Mensch. Ich hab nur nie zu würdigen gewusst, was ich an ihm hatte, weil ich immer noch Søren im Kopf hatte. Deswegen hab ich unsere Ehe nicht zu schätzen gewusst und hab ihn von mir weggetrieben, statt um uns zu kämpfen. Ich hab's vermasselt. Alles.«

Jeppe rückte näher an sie heran und legte einen Arm um ihre Schultern. »Das sagen zu können, ist verdammt stark, kleine Mille. Keine Sorge. Wir sind immer da. Nicht nur für Rikke, auch für dich.«

»Und wo wirst du wohnen?«, fragte Frederike.

»Henni hat ja jetzt ein Zimmer frei.« Mille blickte zu Rasmus. »Da kann ich einziehen, jedenfalls erst mal. Wir müssen sehen, ob wir wieder miteinander auskommen können. Unsere Beziehung ist ganz schön angeschlagen, auch daran bin ich schuld, doch wir wollen es versuchen.«

Sie schniefte, der Trost war schal und würde erst über die Zeit hinweg wirken. Im Moment gab es nichts, was ihren Schmerz linderte, nicht einmal das Wissen, eine Großmutter zu haben, für die Vergebung nicht nur ein leeres Wort war.

Damit hatte Frederike ihr einiges voraus, denn in ihrem Rücken hatte sie Rasmus, seinen starken, muskulösen Körper, der sie stützte und ihr Kraft gab. Er rührte sich, griff an ihr vorbei nach dem Stoffbeutel.

»Eigentlich«, sinnierte er, »hätte ich Lust, die dann einfach jetzt noch zu verbrennen. Denn es ändert ja nichts mehr. Was passiert ist, ist passiert.«

»Untersteh dich, die zu verbrennen«, rief Frederike und nahm ihm den Beutel weg. »Ich will wissen, was du damals geschrieben hast.« Und das wollte sie wirklich.

Rasmus stand auf und zog sie mit hoch. Nach und nach erhoben sich auch die anderen. Die Nacht war hereingebrochen. Wo die Sonne verschwunden war, leuchtete ein letzter Streifen Dämmerung, aber über ihnen spannte sich ein beeindruckender Sternenhimmel in dunklem Marineblau, dem Rasmus jetzt sein Gesicht zuwandte. »Søren, alter Freund«, meinte er, »ich denke, wir alle haben dir was zu sagen.«

»Lass mich das tun«, unterbrach Frederike ihn und legte ihre Hand in seine. Auch sie blickte in den Sternenhimmel, in den sich eine schmale Rauchsäule vom Lagerfeuer hinaufkräuselte. »Søren, ich hab dir das nicht gesagt, seit du dich davongestohlen hast. Ich hab dir das nicht sagen können, weil unser Leben zusammen einfach so vieles verändert hat, was gleich hätte bleiben sollen. Du warst ein toller Kerl, du warst ein wunderbarer Freund. Du bist für mich da gewesen, als ich dich gebraucht habe. Ohne dich wäre mein Leben ganz anders verlaufen.« Sie klammerte sich an Rasmus' warme Hand. »Søren, ich habe dich geliebt. Aber ich habe auch Rasmus immer geliebt. Vielleicht, weil ihr euch ähnlicher wart, als ihr es jemals selbst begriffen habt. Ich hatte viele gute Jahre mit dir. Doch jetzt ist Rasmus an meiner Seite, und deshalb, Søren, leb wohl.« Sie presste sich die Faust aufs Herz, das unter ihren Rippen pochte. »Hier drin hast du einen Platz, solange ich lebe. Ich werde dich nicht vergessen, aber hier draußen ist Rasmus jetzt der Mann an meiner Seite. So wie ich dich nie vergessen werde, so hatte auch Rasmus immer einen Platz in meinem Herzen. Er wird dafür sorgen, dass mir nichts geschieht. Mach's gut.«

Geraune. Gemurmel. Nacheinander stimmten alle ein, sich von Søren zu verabschieden.

Frederike spürte Rasmus' Hand in ihrem Nacken. Sacht drehte er sie zu sich herum. Ihre Füße versanken im kühlen Sand. Die Luft roch nach Seetang, nach Meersalz und Erde. Nach Rendstrup Strand und nach Rasmus Martensen, dessen Lippen ihre streiften, zuerst ganz sanft. Dann grub sie ihre Finger in seinen Haaransatz und zog ihn zu sich, um ihn richtig zu küssen. Das hier war nicht nur ein Ende, es war auch ein Anfang.

Epilog

Irgendwo dort … Frederike streckte sich. Irgendwo dort ganz oben im Schrank musste Morfars alte Wolljacke sein, die sie Jeppe versprochen hatten. Sie selbst konnte mit dem Ding nichts anfangen, aber weil so viele Erinnerungen an dem Erbstück hingen, hatte sie es nie übers Herz gebracht, sich davon zu trennen. Ihre Großmutter, die sie nie kennengelernt hatte, hatte die Jacke einst gestrickt, und jetzt, Jahrzehnte nach deren Tod, war sie natürlich heillos außer Mode. Doch Jeppe organisierte eine Theatervorführung mit den Grundschulkindern und hatte im ganzen Freundeskreis nach Requisiten gefragt. Die Jacke würde ein hervorragendes Kostüm abgeben, und da sie sicher war, Jeppe heute bei der Eröffnung des Cafés zu treffen, könnte sie ihm die Jacke dann auch gleich mitgeben.

Sie reckte sich noch ein wenig mehr, bekam etwas zu fassen, zog daran. Polternd fiel ihr die hübsch bemalte und lackierte Kiste aus Rosenholz entgegen, die ihren Platz auf dem Schrank hatte, und klappte auf, als sie auf ihre Schulter prallte. Im nächsten Moment flatterten zahllose Papierblätter um sie herum zu Boden. Ach ja. Lächelnd ließ sie sich zu Boden sinken. Da war ja was.

Gedankenverloren griff Frederike nach dem erstbesten Brief. Natürlich hatten sie sie gelesen. Mit schmerzendem Herzen das erste Mal, weil die Erinnerung an die Verzweiflung von damals auch nach Jahren noch wehtat. Doch je öfter Rasmus und sie lasen, was ihnen damals das Herz so schwer gemacht hatte, desto leiser wurde der Schmerz und desto bittersüßer die Erinnerung. Das hier waren ihre Briefe. Ihre gemeinsame Geschichte.

Vorsichtig, als könnte das Papier zwischen ihren Fingern zu Staub zerfallen, entfaltete sie das Schreiben.

Meine liebe Rikke, lautete die erste Zeile, und obwohl die meisten seiner Briefe mit dieser Anrede anfingen, wusste sie sofort, welchen sie in der Hand hielt. Sie kannte den Text fast auswendig, und sie hatte weiß Gott genug zu tun an diesem Tag. Trotzdem brachte sie es nicht über sich, das Schreiben einfach wieder wegzulegen.

Heute in der Fußgängerzone habe ich einem Straßenmusiker zugehört. Ich war in Eile, aber dann habe ich diese Melodie gehört und konnte nicht mehr weitergehen. Plötzlich brannten meine Augen. Die sanften Töne, die der Musiker seiner Gitarre entlockte, waren wie Fausthiebe, mitten auf mein Herz. Erst später habe ich begriffen, warum. Er spielte Beethoven, die Mondscheinsonate. Du hast mich gelehrt, wie dieses Stück heißt. Während ich dich gehalten habe, hast du mir ins Ohr geflüstert, was Ludwig seiner Geliebten schrieb.
Ewig dein, ewig mein, ewig uns!
Rasmus

Die Schlafzimmertür wurde aufgerissen, und Frederike zuckte zusammen.

»Fertig?«, fragte Rasmus. »Was treibst du denn so lange hier drin? Wir müssen los.«

Sie ließ den Brief sinken. »Die sind mir in die Hand gefallen, als ich die alte Jacke für Jeppe aus dem Schrank holen wollte.« Tränen glänzten in ihren Augen. Keine Trauertränen, sondern solche, die von Freude und Rührung kamen.

»Oh Gott. In ein paar Stunden eröffnet das Café, und du schwelgst hier in alten Erinnerungen? Was hab ich damals geschrieben?«

Langsam stand sie auf, legte den Brief im Vorbeigehen aufs Bett, trat auf Rasmus zu. Egal, wie oft er sie seit ihrem Neubeginn auf diese Weise angesehen hatte, niemals verfehlte dieser Blick seine Wirkung. In ihrem Bauch tanzten tausend Schmetterlinge. »Nur die allerschönsten Sachen.« Sie stellte sich auf die Zehenspitzen, um ihm einen Kuss auf die Nasenspitze hauchen zu können.

»Dann können wir jetzt los? Du willst deine Gäste doch nicht warten lassen. Es hat sich sogar die Lokalpresse angekündigt. Die wollen über die Eröffnung schreiben.«

»Echt?« Frederike schüttelte den Kopf. »Ich kann immer noch nicht glauben, wie schnell sich das alles entwickelt hat. Vor einem Jahr stand hier nur ein halbverfallenes Haus, dann kam das Bonbonparadies, und jetzt das. Das alles ging so wahnsinnig schnell.«

»Du hast Leben in die Bude gebracht. So ist das passiert.« Er gab ihr einen leichten Klaps auf den Po. »Aber jetzt los.«

Noch einen Moment länger hielt sie ihn fest. »Das, ja. Doch ihr wart alle da. Allen voran du, Herr Dozent, aber auch all die anderen. Ohne euch hätte ich …«

Er legte einen Finger auf ihre Lippen. »Ich würde dir empfehlen, mit deiner Dankesrede zu warten, bis alle sie hören können, nicht nur ich.«

Hand in Hand machten sie sich auf den Weg, um das nächste Kapitel in ihrer gemeinsamen Zukunft aufzuschlagen.

Mit jeder Menge Arbeit und Herzblut war aus Morfars altem Ziegenstall ein kleines Café geworden. Mobiliar aus dunklem Holz, eine riesige gläserne Theke, von der aus der Duft von frisch Gebackenem den ganzen Raum flutete. Und jetzt saß kein Mensch drin! Bis auf den letzten Stuhl hatten sie alles nach draußen in den Innenhof geschafft, weil nicht genug Gartenmöbel da waren. Einen Teil des Innenhofes hatten Rasmus und Tjalfe mit hübschen silbergrauen Steinfliesen gepflastert, aber auch dieser Platz reichte nicht, und überall scharrten Stuhlbeine im Rollsplitt auf dem Hof. Zusätzlich zu den beiden Pavillons hatten Jeppe und Mille noch Sonnenschirme angeschleppt.

Wie jeden Tag war Frederike seit dem frühen Morgen auf den Beinen. Sie hatte eine alleinerziehende Mutter aus dem Dorf und für die Sommerferien noch eine Studentin aus Kerteminde angestellt, die im Café bedienen würden, und Henni half beim Kuchenbacken. Zwar sah das Frederike gar nicht so gern, denn die Bedstemor wurde ja auch nicht jünger, allerdings hatte sie Hennis Dickkopf unterschätzt. So hatten sie schon morgens kurz nach fünf in der Backstube gestanden und Torten und kleine Kuchen gebacken.

»Wer hätte denn auch ahnen können, dass wir ausgerechnet heute so ein Sonnenscheinwetter haben«, sagte Frederike leise seufzend.

»Stimmt«, pflichtete Røskva ihr bei. »Dann hättest du so eine Kuchentheke mit Rädern drunter anschaffen können, sodass du die einfach hier rausgestellt hättest. Dann müsstest du nicht jedes Stück von drinnen holen.«

Sie gaben kaum Kuchen aus, stattdessen war der Vorrat in der Eistruhe schon ordentlich geschrumpft. Für jeden Gast gab es Kaffee und Kakao bis zum Abwinken und dazu nach Wunsch ein Stück Torte oder ein Eis gratis. Auf allen Tischen standen Gläser, die zu Beginn der Eröffnungsparty randvoll mit Bonbons gewesen waren. Jetzt lief Theo, Milles Sohn, stolz wie ein Pfau mit einer Tüte mit bunt gemischten Bonbons über den Hof, um die Gläser wieder aufzufüllen. Sein

Vater Joakim saß im Schatten eines der Sonnenschirme und hatte die kleine Ella auf den Knien. Mille, das Haar aus dem Gesicht gekämmt und in einem hübschen Sommerkleid, stand hinter dem freien Stuhl und redete mit ihrem Ex-Mann. Sie wirkte mindestens zehn Jahre jünger als noch vor einigen Monaten. Henni, bei der Mille immer noch wohnte, hatte sie wieder aufgepäppelt.

»Malthe hat es offenbar geahnt«, meinte Rasmus und wies auf die Hüpfburg, die vor dem Hoftor aufgebaut war und die Kinder magisch anzog. »Der hat sich das Ding da was kosten lassen.«

Die Bereitstellung der Hüpfburg war Malthes Geschenk zur Eröffnung gewesen. Ein genialer Einfall. Andere waren weniger einfallsreich gewesen, auch wenn Rikke jedes neue, fantasievoll gestaltete Bonbonglas mit dem Gedanken entgegennahm, wo es am besten hinpassen würde. Henni, die nach dem Kuchenbacken Bonbons zu Ketten aufgefädelt hatte, die sowohl das Hoftor und den Eingang des Cafés, als auch den Türsturz der wunderschön geschnitzten und bemalten antiken Tür des Bonbonladens schmückten, saß jetzt zufrieden mit einer Tasse Kaffee mitten im Geschehen schaute sich das Treiben an.

Hin und wieder gesellten sich alte Freundinnen zu ihr, aber sie scheuchte die alle irgendwann wieder weg, weil, wie sie sagte, das Schwatzen sie dabei störte, die Leute zu beobachten.

Ausgerechnet die größte Schwätzerin von allen, hatte Rasmus dazu liebevoll bemerkt.

Rasmus, der sich die ganze Zeit an Frederikes Seite hielt.

Rasmus, der dafür sorgte, dass sie immer ein volles Wasserglas hatte und dass die Sonnenschirme gedreht wurden, wenn die Sonne weiterzog.

Rasmus, der unter der Woche zwischen Rendstrup Strand und Kopenhagen pendelte, weil ihm sein Job wichtig war und er dennoch so viel Zeit wie irgend möglich mit Frederike verbringen wollte.

Er war perfekt.

So perfekt wie der Laden, den sie gemeinsam eingerichtet hatten. Das Café war modern, mit viel Glas und hellem Holz, mit moderner Kunst an den Wänden und eleganten Möbeln. Der Bonbonladen dagegen wirkte wie eine Schatztruhe aus einem Märchenfilm. Wann immer sie konnten, hatten sie alte, antike Möbel restauriert, Truhen, eine wunderbare Ladentheke aus dem neunzehnten Jahrhundert. Die Bonbons füllte Frederike nach Wunsch ab und wog die Tütchen auf einer Kaufmannswaage. Selbst die Kasse war museumsreif. Wann immer sie hinter dem Tresen ihres Bonbonparadieses stand, fühlte sie sich wie auf einer Zeitreise. Der Duft nach Zucker, nach Sirup, nach den süßen Aromen und nach Pfefferminz und Lakritz hüllte sie dann ein wie eine warme Decke, und wie ein Kind freute sie sich über jeden, der den Laden betrat und mit ihr in diese ganz besondere Atmosphäre eintauchen wollte.

»Wo bleibt eigentlich Tjalfe?«, raunte Frederike Rasmus zu.

Er lächelte und füllte die Thermoskanne, die einer von Jeppes Söhnen brachte, mit Kaffee. Der Kleine wollte die volle Kanne wieder an sich nehmen und zu seinen Eltern bringen, aber Rasmus ließ ihn nicht. »Das lass mich mal machen, *lille Skumfidus*, das ist zu schwer und zu heiß für dich.« Kurz blieb er bei Jeppe und dessen Frau Freja stehen, sagte irgendwas, sodass die beiden lachten. Der kleine *Skumfidus*, der eigentlich Asger hieß, allerdings von niemandem so genannt wurde, rannte nach draußen zur Hüpfburg, verfolgt von seinem Bruder.

»Kommst du zurecht?«, fragte Frederike Anette, ihre Hilfe. Die war gerade damit beschäftigt, die benutzte Filtertüte aus der Maschine zu entfernen und durch eine neue zu ersetzen, um Kaffeepulver hineinzulöffeln.

»Alles super.« Anette zwinkerte ihr zu und nickte zu der Studentin, die eben mit Nikolaj Kirkeløkke und dessen Frau scherzte, die einen Platz im Pavillon ergattert hatten. Frederike hätte fast vergessen, die beiden einzuladen, aber Rasmus nicht. Sporadisch hielten sie Kontakt mit dem Mann, der ihnen das Leben verdankte. »Sofie ist wirklich gut. Sie hält mich auf Trab.«

»Nein«, erwiderte Frederike grinsend. »*Ich* halte dich auf Trab.«

Als Rasmus zu ihr zurückkehrte, hatte er ihre Frage nach Tjalfe nicht vergessen. Er küsste sie auf die Stirn »Er sagte, er hat eine Überraschung für dich und wehe, es ist kein Eis mehr da, wenn er kommt.«

»Wenn er noch lange wartet, ist nicht nur kein Eis mehr da, sondern auch keine Gäste. Ich wette, der muss erst noch irgendwo mähen, oder?«

Er lachte, blickte zum Hoftor und drehte sich ein wenig, um ihr unbemerkt zuraunen zu können: »Das sind Maria und Amalie, zwei Freundinnen von Henni. Lächle brav und denk daran, du musst sie nie wiedersehen. Sie kommen sonst nie hierher.«

Sie hob eine Braue. »Die sind aber nicht Tjalfes Überraschung, oder?«

Breit grinste er. »Davon gehe ich mal nicht aus.«

Sie nahm das gefühlt zweihundertachtzigste mit einer bunten Schleife geschmückte Bonbonglas entgegen. Amalie, oder war es Maria, betonte, dass es in der königlichen Glasbläserei in Kopenhagen hergestellt worden war und sich darauf freue, von ihr gefüllt zu werden. Rikke lächelte brav und dachte an die Worte von Rasmus.

Nachdem sich die beiden Damen zu Henni an den Tisch gesellt hatten – was von Rasmus' Farmor mit einem säuerlichen

Lächeln quittiert wurde –, sagte Rikke leise zu dem Mann an ihrer Seite: »Ich hoffe nur, dass Tjalfes Überraschung kein Bonbonglas ist. Der Laden läuft schon seit fast einem Jahr. Dafür hab ich genug Inventar. Wenn, dann brauche ich noch Geschirr für das Café. Das ist neu.«

Schon wieder knirschte Schotter unter Autoreifen. Noch mehr Gäste waren im Anmarsch.

Rasmus machte einen langen Hals und stellte sich auf die Zehenspitzen. Auf diese Weise konnte er über die Mauer hinwegsehen, die das Anwesen einfasste, und hatte damit den entscheidenden Vorteil, dass er den Wagen und dessen Insassen erkannte, der auf der anderen Seite des Tores hielt.

»Verzweifle nicht, Liebe meines Lebens, deine Ungewissheit hat gleich ein Ende. Komm.«

Mit gerunzelter Stirn sah sie ihn an, als er die Hand ausstreckte, um sie zum Tor zu ziehen.

»Ich hasse dich!«, sagte sie.

»Nein.« Er grinste noch breiter. »Du würdest mich gern hassen, aber es gelingt dir nie.«

»Du hast die ganze Zeit gewusst, was er vorbereitet, und mir nichts gesagt?«

»Es ist seine Überraschung, *Skat*, die kann ich doch nicht einfach kaputtmachen.« Er winkte, um sie zur Eile zu bewegen. Frederike spürte zig Augenpaare auf sich, wie sie beide sich zwischen eng gestellten Tischen und Stühlen hindurchschlängelten.

Noch ehe sie sah, was Sache war, hörte sie die Frauenstimme, die in gebrochenem Dänisch die Kinder auf der Hüpfburg anfeuerte. Einen Moment lang blieb sie wie vom Donner gerührt stehen, dann stieß sie einen kleinen Schrei aus und rannte an Rasmus vorbei durchs Tor. Im nächsten Moment lag sie sich mit Julia in den Armen. Über die Schulter der Freundin hinweg blickte sie auf Tjalfe, der sie an einen Bär erinnerte, der kopfüber in ein Honigfass gestolpert ist. Frederike wollte etwas sagen, aber stellte fest, dass die Überraschung ihr vollkommen die Luft genommen hatte. Sie brachte kein Wort heraus und hielt sich an Julia fest.

»Dachte ich es mir doch, dass das was für dich ist«, sagte Julia halb tröstend und strich ihr über den Rücken. »Krieg dich wieder ein.«

»Du hättest mich vorbereiten können«, stieß Rikke schließlich unter Anstrengung hervor.

»Hätte ich, aber dann hätten wir alle was verpasst, nicht wahr?« Die Frage ging an Rasmus.

Frederike machte sich ein wenig los und wandte sich zu ihm um, sah ihn nicken. Dann machte Rasmus zu Tjalfe hin das universal verständliche Zeichen dafür, dass im Innenhof eisgekühlte Getränke warteten, und die Männer ließen die Freundinnen allein.

»Setz dich mal hin«, bat Julia und dirigierte Frederike zur offenen Tür von Tjalfes Wagen. Frederike ließ sich auf den Beifahrersitz sinken. Sie war es zwar gewohnt, den ganzen Tag in der Bonbonküche zu stehen, aber nicht, stundenlang in der prallen Sonne Gäste zu begrüßen. Wenn am Ende eines solchen anstrengenden Tages dann auch noch der Schock des Jahres auf sie wartete, konnte das einem Menschen schon mal den Boden unter den Füßen wegreißen.

»Wie lange bleibst du?«, fragte sie endlich. Statt einer Antwort winkte Julia eines der Kinder von der Hüpfburg heran und bat es in ihrem süßen, unbeholfenen Dänisch, ihnen eine Flasche Wasser von drinnen zu holen. Das kleine Mädchen, das zu Malthes Großfamilie gehörte, spurtete los. »Du kannst jetzt Dänisch?«, wollte Frederike wissen.

»Nicht gut genug«, antwortete Julia.

»Ist nicht leicht zu lernen.«

»Eben, und deshalb bin ich hier.«

»Für einen Dänisch-Kurs?«

»Du bist heute ein bisschen langsam, oder?«

Verständnislos schüttelte Frederike den Kopf, und Julia seufzte theatralisch. »Okay, also, es ist ja sowieso deine Schuld. Nicht bloß, dass du mich vor einem Jahr hierhergelockt hast, sodass ich diesen Teddybären auf seinem Trecker kennenlernen und mich verlieben musste. Das für sich ist ja schon schlimm genug. Aber dann erwähnst du auch noch dieses große neue Universitätshospital, das sie hier bauen, und ich Schaf bin blöd genug und schreibe dahin, um einfach mal unverbindlich anzufragen, ob es für jemanden wie mich da Chancen gibt, wenn es fertig ist. Und die lassen sich meine Unterlagen über Ausbildung und Qualifikationen schicken, und ein paar Wochen später sagen die mir, ich soll sofort kommen.«

»Sofort?« Frederikes Stimme war ein Krächzen. »Für wie lange denn? Ist das ein Praktikum oder was?«

»Würde ich für ein Praktikum meinen Job in Frankfurt hinschmeißen?«

»Du hast was getan?«

»Sollte ich etwa absagen? Wo Tjalfe mir täglich in den Ohren lag und dazu noch meine Sehnsucht nach eurem Meer und eurem Grün und deinen Kalorienbomben? Die haben gemeint, ich soll gleich kommen und hier anfangen, damit ich in ein paar Jahren, wenn das neue Universitätshospital eröffnet wird, zum Einweisungsteam für die vielen neuen Ärzte gehören kann, die sie dann erwarten.« Julia zuckte mit den Schultern. »Was soll ich sagen? Hier bin ich. Oh und ehe ich das vergesse. Dein Gästezimmer musst du nicht hübsch herrichten, das brauche ich nicht. Tjalfe hat auch eins.« Sie zwinkerte verschwörerisch.

»Gästezimmer?«

»Na was dachtest du denn?«

Mit einem weiteren Jubelschrei fiel Frederike ihrer Freundin um den Hals und schlug dabei beinahe dem kleinen Mädchen die Wasserflasche aus der Hand, das schnell wie der Wind zurückgerannt kam.

Wenig später standen sie nebeneinander im Hoftor, blickten auf das bunte Treiben unter der Spätnachmittagssonne, atmeten den Duft von Kaffee und Kuchen und Morfars Heckenrosen. Auf der schmalen, windschiefen Bank in der Nähe der einstigen Scheune, die jetzt den Bonbonladen beherbergte, hockten Rasmus und Tjalfe einträchtig nebeneinander, jeder mit einer Bierflasche in der Hand.

Julia stupste Frederike mit der Schulter an. »Übrigens, Tjalfe hat gar kein Gästezimmer. Außer das, in dem Røskva pennt, wenn sie hier ist.«

»Klar«, sagte Rikke, und beide lachten leise. Jeppes Söhne sprinteten an ihnen vorbei in den Hof hinein.

Rasmus zog den Fenstervorhang zu und wandte sich zum Bett, in dem Rikke saß und ihre langen Haare zu einem dicken Zopf flocht. Die Eröffnung des Cafés war ein voller Erfolg gewesen. Wenn er ehrlich war, überraschte ihn das nicht. Was immer seine Rikke anpackte, erweckte sie mit ihrer Magie zu etwas Besonderem. So war es letztes Jahr mit dem Bonbonladen gewesen, und so würde es wieder mit dem Café sein. Er betrachtete sie einen Moment im schwachen Licht der einzelnen Nachttischlampe, die noch brannte. Als er sich zu ihr auf die Matratze setzte und ihre Hände herabzog, nahm er noch immer den Duft von Kuchen wahr, der an ihren Fingern hing.

»Ich würde dich ja küssen«, sagte er leise, »aber du hast ein Haargummi im Mund.«

»Dann unterbrich mich nicht«, nuschelte sie grinsend, ließ das Haargummi aber sofort fallen.

Er küsste sie lange, sein Herz schlug ihm bis zum Hals. »Ich hab mir was überlegt«, murmelte er, als er mit den Lippen zu ihrem Schlüsselbein glitt und sanft zu knabbern begann.

»Oh«, erwiderte sie nur.

»Hm. Du riechst so gut.«

»Das hast du dir überlegt?«

»Nein, das weiß ich schon länger.« Er setzte sich auf und schaute ihr in die Augen. »Ich hab Angst.«

»Wovor?« Staunen in ihrem Blick.

»Dass Tjalfe Julia einen Antrag machen könnte, ehe ich mich durchringen kann, dir einen zu machen.«

Ihre Pupillen weiteten sich, und sie hob die Brauen. Dann breitete sich auf ihrem schönen Gesicht ein zauberhaftes Lächeln aus. »Da gibt es ein Gegenmittel.«

»Ich weiß, und, na ja, das hab ich mir überlegt. Ich bin vierzig Jahre alt, Rikke, hab ein Nachsehen mit mir, ich kann es mir nicht leisten, dass du mir einen Korb gibst.«

Er konnte sehen, wie sie krampfhaft versuchte, ernst zu bleiben, obwohl sie am liebsten wie ein Honigkuchenpferd gegrinst hätte.

»Also, ich meine, wenn ich dich jetzt frage, Rikke Elsdorf-Andersen, ob du mich heiraten willst, dann muss ich vorher aber sicher sein, dass du Ja sagst. Denn … wenn du das nicht tust, dann wird mein Herz diesen Schlag nicht verkraften.«

Sie stürzte sich auf ihn, sodass sie beide auf die Matratze fielen. Das Lachen, das sie versucht hatte, zu unterdrücken, platzte ungehemmt aus ihr heraus. Seine Hände verfingen sich in ihrem halbfertigen Zopf und zerrten alles wieder auseinander. Die Bettfedern des altmodischen Bettes quietschten unter ihnen. Rasmus brachte Rikke irgendwie auf den Rücken und stützte sich über sie. Sie schlug nach seinen Schultern.

»Das ist eine ernste Angelegenheit«, wies er sie zurecht.

»Du bist so ein Trottel, Martensen«, erwiderte sie, reckte das Gesicht und küsste ihn, und mit ihren Händen an seinem Kopf stellte sie sicher, dass er ihr nicht entkam. Er schob eine Hand in die Tasche seiner Jeans und holte den Ring heraus, den er nicht in einer Schachtel bei sich trug, weil deren Form ihn verraten hätte. Noch während Rikke damit beschäftigt war, sich an seinen Lippen sattzuküssen, zog er ihre linke Hand von seinem Gesicht weg und tastete nach ihrem Ringfinger.

Sein Herz wollte vor Glück zerspringen, während er ihr den Ring über den Finger schob. »Willst du mich …«, begann er, doch Rikke küsste ihn stürmisch, erst danach ließ sie ihn weitersprechen. »… heiraten, Frederike Elsdorf-Andersen?«

Sie starrte auf den Ring. Irgendwann würde er ihr erzählen, dass es der Verlobungsring seiner Mutter gewesen war, und dass er den schon einmal, vor etwa zwei Jahrzehnten, tagelang in der Hosentasche mit sich herumgetragen hatte. Aber nicht jetzt. Jetzt wartete er, kurzatmig und bang, auf ihre Antwort.

»Natürlich will ich dich heiraten, Rasmus Martensen!«, stieß sie begeistert hervor, und es kam ihm vor, als hätte er auf diese Worte ein Leben lang gewartet.

Jane Linfoot

Der kleine Brautladen am Strand

»Brides by the Sea« ist der niedlichste Brautladen von ganz Cornwall. In dem kleinen Haus an der Strandpromenade werden die geheimsten Wünsche jeder Braut erfüllt: vom perfekten Kleid bis zur leckersten Hochzeitstorte. Und genau für die ist Poppy zuständig – eigentlich. Denn als plötzlich die Hochzeitsplanerin ihrer besten Freundin abspringt, muss Poppy sich um alles kümmern. Nicht zuletzt um den sexy, aber etwas mürrischen Farmer Rafe. Ist Poppy diesem Chaos wirklich gewachsen?

ISBN: 978-3-95649-795-7
9,99 € (D)

Laurie Gelman

Die Elternsprecherin

Als Elternsprecherin hat man es alles andere als leicht, das weiß Jennifer allzu gut. Deshalb ist sie auch nur widerwillig wieder im Amt. Aber dieses Jahr hat sie einen Plan: Allergiker-Mom, Spießer-Dad und alle anderen sollen sich mal locker machen. Mit ihren E-Mails gewinnt Jennifer auch einige neue Freunde, aber dann proben die Helikopter-Eltern den Aufstand ...

ISBN: 978-3-95649-832-9
9,99 € (D)

Tanja Janz

Strandrosensommer

ISBN: 978-3-95649-830-5
9,99 € (D)

Pfahlbauten, kilometerweiter weißer Sandstrand, blühende Strandrosen und das Rauschen vom Meer - nach über zehn Jahren hat Inga fast vergessen, wie schön es in St. Peter-Ording ist. Nachdem ihr Freund sich zur Selbstfindung nach Indien aus dem Staub gemacht hat, ist Inga ebenfalls reif für eine Auszeit. Sie besucht Tante Ditte, die auf einem wunderschönen alten Pferdehof an der nordfriesischen Küste lebt. Doch aus der geplanten Erholung wird nichts, denn der Hof steht kurz vor der Pleite. Der einzige Ausweg scheint eine zündende Geschäftsidee oder ein mittelgroßes finanzielles Wunder zu sein. Inga krempelt die Ärmel hoch - und das Glück ist mit den Fleißigen ...

Karin Spieker

Schlagerfeen lügen nicht

Tinka Kuhn hat ein Geheimnis: Als Schlagerfee bringt sie regelmäßig die Säle in Seniorenheimen zum Beben. Doch das dürfen die Mitglieder ihrer Band niemals erfahren, denn die halten gar nichts von der seichten Schunkelmucke. Tinkas Leben wird noch verwirrender, als sie sich bei der Datingbörse »Together Forever« anmeldet und plötzlich gleich mehrere Traumprinzen zur Auswahl hat. Gut, dass Oma Edith ihr mit Rat und Tat zur Seite steht. Eine pfiffige Großmutter als Amor und Karrieremaskottchen hat schließlich noch niemandem geschadet ... oder etwa doch?

ISBN: 978-3-95649-796-4
9,99 € (D)